SV

Andrzej Stasiuk
GRENZFAHRT

Roman
Aus dem Polnischen von Renate Schmidgall

Suhrkamp Verlag

Die Originalausgabe erschien 2021 unter dem Titel *Przewóz*
im Verlag Czarne, Wołowiec.

Erste Auflage 2023
Deutsche Erstausgabe
© der deutschsprachigen Ausgabe Suhrkamp Verlag AG, Berlin, 2023
Alle Rechte vorbehalten. Wir behalten uns auch eine Nutzung des Werks
für Text und Data Mining im Sinne von § 44b UrhG vor.
Umschlaggestaltung: Hermann Michels und Regina Göllner
Umschlagfoto: Vadimborkin/iStock by Getty Images
Satz: Satz-Offizin Hümmer GmbH, Waldbüttelbrunn
Druck: CPI books GmbH, Leck
Printed in Germany
ISBN 978-3-518-43126-9

www.suhrkamp.de

Grenzfahrt

1

Er spürte, dass er den Boden verlor, und beugte sich etwas weiter hinunter, doch das Ruder reichte kaum bis zum Grund, und die Strömung drehte es ihm aus den Händen. Er richtete sich auf und ließ sich flussabwärts treiben, bis das Boot von einem Strudel angezogen wurde und sich zu drehen begann. Da tauchte er das Blatt ein, stützte den Stiel an die Bordwand und geriet wieder in glatte Strömung. Es war dunkel und still. Manchmal platschte ein Fisch, und er stellte sich vor, er sähe das silbrige Blitzen. Vielleicht sah er es wirklich, denn sein Gedächtnis hatte ein genaues Bild der Umgebung gespeichert. Am linken Ufer konnte er die hohen Pappeln zählen. Er konnte die Namen der Besitzer nennen, denen die Anwesen gehörten. Er wusste, wo die zusammenhängende Bebauung endete und nur noch drei einsame Häuser kamen, die fast einen Kilometer auseinanderlagen. Er wusste, wo der Fluss, unter dem hohen Ufer ein paar Meter tief, ganz plötzlich seicht wurde und in kleinen, schilfbewachsenen Buchten in Land überging. Auch die Gerüche des linken und des rechten Ufers konnte er erkennen. Das linke roch nach Schlamm und Weidengebüsch. Das rechte war flach, sandig und baumlos. Dort weideten Tiere, und ihr Geruch hing in der Luft, mischte sich mit dem von getrocknetem Dung und Wermut. Im Sommer witterte er selbst in finsterster Nacht und konnte sich in der Mitte des Flusses halten. So wie jetzt.

Vorsichtig tat er das Ruder auf die andere Seite. Das nasse Holz machte ein dumpfes, weiches Geräusch. In der Ferne hörte er ein trockenes Krachen, und der Himmel leuchtete grünlich. Auf dem Boden des Bootes bewegte sich etwas Dunkles.

»Bleib liegen.«

Die Rakete stand fast reglos am schwarzen Himmel und sah aus wie ein finsterer Stern. Intuitiv bewegte er das Ruder stärker, obwohl er wusste, dass die Rakete ein paar Kilometer flussaufwärts abgeschossen worden war und er selbst sich völlig im Dunkeln befand. Wieder bewegte sich die Gestalt, und das Boot schwankte leicht.

»Sie schießen.«

»Bleib liegen. Sie leuchten nur.«

»Sie werden uns sehen.«

»Nein. Es ist zu weit. Bleib liegen.«

Der Mann auf dem Grund des Bootes kroch auf ihn zu. Der Fährmann nahm das Ruder aus dem Wasser und versetzte ihm mit dem beschlagenen Ende einen Stoß. Der andere ächzte und legte sich wieder flach.

»Ich hab's dir gesagt.«

Die Rakete brannte zu Ende und erlosch.

Schließlich scheuerte das Boot auf Sand. Er schob es tiefer in das seichte Wasser. Das Ufer war nicht hoch, aber etwas abschüssig.

»Komm raus«, sagte er.

Der Mann krabbelte ungeschickt aus dem Boot, stolperte, stand mit Mühe wieder auf, zog die durchnässte Jacke hinter sich her. Er stank nach Dreck und Hunger.

»Du kletterst ans Ufer und gehst flussabwärts. Nach einiger Zeit kommst du zu einem Gebüsch. Da gehst du lang, so weit wie möglich weg vom Wasser. Nicht ins Gestrüpp, da ist Sumpf.«

»Jemand hätte warten sollen.«

»Ja, aber er ist nicht gekommen.«

Er stieß das Boot sanft von der Sandbank ab und bewegte ein paarmal das Ruder, damit das Wasser die Spur verwischte. Ein Stück ließ er sich treiben, doch dann ruderte er mit voller Kraft, um so schnell wie möglich die Strömung zu überwinden und ans andere Ufer zu gelangen. Dort war es flach. Er spürte den Grund unter dem Ruder und roch Schlamm und Kuhdung. An dieser Stelle trieben die Leute vom Dorf das Vieh von den Wiesen zur Tränke. Kurz darauf hörte er, wie der Bug am Schilf rieb. Hier entlang glitt er flussaufwärts. Das Ruder tauchte tief in den sumpfigen Grund. Schließlich gelangte er zu einem schmalen Nebenarm, der – durch einen mit Weiden bewachsenen Streifen Festland getrennt – parallel zum Flussbett verlief. Der Arm hatte die Breite von zwei Booten, mehr nicht, und endete blind im Schilf und Weidengestrüpp. Er hatte ihn im vorigen Jahr entdeckt, als er mit der Gliep am Ufer entlangwatete. Jetzt schob er sich ans Ende des Seitenarms und stieg vorsichtig aus, an einem schmalen Stückchen Land ohne Gestrüpp. Mit der Kette machte er das Boot fest und ging ins Wasser. Es reichte ihm nicht ganz bis zur Hüfte. Er löste eine um einen Stängel gewickelte Schnur und holte ein Netz mit Fischen aus dem Wasser. Träge bewegten sie sich. Einer blitzte mit dem silbrigen Bauch. Die Dämmerung brach an. Er griff ins Gestrüpp und zog eine Angel heraus, aus einem Weidenzweig gemacht. Angestrengt watete er zurück in die Strömung und erreichte dann, noch immer im Wasser, die Stelle, wo das Vieh zum Trinken kam, und erst dort stieg er ans trockene Ufer.

Das Dorf schlief noch. Noch heizten sie nicht die Herde. Auch die Hunde schliefen. Auf dem sandigen Weg ging er nach oben. Die nassen Kleider klebten am Körper, ihm war kalt. Er lief etwas schneller. Gleichgültig passierte er den Bildstock an der Stelle, wo sich die Wege kreuzten. Links ging es zur Kirche. Er hielt sich geradeaus. Die Häuser standen dicht, eins neben dem anderen. Es ist still wie am Sonntag, dachte er. Doch es war erst Samstag. Er hörte eine Kette gegen eine Futterkrippe schlagen. Der Sand verklebte ihm die Schuhe. Er zog sie aus, band sie zusammen und hängte sie über die Schulter. Unter der Oberfläche war der Sand warm. Hinter den letzten Häusern bog er rechts ab und ging an einer Windmühle vorbei. Er blickte auf den sandigen Pfad, der zwischen den Feldern leicht abfiel, dann wieder etwas anstieg, um hinter einer fernen Erhebung zu verschwinden. In der Gruppe der hohen Pappeln verbargen sich drei Gehöfte. Verstreut, einen Kilometer oder ein paar Hundert Meter voneinander entfernt, waren sie im morgendlichen Zwielicht fast unsichtbar. Reetgedeckte Holzhäuser. Als wäre da niemand, dachte er. In der Senke, da wo der Pfad abfiel, erstreckte sich ein Streifen feuchter Wiesen. Jetzt sahen sie fast schwarz aus. Er ging noch ein paar Hundert Meter und bog in einen Seitenweg, der sumpfig und zerfahren war. Auf beiden Seiten lag zerdrücktes Getreide, mit Schwarzerde vermischt. Er trat in den Schatten der hohen Pappeln.

Nach ein paar Schritten, als er das deutsche »*Halt!*« hörte, blieb er stehen. Der Soldat stand unter dem breiten Apfelbaum, die MP über die Schulter gehängt, den Lauf nach vorne, doch den Finger hatte er nicht am Abzug. Mit einem leichten Nicken trat er einen Schritt zurück und lehnte sich wieder an den Baum. Der Fährmann ging am Zaun entlang bis zu dem Eingang, wo ein zweiter Wächter stand.

»*Gut Morgen*«, brummte er und schob das Törchen auf.

»*Morgen*«, erwiderte der Soldat und fragte in gebrochenem Polnisch: »Was gibt's?«

»Fische«, sagte er auf Deutsch und hob das Netz hoch.

Der Soldat trat ein Stück näher und betrachtete die Fische. Aus dem Hof kam ein anderer, dann noch einer. Sie unterhielten sich angeregt, doch er verstand nichts. Er hörte nur ein paarmal »Hecht« und »Barsch«, also dachte er sich, sie stritten wohl über die Gattung. Sie drehten das Netz in den Händen und befühlten durch die Maschen die vier Fische, ohne auf den kalten Schleim zu achten.

»Barsch und Plötze. Ich gebe euch die zwei größten für zwei Päckchen Zigaretten«, sagte er und fügte hinzu: »Zwaj fir zwaj.«

Wieder begannen sie zu reden. Der Erste, der mit dem Gewehr, erklärte den anderen etwas und sagte schließlich: »Dopsche.«

Den Rücken ans Scheunentor gelehnt, saß er da und wärmte sich in der Sonne. Im Blick hatte er die Soldaten. In aufgeknöpften Uniformen liefen sie umher. Sie setzten sich mit ihrem Kochgeschirr an einen Holztisch. Neben dem Brunnen dampfte die Feldküche. Es roch nach erhitztem Fett, Zwiebeln und Tabak. Auf der gegenüberliegenden Seite des Hofes sah er das Holzhaus mit dem Steinsockel und dem Reetdach. Zum Eingang führten drei Stufen. Auf die ging ein Koch in weißem Kittel zu und trug ein Tablett mit einem Krug, einem zugedeckten Topf und Tellern. Das Scheunentor war warm. Er rauchte eine Zigarette und sah sich das alles an. Den weißen Kittel, die gescheuerten Kessel neben dem Brunnen, die ruhige Schläfrigkeit des Lagers. Im Obstgarten hinter dem Haus standen Kanonen, die langen Rohre gesenkt. Zwischen den Bäumen waren Tarnnetze aufgespannt. Bei manchen Bäumen war die Rinde abgeschält. Die Raupenschlepper hatten sie genauso getarnt. Über Hunderte, Tausende Kilometer hatten sie die Geräte hergeschleppt, um sie zwischen Apfelbäumen aufzustellen, die vor kurzem noch geblüht hatten. Jetzt ruhten sie sich aus. So viel Kraft hatten sie aufgebracht, und jetzt würden sie seine zu einem ordentlichen Preis gekauften Fische braten. Sie besaßen Zigaretten und Fässer mit Benzin, und von Zeit zu Zeit ließen sie ihre Unterwäsche von den Mädels im Dorf waschen. Er wohnte seit dem Frühjahr in der Scheune und sah zu, wie der Koch im weißen Kittel jeden Morgen eine Kanne Kaffee ins Haus trug. Unter dem alten Birnbaum hatte er aus Ziegeln eine Feuerstelle gebaut. Das Blechrohr kam oben an der Baumkrone heraus. Zwischen den Zweigen hatte er eine Plane gespannt. Genau wie die Deutschen es mit den Tarnnetzen über den Geschützen gemacht hatten. So konnte er sogar bei Regen kochen. Jetzt war eine Frau über dem Blech beschäftigt. Barfuß, mit einer Schürze, mit dunklem Haar, das unter dem angeschmutzten roten Kopftuch herauskam. Es roch nach Fisch. Er erhob sich und ging zum Kuhstall. Das Tor war offen, nur mit einer Stange versperrt. Er trat in die dunkle, heiße Luft. Bei seinem Anblick stand die Kuh langsam auf. Er machte sie los, und sie setzte sich in Bewegung. Ohne dass er sie antreiben musste, ging sie auf dem Pfad am Rand des Obstgartens in Richtung des dunklen Wiesenstreifens. Er folgte ihr. Das Gras war feucht und kühl. Er krempelte die Hosenbeine hoch. Die Kuh senkte den Kopf und begann zu weiden. Der rotbraune Rücken glänzte in der Sonne wie glühendes Eisen. Im Gras schimmerte silbern die Kette. Seit die Soldaten hier waren, hatte er keine Angst mehr vor Dieben und nahm die Kette nachts nicht mehr mit. Jetzt legte er sie um die Hörner. Er spürte die Wärme des Kuhnackens und strich intuitiv mit der Hand darüber. Er zog den stählernen Pfahl heraus und schlug ihn ein Stück weiter mit einem Stein wieder in den Boden. Unten, auf dem Grund der grasigen Senke war eine hölzerne Verkleidung über einem flachen Brunnen mit sumpfigem Wasser. Er ging davon aus, dass die Frau bei Tagesanbruch die Kuh getränkt hatte, doch er schaute nach, ob der verbogene Eimer sich an seinem Platz befand. Das tat er. Wie auch die Kette.

Er ging die Senke hinauf und blieb auf dem Rücken der sanften Erhebung stehen, wo die Raingrenze verlief. Auf dem ausgetretenen Pfad konnte er die frierenden Füße trocknen. Jetzt sah er auf der gegenüberliegenden Erhebung das Anwesen, die Pappeln, den Obstgarten, doch die Artillerie und die Raupenschlepper blieben unsichtbar. In der Ferne lag gestreift das andere Ufer. Tiefliegend, graugrün, flach wie die Steppe, zog es sich bis zum Horizont. Hier und da, zum Fluss hin, war es mit Weiden bewachsen. Er kannte all die sumpfigen Stellen, die im Frühjahr so stark überschwemmt wurden, dass der Fluss doppelt so breit wirkte. Jetzt stand dort grünliches, modriges Wasser. Es war so dicht und unbewegt, dass es nicht die Sonne spiegelte. Das flussabwärts liegende Nagórna sah aus wie ein paar graue waagerechte Striche. Nicht einmal eine Kirche hatten sie dort. Die Leute wollten keine sieben Kilometer gehen, und so stellten sie sich sonntagmorgens ans Ufer und riefen. Das Wasser trug die Stimmen zu ihm. Er ging dann den Abhang hinunter, machte das Boot los und fuhr zu ihnen. Wenn das Wasser hoch stand, kam er fast bis zu den ersten Häusern. Sie hatten keine Kirche, eigentlich hatten sie nichts außer ein paar Hütten, feuchten Weiden und einem sandigen Hügel hinter dem Dorf, wo sie Kartoffeln anbauten und Hafer säten, um später nach Hagel, Regen oder Dürre Ausschau zu halten. Mühsam kletterten sie ins Boot, die Schuhe in den Händen. Die Frauen rafften ihre Röcke. Mit Kopftüchern, Jacken, die nach Mottenpulver rochen. Gewaschen, rasiert. Jeder gab ihm ein paar Groschen, einen Geldschein oder ein Ei. Die Eier legte er in ein mit Heu ausgekleidetes Körbchen.

»Ihr könntet mal zusammenlegen für eine Kirche«, sagte er eines Tages.

»Rutsch mir doch«, erwiderte einer. »Von was denn und für wen?«

Es lohnte sich tatsächlich nicht. Auf fünf Mal hätte er das ganze Dorf transportieren können, dachte er damals.

»Du hast gut reden, ihr habt ja die Kirche von den Orthodoxen«, sagte eine der Frauen.

Doch jetzt konnte er nur hinüberschauen zu dem zwei Kilometer entfernten Ufer. Er sollte ein Fernglas haben, kam ihm in den Sinn. Von der Straße, die knapp unter dem Horizont verlief, stiegen manchmal Staubwolken auf. Er könnte nach einzelnen Soldaten Ausschau halten, ohne sich dem Fluss zu nähern. Sie gingen am Ufer entlang und suchten auf den Sandbänken oder im Schlamm nach Spuren. Er würde einmal einen meterlangen Wels fangen und ihn gegen ein Fernglas tauschen, dachte er und lachte leise.

Als er mit dem Essen fertig war, nahm die Frau seinen Teller und trug ihn zu der Blechwanne, die neben der Feuerstelle stand. Sein Blick folgte ihr. Sie goss warmes Wasser aus dem Kessel, hockte sich hin und begann, das Geschirr zu spülen. Dann schüttete sie das schmutzige Wasser weg und goss neues ein, zum Abspülen. Sie tat es rasch, wie nebenbei, nicht so schwerfällig wie die Landfrauen, die schon in ihrer Jugend ewig müde sind. Sie hatten nur zwei Teller aus Steingut, mit einem blauen Rand. Der Rest, Schüsseln, Kanne, Becher, war aus Blech. Zum Trocknen legte sie das Geschirr ins Gras. Sie kam zurück und setzte sich neben ihn. Er steckte sich eine Zigarette an, machte ein paar Züge und gab sie ihr. Sie nahm sie, hielt sie eine Weile zwischen Daumen und Zeigefinger und machte ebenfalls einen Zug, wobei sie etwas ungeschickt den Handrücken nach außen drehte. Sie kostete den Rauch, als wäre er etwas zum Essen oder Trinken.

»Gut«, sagte sie.

Sie zog noch einmal und wollte ihm die Zigarette zurückgeben, aber er schüttelte den Kopf.

»Rauch ruhig«, sagte er.

Ein paar Hühner badeten im Sand. In der Sonne flirrte goldener Staub. Das durchs Blattwerk gesiebte Licht sprenkelte den Hof. In einem Sonnenfleck ausgestreckt lag die schwarze Katze. Der rote Hahn stolzierte um seine Hühner herum. Ein Blechauto ohne Dach fuhr vors Haus. Der Fahrer salutierte dem Offizier, der auf der Treppe stand. Mit dröhnendem Motor fuhren sie davon, in der Luft der Geruch von Benzinabgasen.

»Wie ist es gelaufen?«, fragte sie.

»Normal«, erwiderte er. »Von Dorohucza aus haben sie ein paarmal geschossen, aber nur zur Abschreckung. Sie schießen etwa jede Stunde.«

»Haben sie bezahlt?«

»Einen habe ich transportiert. Er hat bezahlt. Ich nehme es immer im Voraus. Er hatte Angst.«

»Ich hätte auch Angst.«

»Er musste nur stillsitzen. Sie haben mich noch nie erwischt.«

»Wenn sie dich erwischt hätten, würdest du nicht mehr leben.«

Sie saßen auf einer niedrigen Bank unter dem Fliederstrauch und berührten sich fast. Er nach vorn gebeugt, die Ellbogen auf den Knien, sie aufrecht, die Hände im Schoß. Beide barfuß, die Füße im warmen Sand. Es war schwer zu sagen, ob sie eher wie ein Ehepaar oder wie Geschwister aussahen.

»Mich erwischen sie nicht«, sagte er gleichgültig. »Auf dieser Seite gehen sie nachts kaum, und auf der anderen eher auch nicht. Ich glaube, sie schießen nur zur Abschreckung. Immer von Dorohucza oder Nurzec aus. Dazwischen nie.«

»Dass der Deutsche Angst hat, klar, aber der Iwan?«

»Der Iwan hat keine Lust.«

In der Ferne hörten sie einen Motor brummen. In der Nähe der Windmühle stieg Staub von der Straße auf. Nach ein paar Minuten fuhr ein Motorrad mit Beiwagen auf den Hof. Der Fahrer trug Schutzbrille und Tarnanzug. Er sprang vom Sitz und lief über die Treppe ins Haus, ohne den Motor abzustellen. Gleich darauf war er wieder da. Er stieg auf, legte den Gang ein, drehte fast auf der Stelle und verschwand in einer Staubwolke. Die Hühner flatterten aus ihren Mulden auf und liefen Richtung Stall.

»Eine Zündapp«, sagte er halb zu ihr und halb zu sich selbst.

»Viel los heute«, erwiderte sie.

»Eine Zündapp«, wiederholte er.

»Was?«

»So heißt das Motorrad«, sagte er leise.

»Und?«, fragte sie ohne Interesse.

»Nichts. Ich sag's bloß.«

Er griff in seine Hosentasche und holte die Zigaretten heraus. Dann ging er zur Feuerstelle, buddelte ein schwarzes Stückchen Kohle aus, pustete hinein, steckte die Zigarette an und setzte sich wieder neben sie. Er nahm einen Zug, blies den Rauch aus und schnupperte dem dünner werdenden Wölkchen hinterher.

»Ich könnte ein Fernglas gebrauchen«, sagte er nach einer Weile.

»Motorrad, Fernglas und was noch?«, murmelte sie.

»Das wäre nützlich. Dann wüsste ich, wie die Russen am Tag patrouillieren. Weiter vom Ufer weg oder näher dran. Wie sie die Sümpfe umgehen. Man kann nicht die ganze Zeit am Wasser lang. Sogar wenn es trocken ist, kommt man nicht durch. Es geht bis zur Hüfte und zieht einen rein. Vielleicht haben sie hier und da Stege gebaut, aber ich denke nicht. So oder so, ein Fernglas wäre nützlich«, schloss er.

»Dann kauf ihnen eins ab«, sagte sie und schaute in den Hof.

Er folgte ihrem Blick. Die Hühner waren wieder an ihren Plätzen. Im Garten unter den Tarnnetzen hantierten Soldaten. Sie kümmerten sich um die Kanonen. Nur im Unterhemd, die Jacken und Hemden hatten sie ausgezogen. Sie drehten, verschoben, verstellten Hebel, schmierten die Mechanismen. Manchmal drangen von dort Gesprächsfetzen herüber. Die Deutschen bewegten sich langsam, fast träge, unterbrachen jedoch keinen Moment ihre Beschäftigung. Ein Unteroffizier in Uniform ging von einem Posten zum anderen und sah sich ihre Arbeit an. Zu einem der Soldaten sagte er etwas, und einige von ihnen lachten. Eigentlich hatte dieses Bild nichts Bedrohliches. Es roch nach gekochten Kartoffeln, gebratenen Zwiebeln und Zigarettenrauch. Am Rand des Obstgartens standen ein paar graugrüne Zelte, die genauso getarnt waren wie die Geschütze.

»Das ist keine Gendarmerie, sondern eine ordentliche Armee«, sagte er leise. Langsam stand er auf. »Ich gehe schlafen.«

»Ja, geh«, sagte sie. »Lass mir eine da.«

Er holte eine Zigarette aus dem Päckchen, gab sie ihr und ging zur Scheune. Drinnen war es kühl. Durch die Ritzen fielen schräge Sonnenstrahlen. Darin schwebten Staubteilchen. Er wartete darauf, dass sich die Augen an die Dunkelheit gewöhnten. Links hinten stand eine hölzerne Worfelmaschine, mit trockenem Staub bedeckt. Nach Staub, verwittertem Heu und Stroh roch es in der ganzen Scheune. Er ging zu dem Pfahl, an dem ein altes Kummet hing. Es war zerschlissen, zum Teil kam das Rosshaar heraus. Er hielt das Gesicht näher hin und schnupperte. Der Pferdegeruch war kaum noch wahrzunehmen.

Rechts von der in das Tor eingelassenen Tür hatten sie sich eingerichtet: ein Schrank aus Brettern, eine grün gestrichene Kiste, ein Tisch, zwei Hocker und das Bett der Frau auf vier Baumstümpfen. Alles andere hatten sie draußen im Freien. Gleichmütig ging er an den Geräten vorbei, setzte sich auf einen Balken der Banse und schlug die Beine übereinander. Auf dem restlichen Heu des Vorjahrs lag eine Pferdedecke, darauf hatte er sich ein Lager aus grauen Decken und einem Kissen gemacht. Er zog sich aus und legte sich ausgestreckt auf den Rücken. Oben, unter dem Strohdach, herrschte fast völlige Finsternis. Er heftete den Blick dahin und versuchte einzuschlafen. Doch immer wieder tauchte ein Bild auf: Die Frau geht zur Feuerstelle, hockt sich hin, und ihr Rock umspannt eng ihre Oberschenkel und ihren Hintern. Wie eine Zigeunerin, dachte er. Wie eine Zigeunerin. Das ganze Leben in der Hocke.

2

Sie lagen im Gestrüpp auf einer kleinen Erhebung. Rechts von ihnen der Friedhof. Ihr Blick war auf die Straße unten gerichtet. Der Jüngere kaute an einem Grashalm. Die Schatten der Kreuze und Bäume wurden länger und dunkler. Der Ältere lag reglos da, auf die Ellbogen gestützt, und schaute geradeaus. Hinter der Straße stieg die Landschaft leicht an. Die Anwesen lagen weit voneinander entfernt, getrennt durch gelbe und grüne Rechtecke. Jedes in einer Gruppe hoher Pappeln.

»Da kann man sich nirgends verstecken«, sagte der Jüngere. Unter den Achseln und am Rücken hatte er weiße Salzspuren auf dem dunklen Hemd. »Man kann kilometerweit sehen. Da muss man nachts gehen. Bei uns, in der Gegend von Włodawa …«

»Wenn du noch mal sagst, ›bei uns in Włodawa‹, dann hau ich dir eine rein. Ich ziehe die Pistole und hau dir mit dem Kolben auf den Schädel. Verstanden?« Der Ältere sagte das leise, ohne ihn anzusehen.

»Jawohl, Herr Zugführer. Ich wollte nur sagen, dass es hier nicht so viel Wald gibt …«

»… wie bei euch in Włodawa.«

»Genau. Da kann man einen Monat lang unterwegs sein, ohne einen Deutschen zu sehen.«

»Sehr soldatisch, Junge.«

»Das wollte ich nicht sagen, Herr Zugführer. Nur dass die Bedingungen besser sind.«

»Warum bist du dann nicht dortgeblieben?«

»Weil sie mich gesucht haben.«

Er riss einen neuen Halm ab und folgte mit dem Blick dem des Älteren. Die Leute trieben das Vieh von den Weiden. Hier und da sah man eine kleine Figur neben einem Tier. Kühe, ein Pferd, ein paar Schafe. Durch den Tau stapften sie auf die Gehöfte zu, die schon im Schatten lagen. In einer Stunde würde es dunkel werden, also mussten sie sich beeilen. Mit dem Melken, dem Tränken, dem Zugeben von Häcksel, dem Anbinden an der Futterkrippe, bevor die dichte und große Nacht käme, in der man nur stillsitzen und den Geräuschen draußen oder dem eigenen Herzschlag lauschen konnte.

»Ist es lange her, dass Sie zu Hause waren, Herr Zugführer?«

»Ja, lange her, Junge.«

Von Hruszowa her hörten sie ein Dröhnen. Ein tiefes, schweres Grollen aus dem Westen. Es war wie ein aufziehendes Gewitter, aber es glitt direkt über die Erde und ließ sie erbeben. Ein Beben, das diesem Landstrich fremd war, der aus Holzhäusern, Stroh, Vegetation, feuchten Weiden und vollgefressenen Schweinen bestand. Hier hatte noch nie jemand so etwas gehört. Die Leute blieben auf halbem Weg zu ihren Höfen stehen und drehten den Kopf. So konnte es sein, doch die zwei Männer schauten nicht mehr dorthin. Sie zogen sich tiefer ins Gestrüpp zurück und schmiegten sich dicht an die Erde. Zuerst sahen sie die Motorradfahrer. Sie fuhren, je zwei Maschinen nebeneinander, mit RKM an der Motorhaube des Beiwagens. Mit Helm, Schutzbrille und Handschuhen wirkten sie gar nicht wie Menschen. Hinter ihnen rollten die Panzer. In den Sonnenresten nahm der Staub eine orangerote Färbung an und bewirkte, dass die Maschinen irreal aussahen. Das Dröhnen der Motoren, das tiefe Grollen und das Beben der Erde passten nicht zu den im Licht und Dunst versinkenden Erscheinungen. Sie fuhren dicht hintereinander und hatten kaum Platz auf der Straße, über die normalerweise Fuhrwerke holperten. Als würden sie in der Luft schweben, im flammenden Himmel. In den offenen Luken standen reglos Männer in schwarzen Overalls. Sie blickten geradeaus, auf die

Landschaft mit den Figürchen der Menschen und Tiere, mit den Häusern aus Holz und Stroh. Wäre nur ein Wind aufgekommen, ein gespenstisches Feuer hätte alles entflammt.

»Zählst du, Junge?«

»Ja, Herr Zugführer.«

»Zähl nur die Panzer.«

»Jawohl«, flüsterte der Junge.

Den Grashalm hatte er schon lange ausgespuckt, und er bewegte lautlos die Lippen. Der Zugführer betrachtete ihn einen Moment lang. »Als würde er beten«, dachte er. »Etwas anderes bleibt auch nicht.« Er wandte den Blick wieder der Straße zu. Ohne Unterbrechung krochen die Fahrzeuge dahin. Transporter, Lastwagen, dann wieder Panzer und wieder Motorräder. Eisen, Abgase, Knirschen. Manche Typen sah er zum ersten Mal im Leben. Der ölige Gestank drang bis zu dem Hügel vor. Die Sonne war fast untergegangen. Er machte sich noch flacher und hielt das Fernglas an die Augen. Jetzt konnte er Gesichter erkennen, die Päckchen, die an den Panzern festgeschnallt waren, am Handgelenk eines der Panzersoldaten sah er eine große Uhr. Einige Motorradfahrer fuhren von der Straße ab und umkreisten die Kolonne wie Hunde eine Herde. Er hielt das Glas höher, auf die Wiesen, die sich dahinter erstreckten. Da standen einige Halbwüchsige mit einer Kuh am Strick. Völlig unbewegt standen sie und starrten auf die Eisenschlange. Einer der Soldaten winkte ihnen aus der offenen Luke zu. Als wären sie aus dem Traum erwacht, hoben sie die Hand und erwiderten den Gruß.

»Kleine Volksdeutsche«, brummte er vor sich hin.

Schließlich waren die Panzer durch, und es kamen nur noch Lastwagen. Sie fuhren ohne Verdeck, gefüllt mit Soldaten. Einer, zwei, zehn. Einige der Soldaten standen und hielten sich an den Bügeln fest. Sie betrachteten das dämmernde Land, rauchten Zigaretten und sahen aus, als würden sie in Urlaub fahren. Ihm schien, als hörte er in dem mechanischen

Lärm auch Gesang. Aber er konnte sich täuschen, denn er begriff das alles nicht. Es war zu groß, zu überraschend, wie aus dem Nichts. Sie fuhren durch sein Land, lachten, rauchten, und er, der Zugführer, konnte nur nach den nächsten Kompanien, Bataillonen, Brigaden und Divisionen Ausschau halten. Im Gebüsch versteckt wie ein Tier, auf seinem eigenen Boden, mit einem Kind, das versicherte, bis hundert zählen zu können. Vielleicht kam es ihm aber auch nur so vor, als sängen sie. Er spürte den Tau. Die Kolonne war zu Ende. Kurz darauf kam noch ein Kübelwagen mit drei Offizieren und einem Fahrer. Drei Motorräder eskortierten ihn. Dann wurde es still.

»Wie viele, Junge?«

»An die fünfzig, scheint mir, Herr Zugführer. Bestimmt.«

»Und wie zählt ihr in Włodawa?«

»Unterschiedlich, Herr Zugführer.«

»Zählt ihr in Mandeln?«

»In Mandeln auch.« Der Junge setzte sich und begann nervös nach einem neuen Grashalm zu suchen.

»Junge, es ist Krieg, verdammt! ›Ich melde, Herr Zugführer, dass etwa drei Mandel *Panzerkraftwagen drei* vorbeigefahren sind‹, ja? Nicht ganz ein Schock, richtig?«

»Sie können Deutsch, Herr Zugführer?«

»Ja«, erwiderte er, griff in die Innentasche seiner Jacke und holte die Zigaretten heraus.

Mit einem Benzinfeuerzeug steckte er sich eine an, wobei er mit der Hand die Flamme abschirmte, und hielt dann dem Jungen das Päckchen unter die Nase.

»Ich rauche nicht, Herr Zugführer.«

»Das sehe ich. Du kaust Gras wie das liebe Vieh. Rauchen solltest du. Den Geschmack der Zivilisation kennenlernen. Der deutschen Zivilisation. Den Geschmack des Feindes. Damit du weißt, worauf du dich einlässt. Ihr habt in den Dörfern sicher Machorka gequalmt oder ähnliches Zeug, hinter der Scheune angebaut und in Zeitungspapier gewickelt, aber hier ist Krieg, Kind, die *Panzerkraftwagen drei* kommen, das ist, als kämen die Kreuzritter, du solltest also rauchen lernen. Die sind aus Eisen, also solltest du rauchen, dann fällt es dir leichter zu sterben. Du machst einen Zug, und das war's.«

Der Junge nahm eine Zigarette, steckte sie sich ungeschickt zwischen die Lippen und hielt sie im Mundwinkel. Das hatte er sicher irgendwo gesehen. Er knipste mit dem Feuerzeug, und als es schließlich anging, traf er nicht gleich mit der Flamme. In der anbrechenden Dunkelheit sah sein Gesicht fast kindlich aus. Er verschluckte sich und begann zu husten. Der Zugführer nahm ihm die Zigarette ab und machte sie aus. Schließlich beruhigte sich der Junge, schmiegte sich an das feuchte Gras und atmete schwer.

»Du musst noch üben. Am besten mit Machorka.«

Wo die verstreuten Häuser standen, war kein Licht zu sehen. Die Nacht verschluckte sie. Als wäre dort niemand. Sie saßen oder lagen in der dichter werdenden Finsternis. Manche flüsterten lautlos ein Ave Maria oder Ähnliches, »Unter deinen Schutz und Schirm«, in der Hoffnung, dass das Schwarz sie verbergen möge, dass sie bis zum Morgengrauen überleben und niemand kommen werde, weil sie unsichtbar sind. So war es schon immer. Weil sie niemand anderen sehen wollten als ihre nächsten Angehörigen und die Leute ringsum, weil sie nie weiter blicken wollten als bis zum Dorfrand. Irgendwo auf den Wiesen war ein Wachtelkönig zu hören. In der vollkommenen Stille klang sein harter, aufdringlicher Ruf wie Hohn oder wie eine Warnung: Alles ist anders, als es scheint.

Der Zugführer zerrieb die Kippe zwischen den Fingern und stand auf.

»Gehen wir«, sagte er.

Sie gingen hinunter, auf die Straße zu. Im Sand waren tiefe Spurrillen. In der warmen Luft hing noch der Gestank von Abgasen und der metallische Geruch erhitzter Mechanismen. Sie überquerten die Straße und eine taufeuchte Wiese. Der

Zugführer erreichte den Rain und bahnte sich einen Weg zwischen den Getreidefeldern. Sie gingen drei Schritte hintereinander und konnten sich kaum sehen. Intuitiv riss der Junge eine Ähre ab und spürte, dass es Weizen war. Er zerdrückte sie und nahm ein paar Körner in den Mund. Sie schmeckten süßlich-wässrig, unreif, doch sie halfen, den üblen Tabakgeschmack abzutöten. Dann riss er eine weitere und noch eine ab und versuchte so, den Hunger zu überlisten.

»Du kriegst die Scheißerei.«

»Sie hören gut, Herr Zugführer.«

»Ja, Junge.«

»Kriege ich nicht. Ich hab morgens gegessen. Seither nichts mehr.«

»In einer Stunde gibt's was.«

Sie gingen zwischen den verstreuten Gehöften, nass bis zu den Knien, und kreuzten die Straße, auf der die Panzer gerollt waren. In der Ferne, links, auf der Seite, wo Dorf und Fluss lagen, bellten und kläfften Hunde. »Die kann man am anderen Ufer hören«, dachte der Zugführer. »Alles haben sie geplant, verdammt, aber sie haben nicht bedacht, dass es hier so viele Hunde gibt.« Über dem schwarzen Horizont, hinter dem Dorf, hinter dem Fluss, erschien der rote Saum des Mondes. Sie gingen gleichmäßig, schnell, spürten die Berührung von nassem Gras und Unkraut, das auf dem Rain wuchs. Nach einer Weile sahen sie die fernen Umrisse der hohen Pappeln, die rings um die Gehöfte standen. Schwarze Flecke, dunkler als der Horizont und das Firmament. Der Zugführer bog mal rechts, mal links ab, ohne langsamer zu werden, als kennte er das Labyrinth der Raine von Geburt an. Rechts, links, doch immer so, dass die dunklen Baumgruppen so fern wie möglich blieben. Kein Hund hörte ihre Schritte. Hier und da kläffte einer, aber nur als Antwort auf das Hundegebell im Dorf. Jetzt, in der kaum erhellten Dunkelheit, bemerkte der Junge plötzlich, dass der Zugführer kleiner war als er. Untersetzt, ihm gerade bis zur Schulter reichend, stämmig, durchschnitt er die Luft, als ginge er gegen eine Böe an, obwohl die Nacht völlig windstill war. Dem Jungen kam es vor, als hörte er den gleichmäßigen, tiefen, unerbittlichen Atem eines Schwimmers oder Läufers. Vielleicht hörte er ihn wirklich.

Auf dem Tisch stand eine Lampe. Das Glas war an der Öffnung verrußt. Sie saßen zu dritt um den Tisch. Im Halbdunkel am Herd hantierte eine kräftige Frau. Die Gerüche nach gebratenem Speck und Petroleum mischten sich mit dem Mief des ungelüfteten Raums. Die Frau bückte sich ächzend und warf eine Handvoll Zapfen in den Ofen. Das Feuer leuchtete in ihr regloses Gesicht.

»Beim nächsten Mal machst du schneller auf«, sagte der Zugführer.

»Wir haben schon geschlafen«, erwiderte der Mann.

Er war unrasiert und hatte etwas Schmutziges an. Mit der Hand fuhr er sich über die Stoppeln und schaute vor sich hin.

»Wir haben geklopft.«

»Aber gleich das Fenster einschlagen …«

»Da hättet ihr schneller aus den Federn kommen müssen.«

»Wer kann denn wissen, dass Sie es sind, Herr Bury …«

»Siwy«, korrigierte der Zugführer.

»Herr Siwy … Tja, wer hätte das wissen sollen? Alle möglichen Leute laufen nachts rum und klopfen. Da hat man Angst.«

»Wer läuft rum?«

»Alle möglichen. Manchmal klopfen sie und gehen wieder, manchmal wollen sie die Tür aufbrechen. Wir verhalten uns still und machen kein Licht.«

»Hast du keinen Hund?«

»Sie haben ihn erschossen.«

»Wer?«

»Weiß nicht. Er hat gebellt, da haben sie ihn erschossen. Nachts. Der Mond war wie heute.«

Die Frau stellte die Pfanne auf den Tisch, legte einen halben Laib Brot dazu, ein Messer und zwei Löffel. Sie wollte weggehen, aber der Zugführer sagte:

»Schneid das Brot auf, stell dich nicht so an.«

Ohne jemanden anzusehen, drückte sie den Laib an die Brust und schnitt ein paar dicke Scheiben ab. Dann ging sie und setzte sich aufs Bett. Durch das eingeschlagene Fenster zog die Nachtluft herein und verdünnte den schweren Geruch in der Stube. Die Frau warf sich das Tuch um und rührte sich nicht mehr. Der Zugführer nahm seine Pistole heraus und legte sie auf den Tisch. Er griff nach dem Löffel und nickte dem Jungen zu. Schweigend aßen sie. Irgendwo in der Dunkelheit war das Ticken eines Blechweckers zu hören. Der Junge brach große Stücke von der Brotscheibe ab und steckte sie in den Mund. Über das Kinn lief ihm Fett. Schließlich legte der Zugführer den Löffel weg und schob dem Jungen die Pfanne zu.

»Mach sie leer. Du wächst noch.« Dann wandte er sich dem Mann zu, der reglos dasaß, die Ellbogen auf dem Tisch, und ins Halbdunkel starrte. »Du sagst also, du weißt nicht, wer kommt.«

»Einmal sind Jidden gekommen. Sie haben gefragt, wo's zum Fluss geht.«

»Und? Hast du's ihnen gezeigt?«

»Ja, damit sie gehen.«

»Und die Deutschen?«

»Die kommen nicht her, Herr Siwy. Das Häuschen liegt ja direkt am Wald. Manchmal sieht man sie von weitem auf Motorrädern. Was zum Teufel sollte der Deutsche hier wollen? Anders als die Jidden. Sie gehen durch die Wälder. Nachts durch die Wälder.«

»Und die den Hund erschossen haben?«

Der Zugführer breitete ein Taschentuch auf dem Tisch aus und griff nach der Pistole. Er nahm das Magazin heraus, prüfte die Kammer, zog den Verschluss ab und begann dann, den ganzen Rest zu zerlegen. Im gelben Licht der Lampe sah er sich die einzelnen Teile an und legte sie auf das fleckige Stück Stoff. Dann holte er einen Lappen aus der Tasche und riss ein paar Streifen ab. All das tat er schnell, automatisch, das ungenügende Licht störte ihn nicht. Er steckte den Stoff in die Teile, zog ihn durch, rieb sie ab und nahm sich die nächsten vor. Mit dem Daumen leerte er das Magazin und wischte Patrone für Patrone gründlich ab.

»Die waren nicht von hier. Als sie den Burek erschossen hatten, haben sie gegen die Tür gedonnert. Ich hab so rausgeschaut, dass sie mich nicht sehen konnten. Da lag noch Schnee, zwei hab ich gesehen, aber ich hatte das Gefühl, es sind mehr. Die Frau hat gesagt, ich soll nicht aufmachen, aber ich dachte mir: Wenn du nicht aufmachst, zerdeppern sie die Tür. Es war März, aber ordentlich Frost. Ich dachte mir: Wenn sie schon hier sind und den Hund erschossen haben, gehen sie nicht einfach wieder. Ich sagte der Frau, sie soll die Lampe anmachen, und hab die Tür geöffnet. Wie ich mir dachte: nicht zwei, sondern vier. Sie stießen mich sofort weg, dass ich durch die Diele flog. Mit einer Lampe haben sie mir in die Augen geleuchtet und in die Stube. Vier waren's, und nachher hat sich herausgestellt, dass ein Fünfter draußen geblieben ist, um aufzupassen. Sie sind überall rumgegangen, um zu gucken, ob noch jemand da ist, und dann sofort an den Tisch, essen. Sie hatten Gewehre …«

»Was für welche?«, unterbrach ihn der Zugführer.

»Normale. Einer hatte ein deutsches MG. Sie hatten sie bei sich. Die Frau hat angefangen zu jammern, dass wir arm sind und nichts haben, aber ich hab gesagt, sie soll ruhig sein, vier mit MG sind vier mit MG, sie soll hergeben, was sie hat. Sie haben den Hund erschossen, da gehen die her und erschießen auch das Schwein, ist denen doch egal. Es war ein Topf Kartoffeln auf dem Herd, sie hat eine Pfanne Grieben gemacht, noch ein bisschen Sauerkraut dazu, und mehr hatten wir wirklich nicht. Sie wollten Wodka, aber bin ich blöd? Vier mit MG und betrunken? Ich hab gesagt, wir haben keinen. Sie haben sich auf das Essen gestürzt, nicht mal die Mützen haben sie abgenommen, wie die Jidden, und dann wollten sie gleich schlafen, nur den draußen haben sie noch gerufen, damit er auch isst. Das war der Jüngste, und als er fertig war, ist er gleich gegangen, und die anderen haben sich auf den Boden gelegt, mit den Gewehren, und sind eingeschlafen. Ich hab die Lampe ausgemacht, bin zu der Frau ins Bett geschlüpft, aber schlafen konnte ich nicht, ich hab nur gehorcht, wie sie schnarchen und ob ihnen nicht irgendwas in den Sinn kommt. Der Jüngste ist nach einiger Zeit gekommen, hat einen geweckt und sich dann selbst hingelegt. Es war noch dunkel, als sie aufgebrochen sind. Sie haben mit der Lampe geleuchtet und sind gegangen. Aus der Speisekammer haben sie fünf Kilo Speck mitgenommen, und weg waren sie.«

»Aber nicht von hier, sagst du?«

»Nein. Sie haben anders geredet. Mehr wie in der Stadt. Ich will ja nichts sagen, aber eher wie Sie, Herr Zugführer.«

Der Zugführer drückte mit einem Bürstchen einen langen Lappen durch. Im Licht der Lampe sah er sich die glatte Oberfläche an. Dann setzte er in wenigen Sekunden die Waffe wieder zusammen.

3

Ihm war heiß vom Essen und vom Schnaps. Er rückte ein
Stückchen in Richtung des eingeschlagenen Fensters. Um
die Lampe kreisten Falter. Die mit verbrannten Flügeln starben auf dem Tisch. Behutsam machte er die Schuhe auf und
streifte sie ab. Er bewegte die Zehen, und die Fußlappen wi-
ckelten sich von selbst ab. Auf dem kühlen Boden spürte er
sofort Erleichterung. Er war fünfzehn, aber er hatte gesagt,
er sei sechzehneinhalb, und sie hatten ihm wohl geglaubt, weil
er groß war. Deshalb hatte Siwy ihm jetzt ohne zu fragen ein
Glas des bläulichen Selbstgebrannten eingeschenkt, und er
hatte nicht zugegeben, dass er erst das dritte Mal im Leben
trank und ihm heiß war. Die anderen saßen da, redeten und
rauchten, die Ellbogen auf dem Tisch. Sie schwitzten und
sprachen immer lauter. Die Stimmen erfüllten die Stube, und
selbst wenn sich jemand dem Haus genähert hätte, wäre es
nicht zu hören gewesen. So kam es ihm vor. Um die schwarze
Pistole herum verendeten die angesengten Falter. Er stand auf
und sagte, ich gehe mal gucken. Der Zugführer nickte, ohne
aufzusehen. Als er die Tür der Stube hinter sich geschlossen
hatte, umgab ihn völlige Dunkelheit, doch er wusste noch,
er musste sich links und dann wieder links halten. Unter den
Füßen spürte er den kühlen Lehmboden, mit der Hand streifte er über die rauen Balken. Schließlich sah er einen Streifen
Mondlicht, der durch das Fensterchen über dem Eingang fiel.
Er tastete nach der eisernen Klinke und schob vorsichtig die
Tür auf.

Das nasse, kalte Gras war eine Wohltat für die Füße. Schräg
über dem Hof lagen schwarze Schatten und silbrige Streifen
Mondlicht. Es war vollkommen still. Kein Hund, kein Wind.

Die Erde fiel sanft zum Fluss hin ab, als sollten die Häuser, Felder, die schlafenden Menschen und Tiere in diese Richtung gleiten wie eine zerschnittene Haut, die das heiße Fleisch entblößt. Er dachte an die Panzer, die mitten in der Nacht angehalten hatten und verstummt waren. An die zerpflügte Straße, die sie hinterlassen hatten, und daran, dass die Fahrzeuge jetzt reglos, erstarrt dastanden und sich Tau auf sie legte. Er konnte nicht verstehen, warum sie in dieses grüne Kaff am Ende der Welt gekommen waren, an dieses sumpfige Ufer. In der Schule hatten sie erzählt, dieses Land habe nur Feinde. Zu Hause – er solle niemandem trauen, nicht mit Fremden sprechen. Fremden war er noch nie begegnet, alle sahen gleich aus. Erst jetzt, als die da durchzogen.

Er schickte sich zu einer Runde ums Haus an, ging um den umzäunten Gemüsegarten herum, hinter der Ecke war es dunkel. Er lauschte in die Finsternis, stellte das Ohr in die Richtung, wo in der Nacht die Soldaten angehalten hatten. Er wusste, dass es weit weg war, doch er verspürte mit Angst gemischte Neugier. Ich würde gern hingehen, mich anschleichen und sehen, was sie tun, dachte er. Ob sie essen, ausruhen, schlafen wie Menschen? Er geriet in die Brennnesseln und kehrte auf den Pfad zurück, der direkt ums Haus herumführte, dann ging er an einer Wand ohne Fenster entlang und schaute um die nächste Ecke. Gerade wollte er aus dem Schatten treten, da hörte er die Stimmen der beiden anderen Männer. Sie standen im Mondschein, den Hosenladen offen, und pissten.

»Auf den Iwan gehen die los, Herr Siwy? Wie kann das sein? Die halten doch zusammen. Als der Krieg anfing, hat man sie hier zusammen gesehen. Der Fritz mit dem Iwan im selben Auto, und Wodka haben sie getrunken. Die Leute haben es gesehen und geredet. Erst später hat der Iwan sich hinter den Fluss zurückgezogen. Und wenn sie rübergehen, wo kommen sie denn da hin? Das hat doch kein Ende dort,

Herr Siwy. Mein Vater war in Sibirien und hat erzählt. Hinter dem Ural, zwei Monate sind sie gefahren, und keine einzige Straße ...«

»Warum denn in Sibirien?«, fragte der Zugführer und knöpfte die Hose zu.

»Wegen der Kirchenunion, Herr Siwy.«

Der Zugführer rückte seine Pistole am Gürtel zurecht, ging zwei Schritt beiseite und steckte die Hände in die Taschen.

»So ein Pole bist du?«

»Ich bin Pole, Herr Siwy.«

»Mit einem russischen Vater, russischem Glauben?«

»Mein Vater war auch Pole, die Mutter ...«

»Romaniuk, ein Pole ist katholisch, verdammt noch mal. Andere Polen gibt's nicht.«

Der Mann wollte als Zeichen des Protests die Hände heben, doch er beschloss, vorher den Hosenladen zuzumachen, und nestelte, nach vorne gebeugt, an den Knöpfen herum. Dann streckte er dem Zugführer die Hände entgegen und rief mit sich überschlagender Stimme:

»Ich bin doch in der Kirche in Hruszowa getauft worden! Ich habe die Kommunion erhalten und die Firmung! Wieso soll ich ein Russe sein? Meine Mutter war in Tschenstochau! Was hab ich denn mit den Russen zu schaffen? Ich trage ein geweihtes Medaillon!«

Er ging auf den Zugführer zu und kramte unter dem Hemd herum, schließlich blitzte in der bläulichen Dunkelheit des Hofs etwas auf.

»Das ist die Muttergottes von Tschenstochau! Vom Bischof geweiht, Herr Siwy!«

Der Zugführer wich ein Stück zurück und stemmte die Hände in die Hüften.

»Die von Tschenstochau, sagst du ... weißt du nicht, dass hier die vom Spitzen Tor, die Ostrobramska wichtiger ist?

Hier solltest du die vom Spitzen Tor tragen.« Er schwankte und musste einen halben Schritt nach hinten treten. »Die Muttergottes von Tschenstochau sollen sie in Tschenstochau tragen, und du sollst die vom Spitzen Tor tragen, du Hurensohn!«

Schließlich gewann er wieder das Gleichgewicht, zog die Pistole aus dem Gürtel und zielte auf den Kopf des Mannes. Der hob in einem Reflex die Hände. Das schwarze, oxidierte Metall glänzte dunkel im Mondlicht.

»Herr Siwy, Herr Zugführer, Sie haben zu viel getrunken …« Romaniuk sank auf die Knie und streckte die Hände von sich, als wollte er ein Gespenst vertreiben.

»Genau! Auf die Knie und beten, du Hurensohn, so kannst du deine russischen Sünden wie ein Katholik ausmerzen …«

Plötzlich ließ er die Pistole sinken und winkte mit der anderen Hand schwerfällig ab. Die Hand mit der Waffe hing schlaff herunter. Er sah sich um, als wäre er aus dem Schlaf erwacht. Mitten auf dem dunklen Gehöft, zwischen Flecken und Streifen von kaltem Licht.

»Romaniuk, wo ist dein Hund?«, fragte er.

»Ich hab's doch gesagt, erschossen.«

»Gesindel. Hunde erschießen. Wer wird denn dann bellen?«, sagte er leise. »Ich gehe in die Scheune. Der Junge soll mich in zwei Stunden wecken.«

4

Sie legte ihm die Hand auf den Nacken und drückte seinen Kopf gegen die Erde. Sie lagen in einem Espenhain und warteten auf die Dämmerung. Jenseits der Straße, in der Ferne, erstreckte sich ein dunkelblauer Waldstreifen. Von links rollte ein Fuhrwerk an. In der reglosen Luft klapperte Holz, klirrte Eisen. Der Bauer saß mit gesenktem Kopf da und döste. Er hatte zuvor die Zügel um die Runge gewickelt, und das Pferd ging träge, Schritt für Schritt, im lockeren Sand die leichte Erhebung hoch. Kurz vor dem Ende der Steigung blieb es stehen und ließ wie sein Herr den Kopf hängen. Es dauerte eine Weile, bis der Bauer aufwachte. Er nahm die Zügel, klatschte damit auf den Rücken des Tieres und schlief sofort wieder ein. Das Pferd trat einen halben Schritt zurück, drückte gegen das Geschirr und setzte sich wieder in Bewegung. Als sie hinter dem Hügel verschwunden waren, nahm das Mädchen die Hand vom Nacken des Jungen und stützte sich auf die Ellbogen.

»Sie sind überall. Ich wusste nicht, dass sie so viele sind. Manchmal sieht man sie gar nicht, und plötzlich tauchen sie auf.« Sie drehte sich auf den Rücken und verschränkte die Hände unter dem Kopf. »Ich bin müde. Wir gehen schon den dritten Tag. Robben durch die Gegend wie Indianer. Und wissen nicht mal, ob die Richtung stimmt.«

»Die stimmt. Nach Osten«, erwiderte der Junge. Er lag auf der Seite und hatte den Blick auf ihr Profil geheftet. »Dorthin, wo morgens die Sonne aufgeht. Nach Osten. Brest, Kursk, Woronesch, Tschkalowsk, Irkutsk, Ulan-Ude, Tschita, Blagoweschtschensk und Birobidschan. Ganz einfach.«

»Hör auf. Wir sollten jemanden fragen.«

»Du weißt genau, dass wir das nicht sollten.«

Er befreite sich von den Gurten des Rucksacks und ließ die Last ins Gras sinken. Auf dem Rücken, auf dem grauen Hemd, hatte er einen großen Schweißfleck. Sofort kamen die Mücken an.

»Ich weiß«, erwiderte sie. »Ich weiß genau. Bleiben wir hier liegen, bis es dunkel ist. Heute müssten wir hinkommen.«

»Und wenn wir hinkommen, was dann?«

»Nichts. Wir setzen über, Max. Wir werden jemanden finden, der uns hinüberbringt.«

Es war heiß und still, und sie erinnerten an verlorene Kinder aus dem Märchen. Heute früh hatte sie zu ihm gesagt, sie seien eigentlich noch nie außerhalb der Stadt gewesen. Sie seien in Urlaub gefahren, doch dieses Land, das Landesinnere, das seltsam und berauschend roch und sich ins Unendliche zog, kannten sie eigentlich gar nicht. Ein Tier-, Pflanzen- und Erdgeruch. Es kam ihnen vor, als hätte das Fuhrwerk einen dunklen Geruch verströmt, teils menschlich, teils animalisch, und sie stellten sich vor, so könnte ein Unterschlupf riechen, in dem das Bedrohliche und das Unbekannte schlafen.

»Weißt du, warum der Baum über uns die ganze Zeit raschelt, obwohl gar kein Wind weht?«, fragte er.

»Nein«, erwiderte sie.

»Weil Judas sich an ihm erhängt hat. Das ist eine Espe. Es gibt noch die Version, dass Jesus an ein Kreuz aus Espenholz geschlagen wurde.«

»Eher Vampire. Und die haben sie gepfählt.«

»Nein. Jesus. Die Juden haben ihn ans Kreuz geschlagen.«

»Gab es dort überhaupt Espen, Max?«

»Selbst wenn es dort keine gab, dann gab es sie hier, um ihn zu kreuzigen. Denn sie haben ihn auch hier gekreuzigt. Zum Beispiel in Góra Kalwaria. Oder in Węgrów. Dort – das war zu wenig, sie haben eine Weile gewartet und ihn dann hier gekreuzigt. Damit das hiesige Volk auch seinen Gekreuzigten hat. Damit Gerechtigkeit herrscht. Denn es ist ungerecht, dass es nur dort geschehen sein sollte, in irgendeinem schmutzigen Palästina, unter Fremden, die das gar nicht zu schätzen wussten …«

»Woher weißt du das alles, Max? Von der Espe, von Judas, Jesus und so weiter?«

»Ethnografie, Doris, Ethnografie. Ethnografische Bücher muss man lesen. Wir leben in einem sehr ethnografischen Land. Hast du den Wagen gesehen, mit dem Pferd, das klüger als sein Herr war? Wie im Märchen. Wie aus Urzeiten, als wäre gerade erst das Rad erfunden worden.«

»Und du denkst, wenn wir den Fluss überqueren, hört die Ethnografie auf?«, fragte sie mit einem leichten Lächeln. »Ich habe das Gefühl, je weiter nach Osten, desto mehr Ethnografie, Max. Ich habe sogar das Gefühl, dort gibt es gar nichts außer Ethnografie, weißt du?«

»Und außer Fortschritt, der die Ethnografie erfolgreich überwinden wird. Denn im Zusammenprall mit ihm hat die Ethnografie keine Chance«, sagte Max entschlossen und verscheuchte die Mücken.

Der Fleck auf dem Hemd war getrocknet und ein salziger Umriss entstanden. Der Junge kramte im Rucksack und holte ein Stück Brot heraus. Er brach es in zwei Hälften und gab die eine dem Mädchen. Eine Weile aßen sie wortlos, den Blick auf den einen Kilometer entfernten Wald geheftet. Das Schachbrett der Felder und ein grüner Wiesenstreifen trennten sie von ihm. Es war still, und die Luft kühlte allmählich ab.

»Wir warten noch ein bisschen und gehen dann dorthin und durch den Wald nach rechts. Ich denke, morgen Nacht sind wir schon auf der anderen Seite. Selbst wenn es dort auch Ethnografie gibt, so gibt es immerhin keine Deutschen, das heißt nicht diese Gegenwart, die es auf uns abgesehen hat. Dafür gibt es Fortschritt, der nichts von uns will oder vielleicht sogar umgekehrt. Vielleicht erwartet er uns sogar, liebe Doris. Vielleicht hat er für uns sogar einen Platz vorgesehen.«

»Am Amur zum Beispiel.«

»Vielleicht auch etwas näher«, erwiderte er.

Er drehte sich auf die Seite und rollte sich zusammen. Das Mädchen rückte näher, und kurz darauf schliefen sie ein, im zarten, beweglichen Schatten des Baumes, an dem sich Judas erhängt hat. Sie schliefen ein wie Tiere, fielen in einen wachsamen, kurzen Schlaf, den der Körper selbst dann verlangt, wenn der Geist sich dem Vergessen nicht hingeben kann. Zehn, zwanzig Kilometer vom Flussufer entfernt. Mitten in dem Land, das sie gefangen hielt und doch auf grausame Weise schützte. So wie der Wald die Tiere schützt und sie zugleich anderen Tieren ausliefert; und doch können ihn weder die einen noch die anderen verlassen. Im Schlaf rückte sie noch näher und schmiegte ihr Gesicht an die Stelle mit dem salzigen Umriss.

Für Flucht war es zu spät. Er hielt sie an der Hand und wiederholte:

»Beweg dich nicht. Bleib einfach stehen. Warum bist du aufgestanden?«

»Ich weiß nicht«, erwiderte sie leise und drückte seine Hand fester. »Ich bin erschrocken, dass du weg sein könntest. Wollte dich suchen.«

»Bleiben wir einfach stehen. Als wäre nichts. Als wären wir zufällig hier.«

»Gut«, antwortete sie und richtete den Blick auf die Soldaten.

Sie gingen in einer Staubwolke dieselbe Straße entlang, auf der vor einer Stunde das Fuhrwerk vorbeigefahren war. In lockerer Formation, zu viert, zu dritt in einer Reihe, beladen mit Rucksäcken, behängt mit Waffen, mit Feldspaten, mit Gasmasken in Blechbehältern. Einige hatten den Helm abgenommen und ihn am Gürtel festgeschnallt. Sie hatten junge Gesichter, und ihre Uniformen erschienen zu groß. Um sich zu beruhigen, versuchte Doris, sie zu zählen, aber sie verlor schnell den Überblick. Denn es waren viele, vielleicht hundert, vielleicht mehr, und es kamen immer neue. Mit wiegendem, schwerem Schritt. Die Stiefel mit grauem Staub bedeckt. Sie versuchte, über ihre Köpfe hinweg oder zur Erde zu schauen, weil sie dachte, dann würde sie unsichtbar. Doch sie spürte, wie die Blicke über sie glitten, einer nach dem anderen, einer nach dem anderen, der zehnte, der zwanzigste, der hundertste, aber keiner drosselte auch nur das Tempo. Gleichgültig gingen sie vorüber, denn sie marschierten schon lange und hatten schon viele Dinge, Menschen und Bäume gesehen. Nach der Fußtruppe kamen Wagen. Sie waren größer und schwerer als das Bauernfuhrwerk und hatten Verdecke aus Zeltstoff. Die Männer gingen daneben. Auch die Pferde waren kräftiger als das vor einer Stunde. Gleichmäßig und fest zogen sie, man musste sie nicht antreiben. Zehn, zwanzig, dreißig Wagen rollten vorüber, mit leisem Knarren, Scheppern und Knirschen, gedämpft durch den Sand. In Wellen spürte sie die Wärme, die die Tiere ausströmten, und hörte ihren lauten Atem. Abgesehen davon herrschte Stille, als marschierte ein Zug von Geistern vorbei, beladen mit knirschenden, scheppernden Dingen. Erst nach vielen Minuten war in der Ferne ein Motor zu hören. Das Brummen kam näher, ebbte wieder ab und schwoll dann zu doppelter Lautstärke an. Schließlich sahen die beiden ein Motorrad mit Beiwagen, das die Kolonne entlangfuhr. Doris versuchte wieder unsichtbar zu werden und tat so, als hörte sie nichts, als handelte es sich nur um lautlose Geister und erhitzte Pferde, doch die Maschine hielt neben ihnen an. Der Fahrer nahm die Schutzbrille ab. Er war älter als all die marschierenden Kinder. Er hätte ihr Vater sein können. Sein Helm hing am Lenkrad.

»*Was macht ihr hier*«, fragte er auf Deutsch, ohne den Motor abzustellen.

»*Nichts*«, erwiderte Max.

»*Wie nichts? Ihr steht da und beobachtet die deutsche Armee. Seid ihr Spione?*«

»*Nee. Wir machen hier Urlaub.*«

»*Dann seid ihr Spione im Urlaub? Jung und verliebt?*«

»*Nee. Einfach im Urlaub*«, sagte Max leise und war nicht sicher, ob der Soldat es verstanden hatte.

»*Jung, verliebt, im Urlaub*«, wiederholte der Motorradfahrer und begann zu lachen. »*Und jetzt verpisst euch. Auf uns folgt die SS.*«

5

An jenem Tag suchten wir die Stelle, an der sich die Brücke befunden hatte. Er konnte sich nicht erinnern. Wir gingen unweit der Kirche das steile Ufer hinab, dann zwischen den Häusern entlang, aber er konnte sich nicht entscheiden. Dabei hatte sich hier seither wenig verändert. Die Häuser und die Kirche standen an ihrem Platz. Der Fluss floss wie früher. Im Frühjahr überschwemmte er die tiefliegenden Wiesen auf der anderen Seite. Später kehrte das Wasser wieder in sein Bett zurück. Doch er konnte sich nicht erinnern, wo die Pontonbrücke gewesen war.

Wir stiegen ins Auto, um zehn Kilometer weiter östlich auf der normalen Brücke zum anderen Ufer überzusetzen, bei diesen tiefliegenden Wiesen, die das Frühjahrswasser immer wieder verschwinden ließ. Von dort, von der Schotterstraße aus, sah man die weißen Gebäude des ehemaligen orthodoxen Klosters, und etwas weiter flussabwärts konnte man zwischen den Bäumen das Türmchen der Holzkirche erkennen. Ich wollte so nah wie möglich an den Fluss heran, also fuhr ich von der Schotterstraße ab und gelangte über feuchtes Gelände ans Ufer, so dass er sozusagen von unten auf sein Dorf blicken konnte, aus einer Perspektive, aus der er es vielleicht zwei- oder dreimal im Leben gesehen hatte. Genau wie ich. Denn wenn ich als Kind hierherkam, bin ich nie ans andere Ufer gelangt. Weder über die Pontonbrücke, die es damals schon lange nicht mehr gab, noch über eine andere, noch mit dem Boot, das am Sonntagmorgen die Leute zur Messe brachte, weil sie auf der anderen Seite keine Kirche hatten. Sie sahen aus wie Flüchtlinge. Zusammengepfercht, geduckt, verschreckt durch die Nähe des Elements, das die Holzschale stromabwärts trug.

Die Frauen bunt, die Männer grau oder braun. Als kämen sie von weit her, aus einer anderen Gegend. So kam es mir vor, wenn ich sie von der hohen Böschung aus betrachtete, vom Hügel, auf dem angeblich einst eine Wehrburg stand. Mal russisch, mal polnisch, wie immer in dieser Gegend – den einen zur Abschreckung, den anderen für einen ruhigen Schlaf; doch damals wusste ich das alles nicht. Ich blickte einfach weit in mein Land hinein. Es war aus Holz, roch nach Rauch und nach Tieren. Warm, ein wenig verschleiert und Geborgenheit ausstrahlend.

Nur an Samstagabenden musste man aufpassen, denn da schlossen sich die Jungs nach irgendwelchen territorialen, doch nicht ganz eindeutigen Regeln zu Banden zusammen. Wie Partisanen streiften sie durch die Dunkelheit. Vorsichtig, lauernd hielten die einen Ausschau nach den anderen. Manchmal musste man flüchten. Wie in jener Nacht, als die Latten der morschen Zäune unter uns zerbrachen. Ende Juni, Anfang Juli, wenn das Blut wallt und die Hitze bis zum Morgengrauen anhält. Wir sprangen von einem Obstgarten zum nächsten, zerbröckelten mit dem Gewicht unserer Körper das alte Holz, schon betrunken, aber immer noch vorsichtig. Es war gar nicht klar, ob die anderen uns wirklich jagten. Vielleicht waren sie es, die wir in der Finsternis hörten, vielleicht war es auch unser eigener Atem. Doch wir kannten die Geschichten, dass einmal einer getötet worden sei, dass einer die Julinacht kaum überlebt habe, dass fast das ganze heiße, dicke Blut ausgelaufen sei. Das riefen sie im Dorf den Jungs hinterher, die in der Abenddämmerung das Haus verließen. In jener Nacht also lief ich am schnellsten, obwohl ich der Jüngste war. Durch mein Land mit den Holzbauten, mit den Wänden, an denen das Vieh scheuerte und seinen Geruch hinterließ, und auch ich schien wie ein Tier zu riechen; ich fühlte mich glücklich in jener Nacht und fürchtete doch den Tod. Aber am Ende gaben wir die Verfolgungsjagd auf und kehrten zu der kleinen Betonbrücke zurück, zu der Figur der Muttergottes, um den warmen klaren Schnaps zu trinken, den wir in einer finsteren, stickigen Diele gekauft hatten, wo es ebenfalls nach Tieren und nach feuchtem gestampftem Lehm roch. Ja. Im Innern des Landes.

Und jetzt hatte ich ihn auf die andere Seite gebracht, damit er den Ort betrachten konnte, an dem er geboren war, über den Fluss hinweg, von unten, aus der Entfernung, doch er konnte sich immer noch nicht erinnern. Wir fuhren weiter, hinunter in das Dorf, wo es keine Kirche gab, den Ort, aus dem sonntags die Leute mit dem Boot herübergekommen waren. Nichts hatte sich verändert. Das Dorf war immer noch klein und ohne Gotteshaus. An den Rand der großen Felder geworfen, zwischen Wald und Strom gepresst, wirkte es verlassen. Gleich hinter den letzten Häusern hörte die Straße auf. Niemand guckte aus dem Fenster, niemand blickte hinter dem Zaun hervor. Aber es sah ordentlich aus. Alles ordentlich hingelegt, an die Wand gelehnt, abgedeckt. Am Rande der feuchten Wiesen hielt ich an, in der Ferne konnte man den Kirchturm sehen. Und jetzt kam doch jemand, vom Dorf her. Ein alter Mann. Wir sagten ihm, dass wir die Stelle suchten, wo während des Krieges die Brücke war. Ohne zu staunen oder zu zögern, zeigte er geradeaus.

»Bei der Kirche«, sagte er.

Als hätte es all die Jahre nicht gegeben. Als wären die Russen und die Deutschen gestern abgezogen, oder gar nicht.

Auf den Feldern standen Bunker. Manchmal auch in den Anwesen, mitten im Dorf. Groß wie Häuser, massive Betonwürfel, aus denen die Artillerie die Übergangsstellen unter Beschuss nehmen sollte. Sie bewachten die kahlen Zugänge zum Fluss. Von Holunderbüschen überwuchert, manche etwas schief, weil der Boden abgesackt war, aber immer noch bereit. Man brauchte nur hineinzugehen, man musste nur die Waffe anlegen, Munition bereitstellen und unter den Betontraufen Ausschau halten, ob nicht im Morgengrauen gut getarnt der Feind antrabte. Sie wachten. Man hatte sie stehengelassen, gleichsam zur Vermehrung. Für alle Fälle. Damit die Einwohner nicht vergaßen, dass sie in einem weiten, flachen Land lebten, durch das sich gut reiten und marschieren ließ. Ich wollte anhalten und einen der Bunker betreten, um zu sehen, wie es sich zwischen diesen dicken grauen Wänden anfühlte. Um mir vorzustellen, dass ringsum Feuer wütet und ich mich in etwas befinde, das ebenso Schutz bietet, wie es Grab sein kann. Doch dann dachte ich mir, dass ich da drinnen höchstens auf vertrockneten Kot und zerschlagenes Glas treffen würde. Dass alles, was dort noch zu finden gewesen wäre, irgendwelche Jungs schon längst aussortiert hatten. Patronenhülsen, Blindgänger, Helme, Reste von Bändern – eine Rumpelkammer des Todes, zerfressen, zwischen den Fingern zerbröselnd. Man müsste lediglich im Sand graben. Tief in die Erde greifen, dann würde alles von selbst zum Vorschein kommen. Verrostet und brüchig. Und ihn würde das sowieso nicht interessieren. Er hatte es im Maßstab eins zu eins gehabt und brauchte kein klägliches Remake. Überhaupt interessierte ihn immer weniger. Ich musste selbst in die Tiefe seiner Erinnerung tauchen.

Über die flache Ebene fuhren wir in das Städtchen. Ich wollte, dass er sich das Haus ansieht, in dem er zur Untermiete gewohnt hat, als er zur Schule ging. Es stand an einer Ecke des Marktplatzes, von Bäumen verdeckt. Die Wände waren mit grauer Pappe verkleidet. Er hatte im Obergeschoss gewohnt. Im Parterre war damals ein illegaler Ausschank gewesen. Das erzählte er. Nachts konnte er die Schreie der Männer und das Gekreisch der Frauen hören. 1950 oder 1951. Das Glas der Flaschen hatte eine kalte, bläuliche Färbung. Sie tranken und erinnerten sich an den Krieg. Andere Erinnerungen gab es nicht. Diese Stimmen, die Hitze und der Rauch, der durch

41

die Dielen des Fußbodens drang, ließen ihn nicht schlafen. Das Lachen der Frauen. Wenn man fünfzehn ist, lassen einen solche Dinge nicht schlafen. Die Erinnerungen an den Krieg, der ja noch immer existierte und den Geist vernebelte wie Wodka. Der Krieg ist nie zu Ende für jemanden, der ihn gesehen hat. Auch die Miliz ist damals gekommen und hat getrunken. Und die Angehörigen der Armee und alle anderen. Also war an Schlaf nicht zu denken. Sie erzählten Geschichten, die zusammen mit dem Rauch und der Hitze in das enge Zimmer kamen. Doch die Geschichten waren nur vage. Bedrohlich, schmutzig, unklar, gedämpft vom Holz des Bodens. Als würde jemand aus einer Kiste, aus einem heißen, stickigen Sarg berichten. Die Jungs waren zu dritt oder zu viert. Sie legten sich auf den Boden und versuchten, durch die Dielen mehr zu verstehen.

Jetzt blickte er auf das graue Haus an der Ecke des Marktplatzes und hatte nichts zu sagen. Er nickte nur, als ich fragte, ob es das mittlere Fenster oben gewesen sei. Von dort aus konnte er das ganze Leben in dem Städtchen beobachten. Hier liefen früher oder später alle vorbei oder ratterten mit Fuhrwerken vorüber. Aus der Finsternis des Krieges tauchten sie auf und horchten, ob nicht der Deutsche wiederkommt, ob nicht der Jude aufersteht oder der Iwan abzieht. Lauernd, wachsam. Erst in der Nacht, in Rauch und Hitze, wenn sie da unten aus den kalt-grauen Flaschen tranken, verging ihre Angst. Am Tage also hat er sie gesehen, nachts konnte er sie hören, wenn sie erzählten – von den Deutschen, den Juden, den Iwans und überhaupt: alles Scheiße. Denn der Krieg war zu Ende, doch er war nicht vorbei. Hier war der Krieg nie vorbei. Deshalb lauerten sie, wachsam, und warteten auf den Abzug, die Rückkehr oder die Auferstehung. Sie hatten diesen Staat, doch es war nicht ihr Staat. Sie lebten hier, seit sie denken konnten, doch nicht auf ihrem Land. Immer konnte jemand kommen und es wegnehmen, und dann kam der

Nächste und gab es zurück – scheinbar ihr Land und doch fremd. Nachts saßen sie in einem jüdischen Haus, tranken und lauschten, ob der Deutsche nicht wiederkommt, der Russe sie nicht verjagt und überhaupt, alles Scheiße, denn immer wieder tauchten an diesem Tisch Leichen auf. Unter der spärlichen Lampe, im Rauch. Immer wieder Leichen. Eigene und fremde. Sie trieben an die Oberfläche wie im Fluss, und niemand wunderte sich. In Strudeln brachte die Erinnerung die Toten zum Vorschein und zog sie wieder hinab. So stellte ich ihn mir vor: Tagsüber schaute er, nachts horchte er.

Wir gingen um den Marktplatz herum, der einem Park oder Wald ähnelte, denn die alten Bäume warfen permanent Schatten, und selbst an den heißesten Tagen herrschte hier modrige Feuchtigkeit. Die orthodoxe Kirche war verschlossen, still. Wir gingen zu dem Hügel, auf dem früher angeblich eine Festung war. Einige Dutzend Stufen führten hoch, wir mussten hin und wieder stehenbleiben und uns am Geländer festhalten. Von oben hatten wir eine Aussicht auf die Biegung des Flusses, einen weiten Blick auf das Wasser, das sich seinen Weg durch die ausgedehnte Landschaft bahnte. Felder, Wälder und Himmel stäubten in bläulichem Nebel. Unten am Ufer lag eine verrostete Fähre. Stille, keine Menschenseele. Die Strömung wälzte sich von Osten heran, stupste mit angewinkeltem Ellbogen den Hügel und bog gleich hinter dem Städtchen nach Norden. Grünlich, scheinbar ruhig, doch voller Strudel, plötzlicher Tiefen und weit gefächerter Sandbänke, die aussahen wie helle Inseln. In Ruska Strona, am linken Ufer, dampfte das sumpfige Grün in der warmen Luft. In einem leicht überfluteten Boot stand ein kleiner Wasserspiegel. Sonst nichts. Keine Bewegung, kein Geräusch. Nur das Bewusstsein, dass der bewegliche, lebendige Arm des Flusses sich unablässig am Sand reibt, am Innern der vor Tausenden von Jahren ausgespülten Erde. So stellte ich es mir vor, denn er sagte nichts, erzählte keine Geschichte. Zum Beispiel die, wie sie, als er in die Berufsschule ging, mit Hämmern die Bunker zerschlagen mussten, um an den Bewehrungsstahl zu kommen, aus dem sie dann im Unterricht stundenlang einfache Werkzeuge herstellten, Meißel, Schmiedezangen, Locheisen, Körner, den ganzen Metallkram, dem er später sein Leben widmete; sogar unsere Möbel fertigte er teils aus gebogenen Stäben und Blechen, und sie glichen den Schränkchen aus der Fabrik. Doch jetzt sagte er nichts. Er betrachtete die Landschaft von früher, schwer zu sagen, was er sah. Die mickrigen Häuschen kletterten den Hang hoch. Wie Lurche wärmten sie sich in der Sonne. Verschlossen, halb blind, zufrieden mit ihrem Schicksal. Dass so viele Jahre niemand gekommen ist, sie nicht aus dem Schlaf gerissen hat. Reglosigkeit. Sogar ein Bistum hatten sie hier. Eine Kurie in einem Zweitausendseelenkaff. Wie eine Grenzfestung. Ein Kodak. *Totus Tuus Poloniae populus.* Damit sie ruhig schlafen konnten und nie wieder aufwachen mussten.

Das wollten wir uns ansehen. Mit Mühe ging er hinunter, hielt sich am Geländer fest. Die Kurie bildete eine Art separates Städtchen. Der Rest sah dagegen aus wie eine Siedlung am Fuße der Festung, die zur Not in Rauch aufgehen und wieder aufgebaut werden könnte. Vor dem Palast stand ein schwarzer Skoda Superb. Einmal habe ich den hiesigen Bischof im Radio gehört. Er hielt eine Predigt, aber er sprach wie auf einer Kundgebung, und das Volk klatschte. Von Dieben, Gefangenschaft, Verderben sprach er und sagte, man sollte diejenigen wählen, die das Gesindel vertreiben würden, dann könnte endlich das Reich Gottes anbrechen, ein anständiges Reich Gottes, in das nur die gelangen würden, die gerade Beifall klatschten. Wie dem auch sei – hier war ebenfalls niemand. Nur der Fluss da unten schien lebendig zu sein. Schlamm und Fische trug er mit sich und manchmal vermodertes Holz.

6

Er bog von der Straße ab auf den Pfad über die Weide. Die Nacht war heiß und reglos. Schon seit zwei Monaten weideten die Kühe, und es roch nach ausgetrocknetem Dung. Er sah den etwas helleren Streifen des Pfades und überlegte, ob er einen Kuhfladen rechtzeitig bemerken würde. Eigentlich hatte er keine Angst, aber er würde über die Feldraine nach Hause gehen, dachte er.

»Das wird besser sein«, murmelte er.

Die Leute sollten nicht zu viel sehen und wissen. Am besten, sie wüssten gar nichts. Am besten, sie blieben dumm. Immer wenn sie von etwas Neuem erfahren, wollen sie sofort mehr, dachte er. Dann schlafen sie nicht, sondern überlegen. Liegen im Dunkeln und grübeln. Dann wecken sie ihre Frauen und sagen, etwas sei nicht in Ordnung. Nicht so, wie es früher war, nicht so, wie es sein sollte. Er sah den dunklen Fleck des früheren Cholerafriedhofs vor sich. Dort ging nie jemand entlang. Das Vieh hatte einen Durchgang niedergetrampelt, da es an heißen Tagen den Schatten der Pappeln suchte. Zwischen den Weißdorn- und Schlehenbüschen flogen Glühwürmchen. Er hielt einen Augenblick an und sah sich um. Er hatte das Gefühl, dass ihm jemand folgte, doch hinter ihm war es dunkel und still, also ging er in das stachlige Dickicht.

Sie warteten an dem hohen Holzkreuz auf ihn, das anlässlich der Abschaffung der Leibeigenschaft errichtet worden war. So wurde es im Dorf erzählt. Sie verstellten ihm den Weg. Im Gebüsch war es dunkler, und er konnte ihre Gesichter nicht sehen. Als sie näher kamen, roch er den säuerlichen Gestank von Schweiß. Es waren zwei. Er blieb stehen und trat dann instinktiv zwei Schritte zurück.

»Was wollt ihr?«, fragte er.

Sie antworteten nicht, sondern rückten ihm näher. Wieder machte er zwei Schritte nach hinten und zählte darauf, dass er blindlings den Pfad finden würde. Am Rücken spürte er das dornige Gestrüpp, ging ein Stück zur Seite, lehnte sich gegen die federnde Wand. Die beiden standen wortlos in der Finsternis. Schließlich wich das Gebüsch, und er ließ seinen Körper langsam in den leeren Raum gleiten. Wenn er sie anspricht, dachte er, rühren sie sich nicht vom Fleck.

»Was ist? Darf man hier nicht langgehen? Seid ihr von der Gendarmerie? Darf man nicht nach Hause gehen? Scheiße, wer seid ihr überhaupt, dass ihr nachts auf dem Friedhof lauert und die Leute erschreckt? Untote, oder was?«

Er drehte sich um und sprang in einen stachligen Durchgang. »Die werden mich nicht kriegen, verdammt«, dachte er, und einen Moment danach spürte er, dass direkt vor ihm jemand stand, dann bekam er einen Tritt, der seine Beine einknicken ließ. Er fiel mit dem Rücken ins Gestrüpp. Der nächste Tritt beförderte ihn noch weiter ins Dickicht. Im Mund hatte er den metallischen Geschmack von Blut. Von einem weiteren Schlag verlor er das Bewusstsein.

»Bleib liegen.« Jemand stand über ihm, schwärzer als die Dunkelheit. »Das nächste Mal wirst du nicht abhauen.«

Er bewegte sich und spürte, dass ihm der ganze Körper wehtat. Sein Hemd war nass von Blut. Der andere neigte sich über ihn.

»Du transportierst Leute«, sagte er.

»Manchmal«, erwiderte er fast unhörbar.

»Heute Nacht bist du zweimal gefahren.«

»Heute war ich nirgends.«

»Red keinen Scheiß. Zweimal bist du gefahren. Auf zweimal kann man zehn oder mehr Leute transportieren. Für hundert pro Kopf. Hab ich Recht?«

Irgendwo im Dunkel war ein Ziegenmelker zu hören. Im Dorf bellte ein Hund. Doch das war weit weg, anderswo. Hier herrschte stickige Hitze wie in einer engen Stube. Die Männer sahen einander kaum, doch sie stanken nach der Angst, die ihnen in die Kehle stieg.

»Hebt ihn auf und haltet ihn fest«, rief der Mann in die Dunkelheit.

Sofort erschienen zwei Typen. Sie packten ihn an den Armen, zerrten ihn aus den stachligen Schlingen, stellten ihn auf die Beine und stießen ihn weiter in Richtung des Kreuzes. Er hörte, wie der erste die Waffe durchlud.

»Haltet ihn fest. Der glaubt, er wäre besonders schlau.«

Sie drehten ihm die Hände nach hinten. Gebeugt stand er da und spürte, wie das Blut auf dem Rücken gerann und das Hemd an die Haut klebte. Bald müsste die Dämmerung anbrechen, dachte er, aber er wusste nicht, ob das gut oder schlecht war. Plötzlich blendete ihn ein Licht.

»Bindet ihn dort an.«

»Wo?«

»Dort, sag ich.«

Sie warfen ihn nach hinten, so dass er mit dem Rücken gegen das harte Holz knallte. Einer zog ihm den Gürtel heraus und fesselte seine Hände auf dem Rücken. Das Licht ging aus. Jetzt konnte er nichts mehr sehen. Sie durchsuchten ihn, leerten die Hosentaschen, aber er hatte fast nichts bei sich. Ein halbes Päckchen Zigaretten, ein Benzinfeuerzeug aus der Hülse einer 20-mm-Patrone und ein altes Klappmesser mit Holzgriff. Dann tasteten sie sorgfältig seinen ganzen Körper ab. Als der Stoff des Hemdes sich vom Rücken löste, spürte er den Schmerz.

»Er hat nichts«, sagte einer der Männer.

»Nichts?«

»Nein. Zigaretten, ein Messer. Sonst nichts.«

Ein Lichtstrahl fiel auf die im Gras liegenden Gegenstände.

Einer von den beiden, die ihn festhielten, bückte sich, griff nach den Zigaretten und dem Feuerzeug.

»Lass das.«

»Ich würde gern eine rauchen, Herr Zugführer.«

»Wir sind Soldaten, keine Diebe.«

»Aber …«

»Kein Aber, verdammt. Wenn ihr eine wollt, dann fragt ihn.«

Als er die Hände bewegen wollte, bemerkte er, dass der Gürtel fest angezogen war. Er versuchte, mit dem Rücken nicht das Holz zu berühren. Die Erde war feucht und kalt. Er wartete darauf, dass der Hund wieder bellen würde, weil er die Nähe des Dorfes spüren wollte, weil er das Gefühl haben wollte, dass sie hier nicht allein waren, nur mit diesem Kreuz und den alten Leichen unter der Erde. Den Osten hatte er im Rücken. Gleich würde die Sonne aufgehen, stellte er sich vor. Es würde hell werden, und all das würde verschwinden.

»Sie können sich bedienen.«

Die Lampe ging wieder an, und er sah, wie sie sich die Zigaretten teilten.

»Deutsche«, sagte einer.

»Dieser Hurensohn!«

Die Lampe ging aus, und am Feuerzeug blitzte ein Flämmchen auf. Jetzt roch er den Rauch. Sie sollten ihm eine anbieten, dachte er, aber dann kam ihm in den Sinn, dass sie ihn dann erschießen würden.

»Wo hast du's versteckt?«

»Nirgends.«

»Verarsch die Armee nicht, ich sag's dir.«

»Welche Armee?«

»Die polnische, verdammte Scheiße.«

»Der Krieg ist doch aus.«

Er spürte, dass der andere in der Dunkelheit näher kam. Seine Wärme und sein Schweiß waren heißer als die Nacht.

»Hör zu, du Fährmann für die Jidden. Der Krieg ist nicht aus, solange wir leben. Und für den Krieg braucht man Geld. Am besten, das von den Jidden, und du hast das und willst es uns nicht geben. Du willst kein Geld geben für den Krieg gegen den Feind. Weißt du, wie viel eine Pistole kostet? Sag schon, weißt du's?«

»Nein«, erwiderte er. »Das interessiert mich nicht.«

»Das sollte dich aber interessieren, verdammt. Viertausend kostet eine, und eine deutsche fünf ...«

»Beim Iwan müsste es billiger sein. Bei dem ist alles billiger«, sagte er.

»Ach ja? Dann bring Pistolen rüber, und nicht Jidden. Oder Jidden in die eine und Pistolen in die andere Richtung. Als patriotischer Fährmann. Die Pest in die eine und Waffen in die andere Richtung. Dreißig Leute für eine TT. Was kostet eine TT? Ach, was heißt da dreißig. Fünfzehn, zehn Leute. Die würden zahlen. Nimmst du zehn mit?«

»Ich weiß nicht.«

»Nichts weißt du«, seufzte der andere. »Und du willst nichts sagen. Schwer hat man's mit euch.« Er seufzte noch einmal und zog sich in die Dunkelheit zurück.

Die Hunde im Dorf bellten wie verrückt. Das ist ein Zeichen, dass es bald Tag wird, tröstete er sich. Er überlegte, ob sie einen Grund hätten, ihn zu töten. Es fiel ihm nichts Besonderes ein, doch dann erinnerte er sich an die Leiche, die er vor einiger Zeit am Ufer gefunden hatte. Aufgebläht lag sie da, das Hemd spannte um den Rücken. Der Mann kam ihm bekannt vor, vielleicht aus dem Dorf, oder er hatte ihn irgendwann gefahren. Er hatte schon das Ruder erhoben, um ihn umzudrehen, da überlegte er es sich anders, denn dieses Wissen hätte ihm ja nichts genützt. Es hätte ihm lediglich Ärger gebracht. Sonst nichts. Also schob er ihn nur ein Stück Richtung Hauptströmung, einmal, noch einmal, und sah zu, wie der Strom die Leiche abwärtstrug. Er hatte danach nie etwas von dem Toten gehört, also hatte ihn wahrscheinlich niemand gefunden, und wenn doch, dann weiter unten. Ein oder zwei Dörfer weiter. Er musste ja nicht von hier stammen, er konnte zum Beispiel aus Dorohucza sein, von der anderen Seite.

Oder damals, gegen Ende des Winters. Er war zum Fluss gegangen, um zu sehen, wie das Eis in Bewegung kommt. Vorbei an der Windmühle, dann rechts und nach unten, auf der von den Schlitten ausgefahrenen Spur, die zu zwei einsamen Gehöften direkt am Ufer führte. In der Märzensonne taute mittags der Schnee. Er ging an den Gebäuden vorbei, die Spur brach ab, und er musste durch dicke Schneewehen waten. Dann kam er zu einer Stelle, wo das Weidengestrüpp zurückwich und man direkt ans Ufer gehen konnte, zu einer kleinen Bucht, in der im Sommer das Vieh getränkt wurde. Die Mitte des Flusses war schon frei. In einer Schleife türmte sich das Eis und drückte gegen die Weiden. Vorsichtig ging er direkt ans Wasser. In der Mittagswärme schien der Fluss seinen Schlammgeruch wiederzuerlangen. Fünfzig, sechzig Meter weiter oben erblickte er eine Schar Krähen. Sie sahen aus wie Fetzen von Ruß. Er ging in die Richtung. Die Eisschollen waren dick und glatt. Die Krähen flogen auf. Er ging näher heran und sah undeutlich eine Gestalt in einem Eisbrocken. Aus der glasigen Oberfläche stand rosa-bläuliches Fleisch heraus. Das musste das Gesicht sein, denn ein Stück weiter unten, ebenso angepickt, ragte der Umriss der Schenkel aus dem Eis. Der Rest war nicht zu sehen. Die Krähen setzten sich ein Stück weiter hin und warteten in aller Ruhe. Er blickte auf und sah am anderen Ufer zwei Soldaten in langen Mänteln. Auf dem Rücken trugen sie Gewehre mit aufgepflanzten Bajonetten. Reglos standen sie da und schauten in seine Richtung.

Auf seinen eigenen Spuren ging er zurück. In einem Hof führte ein Mann ein Pferd aus dem Stall. Das schwere Tier war von der Sonne geblendet und blieb stehen. Der Bauer klopfte ihm auf den Hintern, um es in Bewegung zu setzen.

Das braune Arbeitspferd trabte ein paar Schritte und erstarrte wieder.

»Du hast da eine Leiche!«, rief der Fährmann.

»Leck mich doch!«, schrie der Mann zurück. »Die taut auf und schwimmt weg. Wenn die Fische aufwachen, wird sie gefressen.«

»Weiß der Deutsche das?«

»Ich hab nicht gefragt«, erwiderte der Mann und kam an den Zaun. Aus dem Schornstein des Häuschens stieg blauer Rauch auf. »Leichen hier und Leichen da. Schon im Herbst sind sie vorbeigeschwommen. Man hat nur gucken müssen. Kein Tag ohne Leiche.«

»Von wo sind sie gekommen?«

»Weiß der Geier. Von oben. Von der russischen, vielleicht auch von unserer Seite. Sie kommen an, ein Rock bläht sich auf, weiße Schenkel sind zu sehen, dann schwimmen sie weiter. Man musste nur dastehen. Die Kinder haben geschrien: ›Papa, fang sie, fang sie ein!‹ Wozu sollte ich das machen? Was hab ich mit Leichen zu schaffen? ›Ab ins Haus!‹, hab ich gesagt. Im Sommer hat es sogar gestunken. Ich hab hier das Wasser im Blick, ich sehe alles.«

»Hast du noch ein Boot?«

»Ja und nein. In der Banse, mit Stroh bedeckt. Man hat ja Angst jetzt.«

»Am Ufer sind Russen gestanden.«

»Manchmal stehen sie, manchmal nicht. Kann man nicht vorhersehen. Die haben ja keine Uhren, die Arschlöcher.«

»Woher sollten sie die haben?«

»Eben. Gut, ich muss das Pferd antreiben. Gott zum Gruße.«

»Gott zum Gruße.«

Er wusste also nicht, ob sie einen Grund hätten. Er dachte an die Toten im Wasser, und der Tod an Land schien ihm trotz allem besser. Da bleibt man an Ort und Stelle und schwimmt nicht durch die Gegend. Die beiden neben ihm Stehenden waren fertig mit ihren Zigaretten. Er roch keinen Rauch mehr. Der, den sie Zugführer nannten, kommandierte:

»Schneidet einen Stock, Soldaten. Den können wir jetzt gut brauchen.«

Die Lampe blitzte auf, und das Gebüsch raschelte.

»Du weißt also nichts …«

Die beiden anderen kamen zurück und stellten sich schweigend neben ihn.

»Dreht ihn um«, sagte der Zugführer.

Die Lampe blendete ihn. Er spürte, wie sie die Hände losmachten, ihn an den Armen packten, mit dem Gesicht gegen das kantige Holz warfen und ihm die Hände wieder fesselten.

»Wydra, fang an.«

Die warme Luft kam in Bewegung, er hörte ein Pfeifen und schaffte es noch zu denken, dass sie den Stock, den sie geschnitten hatten, als Peitsche benutzten. Den Schlag spürte er nicht, nur den Schmerz. »Da muss alles geplatzt sein«, ging ihm durch den Kopf. »Das Hemd, das getrocknete Blut, die Haut.« Der Wydra genannte Mann trat einen halben Schritt zurück und holte langsam aus, wobei er genau die Entfernung abschätzte. Der Schmerz des zweiten Hiebes verband sich mit dem des ersten. Er versuchte, die weiteren zu zählen, verlor aber bald den Überblick. Es tat einfach immer mehr weh. Er umarmte mit ganzer Kraft den eckigen Balken und drückte sein Gesicht dagegen. Der andere schnaufte gleichmäßig. Das Pfeifen wurde lauter, und es kam ihm vor, als hallte das Echo in der Dunkelheit wider, als könnte man es im Dorf, am Fluss und am anderen Ufer hören. »Die Knochen liegen schon frei«, dachte er und spürte, wie das Fleisch sich von der Wirbelsäule löste. Er machte einen Ruck nach hinten und schrie. Der kalte Lauf der Pistole drückte sein Gesicht ans Holz.

»Ruhig, verdammt. Pause, Wydra.«

»Es ist gut gegangen, Herr Zugführer.«

»Wydra!«

»Jawohl!«

Er spürte, dass sein brennender Rücken kühler wurde und das Blut gleich gerinnen, sich in eine Kruste verwandeln und mit den Fetzen des Hemdes vermischen würde.

»Es muss Ruhe sein«, sagte der Zugführer. »Wir sind im Untergrund, verdammte Scheiße, und können nicht herumbrüllen, wenn ringsum der Feind lauert.«

»Ich bin in keinem Untergrund«, sagte er langsam.

»Doch, bist du, Fährmann. Das sind wir alle. So ist es historisch gelaufen, nicht zum ersten Mal übrigens. So ist es gelaufen, und wir müssen dem gerecht werden. Du, ich, Wydra und das ganze Volk, sonst wird es das Volk nicht mehr geben, und wenn es das Volk nicht mehr gibt, was gibt es dann? Weißt du das?«

»Nein«, erwiderte er, weil er wollte, dass der Zugführer weiterredete.

»Du weißt es nicht, nichts weißt du … Dann sag ich es dir: Nichts gibt's dann. Gar nichts.«

»Was heißt nichts?«

»Nichts. Einen Scheißdreck. Nichts.«

»Wie? Das Dorf wird es nicht mehr geben, den Fluss, das alles …«

Er hatte das Bild der Böschung mit dem alten orthodoxen Kloster im Kopf, die tiefliegenden Bruchwälder auf der anderen Seite, die silbernen Wasserspiegel des Überschwemmungsgebiets, das Röhricht, die Viehweiden, die sich bis Dorohucza zogen mit seinen weißen Kirchen auf der Anhöhe und der grünen Schleife, die die steilen Hügel umarmte, mit den sanften Bergrücken, die sich südlich des Flusses in bläulichen Streifen einer hinter dem anderen erstreckten. Er spürte Schmerz, sein Mund war trocken und verklebt, und er wäre am liebsten eingeschlafen, aber er wollte sprechen, damit der andere auch sprach, nicht damit aufhörte, damit endlich der Tag anbrach.

»Dorohucza wird's nicht mehr geben?«

»Nein. Es wird uns nicht mehr gehören, das ist, als wäre es gar nicht mehr. In Dorohucza sind Kosaken in die Kirchen geritten und haben in den Weihwasserbecken die Pferde getränkt. Und? War das noch Dorohucza oder nicht?«

»Jetzt haben sie die Pferde getränkt?«

»Nein, verdammt, früher! Wo ist da der Unterschied? Jetzt sind sie mit Panzern gekommen, und der Geier weiß, was sie in den Kirchen treiben. Man sagt, dass sie mit den Bajonetten das Gold von den Figuren abgekratzt haben. Drei Stunden haben sie den Leuten gegeben, um die Sachen mitzunehmen. Wie soll das gehen? Altäre, Beichtstühle, Bilder, Glocken? Die Glocken haben sie angeblich heruntergeholt und vergraben, aber wie willst du Bilder vergraben? Bei den Benediktinerinnen ist jetzt ein Schlachthof.«

»Der Schlachthof ist in der orthodoxen Kirche«, antwortete er. »Das hat mir einer gesagt, der Felle auf die andere Seite bringt.«

»Felle in den Schlachthof?«

»Leder für Schuhe. Die haben da nichts. Er hat gesagt, dass sie die Rinder und Schweine in der orthodoxen Kirche schlachten.«

»Das ist auch richtig so.« Er verstummte für einen Moment und sagte dann leiser: »Weißt du, sowohl Hitler wie die Roten haben auch ihre guten Seiten, doch das darf man ja nicht sagen. Und was hat der dir noch erzählt? Was machen sie da noch?«

»Sonst nichts. Nur dass sie dort Vieh schlachten. Wir konnten nicht reden, es war Nacht, und das Wasser trägt den Schall. Ich bin nicht einmal bis zum Ufer gefahren. Er ist im Wasser ausgestiegen, bis zur Hüfte, das Bündel auf dem Kopf, und weg war er. Kein Mond. Er ist sofort verschwunden. Der geht öfter rüber.«

»Er macht Geschäfte mit den Roten. Was bringt er zurück?«

»Ich weiß nicht. Ich frag nicht.«

»Du weißt nicht. Nichts weißt du.«

»Besser so.«

»Nicht immer. Kennst du ihn?«

»Nur vom Boot.«

»Verarsch mich nicht, ich hab's dir gesagt.«

»Nachts ist es dunkel.«

»Woher kommt er?«

»Ich weiß nicht.«

»Gut. Und mit dem Geld, kannst du dich da erinnern?«

»Da gibt's nichts zu erinnern.«

»Junge!«

»Jawohl!«

»Du löst Wydra ab.«

»Herr Zugführer …«

»Junge!«

»Zu Befehl!«

»Genau. Fang an.«

Das erste Pfeifen kam schwerfällig daher. Instinktiv spannte er den Rücken an, doch der Hieb traf weiter oben, an Kopf und Nacken. »Sie haben eine Peitsche gemacht«, dachte er. Sie leuchteten mit der Lampe, er sah seinen Schatten, dann verlor sich der Lichtkreis im Gestrüpp und kehrte wieder zum Rücken zurück.

»Du wirst es lernen, Junge«, sagte der Zugführer.

Die nächsten Schläge reichten von den Schultern bis zu den Schenkeln und waren nicht stark. Sie wanden sich um die Hüften und Beine. Die Batterien in der Lampe waren leer. So kam es ihm vor. Doch dann dachte er: Es tagt endlich, und das elektrische Licht ist deshalb schwächer geworden. Sie sollten aufhören, denn solche Dinge geschehen in der Nacht. Am Tag sollten sie aufhören. Am Tag ist alles anders. Die Leute stehen auf. Das Vieh wird hinausgetrieben.

»Junge, verdammt, pass auf!«, hörte er die Stimme des

Wydra genannten Mannes. »Der schlägt ihm ja die Augen aus …«

»Lös ihn ab«, sagte der Zugführer. »Und nimm den Stock. Brich ihm die Rippen, die Unterschenkel, was weiß ich …«

Instinktiv holte er Luft und versuchte, sie so lange wie möglich in der Lunge zu halten. Diesmal gab es kein Pfeifen, sondern gleich einen dumpfen Schmerz. Er knallte mit dem Gesicht gegen das Holz des Kreuzes. Er werde es wohl doch nicht aushalten und reden, dachte er. Oder sie schlagen ihn tot, bevor er dazu kommt. Nieren, Lunge, Leber. Er erinnerte sich: Wenn man ein Tier ausweidet, ein Schaf zum Beispiel, sind diese Teile alle weich und empfindlich. Sie gleiten durch die Finger, als wären sie lebendig, als wollten sie entkommen. In kühler Luft dampfen sie, erkalten, und schließlich sind sie tot. Sie liegen in einer Blechschüssel, die Hunde trippeln nervös herum und schnuppern mit erhobenem Schädel. Aber am besten erinnerte er sich daran, dass sie weich sind. Mit nichts bedeckt. Nur der Käfig der Rippen und ein bisschen Fleisch schützen sie. Und jetzt schlug dieser Stock oder diese Stange auf sie ein. Keine Chance. »Wahrscheinlich eine Stange«, dachte er, als der zweite Hieb ihn nach vorn schleuderte und er einen dumpfen Schmerz in der Brust spürte. Er schaffte es nicht, Luft zu holen, und schmiegte das Gesicht ans Holz. 1864, dachte er sinnloserweise, doch dann fiel ihm ein, dass diese Ziffern in den senkrechten Balken geschnitzt waren. Oben die Eins, darunter nacheinander die restlichen. »Verdammt, ich schaff das nicht«, ging ihm durch den Kopf. Er lockerte seinen Griff und ließ sich auf die Erde sinken.

»Ich glaube, er ist ohnmächtig geworden, Herr Zugführer«, sagte der Mann, der Wydra genannt wurde.

»So schwach ist er? Mach ihn los.«

Ein gelbliches Licht leuchtete ihm ins Gesicht. Er zog beide Beine an und trat mit voller Wucht zu. Dann wälzte er sich nach hinten, stand auf und sprang ins Dickicht. Als er sich durchgeschlagen hatte, sah er, dass es tagte. Er hörte einen Schuss, bückte sich und rannte in großen Sätzen über die Wiese. Der ganze Körper tat ihm weh, aber er vergaß es schnell und horchte auf weitere Schüsse. Bald war die Weide zu Ende, und das Getreide begann. Es war noch grün und wich zurück wie schweres Wasser. Er hörte einen weiteren Schuss, aber kein Pfeifen, also schießen sie blindlings, dachte er, sie haben Zeit verloren, weil das Gebüsch sie aufgehalten hat. Aber er hatte Angst, sich umzusehen. Er richtete sich ein wenig auf, lief schneller, zertrat den Roggen und hatte das Gefühl, mitten durch den grünen Geruch zu laufen. Als er auf die Straße stieß, lief er sie eine Weile entlang, doch dann kam ihm der Gedanke, im Korn sei er schwerer zu treffen, und er schlug einen jähen Haken wie ein von Hunden gejagter Hase. Er versuchte sich umzuschauen, doch im Morgengrauen sah er nur seine ausgetretene Spur. Nass von Tau und Blut rannte er weiter.

»*Scheiße, was ist*?«, fragte der Soldat am Eingang. Die MP hatte er von der Schulter genommen, als wollte er sich schon auf einen Schuss vorbereiten.

Gebückt, atemlos stieß der Fährmann hervor:

»Partisanen … Sie jagen mich. Das heißt *Banditen* …«
Und er zeigte hinter sich.

Der Wächter trat einen Schritt nach vorn und schaute in die grüne Dämmerung. Schwer zu sagen, ob er etwas sah, aber er hob die Waffe, entsicherte sie und gab eine kurze Serie von Schüssen ab, dann eine zweite.

7

Es war schon dunkel, als wir uns auf den Rückweg machten. Langsam fuhr ich durch die kaum erkennbaren Städtchen. Durch die Dörfer mit einer Handvoll Lichtern. Er saß neben mir und erzählte bruchstückhafte Geschichten. Darin tauchten Gestalten auf, über deren Herkunft er sich selbst nicht sicher schien. Als erinnerte er sich an Gesichter und Ereignisse, wüsste aber nicht, wie sie in sein Leben gekommen waren. Entfernte Tanten, Ehefrauen ferner Onkel, eine weit verzweigte, wenig bekannte Familie, bald verwandt, bald verschwägert. Er spann eine Erzählung, die rissig und durchgescheuert war, doch er spann sie immer weiter. Seine monotone Stimme schläferte mich ein, aber ich konnte ihm ja nicht sagen, er solle aufhören. Also kämpfte ich gegen die Schläfrigkeit an, während wir die kaum erkennbaren Städtchen passierten. Noch vor ein paar Jahren hatte er mir den Weg gezeigt: rechts, links, die Kreuzung, die andere; doch jetzt hatte er das Interesse an der Gegenwart verloren, er wählte, verschlungen von der Vergangenheit, einzelne Episoden, Gesichter und Ereignisse aus und verschmolz sie zu einem ununterbrochenen, reißenden Erzählstrom. Während all der Jahre, in denen wir zusammen oder – besser gesagt – nebeneinanderher gelebt hatten, hatte er geschwiegen. Damals sah es aus, als würde ihn das Leben nicht sonderlich beeindrucken, als bedürfte es keines Kommentars. Jetzt versuchte er, es eins zu eins zu rekonstruieren. Auch Liw lag im Dunkeln. Das Schloss stand irgendwo zur Rechten, über dem trägen Feuchtgebiet des Flusses. Wie sind die Dinge beschaffen, die wir nicht sehen? Die Dinge in der Finsternis?

Ich bog Richtung Dobre ab. Nie hatte ich ihn nach etwas

gefragt. Erst jetzt stellte ich Fragen. Wie zu dieser Brücke. Aber es war zu spät. Er erinnerte sich an einzelne Ereignisse, doch sie waren alle separat, nicht verbunden, sie traten aus dem Nichts hervor und versanken wieder darin, und nur ihre permanente Wiederholung, nur die nicht verstummende Erzählung verlieh ihnen einen verzweifelten Sinn. Deshalb sagte ich nicht, er solle aufhören, obwohl mir die Augen zufielen. Denn eigentlich sprach er zu sich selbst, zu seinem eigenen Gedächtnis. Versuchte die Krümel aufzusammeln. Doch mich interessierte die Brücke. Ich wollte wissen, welche Route die Deutschen 1941 in die Sowjetunion genommen hatten. Zuerst über die alte, weiter im Süden liegende Brücke, das wusste ich, danach hatten sie eine Pontonbrücke errichtet. Eine Feuertrasse war durch das Reich meiner Kindheit gegangen. Eine Blutspur. In der verschlafenen Landschaft – ein Todestrakt. Im Juni, Juli oder August bin ich immer hierhergekommen, und alles erschien mir unbewegt. Nichts schien sich zu verändern. Irgendwann löste elektrisches Licht die Petroleumlampen ab. Arbeiter aus der Stadt stellten in den Feldern Masten auf. Legten Stromleitungen. Die Menschen schauten in die Glühbirnen und blinzelten. Bisweilen starb jemand, und die ewige Vergangenheit nahm ihn mit. Der Sarg wurde auf den Schultern zum Friedhof getragen, der auf einer Anhöhe lag. Am Morgen schleiften die Kühe die vom Tau silbrigen Ketten hinter sich her. Die Älteren redeten ständig vom Krieg, doch die Erzählungen erinnerten an die Geschichte von der Sintflut. Göttliche Fügung und Naturkatastrophe in einem. Sie war unvermeidlich, kam und ging wieder, holte sich ihre Opfer und hinterließ dann Frieden. All das war nah und zugleich fern. Die Haut der Welt war spurlos verheilt. Ich konnte damals nichts bemerken, denn mich nahmen – halb und halb – die Gegenwart und meine Träume in Anspruch. Großmütter und Tanten beendeten ihre Erzählungen, und ich fragte nicht, was weiter geschah. Vielleicht interessierte es mich gar nicht. Krieg, Leichen auf dem Feld, Fliegen, Gestank, Wehrmacht gehörten der Welt der Erwachsenen an; es war ihr Eigentum, das sie nicht teilen wollten. Die Jungen hatten hier keinen Zutritt, genau wie zum Rest des Erwachsenenlebens. Nur die Alten wussten wirklich, worüber sie sprachen. Wir hatten hier nichts zu sagen. »Vor dem Krieg«, »als die Deutschen einmarschierten«, »als der Iwan kam«. Das klang wie »an Ostern«, »an Peter und Paul«, »nach Allerheiligen«.

Die Haut war also verheilt, und ich konnte in die Ferne schauen, der Fluss war unsichtbar, vom Weidengebüsch verdeckt, doch ich sah das andere Ufer. Es war weit weg, verschleiert, unwirklich, und ich konnte den Blick nicht von ihm wenden. Als würde dort ein fremdes Land beginnen. Doch damals bin ich nie dort hingekommen. Einmal, in einem heißen Sommer, bin ich mit den Jungs aus dem Dorf bis zur Mitte der Strömung gelangt. Zwischen den Sandbänken reichte uns das Wasser bis zur Hüfte, doch dann begann die Tiefe, voller Strudel, und selbst die Ältesten hatten Angst weiterzugehen. Die Strudel erschienen fast immer, wenn jemand vom Fluss sprach. Wie als Ankündigung eines stillen Todes. Und blasse Ertrunkene. Flussabwärts, in einem anderen Dorf, im Weidengebüsch, von den Fischen angenagt. Sonntags konnte man vom Hügel hinter der Kirche aus sehen, wie vom anderen Ufer ein Boot mit Gläubigen ablegte. Ich stellte mir vor, wie ich nach der Messe mit ihnen auf die andere Seite fahre. Wie viel mochte es kosten? Zwei Zloty? Fünf? Ich stellte mir vor, wie ich übersetze, am seichten Ufer anlege und den schlammigen Boden betrete, das unbekannte Land. In der Ferne weideten auf den tiefliegenden, bis zum Horizont reichenden Wiesen Tiere. Pferde, Kuhherden. Das Fell der Pferde glänzte in der Sonne. Im Laufe des Sommers verblasste das Grün, vertrocknete und nahm eine gelbliche Färbung an. Die Pferde fielen manchmal in Galopp, und unter den Hufen wirbelte Staub auf. Aber ich habe mich nie auf den Weg gemacht. Ich hatte nicht den Mut, nach der Messe zusammen mit den festlich gekleideten Frauen in das Boot zu steigen. Sicher hätten sie gefragt: »Von wem bist du denn?«

Jetzt fielen mir die Augen zu, doch ich brachte es nicht fertig, ihn zu unterbrechen. Er schritt über das dünne Eis seiner Erinnerung, und ich fürchtete, das Eis könnte brechen und er in der Finsternis versinken.

8

Man roch den Fluss. Ganz in der Nähe wälzte er sich durchs Dunkel. Voller Schlamm und Fische. Während des Tages hatte er sich erhitzt und gab jetzt Wärme ab. Floss durch das dunkle Land. An den Ufern standen fremde Armeen und lauschten. Wie vor hundert, vor zweihundert, vor vierhundert Jahren, nur dass es keine große Zahl von Lagerfeuern gab, um den Feind in Angst und Schrecken zu versetzen, wie das normalerweise in dieser endlosen Ebene üblich war. Von der anderen Seite wehte ein warmer Wind. Fischgeruch mischte sich mit dem Duft von gemähtem Heu. Die Stimme des Ziegenmelkers schwieg für eine Weile, um dann wieder ihr totes, hölzernes Rattern ertönen zu lassen. Nur das war zu hören.

Er schob den Ärmel hoch. Die grün phosphoreszierenden Zeiger meldeten eine Viertelstunde nach Mitternacht. Er streckte sich und zog die Beine an, versuchte sich zu erinnern, was er geträumt hatte: dass er mitten im Wald in der Dunkelheit lag, an einem fremden Ort, vielleicht in den Sümpfen, doch in seinem eigenen Bett. Er zieht die Decke über den Kopf und wärmt mit seinem Atem den engen Raum. Draußen fällt kalter Regen, aber unter der Decke ist es trocken und warm. Über dem Bett mit dem holzgeschnitzten Kopfteil wechseln sich die Jahreszeiten ab, der Winter kommt, Schnee legt sich auf seine Decke, doch ihm ist nicht kühl, er spürt nur die strahlende Wärme seines Körpers und riecht seinen eigenen Geruch. Er rollt sich zusammen und lauscht. Dort draußen geschehen all die Dinge, er hört sie, weiß davon, doch die Decke schützt ihn, und das Bett trägt ihn wie ein Floß weiter und weiter, weg von den Ereignissen, auf die andere Seite der Welt, hinter die Krümmung der Erdkugel: Doch immer noch sind da der wohlbekannte Wald, die Lichtung, das Feuchtgebiet und dieses Land.

Als er spürte, dass sie sich bewegte, streckte er den Arm aus. Ohne es zu wollen, berührte er ihre Brust und zog sofort die Hand zurück.

»Denkst du, er kommt?«, fragte sie.

»Ich weiß nicht. Er sagte, er kommt.«

Sie setzte sich auf und lehnte ihre Schulter an ihn. Er konnte sich gar nicht an ihr Gesicht erinnern, dachte er, obwohl sie sich seit Jahren fast täglich sahen.

»Und wenn nicht?«

»Dann suchen wir jemand anders«, antwortete er langsam.

»Und allein? Könnten wir nicht allein?«

»Nein. Man sagt, der Fluss sei trügerisch. Und wie auch? Mit den ganzen Sachen?«

»Wir könnten ein Boot stehlen.«

»Wo denn? Wem?«

»Irgendwo im Dorf. Egal wem.«

»Du willst ins Dorf gehen? Kannst du dich nicht erinnern?«

»Nachts. Nicht abends. Nachts. Wenn alle schlafen.«

»Nachts ist ein Wächter da, und die Hunde in den Gehöften wittern auf einen Kilometer den Fremden … Die Leute übrigens auch.«

»Nach all den Tagen, glaube ich, stinken wir genauso wie sie.«

»Vielleicht. Aber es wird nie der gleiche Gestank sein, Doris.«

Der Wind hörte auf, und es wurde kühler. Die von der letzten Brise vertriebenen Wolken gaben die silberne Mondsichel frei. Der Fluss reflektierte den Glanz und sah aus wie ein zerkrümelter Spiegel. Beide schauten in diese Richtung. Schwarz und breit strömte er dahin. Der Vogel war verstummt, als hätte das kalte Licht ihn erschreckt. Nach einer Weile nahm er sein finsteres Lied wieder auf.

»Was ist das?«, fragte sie.

»Ein Ziegenmelker. Der Todesvogel.«

»Was?«

»Ein Ziegenmelker. Er begleitet die Seelen der Toten. Oder er entführt sie.«

»Wie sieht er aus?«

»Das weiß man nicht. Es hat ihn nie jemand gesehen.«

»Eine Art Charon?«

»Ja, ein hiesiger Charon. Er führt die Seelen auf die grünen Wiesen. Wenn sie es verdient haben. Andere wiederum sagen, dass er die Seelen auf die Welt bringt. Die Meinungen sind geteilt. Und er kann ja das eine wie das andere tun.«

»Und niemand hat ihn je gesehen?«

»Die Seelen müssen ihn sehen, wenn sie ihm folgen.«

»Er klingt wie eine Rätsche. Als würde ständig einer klappern.«

»Man sagt auch, er führt Trinker in den Sumpf.«

»Woher weißt du das alles, Max?«

»Ethnografie, ich hab's dir doch gesagt, Doris, Ethnografie.«

Dicht nebeneinander waren sie eingeschlafen und hatten nicht bemerkt, dass er kam. Er stand hinter ihnen. Der Mond schien so hell, dass er seinen eigenen Schatten sah, der auf ihre aneinandergeschmiegten Körper fiel. »Wir suchen jemanden, der uns auf die andere Seite bringt, wissen Sie«, hatten sie tags zuvor gesagt, als er sie auf dem Weg zu der sandigen Bucht getroffen hatte, wo die Leute an heißen Tagen mit Wagen hinfuhren, um Wasser zu holen. Sie hatten ausgesehen, als wollten sie sich verstecken, doch der Weg führte durch das Korn, und der Streifen der Uferweiden begann erst einige Meter weiter. Wortlos hatte er in die Richtung genickt. Sie waren vorausgegangen. Ihre ordentliche städtische Kleidung sah zerknittert aus. Sie hatten Rucksäcke aus grünem Zeltstoff. Das Mädchen hinkte. Ihr langes Haar war von Schmutz verklebt, der Nacken von der Sonne verbrannt. Sie traten ins Dickicht und sahen sich um. Mit einer Kopfbewegung bedeutete er ihnen weiterzugehen, bis sie nicht mehr zu sehen waren. Er betrachtete die Schuhe des Jungen. Unter dem getrockneten Schlamm schaute braunes Leder hervor. Sie waren geschnürt, gingen über den Knöchel, und die Sohle war dick wie ein Finger.

»Wie viel kosten solche in der Stadt?«, fragte er.

»Ich weiß nicht«, erwiderte der Junge nach einer Weile, als er verstanden hatte, wonach er gefragt wurde.

»Du weißt nicht, wie viel die Schuhe kosten?«

»Ich habe sie von den Eltern.«

»Und die Jacke, die du anhast?«

Der Mann trat einen Schritt nach vorn, nahm den Stoff in die Hand und befühlte ihn mit den Fingern. Der Junge stieß den Arm weg und wich zurück.

»Was machen Sie?!«

»Vielleicht will ich sie kaufen«, sagte er und sah den Jungen mit zusammengekniffenen Augen an.

»Die verkaufe ich nicht! Wir suchen einen Fährmann, keinen Händler …«

»Max«, sagte das Mädchen leise. »Max …«

Der Mann grinste, ging zwei Schritte zurück und betrachtete sie.

»Und das Fräulein? Die Verlobte?«

Sie spürte seinen Blick auf ihrem Körper. Auf dem Gesicht, auf der Brust, dann unten.

»Wir müssen auf die andere Seite. Wir zahlen auch. Wir wissen nicht, wie viel es kostet, aber wir haben Geld und zahlen, was es kostet. Nur auf die andere Seite. Danach kommen wir schon allein weiter, und wir sagen niemandem etwas.«

»Ins russische Paradies wollt ihr? Ist es schlecht bei den Deutschen?«

Er griff in die Tasche, holte ein Päckchen Zigaretten hervor, klaubte eine heraus und klopfte damit auf die Schachtel. Der Rauch roch scharf. Reglos stand er in der schwülen Luft.

»Bieten Sie mir eine an?«, fragte der Junge.

»Ich gebe dir zwanzig Stück für die Jacke«, erwiderte der Mann. »Die ist zu elegant für den Iwan. Dort gehen alle in Lumpen.« Lautlos lachte er über seine eigenen Worte.

Er nahm eine Zigarette und warf sie dem Jungen hin. Der fing sie im Flug auf und kam näher, um sie anzustecken. Er machte einen Zug und begann zu husten.

»Stark«, brachte er hervor.

»Dort gibt es noch stärkere. Die rauchen gehackte Stängel in der Zeitung.«

»Die Eltern haben uns zu unserer Tante geschickt. Was hier wird, weiß man nicht, haben sie gesagt.«

»Na, dann ist es nicht die Verlobte«, sagte der Mann gleichmütig und schnippte die Kippe ins Gebüsch.

Jetzt sah er die beiden schlafen. Neben ihnen lagen die Rucksäcke. Er bewegte sich, und das Mondlicht fiel auf die Haare des Mädchens. »Sie sehen aus, als wären sie grau«, dachte er. Er stupste mit dem Schuh den Jungen an der Schulter.

»Heute wird nichts draus«, sagte er leise.

Er hockte sich daneben und wartete, bis sie wach waren. Das Mädchen schmiegte sich an den Jungen, und er legte den Arm um sie. Bei Dorohucza wurde eine Rakete abgeschossen.

»Es ist zu hell. Ich kann nicht fahren.«

»Ich bitte Sie.« Das Mädchen blickte zu ihm, aber das Mondlicht blendete sie, und sie sah nur seinen schwarzen Umriss.

»Es geht nicht, hab ich gesagt. Sie werden uns sehen und dann warten. Oder sie schießen gleich, und das war's dann.«

»Wir haben Geld«, sagte der Junge. »Wir können ihnen was geben.«

Der Mann lachte leise und stand auf.

»Die nehmen das Geld, und dann schießen sie. Ab und zu müssen sie einen erwischen. Morgen, übermorgen, wenn es dunkler wird. Ich fahre nicht, wenn der Mond scheint. Da fährt kein Mensch.«

»Ich bitte Sie, es sind nur hundert Meter. Wir müssen dorthin. Hundert Meter, fünf Minuten. Es wird gutgehen. Sie patrouillieren doch nicht die ganze Zeit. Nur manchmal, einmal die Stunde wahrscheinlich. Wir gehen direkt ans Ufer, verstecken uns im Gebüsch und schauen. Wenn sie durch sind, fahren wir gleich. Es wird gutgehen. Wir können nicht auf dieser Seite bleiben, hier überlebt keiner. Dort ist es anders, hundert Nationen leben in Gleichheit und Frieden zusammen, und selbst die Vertriebenen und ewigen Vagabunden haben ihren Platz gefunden, am Amur und an der Bira. Hier werden alle sterben, alle westlich des Flusses. Deshalb müssen Sie uns fahren, wir müssen hinüber, auch bei Mondlicht, für den doppelten Preis, wie viel Sie möchten, wir müssen ans andere Ufer, wir müssen das Land von Gog und Magog verlassen, bevor das Feuer entflammt, bevor die Völker verführt werden, bevor der bittere Stern aufgeht …«

»Sei still, verdammt, du Grünschnabel!«, zischte der Mann. »Dir geb ich deinen Magog. Denkst du, der Grenzschutz schläft? Gleich wirst du deinen Magog haben, wenn sie dir hier in den Schädel ballern, bevor du das russische Paradies erblickst.« Er schwieg und fügte dann ruhiger hinzu: »Und ich, selbst wenn sie mich gehen lassen, werde zuerst eine Grube für euch ausbuddeln müssen. Ich fahre nicht bei Mondlicht. Ich hab's doch gesagt.«

Er wandte sich ab, dem Fluss zu. Es wurde ganz still. Der Vogel war nicht mehr zu hören. Ein Fisch klatschte, und durch das Weidengebüsch sahen sie die schwarze Strömung, die sich mit einer silbernen Schicht bedeckt hatte. Die beiden schauten auf seinen Rücken. Sogar im Mondschein sahen sie ein paar dunkle Flecken auf dem Hemd.

»Vielleicht kommen Wolken?«, sagte das Mädchen.

»Es weht kein Wind. Morgen wird es heiß«, erwiderte der Mann mit tonloser Stimme. »Bald wird es hell.«

Sie erhob sich und stellte sich ihm gegenüber. Seine Augen konnte sie nicht sehen, doch sie war sich sicher, dass er sie anschaute. Sie drehte das Gesicht so, dass das Licht darauf fiel, und machte einen Schritt nach vorn. Er schien die Luft tiefer einzuatmen.

»Nehmen Sie uns mit«, sagte sie. »Irgendwohin, wo wir abwarten können. Wir haben seit vier Tagen kaum geschlafen. Nur im Wald. Wie die Tiere.«

9

Das Schwein versuchte, sich loszureißen. Zwei Männer zogen an den Stricken, die an den Hinterbeinen befestigt waren, ein dritter verstellte ihm mit erhobener Axt den Weg. Das Tier war riesig, kräftig und flink. Es musste wissen, dass es sterben würde, denn es wich mit verzweifelter Geschicklichkeit dem endgültigen Hieb aus. Der Mann vollführte ein paar Schläge ins Leere, und das Gewicht der Axt riss ihn mit, so dass er das Gleichgewicht verlor. Der große, weiße Körper warf sich im Halbdunkel der Scheune hin und her und schleifte die Männer über den Boden. Goldener Staub wirbelte in den Strahlen der Abendsonne, die durch die ausgetrocknete Verschalung fiel. Die zwei stemmten sich dagegen, doch das Schwein war stärker. Es quiekte mit hoher, durchdringender, gewaltiger und zugleich junger Stimme.

»Wydra! Schlag ihm auf den Schädel, es quält uns ja zu Tode!«, rief einer an den Stricken. »Schlag zu, sonst hört es am Ende noch jemand!«

»Schlag doch selbst zu! Ich hab fast mein Bein erwischt. Haltet es besser!«

Derjenige, der geschrien hatte, stürzte und ließ den Strick los. Das Tier spürte das sofort, rannte los und schleifte den zweiten Mann hinter sich her. Von dem gestampften Boden stieg eine Staubwolke auf und löschte die goldenen Reflexe. Der auf dem Boden hustete. Schließlich riss sich das Tier los und lief an den Bansen und Wänden entlang, auf der Suche nach einem Ausgang. Es drückte gegen das Tor, doch dieses knarrte nur, gab etwas nach, ging aber nicht auf. Die Männer versuchten, die Stricke zu erwischen, doch das Schwein lief wieder im Kreis, den Rüssel an der Erde, kräftig, in Schwung;

es quiekte jetzt nicht mehr, sondern grunzte tief und dunkel, aus der Tiefe seiner heißen Eingeweide. Sie versuchten, es zu umzingeln, doch es stürmte weiter nach vorn, ohne Angst, und sie mussten zur Seite springen. Die großen Ohren verdeckten die Augen, und man konnte nicht sehen, in welche Richtung es schaute. Als Wydra sich mit der erhobenen Axt näherte, ging es vorsichtig ein Stück zurück, außer Reichweite. Schließlich spürte es die Wand hinter sich, und die beiden anderen, die Beine fest in den Boden gestemmt, rückten ihm von der Seite auf den Leib. Sie schnauften schwer.

»Jetzt, Wydra! Zwischen die Augen!«

»Scheiße, es hält den Schädel zu tief.«

»Dann von oben! Zwischen die Ohren!«

Er holte von oben aus wie zum Holzhacken, doch das Schwein setzte sich auf die kurzen Beine, drehte sich wie eine Feder aus Fleisch und warf sich nach vorn. Die Axt raste ins Halbdunkel. Wydra fiel unter dem Gewicht des Schweins dumpf auf den Rücken, und man sah nur die Beine in den hohen Stiefeln, die mit den Absätzen gegen den Boden traten. Das Tier hatte ihn irgendwo zwischen Hals und Schulter erwischt und zerrte an ihm. Es sah ein wenig wie eine perverse Liebesszene aus, denn der weiße Tierkörper erinnerte an einen menschlichen. Wydra gab ein ersticktes Stöhnen von sich und versuchte, das Schwein abzuwerfen. Die hinteren Klauen trampelten in der Dammgegend herum. Einer der Männer ergriff eine zweizinkige Heugabel, die aus der leeren Banse herausstand und rammte sie dem Tier in die Seite. Sie drang in den Speck ein und wurde von den Rippen aufgehalten. Er drückte mit aller Kraft und versuchte, die Fleischmasse zu bewegen. Das Schwein quiekte lange und schrill, doch es zerrte weiter an Wydra herum, und es sah aus, als wollte es ihm an die Gurgel, bis er schließlich selbst zu jaulen begann, anhaltend, in einem Ton, der dem Quieken ähnelte.

»Schlag jetzt zu!«, schrie der mit der Heugabel und drückte

noch fester auf den Haselholzstiel. »Die Axt ist hier irgendwo. Nimm sie und schlag zu!«

»Wie denn? Ich spalte ihm ja den Schädel!«, rief der Zweite.

»Von hinten, zwischen die Ohren! Das erstickt ihn sonst, das Scheißvieh!«

Der andere sah sich nach der Axt um, doch die kleine, in das Scheunentor eingelassene Tür ging auf, und eine gedrungene Gestalt stand da. Sie blieb kurz stehen, um die Augen an das Halbdunkel zu gewöhnen.

»Herr Zugführer!«

Siwy trat ein und zog im selben Moment die Pistole. Er lud sie durch, legte den Lauf an den Schädel des Tiers und schoss. Der Körper machte einen Ruck und begann zu zittern. Er schoss noch einmal. Alles erstarrte und wurde still. Kurz darauf wälzten die Männer das Tier auf die Seite. Wydra bewegte sich halblebig. Sein Hemd war zerrissen und blutig. Sie packten ihn unter den Achseln und lehnten ihn gegen die Bretter der Banse. Er stöhnte und wollte etwas sagen, aber er brachte nur etwas Unverständliches, Verzerrtes heraus, als wäre seine Kehle durchgebissen. Er hob den Arm, griff sich an die Schulter und betrachtete seine rote Hand.

»Lasst ihn«, sagte Siwy. »Später. Erst müssen wir das Schwein ausbluten lassen.«

Sie stellten eine Schüssel bereit. Der mit der Heugabel griff nach dem Messer, das in einem Balken steckte. Es war lang und konkav vom vielen Schleifen. Der Mann tastete kurz, stach dann zu und öffnete die Schlagader. Ein roter Strom klatschte in die weiße Emailleschüssel. Er zog den Schädel des Tieres nach oben.

»Es fließt bisschen schwach«, sagte der Zweite nach einer Weile.

»Weil das Herz nicht mehr schlägt«, sagte der mit der Gabel. »Wenn der Herr Zugführer schießt, dann richtig. Aber es wird alles rauskommen.«

Als es zu fließen aufhörte, nahmen sie vorsichtig die Schüssel weg. Einer ging zu der Tür im Scheunentor, öffnete sie einen Spalt und rief:

»Wir brauchen Wasser!«

Sie stellten zwei Böcke aus Kiefernholz hin und legten drei dicke Bretter darauf.

»Zu dritt schaffen wir's nicht«, sagte der mit der Gabel.

Mit einem Tritt ging die Tür auf, und Romaniuk kam mit einem Kessel kochenden Wassers herein. Behutsam stellte er ihn auf den Boden.

»Los«, sagte Siwy.

»Anderthalb Meter …«, brummte der Zweite.

Sie versuchten, das Schwein hochzuheben, aber ein toter Körper ist ja angeblich doppelt so schwer. Sie hoben es ein Stück an, doch es entglitt ihnen gleich wieder und plumpste mit einem dumpfen Schlag auf den Boden.

»Wydra!«, rief Siwy. »Du kannst dich nachher kurieren. Pack es am Schädel!«

Wydra in seinem blutigen Hemd versuchte, sich von der Banse zu lösen und frei zu stehen. Beim dritten Mal gelang es ihm. Schwankend trat er heran und packte das Tier an den Ohren. Im Innern des riesigen Körpers gluckerte es. Sie ächzten und warfen es schließlich auf die Bretter. Romaniuk schob das heiße Wasser näher hin. Seine Frau schlüpfte in die Scheune und nahm die Schüssel mit Blut. Die dunkle, dicke Flüssigkeit geriet gefährlich ins Schwanken, also erstarrte sie auf halbem Schritt und wartete, bis die Blutmasse sich beruhigt hatte, und ging dann langsam zum Ausgang. Siwy nickte, Romaniuk tauchte eine aus einer alten Armeedose gemachte Kelle ins Wasser und begoss damit die Flanke des Tiers. Der weiße Körper hüpfte einmal und noch einmal heftig hoch und begann von den Brettern zu gleiten. Die zwei Männer warfen sich auf das Tier und drückten es mit ihrem ganzen Körpergewicht nach unten, doch das Fleisch hörte nicht auf zu zittern, also legten sie sich darauf und wurden immer wieder von den Konvulsionen geschüttelt.

»Scheiße, es lebt noch!«, schrie einer.

»Nein«, sagte Siwy ruhig. »Das sind die Nerven.«

Er nahm die Pistole, hielt sie zwischen die Ohren und drückte ab.

»Drei Stück für ein Schwein. Womit sollen wir da auf die Roten schießen«, brummte er vor sich hin.

Romaniuk schöpfte das heiße Wasser, und der die Gabel gehalten hatte, schabte mit dem Messer die Borsten ab. Der Gestank von verbrannter Haut vermischte sich mit dem Geruch von Blut, Staub und altem Getreide. Einerseits roch es noch nach Leben, andererseits schon nach Tod. Die dicke Frau Romaniuk kam mit einem neuen Topf Wasser herein.

»Miętus, werdet ihr bis zum Morgen fertig?«

Siwy saß auf einem niedrigen Baumstumpf, den Rücken an die Bretter der Banse gelehnt. Er nahm fünf Patronen aus dem Magazin, rieb sie nacheinander mit einem schmutzigen Lappen ab und setzte sie wieder ein. Die fehlenden drei holte er aus der Tasche und füllte damit das Magazin auf.

»Das schaffen wir«, sagte Miętus, der mit der Gabel, ohne das Schaben zu unterbrechen. »Es wird ausgenommen, zerlegt, gesalzen. Romaniuk und seine Frau werden helfen. Nicht mein erstes Schwein im Leben, Herr Zugführer.«

Er sah nicht aus wie ein Schlachter. Dünn und blass. In einer zu kurzen braunen Hose mit einem Flicken auf dem Hintern. Das schmuddelige helle Hemd war unter der Achsel zerrissen. Doch das Messer in seiner Hand funkelte schnell und zielsicher. Als sie die Borsten entfernt hatten, fand er auf Anhieb die Sehnen an den Hinterbeinen, durchstach die Haut und steckte einen zwei Finger dicken Stock aus Eschenholz durch die Öffnungen.

Der Zugführer holte eine Zigarette heraus und knipste mit dem Feuerzeug.

73

»Herr Siwy …«, sagte Romaniuk leise.

Siwy machte einen Zug und blies den Rauch aus.

»Es ist Krieg, verdammt, und der macht sich Sorgen um seine alte Scheune. Auf mich haben gestern die Deutschen geschossen, und der hat Angst um das Stroh vom letzten Jahr. Romaniuk! Bald wird kein Stein auf dem anderen bleiben, und du weinst der Spreu hinterher? Der Germane schlägt sich mit dem Tataren um die Weltherrschaft, und du kannst die Sau nicht verschmerzen? Für die ich dir sogar eine Quittung gegeben hab? Der Mongole und der Teutone brennen die Erde ab bis auf die Knochen der Toten, und dir ist es schade um das Schweinefleisch, das wir zum Überleben der Nation brauchen? Die werden sich gegenseitig erledigen, und wir werden uns aus der Sklaverei erheben! So war es immer, denn die Feinde bringen uns den Sieg! Unsere Pferde werden in den Meeren des Nordens und des Südens schwimmen, und in den Flüssen des Westens und Ostens werden wir sie tränken.«

Er machte noch einen Zug, die Kippe verbrannte ihm die Finger, also schmiss es sie auf den Boden. Romaniuk lief hin und trat sie sorgfältig aus.

»Hast du ein Pferd, Romaniuk?«

»Ja, Herr Siwy, aber ein altes. Gerade noch für den Wagen gut. Aber ans Meer …«

»Bis auf die Knochen unserer Ahnen werden sie die Erde verbrennen, aber wir erheben uns, ich sag's dir. Du wirst mit dem Tross gehen, Romaniuk. Die Versorgung transportieren und mit Beute zurückkehren.«

»Woher denn, ich und Beute, Herr Siwy. Ich bin ein armer Bauer, und Sie, Herr Siwy, haben einen über den Durst getrunken und machen Scherze«, sagte Romaniuk und band zusammen mit Miętus die Stricke an dem Stock aus Eschenholz fest.

Sie warfen sie über einen Balken und zogen daran, doch es gelang ihnen lediglich, den Hintern des Tieres anzuheben.

Wydra und der andere kamen dazu, und zu viert hievten sie das Schwein hoch.

»Festhalten!«, schrie Miętus und stieß das tote Tier von den Brettern.

Die Männer schwankten über dem gestampften Boden. Dann flochten sie die Stricke um einen Pfosten und banden sie fest. Der hängende weiße Körper mit den ausgestreckten Hinterbeinen sah aus wie eine seltsame Version der Kreuzigung. Siwy stand auf und ging auf die Männer zu.

»Getrunken vielleicht, aber nicht gescherzt«, sagte er. »Es ist geschlachtet, und wir müssen darauf trinken. Romaniuk!«

Der Bauer rief etwas durch die angelehnte Tür, und kurz darauf erschien seine Frau mit einer bläulichen Flasche und Gläsern. Sie stellte die Sachen auf die blutverschmierten Bretter. Siwy schenkte ein und hob das Glas.

»Auf das heilige Tier der Slawen! Ohne das Schwein gäbe es kein Leben. Bis zum Morgen muss alles gesalzen, gepökelt und verarbeitet sein. Wo hast du die Räucherkammer?«

»Auseinandergenommen, damit man sie nicht findet. Die Ziegel liegen im Gebüsch hinter dem Kuhstall auf einem Haufen. In null Komma nix aufgestellt. Wir werden nachts räuchern.«

»Wird man das nicht riechen?«

»Kommt auf den Wind an. Aber der Nachbar ist weit weg, und der schlachtet manchmal auch und bringt das Fleisch in die Stadt. Und der Deutsche läuft nachts nicht rum.«

»In die Stadt, sagst du? Dem werden wir einen Besuch abstatten müssen, nicht, Wydra?«

Wydra wischte mit einem Zipfel seines Hemdes und einem Rest Wasser aus der Schüssel die Wunden an Schulter und Hals ab.

»Genau, Herr Zugführer. Da werden wir hingehen müssen.«

»Mach's mit dem hier sauber«, sagte Siwy und goss ein bisschen Schnaps in ein Glas.

Wydra tunkte den Hemdenzipfel gehorsam in den Alkohol und legte ihn auf die blutenden Stellen. Er zuckte vor Schmerz zusammen und zischte.

»Das ist ein Hurensohn, Herr Zugführer. Bei dem sitzen manchmal die Gendarmen.«

»Mal die Stadt, mal die Gendarmerie«, sagte Siwy leise. »Das eine ist schlecht, das andere nicht gut. Spekulation und Kollaboration.«

»Wenn sie kommen, kannst du sie nicht wegschicken«, sagte Romaniuk.

»Aber wenn sie kommen und da sitzenbleiben, heißt das, sie haben einen Grund«, erwiderte Siwy. »Kommen sie auch zu dir?«

»Manchmal die Blaue Polizei aus Hruszowa.«

»Das ist was anderes.«

Miętus fuhr langsam mit der Klinge nach unten und öffnete das Tier. Die bläulichen, rötlichen, gelblichen Eingeweide waren von einer milchigen Haut umspannt. Ein warmer, seltsamer, mit nichts zu vergleichender Geruch stieg von ihnen auf. Ein wenig metallisch und ein wenig lebendig. Siwy rauchte und schaute.

»Das Schwein ist dem Menschen innen am ähnlichsten«, sagte er. »Habt ihr das schon mal gesehen?«

Sie schwiegen lange, als durchsuchten sie ihr Gedächtnis, und schließlich meldete sich der, der bisher noch nichts gesagt hatte:

»Ich hab einen gesehen. Aber der war zerrissen, also schwer, was zu sagen. Er hat einen Bauchschuss abgekriegt, es hat ihn fast zweigeteilt. Vielleicht ein Splitter oder ein großes Kaliber, irgendwo mittendurch, es hat ihn zerfetzt. Scheinbar alles sichtbar, aber irgendwie war er leer. Nur die Rippen und die Wirbelsäule konnte man sehen, den Rest hat es weggeblasen, weggesaugt. Bestimmt in der Gegend verstreut, aber das war im Wald, im Gebüsch, und ich hab gar nicht richtig geschaut, irgendwie war es auch erschreckend, so eine Leiche, die innen leer ist. Und es hat schon gestunken, obwohl er nicht lange gelegen hat, einen Tag davor war die Schießerei, aber wisst ihr noch: September und eine Hitze wie im Juli. Es hat gestunken und war ganz dunkel von den Fliegen, sie sind in die Augen gekrochen, in den Mund, in die Haare, große, harte Viecher, wie schwarzer Hagel. Ich bin also gar nicht stehen geblieben, hab das nur im Vorbeilaufen gesehen, das bläuliche Innere und die Wirbelsäule, die Rippen ...«

Er sagte all das mit einem Blick, der in die Ferne geheftet war, durch die Holzwand hindurch in die Tiefe der Landschaft, sieben oder acht Kilometer weiter, wo die Erde sanft Felder und Haine auf ihrem Rücken trug, bis direkt zum Fluss. Dorthin, wo in der Hitze des Spätsommers die hinter Panzerwagen versteckte Infanterie die Reste seiner Abteilung zerschossen hatte. Manche von ihnen waren im Wasser umgekommen, von den Waffen und Helmen nach unten gezogen. Die Strömung riss sie mit, und statt von Fliegen wurden sie dort von Fischen erwartet. Sein junges, dunkelhäutiges Gesicht war konzentriert, als läse er einen weit entfernten Text oder beschriebe ein Bild, das sich schnell veränderte und gleich verschwinden würde.

»Wie heißt du eigentlich überhaupt?«, fragte der Zugführer.

»Stach. Ihr sollt mich Stach nennen«, antwortete er wie aus dem Schlaf geweckt.

»Also hör zu, Stach. Das Schwein ist dem Menschen am ähnlichsten. Guck hin und schau dir an, was du damals nicht gesehen hast. Es lebt und ernährt sich ganz ähnlich. Und der Mensch gleicht dem Schwein. Nur mit Gewalt bringt man ihn dazu, dass er den Rüssel zum Himmel hebt. Damit er aufsteht, sich aus dem Dreck erhebt, braucht es die Gewalt der Macht. Um aus einer Herde eine Nation zu machen, die andere Herden an der Schnauze packt. Warum haben Teutonen und Tataren uns auf die Knie gezwungen? Weil wir uns nicht rechtzeitig ein Beispiel an ihnen genommen haben! Warum sind Dschingis Khans Pferde in zwei Ozeanen geschwommen? Weil er aus den in der Steppe zerstreuten Stämmen, Horden und Banden ein Kriegsvolk geformt hat, das auf eine Handbewegung von ihm bereit war, sich in den Abgrund und ins Feuer zu stürzen. Du bist noch jung und weißt einen Scheißdreck. Für das Vieh brauchst du die Peitsche, denn nur mit der Peitsche machst du aus dem Vieh Menschen und hältst sie zusammen, damit sie nicht aus Angst, Gier und Dummheit auseinanderstieben. So baust du eine Nation und ein Land auf und entfachst bei den Feinden Angst. Deshalb wird die Zeit kommen, dass wir das Volk an der Schnauze packen und versammeln, und wir werden die Pferde schwimmen lassen und tränken. Vielleicht nicht im Ozean, aber zumindest in zwei Meeren für den Anfang. Und Wydra, Miętus und dich, Romaniuk, du russische Seele, werden wir auch in Krieger verwandeln …«

»Ich bin in der katholischen Kirche in Hruszowa getauft worden, Herr Zugführer, ich hab's ja schon gesagt«, warf Romaniuk finster ein.

Er stand da, den Rücken an die Wand gelehnt, die Arme auf der Brust verschränkt, und blickte geradeaus.

»Mit russischem Wasser geweiht, Romaniuk! Das wäschst du nicht ab, und wenn du dir einen ganzen Eimer über den Kopf leerst. Mit Blut muss man dich taufen! Du bringst mir drei Russenschädel, dann erlangst du das Seelenheil.«

Er warf die Kippe auf den Boden und trat sie sorgfältig aus.

»Hab keine Angst, Romaniuk«, sagte er. Er ging weiter in die Scheune hinein, ins Halbdunkel, und setzte sich schwerfällig auf den niedrigen Baumstumpf. »Für den Anfang könntest du den Fährmann ins Gras beißen lassen.«

»Wen, Herr Zugführer?«

»Den, bei dem die Deutschen sind.«

»Den kenne ich nicht. Er ist von der anderen Seite. Als der Iwan gekommen ist, hat er mit dem Boot rübergemacht und wohnt jetzt bei Marysia.«

»Genau den«, sagte Siwy langsam. »Er hat gestern auf mich geschossen.«

»Der?«

»Die Deutschen. Ganz egal.«

10

Dieses Land heute. Von Zeit zu Zeit komme ich hierher, auf Umwegen. Ich fahre scheinbar nach Norden, biege aber nach Osten ab, bis die Straße sich an den Grenzfluss schmiegt. Die beiden gehen dann kilometerweit Schulter an Schulter. Manchmal sieht man den Fluss hinter den Häusern. Dann fahre ich auf einem Schotterweg in eines der Grenzdörfer und durch die feuchten Wiesen direkt ans Ufer. Zu Anfang des Frühjahrs und im Spätherbst ist das Wasser dunkelbraun und doch durchsichtig. Nur dass auf dem Grund dieser Durchsichtigkeit Dunkel herrscht. Der Fluss ist schmal. Man kann einen Stein hinüberwerfen. Die Strömung mäandert, verschwindet hinter einer Biegung. Vermoderte Weidenstämme liegen im Wasser. Rotbraunes Schilf spiegelt sich in der dunklen Tiefe. Dann fahre ich wieder zurück. Ein Junge in schwarzem T-Shirt mit weiß-rotem Adler geht auf der Straße Richtung Dorf. In der Hand eine offene Bierdose. Am Ende dieses Landes. Ich sehe im Rückspiegel, wie er sich mit schwankenden Schritten den niedrigen Häusern nähert, die in die sumpfige Erde hineinwachsen, in die triste, sterbende Landschaft. Mit diesem Adler, bestimmt irgendwo auf dem Markt in Hrubieszów gekauft, und dem Bier der Marke Żubr in der Hand. Ich mache Umwege, um so lang wie möglich dicht am Fluss zu fahren. Sehen kann ich es nicht, aber ich weiß, dass die Strömung mit dem Lauf breiter wird. Bei der Brücke vor Siemiatycze ist sie schon gewaltig, verleibt sich Sandbänke ein und wirft Baumstämme ab. Das geschieht zu Anfang des Frühjahrs, wenn am Oberlauf der Schnee taut. Am Rondell biege ich links ab und fahre nach Westen. Genauso fließt der Fluss. Auch hier stehen in den Dörfern und in der Einöde alte

Bunker. Denn was kann man mit einem Artilleriebunker machen, der ganze Divisionen der Wehrmacht und der SS aufhalten sollte? Also stehen sie da, und in ihrem Schatten stöbern Hühner.

Hinter einem roten Backsteingebäude noch aus der Zarenzeit fuhr ich an die Schleife heran. Breit ergoss sich das Wasser, unter dem klaren Himmel des späten März schimmerte es blaugrün. Er hatte mir einmal gesagt, in diesem Gebäude sei seine Grundschule gewesen. Das Dorf, in dem wir die Brücke suchten, lag drei Kilometer weiter. Im Winter schnallten die Jungen sich selbstgefertigte Schlittschuhe an und fuhren über den zugefrorenen Fluss zum Unterricht. Ich wollte mehr dazu erfahren, doch er war schon in einer anderen Zeit und an einem anderen Ort. Den sonnigen, frostigen Morgen – sagen wir im Januar 1947 – musste ich mir vorstellen. Es hat minus fünfzehn Grad, auf dem dunklen Eis liegt in weißen Kurven Schnee. Die Jungs gehen vom Ufer auf den Fluss und stampfen instinktiv mit den Füßen, um die Haltbarkeit des Eises zu prüfen, doch das ist überflüssig, denn der Frost hält seit einem Monat an, und es kommt vor, dass die Leute mit dem Schlitten auf die andere Seite übersetzen. Ihre Kleidung ist zu groß, sie tragen sie auf.

Eingemummt, wie sie sind, erinnern die Jungs an Greise mit Kindergesichtern. An den alten geflickten Stiefeln befestigen sie Holzbrettchen mit – aus Gott weiß was – selbstgemachten Metallkufen. Aus Resten von Sensen, Messern einer Häckselmaschine, Kriegsschrott. Gebückt kommen sie in Fahrt, wedeln mit den Armen wie Eisschnellläufer. Obwohl – eher nicht. Es gab keine Fernseher, sie hatten keine Möglichkeit, die Technik abzugucken. Also laufen sie, wie es ihnen gerade passt, ungeschickt, ganz wild, den vereisten Strom aufwärts. Durch die Landschaft, in der erst vor kurzem der Flächenbrand erloschen ist. Hier und da glimmt er noch. Einzelne Leichen hinter dem Dorf oder im Fluss, nachts klopft jemand an die Scheiben der einsamen Häuser. Das hat er erzählt, dass manchmal jemand geklopft hat und man dann aufmachen musste, doch er war klein, und er wusste nicht, wer die Leute waren. Jemand hat gesagt, man müsse die Fenster verhängen, jemand hat Speck gegessen, jemand auf dem Fußboden geschlafen. Wenn er morgens aufwachte, waren sie immer weg, und das Stroh vom Boden abgeräumt. Jetzt also gleiten sie in der kristallklaren Morgenluft gegen die Strömung des zugefrorenen Flusses. Es ist still, und in der frostigen Luft hört man nur das knirschende Geräusch auf dem Eis und den beschleunigten Atem. Erhitzt knöpfen sie die Jacken auf, die beim Laufen wehen wie armselige Umhänge. Sie eilen durch den abkühlenden Flächenbrand, vom Feuer gezeichnet, mit angesengten Seelen, aber davon haben sie keine Ahnung, denn junges Blut ist schließlich heißer als jedes Feuer.

Ich sehe, wie sie hinter der Biegung des weiß gepuderten Flusses verschwinden. Und dann, wie sie ans Ufer kommen an der Stelle, wo ich stehe unter dem klaren Himmel des späten März. Sie schnallen die selbstgemachten Schlittschuhe ab, verstecken sie im Gebüsch und machen sich auf den Weg zu dem düsteren Gebäude aus rotem Backstein.

Ich halte mich also an den Fluss, fahre Umwege und suche nach den alten Orten, die es nicht mehr gibt. Die sandige Abfahrt in die kleine Bucht, wo in der Trockenzeit Wasser geschöpft wurde. Der Pfad durch die Felder, an den Rainen entlang. Er führte zu einer einsamen Bushaltestelle. Wenn man morgens dort ging, sog sich die Kleidung mit Tau voll. Die Windmühle, die dastand und verrottete. Nachts, schwärzer als der Himmel, weckte sie Grauen in meinem Herzen. Ich fahre also, denn er hat mir so wenig erzählt, und was die anderen erzählten, rauschte mir an den Ohren vorbei. Ich biege links ab und sehe schon von weitem das entblößte Haus, in das nachts Männer kamen, Brot mit Speck aßen und auf dem

Boden schliefen. Früher war es fast unsichtbar, weil es im Obstgarten stand. Jetzt liegt es bloß, dem Nord- und Ostwind ausgesetzt, und erinnert an ein altes Schiff. Es vermodert, zerstört vom wechselhaften Wetter, das Dach fällt zusammen, die Ziegel des Schornsteins bröckeln, durch die Verschalung scheint das Gebälk. Hineinzugehen ist gefährlich, denn der Boden bricht unter den Füßen ein. Also gucke ich nur durch die schmutzigen, mit Spinnweben bedeckten Fenster. Als schaute ich in die Vergangenheit mit ihrem grauen Staub und den Spinnweben, als schaute ich in ein Grab, in dem zwar keine Leiche liegt, doch die verlassene, erloschene Anwesenheit.

Bisweilen fahre ich also Umwege, wenn ich ihn besuche. Wenn es warm ist, sitzt er auf der Veranda und blickt in den Garten. In der Ferne dröhnt die Großstadt, doch hier ist es ruhig. Ein paar Hundert Meter weiter, hinter den Bäumen, rast manchmal ein Schnellzug vorbei. Inzwischen spricht er wenig. Er antwortet auf Fragen, dann schaut er wieder vor sich hin. Ich glaube oder stelle mir vor, dass er die Jungs auf den Schlittschuhen in der Winterlandschaft sieht, das Haus, das warm ist und nach Essen riecht, nur von Zeit zu Zeit kommen nachts Fremde, dass er eine endlose Folge von Bildern sieht, von den frühesten bis zu diesem Garten, der ihn vor der Welt schützt. Es ist gut möglich, dass er weder den Jungen auf den Schlittschuhen noch das Haus im Obstgarten erkennt, doch ich hoffe, dass diese Bilder ihn beschäftigen, dass sie ihm Freude bereiten und ihn vor der Angst bewahren, die die Zukunft bringt, denn mit Sicherheit kann er sich diese gar nicht vorstellen. Für ihn gibt es nur die Gegenwart und die Bilder unbekannter Orte und Gestalten, von denen er nicht weiß, dass sie aus der Vergangenheit kommen.

11

Er hatte Angst davor, sich zu bewegen, um nicht die Stille zu stören, die den ganzen Raum zu erfüllen schien, den er sich vorstellen konnte. »Vielleicht sind alle tot?«, dachte er und achtete darauf, die Worte nicht laut auszusprechen, obwohl es ihn reizte, weil er testen wollte, ob er selbst nicht auch schon gestorben sei. »Vielleicht sind alle tot, und es ist endlich Ruhe?«, dachte er noch einmal und hielt den Atem an. Er machte die Augen auf und wieder zu. Es war gleichermaßen dunkel. Sie seufzte, und da spürte er, dass er den Arm um ihre Taille gelegt hatte. Er wollte ihn wegnehmen, doch sie rückte näher zu ihm. Beide erstarrten. Es kam ihm vor, als könnte das Rascheln des Strohs all die Toten erwecken, an die er gedacht hatte.

»Schläfst du?«, flüsterte sie.

»Nein. Ich habe gelauscht, wie still es ist.«

Unbewegt lagen sie da. Endlich bellte in der Ferne ein Hund. Dreimal, schrill, als hätte er etwas gewittert und wäre losgelaufen.

»Ich habe geschlafen, aber immer noch geträumt, das heißt, ich habe wahrscheinlich nicht richtig geschlafen«, sagte sie.

»Versuch es noch mal. Wer weiß, wann wieder Gelegenheit sein wird, weich und trocken, unter einem Dach.«

»Denkst du, sie werden uns alle umbringen?«

»Alle können sie nicht umbringen.«

»Großvater hat das gesagt. Er ist klug.«

»Vielleicht ist er doch nicht so klug.«

»Er kann sich an den letzten Krieg und an die Revolution erinnern …«

»Ja. Er sitzt mit seinem weißen Bart im Sessel wie Ezechiel und hat eine halbe Million Einkommen im Jahr …«

»Jetzt nicht mehr«, sagte sie gleichgültig. »Er kauft für Dollar Brot. Warum hast du gesagt, die Eltern hätten uns fortgeschickt?«

»Ich dachte, das wäre besser. Einfacher.«

Sie hörten, dass es stürmischer wurde. Ein Windstoß traf auf die Holzwand, die ganze Konstruktion knarrte. Er spürte, wie sie zitterte und noch näher rückte. Reglos lag er da, den Arm um ihren Körper geschlungen.

»Sag, werden sie uns alle töten?«

»Großvater, Großvater … Die tausendjährige Weisheit der Generationen.«

»Hanna hat es auch gesagt.«

»Ja, ja. Hanna. Sie hat auch gesagt, sie werden Straßen aus Asche bauen.«

»Sie ist nicht verrückt …«

»Ist sie nicht. Sie hat nur Träume, oder?«

Der Wind legte sich. Jetzt war wieder das Bellen zu hören, doch diesmal von der anderen Seite. Als würde der Hund im Kreis laufen und die einbrechende Dunkelheit und den Wind anbellen, der kurz darauf wieder gegen die Bretter schlug. Es kam ihm vor, als wäre ein heißer Windstoß eingedrungen. Sie bewegte sich, und er spürte ihren Geruch, der unter der Decke hervorkam.

»Nein«, sagte er. »Sie werden uns nichts tun. Das Wetter wird umschlagen. Es kommen Wolken, dann können wir rüber.« Er legte den Mund an ihr Ohr und flüsterte: »Hab keine Angst. Morgen Nacht sind wir am anderen Ufer.«

Unbewegt lagen sie da und lauschten dem Atem des anderen. Er roch Schweiß, Staub, das muffige Getreide und etwas, das der Rest eines Kosmetikartikels sein konnte, vielleicht ihres Parfums, das sie vor ein paar Tagen benutzt hatte, als sie packten und dann auf den Mann warteten, der sie wegbringen sollte. Sicher hatte sie es nicht mitgenommen, sondern nur ein paar Stellen mit dem Finger berührt, in einer verzweifelten und auch leichtfertigen Geste, denn schließlich sollten sie mit der Menge verschmelzen, ihren Tiergeruch aufsaugen, sich in der Herde verstecken, in ihrem braunen Gestank. »Sich verstecken«, dachte er und lächelte in die Dunkelheit. »Verstecken«, und er sah sie gehen, mit ihrem fürstlichen Schritt, ihrem Haar in der Farbe von dunklem Gold, den Kopf erhoben, und die Blicke sammelten sich auf ihr wie graue Metallspäne auf einem glänzenden Magneten.

»Worüber lachst du?«, fragte sie.

»Woher weißt du, dass ich lache?«

»Ich spüre es.«

»Eigentlich über nichts. Wahrscheinlich um mir Mut zu machen. Wenn es dunkel ist, muss ich mir in Erinnerung rufen, wie du aussiehst. Ich weiß es nicht mehr. Ich muss mich erst wieder erinnern.«

»Unsinn. Wenn es Tag wird, kannst du mich betrachten. Ich muss schrecklich aussehen. Ich bin völlig klebrig.«

»Du hast dich im Fluss gewaschen.«

»Da hat es nach Kühen gestunken.«

»Sie tränken das Vieh dort.«

»Hier stinkt überhaupt alles nach Tieren. Der Fetzen, den er uns zum Zudecken gegeben hat, auch. Alles. Ich wusste nicht, dass es so viele Tiere hier gibt. Wir hatten einen Hund, auf der Straße gab es Hunde, manchmal Katzen, eine Kuh im Ferienort, aber ich wusste nicht, dass man eine Straße entlanggehen und riechen kann, dass hier Tiere gegangen sind, dass ein Mensch näher kommt und man spürt, dass er vorher bei den Tieren war, dass er unter ihnen lebt, dass Wasser, Sand, Luft, der Fetzen, den man zum Zudecken bekommt …«

»Das ist eine Pferdedecke, Doris. Damit deckt man Pferde zu, wenn sie sich aufwärmen sollen.«

Der Wind wehte jetzt unablässig. Warm, von Süden her, drängte er gegen die Scheunenwand. Und jetzt hörte er, wie die Böen Stimmen aus der Welt herantrugen. Niemand war tot. Der sowjetische Wächter am anderen Ufer kauerte im Weidengebüsch, rauchte aufmerksam und hielt nach Veränderungen Ausschau. Lauernd sah er über das glimmende Stückchen Zeitungspapier hinweg; das Gewehr quer über den Knien, heftete er den Blick ins Dunkel des fremden Landes und erinnerte sich an Bogotol oder Bugulma, nicht wissend, warum man ihm befohlen hatte, seine Heimat zu verlassen. Der Deutsche am diesseitigen Ufer spazierte langsam um den Obstgarten herum, die Maschinenpistole über der Schulter, und dachte, dieses dunkle Land würde irgendwann ihm gehören. Er war jung und überlegte, ob er sich vielleicht an diesem grünen Fluss niederlassen könnte, dann würde er den Kindern, die auf die Welt kämen, von dem schläfrigen, fernen Städtchen erzählen, in dem er geboren wurde. Es gefiel ihm hier. Die Menschen waren langsam, sanft, sie erinnerten an zahmes Vieh, lebendes Inventar. Im Fluss schwammen fette Fische, und der kaum bevölkerte Raum, den man besitzen könnte, erstreckte sich unendlich weit. Vor zwei Tagen hatte jemand auf ihn geschossen, doch in der Dämmerung konnte er nur einen Schatten vorbeihuschen sehen, der im Kornfeld verschwand. Vielleicht war da auch gar niemand? Nur der Mann, der Fische bringt und sie für Zigaretten hergibt. Die Frau, die einer Zigeunerin ähnelt, war aus ihrem warmen Lager nach draußen gekommen. Das lange Nachthemd schimmerte weiß. Sie streckte sich und blickte nach Osten, schaute nach den ersten Zeichen des Morgengrauens. Dann trat sie zwischen die Bäume, schürzte das Hemd und ging in die Hocke. Der junge Soldat mit der Maschinenpistole sah ihre Gestalt. Er konnte sich denken, was sie machte, und es kam ihm vor, als hörte er trotz des Windes das Geräusch des Urinstrahls im Gras. Er erstarrte, witterte wie ein Hund und spürte, dass er eine Erektion hatte.

»Ja. Die Decke stinkt wie eine Kutsche, nur noch mehr. Es nimmt einem den Atem. Weißt du, ich mochte Pferdegeruch eigentlich immer, aber das hier riecht so … kräftig, schmutzig, schwer … schwer von Pferdeschweiß. Ich mag's mir gar nicht vorstellen, Max.«

»Wir können sie doch wegtun. Es ist warm. Warmer Wind. Erinnerst du dich an den Scirocco?«

»Ja. Überall gelber Staub. Du hast dich betrunken.«

»Ein bisschen. Wenn der Wind von der Sahara kommt, darf man sich betrinken.«

Er tastete nach dem Rand der Decke und zog sie nach unten. Sie war steif und schwer. Er versuchte zu erraten, welche Farbe sie hatte, aber es kam ihm nur ein braunes Pferdefell in den Sinn.

»Max«, sagte sie leise, »aber zieh sie nicht ganz weg.«

»Was?«

»Dass sie uns nicht berührt, aber doch da ist … Weißt du, damit der Geruch …«

Er spürte, wie sie sich einrollte, näher rückte und sich mit Rücken und Hüften an ihn schmiegte. Sofort, ohne nachzudenken, passte er sich ihrer Form an und legte den Arm um ihre Taille.

»Weißt du, was das Schlimmste war?«, flüsterte sie.

»Sag.«

»Nicht, wie sie es getötet haben, sondern danach, als sie es zerlegt haben. Dieser Gestank, warm und süßlich. Und wie er gesagt hat, der Mensch sieht genauso aus innen, kein Unterschied. Er glaubt das wirklich.«

»Ich hatte Angst, dass sie uns finden. Dass sie vielleicht irgendwas suchen oder was hören.«

»Sie hätten uns umgebracht«, sagte sie mit toter, tiefer Stimme.

Sie suchte seine Hand und drückte sie fest. Er spürte die trockene, warme Haut, nur ganz in der Mitte, in der Vertiefung, war eine Spur Feuchtigkeit.

»Genauso wie das Schwein. Nur hätten sie uns rausgebracht. Und nicht einmal vergraben. Max, die Fliegen wären gekommen, wie der eine gesagt hat. Hier kommen sie auch an, wenn es Tag und wärmer wird. Sie fliegen zu den Blutresten, dem Geruch nach. Das ertrage ich nicht, Max, ich hatte immer Angst vor Fliegen, die werden hier kommen, schwarz und schwer, er hatte Recht, die füllen den ganzen Körper aus. Max, Max, wenn es schon sein muss, dann möchte ich im Winter sterben ...«

Er legte beide Arme um sie und drückte sie an sich. Durch die Spalte zwischen den Brettern konnte man sehen, dass das Schwarz der Nacht blasser wurde. Eine Maus raschelte. Wir sind ganz allein unter den Lebenden, dachte er.

Romaniuk wuselte um die Räucherkammer herum und verfluchte den Wind, der den zwischen losen Backsteinen hervorkommenden Rauch verwehte. Siwy lief zwischen Feldern und Hainen hin und her und erlaubte seinen Leuten nicht, länger als eine Stunde zu schlafen. Im Gebüsch nickten sie wie Hunde kurz ein, wobei einer Wache hielt, dann zwang er sie zu einem achtsamen Marsch in der Finsternis und kanzelte sie mit unterdrückter Stimme ab, wenn sie nicht vorsichtig genug waren.

»Ich werde eine Armee aus euch machen, verdammt. Wydra, drei Wachen hintereinander, und du wirst schleichen wie eine Katze!«

Sie fürchteten und hassten ihn, doch bald sollten sie mit ihm durchs Feuer gehen. Sein stämmiger Körper schien mit der Kraft eines furchtlosen Tieres, unempfindlich gegen Schmerz, die Luft zu durchschneiden – so kam es ihnen vor, wenn sie ihn sahen. Wie vor zwei Tagen, als der Deutsche eine Serie von Schüssen abgab und Siwy im Korn kauerte und immer wieder in diese Richtung schoss, bis das Magazin leer war. Eigentlich war nicht viel zu sehen gewesen, weil es gerade erst tagte und der Deutsche im Baumschatten stand, nur am Aufblitzen konnte man den Ort erraten, von dem die Schüsse kamen. Danach waren im Obstgarten deutsche Schreie zu hören gewesen, und sie begannen zu flüchten, gebückt, dicht an der Erde, weil noch andere Waffen dröhnten, und Siwy rief mit erstickter Stimme, er werde diesen Hurensohn umbringen, der Juden transportiert und es mit den Deutschen hält. Später saß der Hurensohn, nackt bis zum Gürtel, im Schatten des Apfelbaums, und die Frau, die wie eine Zigeunerin aussah, beugte sich über seinen Rücken. Daneben stand ein junger Wächter mit aufgeknöpfter Uniform und beobachtete ihre schnellen, dunklen Hände.

»*Banditen*«, sagte er halblaut. »*Pöbel*.«

»Wir sind wie Tote, Max«, sagte sie und drückte ihren Rücken an ihn.

Er sog den Geruch ihres Haars und der Haut am Nacken ein.

»Wir sind wie Leichen«, sagte sie.

»Nein, Doris. Es werden Wolken kommen, dann fahren wir auf die andere Seite. Zu den Russen. Die sind anders.«

»Das glaube ich nicht, Max. Der Himmel wird wolkenlos bleiben, und wir werden uns nirgends verstecken können. Selbst nachts wird es hell sein, und selbst nachts wird es heiß sein, und schwarze Fliegen werden kommen, groß wie Falter, und sie werden auf unser verdorbenes Blut fliegen, Max ...«

»Wolken werden kommen, Doris. Es ist windig. Wir setzen zu den Russen über, dort gibt es keine schwarzen Fliegen.«

Er spürte, wie sie sich mit dem Hintern an seinen Unterleib schmiegte.

»Max, denkst du, jenseits des Flusses gibt es keine Fliegen, der Beelzebub schickt da keine hin?«, fragte sie.

»Den gibt es dort nicht«, erwiderte er.

Er bewegte sich ganz langsam, fast unmerklich, in sein eigenes Blut vertieft, das in den Unterleib floss. Jetzt erinnerte er sich, wie sie aussah. Er hatte ihr Profil im Mondlicht betrachtet, als sie am Fluss dem Fährmann gegenüberstand. Ihre Arme hingen herunter, und er sah den Umriss ihrer Brust. Aufrecht, mit hoch erhobenem Kopf stand sie da, und er dachte, sie müsste die Fäuste geballt haben und bereit sein, es zu machen. Der Fährmann kam ihnen um einiges älter vor. Jedenfalls, als er sie am Tag auf der Straße getroffen hatte. In einem schmutzigen Hemd mit hochgekrempelten Ärmeln, in einer Drillichhose, nur die Schuhe waren ordentlich. Sie ähnelten Militärstiefeln. Solche hatte er ein paarmal bei den Deutschen gesehen. Er hatte dunkles Haar und einen vorsichtigen, aber aufgeweckten Blick. Doch dort in der Nacht hatte er nur seine Silhouette gesehen. Sie mussten sich angeschaut haben, denn sie hatten unbewegt nur zwei Schritte voneinander entfernt gestanden, und er hatte sie von der Seite betrachtet und war sich sicher gewesen, dass der andere den schwachen Rest des Parfums gerochen haben musste und sie den Schweiß und den Schlamm. Schließlich hatte der Mann den Kopf abgewendet und mit gleichgültiger Stimme gesagt:

»Nicht nötig, Mädchen. Dein Verehrer wäre sauer.«

Er wollte sich dazu zwingen, sich nicht zu bewegen, doch es kam ihm vor, als würde sein Blut ihn verraten und sie die Wärme seines Unterleibs spüren, seine Erregung.

»Wolltest du es mit ihm machen?«, fragte er leise, aber der Wind hatte gerade etwas nachgelassen, und die Worte hallten in der hohen, dunklen Scheune.

»Nein. Aber wenn er gewollt hätte, hätte ich es gemacht.«

Er hielt den Atem an und wartete auf den nächsten Windstoß, auf einen Schlag, von dem die Wände knarren und der Raum sich mit trockener Hitze füllen würde. In der Dunkelheit flatterte etwas. Zuerst dachte er, es sei eine Fledermaus, doch dann fiel ihm ein, dass Fledermäuse lautlos fliegen. Am Tag hatte er gesehen, wie Spatzen in die Scheune flogen und sich unter das Dach setzten.

»Du hättest es gemacht?«, fragte er noch einmal.

»Ich will nicht sterben, Max«, erwiderte sie mit leiser, ruhiger Stimme. »Das hätte keinerlei Bedeutung gehabt. Menschen tun viele Dinge, um nicht zu sterben.«

Er zog sich vorsichtig zurück, so kam es ihm vor, doch vielleicht floss nur das Blut langsamer durch seinen Körper. Da schlug der Wind wieder zu, kräftig und heiß. Wolken von Staub wirbelten in der Finsternis. Sie spürten den Geschmack im Mund. Doris drehte sich um und berührte seine Wange.

»Max, ich möchte das mit dir machen.«

Er schloss die Augen und öffnete sie wieder, aber es war so dunkel, dass er weder ihre Hand noch ihr Gesicht sehen konnte. Mit den Fingern suchte sie seinen Mund. Er erfasste sie mit den Lippen und ließ sie entsetzt wieder los. Dann versuchte er, in der trockenen, von Staub und altem Stroh gesättigten Luft ihren Geruch wiederzufinden, doch die Erinnerung an den Gestank der Schlachtung verfolgte ihn. Wieder berührte sie ihn. Er spürte ihre Finger auf dem Mund. Er öffnete ihn ein bisschen und befeuchtete ihn unwillkürlich mit der Zunge. Da spürte er den Geschmack ihres Körpers. Er war mit nichts zu vergleichen, was er kannte, und mischte sich mit dem seines Speichels. Sie hatten sich ja als Kinder angefasst, dachte er, doch Kinder können ihren Geruch nicht vom Geruch der Welt unterscheiden. Jetzt schmeckte sie nach warmer Haut, in die Angst und Müdigkeit eingeflossen waren, doch unter der Sorge hervor sickerten Wärme und das Pochen des Blutes, die den Geschmack ihres dunklen Inneren trugen, und es kam ihm vor, als löste sich all das in seinem Speichel auf und flösse in seine Kehle.

»Wir dürfen das nicht tun«, flüsterte er.

»Doch«, erwiderte sie und steckte ihm die Finger tiefer in den Mund.

Jetzt begriff er, dass er das immer gewollt hatte. Jedenfalls

seit dem Tag, als er sie ein paar Schritte entfernt im Morgenlicht stehen gesehen hatte, von der Seite. Er hatte den Umriss
ihrer Pobacke gesehen, der fließend in den des Schenkels und
der Wade überging. Den nackten Fuß in der Sandale. Und er
dachte damals: In diesem Bild liegt eine ursprüngliche Kraft.
Als würde ihr Körper direkt der Erde entwachsen. Er war
schön, jung und zugleich in gewisser Weise uralt. Sie hatte
in die Tiefe des gepflasterten Platzes geschaut, der sich allmählich erwärmte, zu den schattigen Arkaden eines Renais-
sancehauses, dann hatte sie sich zu ihm umgedreht, und sie
musste den Blick gesehen haben, mit dem er zum ersten Mal
ihren Körper so stark berührte. Sie musste bemerkt haben,
wie er die Luft einsog und den Atem anhielt. Sie lächelte, kniff
die Augen zusammen und wandte den Blick ab. Das musste
im letzten Urlaub in Florenz gewesen sein, als sie mit Regio-
nalzügen von Stadt zu Stadt gefahren waren. Träge von Hitze,
Wein und einfachem Essen. In den Gassen hatten sie Schatten
gesucht und in der absoluten Stille des Nachmittags ihre eigenen Schritte gehört. In Rom hatte Vater auf sie gewartet.
Kaum waren sie zurück, hatte der Krieg begonnen. An all das
erinnerte er sich jetzt, weil er glaubte, die Zeit verginge dann
langsamer.

12

Er ging den Weg am Fluss entlang. Der Fisch kühlte ihm den Rücken. Er hatte versucht, ihn in den Händen zu tragen, doch er war zu glitschig und schwer. Also hatte er ihm eine Schnur durch die Kiemen gezogen und ihn über die Schulter geworfen. Als es zu tagen begann, bog er vom Weg ins Gebüsch ab. Er hatte Angst. Die Wunden auf dem Rücken waren gerade erst verheilt. Dorf und Straße wollte er umgehen. Nass vom Tau stapfte er durch das Weidengestrüpp, dann durch einen jungen Kiefernwald, und er spürte, wie die Nadeln in seinen abgekühlten Körper stachen. Gebückt lief er schnell am Rand der Viehweide entlang und versteckte sich in dem Pappelhain, der sich in einem schmalen Streifen die sanfte Erhebung hochzog. Wenn er Umwege gegangen wäre, hätte er das offene Gelände ganz vermeiden können. Er hätte sich permanent im Schatten von Pappeln, Kiefern und Birken verbergen können, als würde er auf einem Schachbrett Haken schlagen. Doch er wollte ankommen, bevor es richtig Tag wurde, also streifte er gekrümmt die Raine entlang durchs hohe Getreide. Für einen Moment kauerte er sich hin und horchte auf ein tiefes, eintöniges Dröhnen. Dann lief er noch ein paar Hundert Meter und wartete kurz in der Gruppe hoher Pappeln, ein paar Meter von der Straße entfernt, die aus dem Dorf nach Osten führte, am Flussufer entlang zu der Brücke in Krystopol und dann nach Dorohucza. Das tiefe Geräusch näherte sich vom Dorf her. Als er die schwarzen Schatten der Maschinen erblickte, ließ er sich auf die Erde fallen. Sie fuhren mit kaum sichtbaren Scheinwerfern, das bläuliche Licht dicht vor sich herschiebend. Ein Schützenpanzerwagen, fünf Opel Blitz, ein Schützenpanzerwagen, dann noch fünf Opel und zum Schluss wieder ein Transporter. Die Verdecke auf den Lastwagen waren offen, er konnte die Umrisse der Soldaten sehen. Sie fuhren an ihm vorbei, dann verließen sie die Straße, indem sie scharf nach Süden abbogen. »Weiter vom Fluss weg«, dachte er. »Damit der Iwan sie nicht sieht.« Er kannte das andere Ufer und wusste, dass die Straße nicht zu sehen war, doch nach einigen Kilometern fiel die Strecke ab und lief eine Zeitlang direkt am Fluss entlang, um erst später wieder anzusteigen und sich von ihm zu entfernen. Es war trocken, die Transporter fuhren voraus und zermalmten mit ihren Raupen das Korn. Er wartete eine Weile ab, überquerte die Straße, fand den Rain und ging gebückt weiter, ein ganzes Stück entfernt von der breiten Spur der Deutschen.

»Groß«, sagte sie und versetzte dem Fisch einen klebrigen Klaps.

Sie saßen unter einer Plane, die zwischen den Ästen des Birnbaums aufgespannt war. Der Fisch lag auf einer niedrigen, aus ein paar Brettern bestehenden Tischplatte. Die Frau trug einen dunklen Rock, dessen verwaschenes Muster nach Blumen aussah. Sie hockte gegenüber der Beute und betrachtete sie aufmerksam.

»Groß und fett«, sagte sie noch einmal.

Drei Soldaten, die Ärmel der Hemden aufgekrempelt, standen daneben und sprachen mit gedämpften Stimmen, als warteten sie auf etwas. Er betrachtete ihre dunkle Hand, die den Fischkörper tätschelte. Die ersten Fliegen kamen angeflogen. Die Morgensonne brannte auf seinen Rücken.

»Ich bin kaum mit ihm fertig geworden. Der ertränkt mich, hab ich gedacht, er hat mich in den Schlamm direkt am Ufer gezogen«, sagte er langsam. »Ich hab mich an ein paar Zweigen festgehalten und bin dann irgendwie rausgekommen.«

»Was sagen wir ihnen?«, fragte sie.

»Was brauchen wir denn?«

»Alles. Zucker zum Beispiel. Normales Öl, das schwarze Zeug kann ich nicht mehr sehen. Und Seife. Seife hab ich seit einem Monat nicht gehabt. Sie haben welche, die duftet. Das riecht man, wenn sie morgens vom Brunnen kommen.«

Sie erhob sich und stellte sich hinter ihn.

»Ich schau mir den Rücken an«, sagte sie.

Er knöpfte das Hemd auf und ließ es behutsam von den Schultern gleiten. Es tat weh, doch er verzog nur leicht das Gesicht. Sie brachte den Teekessel von der Feuerstelle und goss warmes Wasser in eine Schüssel. Dann prüfte sie es mit dem Finger und goss kaltes aus dem Eimer nach. Sie nahm einen Lappen und begann, den Rücken abzuwaschen. Er hatte viele blaue Flecken. Einige der Striemen waren geplatzt, eine rötliche Flüssigkeit sickerte heraus. Sie sah sie sich genau an, spülte die Hand ab und berührte die Stellen.

»Tut es weh?«, fragte sie.

»Ein bisschen«, erwiderte er.

»Das ist gut. Es heilt.«

Sie ging in die Scheune und kam mit einer Handvoll Kräutern zurück. Sie steckte sie in den Mund und begann zu kauen. Nach einer Weile spuckte sie den grünen Brei in die Hand und rieb ihn langsam und vorsichtig in die Wunden. Zuerst mit den Fingerspitzen in die blutigsten Stellen, dann mit der Handfläche in die blauen Flecken und Striemen. Er schloss die Augen und ergab sich wortlos der Prozedur. Die Soldaten sahen zu und flüsterten miteinander. Einer lachte leise. Trotz deren Anwesenheit wollte er, dass sie ihn so lange wie möglich berührte und dass es wehtat.

»Sie haben mir eine Bandage gegeben«, sagte sie und holte eine weißliche Rolle heraus. »Alt, aber gewaschen.«

»Nein. An der Luft heilt es schneller. Was ist das überhaupt?«, fragte er.

»Ein Kraut. Es wächst überall. Das hat meine Oma mir beigebracht.«

Sie war fertig, ging zur Feuerstelle und hockte sich hin. Er sah ihren Hintern dicht über der Erde. Ihr dunkles Haar war zu einem lockeren Zopf geflochten, der bis zur Mitte des Rückens reichte. Sie stocherte mit einem Stöckchen in der Glut und legte ein Stück Holz nach. Aus dem Schornstein stieg bläulicher Rauch auf, es roch nach Kiefer. Er stellte sich die dunkle Stelle zwischen ihren Schenkeln vor und die staubigen nackten Füße, die sich kräftig und flach in die Erde stemmten. Er hatte sie nie berührt, aber er dachte öfter daran. Vor allem nachts, wenn er von der Banse aus ihrem Atem lauschte. Er hörte, wie sie sich auf dem Bett umdrehte und von Zeit zu Zeit leise schnarchte. Er hörte, wie sie furzte, wenn sie Schwarzbrot gegessen hatte, und das erregte ihn noch mehr. In seinem Kopf erschien dann das Bild eines Hengstes, der eine Stute deckt. Der dunkle, mit Schaum bedeckte Körper, der das braune Hinterteil besteigt. Das Wiehern und Quieken, wenn die Stute den Schädel zurückwirft und mit blutunterlaufenen Augen versucht, das Männchen zu sehen. Er hatte das viele Male beobachtet, als Kind und als Erwachsener. Und jetzt erinnerte ihn dieser über der Erde schwebende, breite und kräftige Hintern an eine Stute. Aber er hatte nie versucht, sie zu berühren, sondern witterte nur heimlich die Luft, wenn sie vorbeiging. Als sie noch in dem Haus gewohnt hatten, das jetzt die Soldaten besetzt hielten, schlief er zwei Wände weiter, in einem dunklen Raum nach Norden, wo das gedroschene Korn, das Pferdegeschirr, leere Petroleumkanister und Äpfel aus dem Garten aufbewahrt wurden. Im Winter ließ sie ihn in der Küche schlafen und ging selbst in den Alkoven. Wenn es wärmer wurde, zog er auf den Dachboden um, und erst die Hitze vertrieb ihn in den kleinen dunklen Speicher. Doch er hatte nie versucht, sie zu berühren, weil er ein Bauernknecht war. So hatten sie es abgemacht.

In jenem Sommer hatte er sie mit dem Boot gebracht. Sie hatte vom anderen Ufer gerufen, also fuhr er hinüber. Sie stand bis zu den Knöcheln im Wasser, die Schuhe in der Hand. In einem roten Rock, über den Schultern ein geblümtes Tuch. Er kannte sie, sah sie jedoch nicht oft. Sie wohnte außerhalb des Dorfs, war aus der Gegend von Hruszowa. Das sagten die Leute. Sie hatte einen dunklen Teint und blickte ihm direkt in die Augen. Sie stieg ein, und auf der Hälfte des Weges sagte sie:

»Mein Mann ist ertrunken. Ich brauche jemand für die Arbeit.«

Er sah von oben auf ihre Brüste, auf den Schatten dazwischen.

»Es ist weit zu gehen«, erwiderte er. »Hier habe ich meine Hütte.« Er zeigte zur Böschung, auf einen Holzschuppen mit Schornstein. »Ich muss schauen, ob nicht jemand ruft.«

Er hatte am Ufer angelegt und ihr nachgesehen, wie sie den steilen Pfad hinaufging, immer noch die Schuhe in der Hand.

Im Herbst hatten dann die Russen sein Haus angezündet. Jemand hatte mit Brandgeschossen auf dem Strohdach hantiert, vielleicht wollte er ausprobieren, ob sie bei der Überfahrt nicht nass geworden waren. Er war nur hineingelaufen und hatte schnell ein paar Sachen gegriffen. Es war warm und trocken, danach stand er also nur noch da und schaute zu. Leute kamen zu Hilfe, doch das aus den Eimern geschüttete Wasser verwandelte sich auf der Stelle in Dampf. Die Nacht verbrachte er in eine Pferdedecke gewickelt, die jemand ihm gegeben hatte. Am Morgen, als das Feuer erloschen war, durchsuchte er die Brandstelle. Er holte die noch warmen Gegenstände heraus und wunderte sich, dass er so wenig besessen hatte. Jedenfalls aus Metall. Manche waren fast geschmolzen. Löffel, ein Blechteller. Die Werkzeuge waren zu nichts mehr zu gebrauchen. Er verbog mit den Händen eine Säge, und sie blieb verbogen. Das Feuer hatte sie gehärtet und mit einem rötlichen Belag bedeckt. Die Klinge des Schabmessers war schartig. Er buddelte zwei Äxte aus. Keine Spur mehr von den Stielen. Die glänzenden Ketten sahen jetzt aus, als hätten sie lange in der Erde gelegen. Er fand den Schaft eines Ersatzpaddels und steckte ihn in die Tasche. Den Rest warf er auf die Decke, unter der er geschlafen hatte. Die Sachen waren noch heiß. Der gusseiserne Topf war geplatzt, doch der tönerne Wasserkrug, ein paar Becher und zwei tönerne Schüsseln waren heil geblieben. Das restliche Geschirr musste kaputtgegangen sein, als es vom brennenden Regal gefallen war. Er spürte, dass der Brandgeruch ihn ganz durchdrungen hatte und er diesen Gestank lange nicht loswerden würde. Die Leute betrachteten ihn gleichgültig. Er nahm zwei Ringe vom Herd, riss das Türchen und den Aschenkasten heraus und warf alles auf den Haufen. Der schwarze Kamin ragte in den blauen Himmel. An manchen Stellen glomm noch Glut unter der Asche, doch er dachte, da wäre wohl nichts mehr zu holen. Nichts, was er jetzt gebrauchen könnte. Er nickte dem Mann zu, der am Rande des Hofes hockte und ihn reglos ansah.

»Hryciuk.«

»Was?«

»Ich brauch einen Wagen und ein Pferd.«

»Es ist nicht beschlagen.«

»Auf weichem Boden wird's gehen.«

Hryciuk sagte nichts und starrte auf die schwarzen Reste. Es war still. Von der Kohle stiegen senkrecht nach oben Rauchstreifen auf. Er hörte einen Fisch im Fluss. Irgendwo im Dorf klirrte ein Eimer am Brunnen.

»Ich hab dich gefahren, Hryciuk.«

»Nicht umsonst.«

»Abgebrannten hilft man. Weißt du das nicht?«

»Was bist du denn für ein Abgebrannter, verdammt. Einen Scheißdreck hast du gehabt und hast jetzt einen Scheißdreck.«

Hryciuk hat Recht, dachte er. Zwei Stühle, ein Tisch, ein

aus Brettern gezimmertes Bett, ein Ofen aus Ton, eine Lehmhütte fünf mal fünf Schritte. Am meisten leid tat es ihm um den Vorrat an Kiefernholz, das – in Scheite gehackt -- unter der Dachtraufe zum Trocknen gestapelt war. Er war sich sicher, dass das Geld im Versteck unter dem Ofen überlebt hatte und dass er in der Nacht zurückkommen würde, um es zu holen. Das sollten die Leute nicht erfahren, denn wenn sie es wüssten, könnten sie es nie wieder vergessen.

»Wir zerdeppern den Schornstein, und ich geb dir die Hälfte vom Backstein«, sagte er gleichgültig.

Gegen Mittag fuhren sie in den Schatten des Obstgartens. Sie kam zur Treppe und sah ihnen wortlos zu. Der braune Rücken des Pferdes glänzte dunkel vor Schweiß. Das Tier hatte den Schädel gesenkt und zupfte Gras. Sie trug eine angeschmutzte Schürze und eine weite, verwaschene Bluse, die einmal rot gewesen sein musste. Ihr Hals und ihre Arme waren braungebrannt und kräftig. Das lange Haar zu einem lockeren Knoten gebunden.

»Ich bring dir einen Verehrer mit Aussteuer«, sagte Hryciuk und stieg vom Wagen.

Sie betrachtete das angeschwärzte Eisenzeug auf dem Fuhrwerk, den Haufen rußbedeckter Backsteine und schließlich ihn. Die Hände auf den Knien saß er da und blickte geradeaus. In den schattigen Hof. Rotbraune Hühner lagen in Sonnenflecken. Gruben sich sandige Vertiefungen. Vom Tor des Stalls her, einem schwarzen Rechteck, roch es nach Kuh.

»Wo soll ich das ablegen?«, fragte er.

»Das Eisen in die Scheune, den Backstein unter die Traufe«, antwortete sie, und ein kaum merkliches Lächeln glitt über ihr Gesicht.

Jetzt setzte er sich auf die festgetretene Erde neben der Feuerstelle, nahm die Emaillekanne vom Rand des Blechs und goss sich Kaffee in den Becher. Er schlürfte die heiße Flüssigkeit und sagte, ja, Zucker auf jeden Fall. Die Soldaten waren zu ihren Geschützen im Obstgarten gegangen. Er nahm eine Zigarette aus der Packung und hielt sie an ein glühendes Stückchen Kohle, um sie anzuzünden. Er machte ein paar Züge und gab sie ihr dann. Sie kostete den Rauch und blies ihn durch die Nase aus.

Das bläuliche Geflecht verhüllte ihr dunkles Gesicht. Sie gab ihm die Kippe zurück und hob den Arm, um sich die feuchte Stirn zu wischen. Er roch ihren Schweiß, vermischt mit dem Geruch des Rauches. Unwillkürlich begann er zu wittern wie ein Hund und starrte auf ihre dunkle Achsel. Als sie den Arm von der Stirn nahm, senkte er sofort den Blick, trank schnell einen Schluck und verbrannte sich den Mund.

»Einer will, dass ich mit ihm gehe«, sagte sie, teilnahmslos in die Glut starrend.

»Welcher?«, fragte er geistesabwesend.

»Der, der geschossen hat, als sie dich gejagt haben. Der Jüngste. Sie haben es wohl auf die Russen abgesehen. So hab ich's verstanden. Übermorgen, in einer Woche, ich weiß nicht. Deshalb will er, dass ich mit ihm gehe.«

»Diese Rotznase«, sagte er leise und spürte Erregung und Neid. Einen seltsamen, süßen Schmerz, den er bisher nicht kannte.

»Wenn er nicht gewesen wäre, hätten sie dich sicher umgebracht.«

»Und – gehst du?«, fragte er nach einer Weile, den Blick auf ihre nackten, staubigen Füße gerichtet. Ihre Zehen sahen leicht gekrümmt aus, als hielte sie sich damit an der Erde fest.

»Ich weiß nicht, ich denk drüber nach.«

»Das heißt, du wirst gehen«, sagte er zu sich selbst und nahm einen Schluck des bitteren Getränks.

Auf dem Hof fuhr ein Kübelwagen vor und hielt am Eingang zum Haus an. Der Wächter salutierte, und zwei Offiziere gingen mit raschem Schritt über die Treppe.

»Mit dir würde ich auch gehen«, sagte sie, ohne ihn anzusehen.

Er spürte, wie ihm der Schweiß über den Körper rann. Er rückte ein Stück von der Feuerstelle weg in den Schatten. Die Hühner waren aus ihren Vertiefungen verschwunden. Die Deutschen sprachen mit erhobener Stimme.

»Ich wäre auch schon früher gegangen. Weißt du das nicht?«

Er erinnerte sich an die Nächte, als er in vollkommener Stille auf die Geräusche hinter der Wand oder unter dem Boden der Dachkammer gelauscht hatte. Ihr Bett knarrte. Er stellte sich vor, wie sie sich umdrehte, vom Rücken auf den Bauch und umgekehrt, die Schenkel gespreizt, und unwillkürlich witterte er. Wie sie völlig verschwitzt in der heißen Dunkelheit lag. Wie sie nackt schlief. Wie er in die stickige Finsternis eintreten und den hellen Fleck ihres Körpers sehen würde, mit dem breiten Hintern. Und dass nur ihre Waden, Arme und der Nacken braungebrannt waren. Er stellte sich vor, wie er sich auf sie legen, an ihren Achseln riechen würde und sie sich in ihrem vorgespielten Schlaf noch mehr anspannte. Dass sie es machen, dass er sie am Nacken festhalten und ihr Gesicht aufs Bett drücken würde, damit sie ihn nicht ansehen könnte. Und wie er dann gehen, leise die Tür schließen und zu seinem Lager zurückkehren würde. Er würde sich auf den Rücken legen, seinen Schwanz berühren und die Hand an die Nase halten, um sie zu riechen. Wie er auch immer instinktiv die Luft einsog, um den Geruch einer gedeckten Stute zu riechen. An all das hatte er oft gedacht, aber er hatte es nie getan.

»Also? Soll ich gehen?«, fragte sie, als wollte sie einen Rat in einer Haushaltsangelegenheit, Zucker gegen Fisch, oder beim Befruchten einer Kuh.

Er stand auf und lehnte sich an den Stamm des Birnbaums. Schmollend blickte er zum Hof und weiter, über die Pappelreihe hinweg, über die reifenden Felder, dorthin, wo die Erde leicht zum grünen Fluss hin abfiel.

»Ja, geh«, sagte er schließlich. »Er hat ein Zeiss. Das soll er dir geben.«

»Was hat er?«

»Ein Fernglas.«

13

»Hast du den Verstand verloren, Miętus?«

»Ich hab ja nur gefragt, Herr Zugführer …«

»Nur gefragt? Feuer?«

»Die Mücken stechen, Herr Zugführer …«

»Miętus! Verdammt, stillgestanden!«

Miętus sprang auf und spannte den Körper an. In seinem schmuddeligen Hemd und der ausgeblichenen Hose, die früher einmal schwarz gewesen war, sah er idiotisch aus, wie er so dastand, die Arme herabhängend, den Kopf erhoben und den Blick in die Ferne gerichtet.

»Runter!«

Er warf sich auf die Erde und lag wie ein Hund auf der Lauer.

»Aufstehen! Und das fünfzig Mal. Kannst du bis fünfzig zählen?«

»Zu Befehl, Herr Zugführer. Melde gehorsamst, ich kann!«

»Ja? Wie viel macht das?«

»Fünf mal zehn, Herr Zugführer«, keuchte Miętus.

»Brav! Aus dir wird mal ein Akademiker.«

Miętus ließ sich weiter auf die Erde fallen und sprang wieder auf, und Siwy inspizierte die Kartentasche. Er trug grüne Knickerbocker, hohe Stiefel und eine aufgeknöpfte Uniformjacke ohne Rangabzeichen. Am Rand eines Espenhains saß er im Schatten. In der unbewegten heißen Luft raschelten leise die Blätter. Der Junge trat auf die Lichtung.

»Hat Wydra dich abgelöst?«

»Jawohl, Herr Zugführer«, meldete er und sah Miętus bei den Übungen zu.

Der Zugführer betrachtete ihn amüsiert.

»Er wollte ein Feuer machen, weil ihn die Mücken stechen. Wie ist die Situation?«

»Melde, auf dem Weg nach Hruszowa ist Militär. Fünf Lastwagen sind vorbeigefahren. Alle in die Richtung.«

»Opel Blitz?«

»Genau. In die andere Richtung ein Motorrad und gleich danach eins zurück. Schwer zu sagen, ob es dasselbe war, weil zu weit weg. Und zwei Fuhrwerke nach Hruszowa.«

»Setz dich und steck dir eine an. Hast du's schon gelernt?«

Siwy nahm ein Päckchen Zigaretten heraus und streckte es dem Jungen hin.

»Melde, dass ich es lerne, Herr Zugführer.«

»Wenn du dich gesetzt hast, musst du nicht melden.«

»Jawohl, Herr Zugführer.«

Miętus war fertig und ging in Habtachtstellung. Sein Gesicht war nass, das Hemd auf Brust und Rücken dunkel geworden. Über seinem Kopf kreiste ein Schwarm Insekten.

»Setz dich und steck dir auch eine an«, sagte Siwy und warf ihm das Päckchen zu.

Es war Spätnachmittag. Vom Hain her kam sumpfiger Gestank. Der Fluss war einen Kilometer entfernt, doch sein Wasser schien auch unter der Erde weiterzusickern, die alten schlammigen Vertiefungen und die mit Wasserlinsen überzogenen Löcher auszufüllen. Er floss in seiner Hauptströmung, doch zugleich wollte er die Altarme nicht aufgeben, die er seit Jahrtausenden in die Erde gespült hatte. Die Hitze ließ dichte Schwaden von Fäulnis in der Luft schweben. Stickigen, modrigen Fischgeruch, erfüllt von Insektensummen. Miętus und der Junge schlugen sich immer wieder auf den Nacken. Nur Siwy saß unbewegt da, als hätte er anderes Blut. Mit dem Rauchen und dem Durchsehen der Papiere beschäftigt, murmelte er vor sich hin. Vorsichtig legte er eine an den Faltstellen durchgewetzte Karte aus.

»Und Sie waren im Krieg, Herr Zugführer?«, fragte der Junge leise.

Siwy sah von der Karte auf, nahm einen letzten Zug und schnippte die Kippe ins Gras. Einen Moment schwieg er, sein Blick ging in die grüne Ferne.

»Ja. Da war ich jünger als du.« Er lächelte wie zu sich selbst. »Ich bin von zu Hause weggelaufen, und bei der Kommission habe ich gelogen. Ich war kleiner als du, wenn auch kräftig. Schließlich hab ich sie überzeugt. Es war offensichtlich, dass ich unbedingt wollte. Hab ihnen gesagt, wenn sie mich nicht nehmen, gehe ich zu den Partisanen.«

»Gab es da schon die Partisanen?«

»Nein, aber ich hab ihnen das gesagt.« Er begann zu lachen und betrachtete den Jungen. Um die Augen herum hatte er ein Netz von Fältchen. »Sie haben mich zur SMG-Bedienung geschickt. Wir haben Budjonnys Kosaken niedergemäht wie Roggen. Das muss man erlebt haben … Tatarenpferde, Kalmückenfressen, ein Quieken und dann das blutige Fleisch auf einem Haufen. Später hat man alles genau gesehen, wenn wir ihnen den Todesstoß versetzten. Vor allem die Pferde. Um die ist es immer schade. Es war heiß, wie jetzt, und sofort kamen die Fliegen an. Ganz schwarz ist es da geworden.«

Er verstummte, wendete den Blick ab und starrte in den Juninachmittag, doch in seinem Innern sah er vermutlich nur den blutigen Haufen, in den er damals die aus der Ferne anrückenden Reiter verwandelte, die Reiter, die hinter der Krümmung der Erde hervorkamen, aus diesem schrecklichen Osten. Aus diesem Grauen, dessen Kind er war, denn er war am Rande dieses Grauens auf die Welt gekommen und fühlte sich wie ein Bastard, wie ein Mischling, wie ein aus einer Vergewaltigung hervorgegangenes Monstrum. Er spürte den dunklen Geruch des riesenhaften Leibes, der ihn aus seinen Eingeweiden ausgestoßen hatte. Einen verschüchterten Knaben, unsicher, ob seine Welt etwas wert sei, dieses Kaff am Rande des großen Sandes, diese ärmliche Hütte mit der Veranda, die von zwei mehr schlecht als recht behauenen Holzpfeilern gestützt wurde. Diese drei vollgeschissenen Kühe mit den vereiterten Augen und dem Fliegenpflaster auf dem Maul, diese vergilbten Papiere hinter dem Heiligenbild der Muttergottes, die Geschichte, dass einst, früher, in guten Zeiten, irgendwelche Vorfahren mit -ski am Ende des Namens in die Steppe gezogen waren, um sie zu erobern und zu unterwerfen, doch im Endeffekt war nichts daraus geworden, weil sie zu schwach gewesen waren, zu klein für diese Weite, zu sehr verwachsen mit ihren Holzhütten, mit diesen von Latten umzäunten Scheunen, zu sehr Hinterwäldler. Jetzt also erinnerte er sich, wie er damals mit Serien aus dem Maxim die Reiter in einen blutigen Haufen verwandelte, und gleich kamen Fliegen angeflogen, um ihr Fleisch zu fressen und es wieder dem Nichts zuzuführen, aus dem sie gekommen waren, um die Zivilisation zu zerstören, die er – wie er glauben wollte – repräsentierte. Und jetzt lag er im Gestrüpp und zählte ohne Ende die deutschen Maschinen, die durch sein Land zogen, aus dem Innern des Kontinents kommend, den er noch vor kurzem zu verteidigen glaubte. Panzer drei, Opel Blitz, Zündapp, Kübelwagen. »Wie viel das alles ist, verdammt«, dachte er. »Woher haben die so viel Eisen?« Er stellte sich vage vor, dort im Westen würde die Erde zu einer unablässigen, entsetzlichen Geburt gezwungen, und auf der Oberfläche brennten ewige Feuer, die Erz zu Metall schmolzen, das fließend Formen ausfüllte und zu all den Panzern, Raupen und Geschützen erstarrte. Vor ein paar Tagen hatte er in einer kleinen Gruppe von Bauern auf einem staubigen Platz gestanden und zugeschaut, wie sie vorbeifuhren. Der Konvoi hatte das Tempo gedrosselt, und von den Lastwagen aus hatten die Soldaten sie wie einen unbekannten Volksstamm betrachtet. Sie warfen eine Handvoll Bonbons, und eine barfüßige Kinderschar kam unter Staubwolken angerannt und sammelte sie sofort auf. Die Soldaten lachten laut und verächtlich.

»Ja, schade um die Pferde«, sagte Miętus.

»Sie waren klein«, sagte Siwy wie aus dem Schlaf gerissen. »Weder für den Pflug noch fürs Fuhrwerk geeignet.«

Dann kehrte er wieder zur Vergangenheit zurück, zum September, als sie nach Osten geflohen waren, denn als geplanten Rückzug konnte man das nicht bezeichnen, zerschlagen, hungrig, abgerissen, wie sie waren, mit der Niederlage in den vor Hitze ausgetrockneten Augen. Ohne Anführer, ohne Munition, nur weg von den Deutschen, so weit wie möglich. Sie dachten, sie könnten entkommen, sich in der Unendlichkeit des Ostens verbergen, sie dachten, diesmal würde der Abgrund ihnen Schutz bieten. Doch je weiter sie vordrangen, desto verschreckter, hungriger und durstiger wurden sie. Hinter den Zäunen hervor wurden sie von unbewegten Gesichtern betrachtet. Kaum noch menschlich, so schien es ihnen. Alt wie Stein, wie Holz. Und unbewegt, völlig unbewegt. Mit langem Haar bedeckt. Wie Tiere. Niemand wollte ihnen Wasser geben. Die Leute drehten sich um und entfernten sich langsam. Die polnischen Dörfer waren schon lange zu Ende. Aber sie, die Soldaten, hatten weder die Kraft noch den Mut, in eine der Hütten einzutreten, mit dem Kolben die Tür zur Speisekammer zu zerschlagen und sich auf das ärmliche Essen zu stürzen, auf die Sauermilch, das harte Schwarzbrot und die Eier, die sie roh getrunken hätten. Wie Marder. Nur manchmal fielen sie über einen Brunnen her, und wenn ein Eimer da war, tranken sie gierig und zogen weiter. Nach Osten. Und dann gerieten sie in einem sumpfigen Dorf in der Bruchlandschaft in eine feuchte Gasse, die sie zum Wasser führte. Als sie wieder zurückwollten, zu siebt oder acht, verstellten Bauern ihnen den Weg. In Latschen oder barfuß, alle mit Bart. Nur einer trug Stiefel, und er war es, der die anderen anführte. Sie hatten Heugabeln und Stangen dabei. Als sie näher kamen, wollte er die Waffe durchladen, doch er hörte, dass die Kammer und das Magazin leer waren. Trotzdem legte er die Waffe an. Ein älterer Soldat, der sich ihnen unterwegs angeschlossen hatte, lief herbei und zog ihm das Gewehr nach unten.

»Zugführer, die machen uns platt, siehst du das nicht …«, sagte er mit gedämpfter Stimme.

Sie zerrten eine Weile herum, doch er erhob die Waffe nicht mehr. Hinter den Hütten hervor kamen weitere Bauern. Sie umringten sie. Der mit den Stiefeln sagte, sie sollten die Waffen niederlegen. Sie kamen näher, und er roch den Gestank verschwitzter Körper. Nach Sumpf und Mist, so kam es ihm vor. Jemand entriss ihm das Maschinengewehr. Dann ein Schlag, er verlor das Bewusstsein. Als er wieder zu sich kam, lag er auf der Seite und spürte, dass er barfuß war. Im Mund hatte er Sand, mit Blut vermischt. Er versuchte, sich auf den Bauch zu wälzen und – auf die Hände gestützt – hochzukommen. Unweit hörte er ein menschliches Jaulen. Ihm wurde schwindlig, und er fiel auf einen anderen Körper. Als er die Augen aufschlug, sah er den Stoff einer Uniform. Der unter ihm versuchte, die Last loszuwerden. Er rückte weg von dem anderen und flüsterte:

»Was ist los?«

»Bleib unten. Liegen, haben sie gesagt.«

»Und das?«

»Sie quälen ihn.«

»Wen?«

»Er hat einen mit dem Bajonett durchbohrt. Dieser Junge.«

Das Jaulen wurde leiser und ging dann doppelt so laut weiter.

»Was machen sie mit ihm?«, fragte er flüsternd.

»Ich weiß nicht.«

Schließlich verstummte das Jaulen endgültig. Jemand versetzte ihm einen Tritt und sagte, er solle aufstehen. Als er sich erhob, rissen Hände ihm das Soldatenhemd vom Leib. Die anderen waren ebenfalls geschlagen und hatten keine Uniformen mehr an. Einer hielt sich das Auge und bewegte die Finger, als wollte er den Augapfel hineindrücken. Wieder umringten die Bauern sie in einem engen, stinkenden Kreis. In ihren Blicken sah er Hass, der an die Oberfläche kam, um die Angst zu verdecken. Wie Öl an die Oberfläche des Wassers kommt. Sie drängten die Soldaten in die Mitte des Dorfes, damit alle sie sehen konnten. Der Körper des Gefolterten hing am Zaun. Wie an einem Kreuz. Sie hatten seine Arme zwischen die Latten geflochten. Die Beine waren angewinkelt, die Knie berührten fast den Boden. Zwischen den Schenkeln hing ein rot-violetter Sack von Eingeweiden. Eine blutige, verschlungene Masse, durchsetzt vom Weiß der Därme. Vorher hatten sie ihm die Schuhe und die Uniform ausgezogen. »Er hätte das Gewehr hergeben können«, dachte er. Er stellte sich vor, dass sie ihn von oben aufgeschnitten hatten, wie ein Schaf. Derjenige, der es getan hatte, musste sehr nah gestanden haben, Brust an Brust, und sicher hatte er ihm in die Augen geblickt, mit dem ruhigen, selbstgewissen Hass, der die Angst tötet. Der Sand war schwarz von Blut. Die ersten Fliegen kamen angeflogen. Es war Mittag, und die Schatten um die Füße schrumpften. Er hatte einen trockenen, bitteren Geschmack im Mund, wie nach einer langen Sauferei. Angelockt vom Geruch nach Fleisch trieben sich ein paar Straßenköter herum. Sie hoben den Schädel, witterten und winselten leise. Er überlegte, ob sie ihn wohl beerdigen würden. Der Junge war neunzehn und hatte das Gewehr mit dem leeren Magazin nicht hergeben wollen. Als er starb, muss er den Gestank des anderen gerochen haben. Die Bauern führten sie hinters Dorf und jagten sie mit Fußtritten davon.

Zwischen den Bäumen kam Stach hervor, hinter ihm zwei Männer. Siwy stand auf, knöpfte die Uniformjacke zu und ging mit schnellem Schritt auf sie zu. Er spannte den Körper an und begann zu melden:

»Herr Hauptmann …«

Der Größere machte eine leichte Handbewegung.

»Rühren. Wie ist die Situation?«

Er trug eine Tweedjacke, Knickerbocker und blankpolierte Schaftstiefel. Das kurzgeschnittene Haar wurde an den Schläfen schon grau. Der Junge und Mietus standen in Habachtstellung, doch er beachtete sie nicht. Der zweite Mann war kleiner, untersetzt, und trug trotz der Hitze einen hellen Mantel. Sein Gesicht war rot und verschwitzt. Er stand drei Schritte hinter dem Hauptmann und sah sich aufmerksam die Umgebung an.

»Melde, dynamisch, Herr Hauptmann. Die Deutschen ziehen Tag und Nacht an den Fluss. Sie verstecken sich nicht mal besonders.«

»Und in der Luft?«

»Von den Russen her nichts. Aber wir haben wohl einen Spion erwischt.«

»Wo habt ihr ihn?«

»Im Quartier, Herr Hauptmann.«

Auf dem Tisch brannte eine Lampe. Am Fenster hing eine braune Pferdedecke. Der Hauptmann streckte die Beine aus und verschränkte die Arme über der Brust. Im Licht des Petroleums blitzten die Stiefel. Der Zweite, immer noch im Mantel, saß ein Stück entfernt, in der Ecke der Stube, als wollte er Fenster und Tür im Blick behalten. Die Literflasche aus bläulichem Glas war noch halb voll. Siwy, die Ellbogen auf dem Tisch, betrachtete den verrußten Lampenschirm.

»Durch Leute wie ihn«, sagte der Hauptmann leise und langsam, als antwortete er auf eine Frage, die er selbst gestellt hatte.

»Ich denke, auch durch uns, Herr Hauptmann«, sagte Siwy. »Weil wir schwach sind, beschissen schwach, dabei müssten wir stark sein.«

»Fluchen Sie nicht, Zugführer. Wir sind stark, doch wir haben Feinde. Auf allen Seiten. Weil wir stark sind durch unsere Tradition und unseren Glauben. Die Barbaren im Osten wie im Westen können das nicht ertragen und wollen uns vernichten. Wissen Sie, Zugführer, Europas Herz hat vielleicht tatsächlich einmal im Westen geschlagen, in Frankreich, doch jetzt schlägt es hier. Deshalb würden die Barbaren im Osten wie im Westen es uns gern herausreißen.«

Siwy griff nach der Flasche und beugte sich über den Tisch.

»Aber nur ein bisschen«, sagte der Hauptmann.

Doch Siwy war schneller.

»Das wird Ihnen nicht schaden, Herr Hauptmann. Die Jungs passen auf. Wydra kann nachts wie eine Katze sehen und hören.«

»Sind das zuverlässige Leute, Zugführer? Unserer Sache ergeben?«

»Wydra und Miętus sind Arschlöcher. Aber zuverlässig. Sie gehen mit mir, wohin es sein muss. Die zwei Jüngeren sind noch etwas empfindlich, aber ich werde Soldaten aus ihnen machen.«

»Ich habe gesagt, Sie sollen keine Schimpfwörter gebrauchen.«

»Herr Hauptmann, Miętus schlachtet die eigene Mutter ab, wenn ich es befehle.«

Der Hauptmann machte eine unbestimmte Handbewegung und verzog das Gesicht.

»Es ist Krieg, und wir brauchen Soldaten und nicht … Banditen. Wir brauchen … Patrioten.«

Siwy trank das Glas mit dem bläulichen Fusel halb aus und klopfte sich auf die Taschen. Der Hauptmann reichte ihm ein silbernes Zigarettenetui. Siwy betrachtete es genau, fuhr mit dem Finger über das Metall, nahm eine heraus und neigte sich über den Lampenschirm, um sie anzustecken.

»Herr Hauptmann, es genügt, dass ich Patriot bin. Und die

sollen meine Befehle ausführen.« Er nahm einen tiefen Zug, schmeckte den Tabak und nickte anerkennend. »Ja, es ist Krieg. Aber ein anderer Krieg. Wir sitzen im Wald und trauen niemandem. Aus dem Gebüsch beobachten wir die deutschen Panzer. Bald werden wir aus dem Gebüsch die russischen Tanks beobachten. Ich denke, so wird es kommen. Und die Hiesigen werden schauen, woher der Wind weht. So sieht dieser Krieg aus, Herr Hauptmann. Wir werden ihn nicht gewinnen. Die anderen müssen ihn verlieren. Dann wird unsere Zeit kommen.«

»Ich weiß nicht, ich weiß nicht«, sagte der Hauptmann halbherzig. »Welche Schule haben Sie abgeschlossen, Zugführer?«

»Die Unteroffiziersschule. In Konin.«

»Na ja, ja … Aber kämpfen müssen wir. Ein Volk, das sich dem Kampf nicht stellt, hat nicht verdient, ein Volk genannt zu werden. Ein Volk, das sein Erbe nicht verteidigen kann, ist es nicht wert zu überleben. Und wir verteidigen unser Erbe und das des Kontinents gegen die Tataren des Ostens und die Heerscharen des Westens, denn wie ich sagte, Zugführer, jetzt schlägt das Herz Europas hier, es blutet, aber es schlägt …«

»Europa scheißt auf uns, Herr Hauptmann«, sagte Siwy und drückte die Zigarette aus. »Romaniuk! Sag deiner Frau, sie soll noch Wurst aufschneiden!«, rief er in die Dunkelheit.

Es war heiß und stickig. Der Herd war aus, aber das Blech gab immer noch Wärme ab. Über der Lampe kreiste ein Falter. Die heiße Luft verbrannte ihm schließlich die Flügel, und der zitternde Körper fiel auf den Tisch. Siwy nahm ihn zwischen die Finger, zerdrückte ihn und warf ihn auf den Boden. Der Hauptmann betrachtete die Szene mit Abscheu. Siwy sah ihn nicht einmal an. Er fand schließlich seine Zigaretten und steckte sich eine an. Der Luftstrom über der Lampe trug den Rauch nach oben. Irgendwo in der Dunkelheit knarrte eine Tür. Der zweite Mann machte eine Bewegung und schob einen Mantelschoß zurück. Aus dem Dunkel kam Romaniuk und stellte einen Teller auf den Tisch.

»Was gibt's im Dorf?«, fragte Siwy.

»Sie haben zehn Mann zur Gestapo nach Jastrzębowo gebracht. Nach der Schießerei.«

»Welcher Schießerei?«, fragte – aus der Alkoholstarre gerissen – der Hauptmann. »Zugführer?«

»Ich weiß nicht, Herr Hauptmann. Angeblich hat jemand auf die Deutschen geschossen. Die Luftabwehr steht hinter dem Dorf in einem Obstgarten. Dort soll geschossen worden sein.«

»Aber wer hat geschossen?«

»Weiß man nicht. Die Leute haben es gehört, im Morgengrauen.«

»Zugführer! Sie wissen nicht, wer auf Ihrem Terrain auf die Deutschen schießt? Da kommt einer, schießt ein bisschen, und Sie wissen nichts davon?« Der Hauptmann richtete sich auf dem Stuhl auf, zog die Schöße seiner Jacke gerade, und unter dem Tisch war zu hören, wie die Absätze der Stiefel gegeneinanderstießen.

Siwy saß reglos da, die Ellbogen auf dem Tisch, und blickte in den Rauch.

»Ich hab's ja gesagt, das hier ist ein anderer Krieg.«

Der Raum stank nach altem Hund. Durch die Bretter der Holzdecke hörten sie das gedämpfte Gespräch. Der Junge hörte die Worte, doch er versuchte nicht, sie zu verstehen. Stach lag mit dem Rücken zu ihm und atmete gleichmäßig. Der Junge starrte in die Dunkelheit. Als es Abend geworden war, hatte Siwy befohlen, den Gefangenen hinauszubringen. Seine Hände waren immer noch auf dem Rücken gefesselt. Miętus hatte ihn Richtung Tür gestoßen, und sie waren durch den dämmernden Hof zur Scheune gegangen. Im dunklen Eingang zum Kuhstall sahen sie Romaniuks Frau. Unbewegt stand sie da, den Eimer in der Hand, und sah ihnen nach. Als Siwy, der Hauptmann und der mit dem Mantel den Gefangenen verhört hatten, hatte er am Fenster gestanden und undeutliche Worte vernommen. So wie jetzt. Hin und wieder war Siwys Stimme lauter und härter geworden, danach wurde es still, und nur dumpfe Geräusche von Schlägen und Stöhnen waren zu hören. Als Siwy rief, sie sollten ihn rausbringen, fragte er sich, warum zu dritt, denn der Mann mit den gefesselten Händen und dem blutigen Gesicht konnte kaum gehen. Außerdem stupste Miętus ihn mit dem Lauf der MP, damit er nicht auf dumme Gedanken kommen konnte. In der Scheune war es fast vollkommen dunkel, und Miętus sagte, sie sollten das Tor offen lassen. Erst als er den um einen Balken gewickelten Strick sah, begriff er. Der Mann auch – er machte eine heftige Bewegung rückwärts, ging in eine seltsame Halbhocke. Miętus schlug ihm mit der Pistole auf den Rücken.

»Haltet ihn fest«, sagte er.

Sie packten ihn an den Armen. Er stank nach Angst, Dreck und Schlamm, versuchte sich loszureißen, war aber zu schwach und zu dünn. Ringsum kreisten dicke Fliegen, immer noch angelockt von dem verdorbenen Schweineblut. Miętus band eine Schlinge. Er wusste nicht so recht, wie man das macht. Der Krieg dauerte noch nicht lange genug. Die Schnur zog sich nur langsam zusammen.

»Bringt ihn hierher«, sagte er.

Der Gefangene begann zu winseln, und als er den Strick am Hals spürte, kam ein Heulen aus seinem Mund. Miętus nahm die Pistole aus dem Gürtel und schlug ihm mit voller Wucht damit ins Gesicht. Er richtete die Schlinge und schrie:

»Ziehen, verdammt!«

Sie stürzten sich auf den Strick, in dem Wunsch, dass es so bald wie möglich vorbei wäre, doch die Schnur scheuerte dumpf über den kantigen Balken, und die Füße des Gefangenen lösten sich nicht von der Erde.

»Verdammt, jetzt hat er sich noch vollgeschissen«, sagte Miętus und verzog das Gesicht.

Sie zerrten mit aller Kraft, und der Körper ging leicht nach oben, doch die Finger berührten immer noch den Boden. Miętus steckte die Pistole in den Gürtel und half ihnen. Da zappelte der Gehängte endlich mit den Beinen in der Luft. Noch einmal zogen sie, und Miętus wickelte das Ende der Schnur um die Runge des nebenan stehenden Fuhrwerks. Die Schlinge war nicht richtig fest, und sie sahen, wie der Mann versuchte, beide Hände darunterzuschieben. Es wäre ihm beinah gelungen, doch Miętus stürzte nach vorn, fasste ihn um die Hüfte, zerrte ihn nach unten und hängte sich – die Beine hochgezogen – an ihn. Einen Moment lang schaukelten sie beide. Der Junge meinte in der Stille das Knacken der Wirbelsäule zu hören.

»Stach, warum haben sie ihn nicht erschossen?«, fragte er leise.

Stach drehte sich auf den Rücken, als hätte er gar nicht geschlafen. Er legte den Arm unter den Kopf und starrte in dieselbe Dunkelheit.

»Ich denke, damit wir ihn hängen konnten. Zu dritt«, fügte er nach einer Weile hinzu. »So macht man das.«

»Warum?«, fragte der Junge.

»Damit du zum Henker wirst.«

»Ich?«

»Ja.«

Der Junge erstarrte, als wartete er darauf, dass dieser unerwartete Gedanke in seinem Kopf ankam. Er wurde steif und angespannt, wie die Muskeln sich anspannen, wenn der Körper einen Hieb erwartet. Er spürte, dass sein Arm Stachs Hüfte berührte, und zog ihn schnell zurück, als hätte er sich verbrannt. Die Stimmen von unten schwollen mal an, dann ebbten sie ab. Am lautesten redete Siwy. Der Hauptmann rief hin und wieder etwas dazwischen, doch seine Worte gingen in dem schweren, beharrlichen Monolog des Zugführers unter. Glas klirrte, etwas musste umgefallen und auf dem Boden aufgeschlagen sein.

Siwy sprach immer lauter, und schließlich hörten sie, wie er schrie, mit der Stimme, die sie von den Übungen kannten, wenn er die letzten Kräfte aus ihnen herauspresste:

»Einen Scheißdreck! Einen Scheißdreck wissen Sie, Herr Hauptmann!«

Es wurde still, dann hörten sie eine dritte Stimme, die sich erst jetzt einschaltete. Ein, zwei undeutliche Wörter, das Geräusch eines weggeschobenen Stuhls auf dem Holzboden und dann noch tiefere Stille.

»Aber sie haben es doch befohlen. Es gab den Befehl«, flüsterte der Junge. »Der Zugführer …«

»Der hatte nichts zu sagen. Das hab ich gesehen. Er schaute zu dem im Mantel hinüber, als wollte er fragen, und der nickte nur.«

»Das ist doch egal, es gab den Befehl.«

»Ja, aber du hast ihn aufgehängt.«

»Du auch«, sagte der Junge mit unterdrückter Stimme.

»Ja. Und Miętus auch. Aber weißt du, Junge, so was kann man nicht durch drei teilen. Jeder hat ihn allein aufgehängt.«

Langsam erhob sich Stach und setzte sich auf das Lager. Er nahm ein Päckchen Zigaretten aus der Hosentasche. Im Licht des Streichholzes sahen sie ein leckes Fass, eine Holzkiste mit Metallbeschlägen an den Ecken und eine kaputte Teigschüssel, die an einen Dachsparren gelehnt war. Stach machte einen Zug, blies das Streichholz aus und zerdrückte die restliche Glut sorgfältig zwischen den Fingern. Eine Weile rauchte er gierig, dann gab er dem Jungen die Kippe. Der verschluckte sich, rauchte aber weiter, bis nur noch ein winziges Stückchen übrig war. Er spuckte in die Hand und löschte den roten Krümel.

»Ich wusste nicht, dass das so ist«, sagte er leise.

»Er war dünn. Leicht. Deshalb.«

»Ich wusste nicht, dass es überhaupt so ist. So einfach. Ein Moment und vorbei.«

»Genau«, erwiderte Stach. »Ein Moment. Mit allem ist es so.«

Wieder ertönten von unten Stimmen, doch schon ruhiger. Die Tür knarrte, ein Eimer schepperte. Jetzt sprach der Dritte, der mit dem Mantel, aber er sprach leise, und die anderen hörten schweigend zu. Nur einmal war Siwy zu hören. Er sagte zu Romaniuk, er solle verschwinden und nicht an der Tür horchen. Dann redete wieder der im Mantel, aber die Worte waren nicht zu verstehen. Die Finsternis auf dem Speicher war vollkommen und stickig. Wie Brüder lagen sie nebeneinander auf dem Rücken. Der Schweiß sickerte ihnen in die Hemden. Das Strohdach dämpfte die Geräusche der Welt. Nur die Nacht drang ohne Hindernisse durch die Halme.

»Sag mal«, begann der Junge, »denkst du, das war ein Spion?«

»Weiß nicht. Der Zugführer hat's gesagt.«

»Er hat nicht wie ein Spion ausgesehen. Er hat überhaupt nach nichts ausgesehen. So ausgemergelt. Wie die, die sich verstecken. Das heißt die Juden …«

»Junge. Der Zugführer hat es gesagt, und der andere hat genickt. So ist das bei der Armee. Für die Befehlsverweigerung hätte Siwy dich hängen lassen. Zum Beispiel von mir. Oder, wenn er Mitleid gehabt hätte, dann hätte er Wydra gesagt, er soll dir eine Kugel in den Kopf jagen.«

14

Ich frage ihn nichts mehr. Wie eine große Eidechse sitzt er in der Sonne und blickt in den Garten. In seinen alten Kleidern. Neue will er nicht. Er klammert sich an die Reste des Vergangenen. Der Garten ist grün und schirmt ihn vom Rest der Welt ab. Hinter dem Zaun zerfallen die alten Birken. Sie verlieren die Zweige. Sehen aus wie in die Erde gesteckte, gigantische Knochen. Vor fünfzig Jahren bin ich darauf herumgeklettert. Sie sind mir riesig und stark vorgekommen. Ich kletterte hoch hinauf, umarmte den Stamm. Er schwankte im Wind. Im Frühjahr musste man nur einen Zweig abbrechen, und schon tropfte der durchsichtige Saft. Man konnte abends eine Flasche anbringen, bis zum Morgen war sie fast voll. Der Saft schmeckte süß und beunruhigend. Im Geäst schnatterten Elstern. Abgesehen davon gab es kaum Geräusche. Nebenan hat jemand mühsam ein Haus aus rotem Backstein gebaut. Der Besitzer und ein angeheuerter Maurer. Schicht um Schicht. Alles mit den Händen. Der Kalk wurde in einem ganz normalen Loch gelöscht. Er verwandelte sich in einen dicken weißen Teig. Den Mörtel mischten sie in Holzkästen. Über wackelige Stege aus Brettern trugen sie die Backsteine. Er selbst hat genauso gebaut. Er kam von der Arbeit und fuhr auf die Baustelle. Manchmal nahm er uns sonntags mit. In einem Haufen aus gelbem Sand pflanzte ich einen Wald aus vertrockneten Stängeln. Und jetzt betrachtet er all das, den Garten, die Birken, und sein Blick geht weiter, dahin, wo die Wände neuer Häuser durch das Grün schimmern. Als er sein Haus gebaut hat, gab es hier nichts. Ein paar im Dickicht verborgene Holzhäuser mit schwarzen, geteerten Dächern. Sand, Gestrüpp, eine mit Kiefern bewachsene Düne. In der Ferne brummte die Stadt. Anderswo. Oder war die Stadt vielleicht gar nicht zu hören? Nur die nach Norden fahrenden Züge? Die Wände bebten davon, und der Putz bekam Risse. In der Kredenz klirrte das Geschirr. Lange Güterzüge. Braune, mit Kohle gefüllte Waggons. Von Süden nach Norden. Schmutzige silberne Tankwagen von Norden nach Süden. Langsam, schwer. Aus der Nähe konnte man sehen, wie sich die auf Holzschwellen gelagerten Schienen unter ihnen bogen. Der letzte Waggon tönte nostalgisch. Der Ton zerfloss im Raum. Die Personenzüge in schmutzigem Dunkelgrün waren nicht viel schneller, doch sie hinterließen ein höheres, helleres Geräusch.

Ich frage ihn also nichts mehr. Wir sprechen über die Gegenwart. Dass eine Ringeltaube Wasser aus dem Fass im Garten trinkt. Dass es zu trocken und zu warm ist und regnen müsste, weil das Gras schon gelb wird. Und dass das Wasser sofort in diesem Sand hier versickert und weg ist. Als wollte ich ihn nicht in Verlegenheit bringen. Damit er nicht wiederholen muss, dass er nicht weiß, sich nicht erinnert, vergessen hat. Auch über die Zukunft versuche ich nicht zu reden. Ich kann mir vorstellen, dass er Angst davor hat. Angst vor dem, was kommt, weil es düster und unbekannt ist. Weil es nicht aus der Vergangenheit resultiert, die erloschen ist. Weil er nicht weiß, wie er hierhergekommen ist. Auf diese Veranda, die er selbst gebaut hat. Wie eine Eidechse sitzt er da, in seinem alten Anzug, und wärmt sich in der Sonne. Völlig reglos. Aufgerichtet, die Hände auf den Knien. In einer ursprünglichen, einer Grundhaltung. Er betrachtet die Welt, die gealtert und zerfallen ist und keinem Gedanken mehr Halt gibt. Ich stelle mir seine früheren Tage vor, an die er sich nicht erinnert und von denen er mir nie erzählt hat. Nur Krümel von Ereignissen, Andeutungen. Und später die langen, ungeordneten Satzfolgen, in denen er alles festhalten wollte, als er spürte, dass die Vergangenheit ihn unwiederbringlich verließ. Zu spät. Daraus ließ sich nichts mehr zusammenzimmern. Doch vielleicht kann man sich eine fremde Vergangenheit überhaupt nicht einfach anhören, sondern muss sie selbst neu erzählen, um sie verständlich zu machen, um sie zu verwandeln, für den eigenen Gebrauch nutzbar zu machen. Was sollen wir mit einem fremden Leben, wenn es unseres nicht berührt?

Als Mutter gestorben war, begann sein Geist zu zerbröseln. Wie verbranntes Papier, auf dem noch einzelne Buchstaben und Wörter zu erkennen sind; doch ein Windhauch genügt, und sie verschwinden für immer. Die pedantische Ordnung in seinem Zimmer. Alles lag und stand an seinem unveränderlichen Platz. Damit es sichtbar war, bereit, zur Hand. Später begriff ich, dass dies ein Kampf gegen das näher rückende Nichts war. In diesem Zimmer, das früher meines war. Jetzt hat man dort Ausblick auf die Nachbarhäuser. Damals, als ich es bewohnte, ging das Fenster ins Grüne, zum Dickicht, zu der mit Kiefern bewachsenen Düne. Keiner von ihnen hat je mein Zimmer betreten. Dort herrschte eine Unordnung, die sie nicht akzeptierten. Auf den Regalen standen Hundeschädel. Auf dem Boden lagen Dutzende leerer Zigarettenschachteln. Die Wände waren grau vom Rauch. An einer Wand hing eine Todesanzeige mit meinem Namen. Ich räumte fast nie auf. Ich glaube, sie hatten Angst und ekelten sich. Jedenfalls kamen sie nicht herein. Sie riefen durch die Tür, durch die laute Musik. Jetzt versuche ich, wenn ich komme, nicht in sein Zimmer zu gehen. Nicht zwischen all die Gegenstände zu treten, die er schon lange nicht mehr anrührt, die in unbewegter Ordnung dastehen. Ein kleines silbriges Radio, der Fernseher, ein Stadtplan unter Glas, Erinnerungsstücke aus der Fabrik, ein paar Bücher, in die er wahrscheinlich nie geschaut hat, ein totes Telefon.

Ich sitze lieber mit ihm in der Sonne. Das ist besser. In dem sicheren, gleichgültigen Raum, der schon existierte, als es das Haus und all die Ereignisse, die jetzt für immer verschwunden sind, noch gar nicht gab. Zusammen mit ihm blicke ich in die Tiefe der Vergangenheit und kann die Bilder aufrufen, an die er sich nicht erinnert. Ich kann sie neu erfinden. Das macht keinen Unterschied mehr. Er kann sie weder abstreiten noch bestätigen. Er sitzt da wie eine Eidechse. Wie ein alter Embryo, in der Zeit schwimmend wie im Fruchtwasser. Und ich daneben. Ich schließe die Augen, um mir vorzustellen, was er jetzt sieht, was seinen Geist ausfüllt, doch mir fällt nichts ein. Vielleicht gehen ihm frühere Bilder durch den Kopf, aber er ist sich nicht sicher, ob das sein Leben ist, und deshalb will er nicht davon erzählen?

Er hat nie etwas erfunden. Das Erfinden war meine Sache. Das ist es auch jetzt. Deshalb sehe ich ihn als Sechsjährigen, wie er an einem Sommermorgen am Rande des Obstgartens zwei gefleckte Kühe auf die Weide treibt, schaudernd vor Kälte. Die Füße kühl vom Tau. Die Tiere kennen den Weg, nach der Nacht im Stall sind sie hungrig, und nur hin und wieder versucht die eine oder andere mit der Zunge ein Grasbüschel am Rain zu erwischen. Dann gibt er ihr einen Klaps auf den mit schwarzem Schorf bedeckten Hintern, denn er hat nicht einmal einen Stock mitgenommen. Er weiß, dass sein Vater ihm mit dem Blick folgt. Also passt er auf, dass sie nicht in die Gerste gehen und auch nicht eine Handvoll abzupfen. Schließlich treibt er sie auf die tiefgelegene Wiese mit dem Holzbrunnen und klopft die Eisenstäbe in die Erde, mit einem runden Stein, der seit Jahren hier liegt und von Tausenden Schlägen ganz scharig ist. Die Berührung von Metall und Mineral lässt Funken sprühen. Der Nebel lichtet sich, und der Blick öffnet sich in die grüne, gewellte Ferne. Auf die Weiden, Felder und Wiesen. Auf die Espenhaine, auf den dunklen Fichtenwald am Horizont. Auf die Gruppen der hohen Pappeln, in denen einzelne Gehöfte versteckt sind. Auf die Stelle, wo die Landschaft leicht abfällt und in der Vertiefung den Fluss birgt. Mehr kennt er nicht. Sein Vater hat ihn einmal nach Hruszowa auf den Markt mitgenommen. Ein Pferd hat das Fuhrwerk mit ein paar Säcken Getreide gezogen. Es versank bis zu den Fesseln im Sand des Weges. Die Luft roch nach Staub, Pferdeschweiß und Pferdefürzen. Er schaute in die vorübergleitende Landschaft, und es kam ihm vor, als dauerte die Fahrt unendlich, obwohl es bis Hruszowa nur fünf Kilometer waren. Die Kirche, um die sich der Markt ausbreitete, war groß und aus Stein gemauert. Etwas Größeres hatte er noch nie gesehen. Auch so viele Leute hatte er nie zuvor gesehen. So muss eine richtige Stadt aussehen, dachte er: eine hohe gelbe Fassade, umgeben von einem viereckigen Platz, auf dem Dutzende Fuhrwerke stehen und die ausgespannten Pferde ihre Schnauze geduldig in einen Sack Futter versenken. Um den Platz herum drängen sich Holzhäuser. Er fragte den Vater danach. Der lachte und sagte:

»Wenn du größer bist, nehme ich dich mit nach Jastrzębowo.«

Und jetzt blickt er in jene Richtung, zu der Stelle, wo man sieht, wie der Pfad auf eine leichte Erhebung klettert und nach ein paar Hundert Metern hinter einer Anhöhe verschwindet, auf der eine alte Windmühle aus Holz steht. Manchmal, wenn es nichts Dringendes zu tun gibt, geht er an den Rand des Obstgartens und betrachtet die rotierenden schwarzen Flügel. Es kommt ihm vor, als hörte er sogar aus dieser Entfernung ein mächtiges Rauschen. Ein bisschen fürchtet er sich. Dann denkt er an etwas Schreckliches. Daran, dass die Windmühle sich eines Nachts in Bewegung setzen könnte, dass sie zu laufen beginnt, über die Felder und Weiden schreitet, durch den Obstgarten, und über dem Haus stehen bleibt und der Lärm immer lauter wird. Dann kehrt er um und läuft zurück zum Hof.

Aber jetzt blickt er in jene Richtung und lauscht. In der Stille des Morgens ertönt ein Geräusch, das er nicht kennt. Es ist leise, weit weg, doch es kommt näher. Dröhnt wie ein fernes

Donnern. Unter den nackten Füßen scheint er zu spüren, wie die Erde bebt. Er schaut zu der Windmühle hinüber, doch ihre Flügel bewegen sich nicht. Der Himmel ist klar, kein Wölkchen. Es donnert unter der Erde, denkt er. Da sieht er, wie hinter der Anhöhe eine Staubwolke aufsteigt. Kurz danach erscheinen Fahrzeuge. Eines hinter dem anderen fahren sie, in goldenen Staub gehüllt. Im schräg einfallenden Morgenlicht sehen sie schwarz aus. Personenwagen, Transporter, Panzer. Einer hinter dem anderen. Intuitiv beginnt er zu zählen, bewegt die Lippen, doch er kommt bald durcheinander. Noch nie hat er so viele Fahrzeuge auf einmal gesehen. Eigentlich hat er nie etwas anderes gesehen als Fuhrwerke. Allerdings weiß er, dass es auch andere gibt. Einmal hat er ein Auto gesehen, das durchs Dorf fuhr. Und damals, auf dem Markt von Hruszowa. Er ging näher heran. Die Maschine strömte Wärme und einen Benzingeruch aus.

So ähnlich rochen die Petroleumlampen zu Hause. Sein Vater sagte ihm, in Jastrzębowo und überhaupt auf der Welt gebe es sehr viele solcher Autos. Einmal hat er auch Deutsche auf einem Motorrad gesehen. Doch abgesehen davon war hier alles aus Holz, aus Stroh und manchmal aus Stein. Alles von Menschenhand gemacht. Pflug, Egge, die Felgen der Räder, Sense und Sichel sind aus Eisen. Die Welt wird grün, wächst, stirbt ab und wird dann wieder grün. Langsam, unmerklich wird sie größer. Und plötzlich kriecht hinter der Anhöhe, auf der die unbewegte Windmühle steht, eine eiserne Schlange hervor; kriecht, als hätte sie kein Ende. In der Luft dröhnt ein Geräusch wie Donner, doch es kommt aus der Erde und hört nicht auf. Noch nie hat er etwas so Lautes gehört, das zugleich so nah ist. Gewitter gibt es, klar, die kommen irgendwoher, aber sie sind eigentlich unsichtbar. Und jetzt sieht er den von den Raupen aufgewühlten Sand, sieht die sich drehenden schwarzen Räder. Und er sieht, dass sie stärker und härter sind als seine ganze Welt, dass sie diese Welt zerschneiden, zerstückeln, eine Wunde hinterlassen, die nie wieder verheilen wird.

»Sie gehen auf den Iwan los.« Einen Schritt hinter ihm stand sein älterer Bruder. Er hatte ihn nicht kommen gehört. In der Hand hielt er einen Eimer. »Du hast ihn vergessen. Man muss die Tiere tränken.«

»Woher weißt du, dass sie auf den Iwan losgehen?«

»Das hat Romaniuk zu Vater gesagt. Ich hab's gehört.«

»Und woher weiß der das?«

»Ich weiß nicht. Aber er hat es gesagt. Und da ist ja schließlich der Iwan. Die Armee fährt ja nicht zum Spaß durch die Gegend.«

»Ich hab versucht zu zählen ...«

»Aber die Zahl war zu groß.«

»Ja. Und ich wusste nicht wie, denn sie haben Geschütze gezogen, und ich wusste nicht, ob ich die mitzählen soll, das heißt jedes einzeln oder zusammen.«

»Wie einen Wagen mit Pferd«, erwiderte der Bruder. Er war zwei Köpfe größer. »Sie fahren tagsüber, als hätten sie gar keine Angst.«

»Sieht der Iwan sie denn?«

»Das weiß der Geier. Vom Flugzeug aus wahrscheinlich, aber vom Ufer aus nicht. Das Dorf liegt an der Böschung.«

»Sie sind in letzter Zeit nicht geflogen.«

»Sie fliegen nicht, weil sie Angst vor dem Deutschen haben. Der Deutsche hat Geschütze. Die stehen in Mołożyski. Unter Bäumen in einem Obstgarten. Alle mit grünen Netzen zugedeckt.«

»Bist du da gewesen? Warum hast du mich nicht mitgenommen?«

»Du bist ein Kind. Vater hätte uns vermöbelt, wenn er es erfahren hätte.«

»Zugedeckt? Und sie? Die Deutschen? Was machen die?«

»Nichts. Sie sind einfach da. Sie kochen Essen, laufen mit

nacktem Oberkörper rum. Blass sind sie. Sie liegen auf Decken unter den Bäumen, rauchen Zigaretten. Ganz normal.«

»Nicht zum Fürchten?«

»Nein.«

»Bist du hingegangen?«

»Da ist ein Wächter gestanden.«

Die Kolonne rollte vorbei und verstummte. Sie blickten ihr nach, doch sie sahen nur noch eine riesige Staubwolke. Bald verschwand auch die, doch es kam ihnen vor, als bebte die Erde immer noch. Wie Hunde schnupperten sie und suchten den Geruch der schwarzen Maschinen. Der Bruder ging zum Brunnen und ließ an einer Holzstange den Eimer hinunter. Der Grundwasserspiegel stand hoch. Dann trug er das Wasser zu den Kühen.

»Komm mit auf den Weg. Wir gucken noch mal.«

Schweigend gingen sie am Rain entlang, vorsichtig, lauernd. Als wäre die Kolonne gar nicht verschwunden. Als wollten sie sich an die eiserne Fata Morgana anschleichen, die in der reglosen Morgenluft hängengeblieben war. Oder als hätten sie Angst, dass die Deutschen gleich wiederkommen könnten. Schließlich standen sie auf dem zerwühlten Sand. Nie zuvor hatten sie Spuren von Raupen gesehen, die so gleichmäßig, mechanisch und mächtig aussahen. Unheilvoll regelmäßig. Mitten in die Welt liefen sie, und nichts konnte sich ihnen entgegenstellen. Der Sand stank nach verbranntem Benzin.

»Scheiße, total zerfetzt«, sagte der Bruder. »Da bleibt ja das Fuhrwerk hängen.«

»Red nicht so.«

»Wie soll ich denn reden, wenn das so aussieht?«

»Vater würde dir eine runterhauen.«

»Er redet auch so.«

»Stimmt nicht.«

»Doch. Wenn Romaniuk kommt, fluchen sie beide.«

»Wer ist denn dieser Romaniuk?«

»Angeblich irgendein Verwandter.« Der Bruder ging in die Hocke, nahm eine Handvoll Sand, ganz schwarz vom Öl, und roch daran. »Ein bisschen wie die Schmiere für den Göpel«, sagte er. »Romaniuk kommt, und dann reden sie über Politik. Er sagt, der Deutsche geht auf den Russen los. Und dass der Deutsche stark ist, aber der Russe stärker.«

»Stärker?«, fragte er und blickte auf den zerwühlten Weg, dorthin, wo die Kolonne verschwunden war.

»Weil das Land größer ist. Der Deutsche weiß sicher gar nicht, wie groß. Mit dem Russen wird keiner fertig. Das hat er gesagt. Und dass sie, wenn der Deutsche dann flieht und der Russe ihn jagt, unterwegs alles zu Kleinholz zerdeppern, verdammt.«

»Red nicht so.«

Jetzt betrachte ich ein Bild von ihnen aus jener Zeit. Es ist etwas unscharf. Sie stehen an der Hauswand. Das Haus ist mit Brettern verkleidet. Ich kenne es. Der Bruder trägt ein weißes Hemd und eine zu kurze Jacke, die mit einem Knopf zugemacht ist. Er, der Jüngere, hat ein dunkles Jäckchen an, Knickerbocker und Kniestrümpfe. Daneben steht die Schwester in einem Kleid mit Tupfen und weißem Kragen. Sie ist fast so groß wie der Bruder. Dahinter die Eltern. Der Vater trägt ein Jackett mit Metallknöpfen, das einer Uniformjacke ähnelt, und hohe Stiefel. Die Mutter hat einen Anflug von Lächeln im Gesicht. Und an dem dunklen Kleid eine Brosche. Ja, alle tragen Schuhe und haben für das Foto ihre besten Kleider angezogen. Sie berühren sich nicht. Die Arme hängend, dicht am Körper, stehen sie da. Fast wie in Habtachtstellung. Nur der Bruder lächelt eindeutig, doch er blickt nicht ins Objektiv, sondern zur Seite. Sie stehen entweder auf der Hofseite oder auf der Seite des Obstgartens. Eher auf der Hofseite, denn auf der Gartenseite war es immer schattig. Aber nicht unbedingt – die Bäume werden damals kleiner gewesen sein.

Jedenfalls ist es warm, denn das Kleid der Schwester hat kurze Ärmel. Es war wohl doch die Hofseite, die Südseite, denn sie werfen Schatten auf die Holzwand, und der Garten war im Norden. Rechts von der Familie ist die auf dem Foto unsichtbare Tür. Und noch ein Stück weiter das Küchenfenster. Ruhig stehen sie in der Sonne. Irgendwo ist der Krieg. Es kann sein, dass gut fünfzig Kilometer weiter schon die Feuer von Treblinka brennen.

An diesem unsichtbaren Fenster saß ich öfter, als ich so alt war wie er auf dem Foto. Ich wusste nicht, was die Landschaft verbirgt. Niemand hat es mir gesagt. Über solche Dinge sprach man nicht mit Kindern. Ich hätte sie belauschen können. Doch ich war damit beschäftigt, aus dem Fenster zu gucken. Ich sah zu, wie sich die Lichtflecken und die Schatten der hohen Pappeln verschoben. Ich sah den Tieren zu. Den Hühnern, die in warmen Sandlöchern hockten. Der einsamen Katze, die träge der warmen Sonne folgte und von einer Ecke des Hofs zur anderen wanderte. Den Kühen, die in der Dämmerung von der Weide kamen und im schwarzen Schlund des Stalls verschwanden. Großmutter ging mit ihnen, um sie zu melken. Das machte sie ohne Licht. Das Dorf war noch nicht elektrifiziert. Die Wagenlampe nahm sie nicht mit. Sie trat ins Dunkel und führte all die Handbewegungen aus, die seit Generationen wiederholt wurden. Dann brachte sie einen Eimer voller Milch in die Küche, deren Weiß mir keine Ruhe ließ, weil sie es aus dieser tiefsten Finsternis hereintrug. Tiefer als die Nacht selbst. Denn aus dem viereckigen Tor kam außer dieser Dunkelheit, die schwärzer war als die Nacht, der Geruch der Tiere. Stark und betörend. Der faulende Mist dampfte. Seine festen Schichten hatten eine grünliche, phosphoreszierende Färbung. Die Tiere dampften, ihr warmes Fleisch. Leben und Zersetzung. Von dort brachte Großmutter die weiße Milch. All das beobachtete ich von dem Fenster aus, das auf dem Foto nicht zu sehen ist.

15

Die Mondsichel war golden. In vollkommener Stille hing sie in der Nacht, über der schwarzen Landschaft, und bestäubte den reglosen Fluss. Seinen öligen Rücken.

»Ist das wieder der Ziegenmelker?«, fragte sie.

»Ja.«

»Wie eine Maschine. Man hört nur ihn.«

»Wenn man sich nähert, verstummt er sofort.«

»Weißt du, ich dachte immer, Vögel haben nur die Sehkraft.«

»Er verstummt, aber man hört nicht, wie er wegfliegt.«

»Du sagst, niemand hat ihn je gesehen. Aber jetzt ist er ständig zu hören. Es ist so still hier. Ich habe noch nie so eine Stille erlebt. Als wäre hier niemand. Wir sind völlig allein, Max. Manchmal habe ich den Eindruck, wir brauchen keine Angst zu haben, weil hier niemand ist. Das ist seltsam, denn eigentlich habe ich so große Angst wie noch nie. Vielleicht habe ich mich schon an sie gewöhnt?«

Er umarmte und drückte sie. Sie saßen in einer sandigen Senke zwischen jungen Kiefern. Wieder stank es nach dem schlammigen Fluss. Vielleicht waren es auch Fische, die ans Ufer gelangt und eingegangen waren, und jetzt zersetzte sie die Wärme der Nacht. Auch der Fluss war still. Als stünde er auf der Stelle. Nicht das leiseste Plätschern. Deshalb flüsterten sie. Mund an Mund. Er hörte ihr zu und sog den erwärmten Geruch ihres Körpers ein. Den Schmutz und den Schweiß mehrerer Tage, der ihr den Rücken und den Bauch hinunterlief. So stellte er es sich vor.

»In ein paar Tagen ist Neumond. Dann wird es ganz dunkel, auch wenn keine Wolken kommen.«

»In ein paar Tagen, Max … Ich kann nicht mehr. Warum hat er uns weggeschickt?«

»Er hatte Angst.«

»Aber er hat doch das Geld genommen.«

»Er hatte vor den anderen Angst. Du hast doch gesehen.«

Sie beugte sich vor und umfasste die Knie mit den Armen. Als sie aufhörte, sich zu bewegen, hörte er Sand rieseln. Die Esche und ihre zitternden Blätter fielen ihm ein. Er fragte sich, ob auch diese Blätter in der reglosen Nachtluft verstummt waren.

»Max«, flüsterte sie. »Das mit dem Schwein war schlimmer. Es ist furchtbar, was ich sage, ich weiß. Als sie das mit dem Mann gemacht haben, habe ich die Augen geschlossen und mir vorgestellt, dass ich nicht da bin. Dass das ihre Angelegenheiten sind. Ich fürchtete nur, sie könnten hören, wie ich atme.«

»Sie waren betrunken und haben selbst Krach gemacht. Um uns zu finden, hätten sie anfangen müssen zu suchen, Doris.«

»Warum hat er uns dann weggeschickt?«

»Er hatte Angst, dass sie ihn hängen könnten wie den anderen. Für die macht das keinen Unterschied.«

»Max, sie müssten doch die Deutschen hängen.«

»Sie haben Angst vor den Deutschen, Doris. Wie wir. Und sie bewundern sie, wie wir sie früher gern bewundert haben. Nur dass man inzwischen die Ehre erfunden hat, und jetzt kann keiner mehr zugeben, dass er sie bewundert.«

Er berührte ihren Rücken und spürte die Perlen der Wirbelsäule unter den Fingern. Ihre Bluse war feucht. Die Dunkelheit ist genauso heiß wie der helle Tag, dachte er. Er legte die Hand auf ihren Nacken.

»Ja«, sagte sie, hob leicht den Kopf und erwiderte seine Berührung. »Weißt du noch? Wir dachten, wir werden sein wie sie, wir kriegen das hin. Weißt du noch?«

»Ja«, lachte er leise. »Doch da wussten wir noch nicht, dass wir dann auch so sein müssten wie die hier.«

Vom Fluss her tönte ein trockenes Krachen. Als wäre die schwarze Oberfläche der Nacht geborsten. Unter dem gewaltigen Echo duckten sie sich und schmiegten sich aneinander. Ein grüner Phosphorglanz überflutete beide Ufer. Für einen unendlich langen Augenblick kam es ihnen vor, als wären sie nackt, als säßen sie aneinandergeschmiegt auf einer endlosen, entblößten Ebene. Sie sahen jedes Sandkorn, jeden Grashalm. Ein geblendetes Insekt mit weißen Flügeln hob zum Flug ab. Als die Rakete schließlich erloschen war, schnappten sie gierig nach Luft, als wären sie aus dem Wasser aufgetaucht.

»Wer ist das?«, fragte sie. »Deutsche oder Russen?«

»Drüben. Die Russen.«

»Die passen auf, Max. Es war taghell. Ich hätte mich am liebsten im Sand vergraben, einfach im Sand. Wie in einem Grab.«

»Sie passen auf oder tun so.«

Er suchte etwas im Rucksack und nahm einen runden, harten Laib Brot heraus. Mit dem Klappmesser schnitt er eine Scheibe ab und gab sie ihr. Sie biss ein Stück ab und kaute langsam.

»Das ist besser als das in der Stadt«, sagte sie mit vollem Mund. »Altbacken, aber es schmeckt nach Brot. Wie viel hast du ihm bezahlt?«

»So viel, wie er wollte.«

»Das heißt wie viel?«

»Frag nicht, iss.«

Wieder griff er in den Rucksack, schnitt blind ein Stück Speck ab und reichte es ihr auf der Messerspitze.

»Siehst du, wir wollten sein wie sie, doch bei uns zu Hause gab es das nie.«

Vorsichtig nahm sie es und probierte, dann steckte sie das ganze Stückchen in den Mund und roch an ihren Fingern.

»Ja. Das gab's nicht. Ich hab das noch nie gegessen. Erst im Getto, und wenn Großvater es nicht sah. Das ist eigentlich roh, oder?«

»Im Prinzip ja. Es wird in Salz eingelegt und dadurch weich. Oder es wird gesalzen und getrocknet. Auch wenn du dich ekelst, iss es. Energie. Wir haben sonst nichts. Wenn wir wie sie geworden wären, müsstest du das jeden Tag essen. So wie sie ihren Gott essen. Ihn müssten wir ja dann auch essen. Gott, Speck, jeden Tag. Im Endeffekt kommt es aufs Gleiche raus.«

Er hörte, wie sie den Bissen schluckte. Sie rückte ein wenig weg und umfasste mit den Armen wieder die Knie.

»Ich hab das nie verstanden. Ich meine, dass sie ihren Jesus essen. Zuerst glauben sie an ihn, und dann essen sie ihn. Das ist doch sinnlos.«

»Hast du nie daran gedacht, dich taufen zu lassen?«, fragte er.

Das Mondlicht versilberte ihr Haar. Sie drehte sich in seine Richtung, doch ihr Gesicht konnte er nicht sehen, es lag im Schatten ihres verfilzten Schopfes.

»Denkst du, dann hätte ich etwas verstanden?«, sagte sie nach einer Weile aus dem Dunkel heraus. »Das ist keine schlechte Idee, weißt du, aber ein bisschen zu spät.«

»Ja, wahrscheinlich. Und wenn wir auf der anderen Seite sind, dann zählt die Taufe sowieso nicht. Da gibt's keine Taufe.«

»Sie zählt hier nicht, und sie zählt dort nicht. Nicht viel wert, diese Taufe, Max«, lachte sie lautlos.

Der Ziegenmelker verstummte. Im selben Augenblick hörten sie ein Platschen. Als hätte etwas Großes gegen das Wasser geschlagen. Das langsame Echo erfüllte die Dunkelheit und dauerte unendlich lang. Sie schmiegte sich an ihn, und er legte fest den Arm um sie.

»Max, was war das?«, flüsterte sie.

Er drückte sie noch fester an sich und begann sehr leise und langsam zu sprechen: »Ausgelöscht sei der Tag, an dem ich geboren bin, und die Nacht, da man sprach: Ein Knabe kam zur Welt! Jener Tag sei Finsternis, und Gott droben frage nicht nach ihm! Kein Glanz soll über ihm scheinen! Finsternis und Dunkel sollen ihn überwältigen und düstere Wolken über ihm bleiben, und Verfinsterung am Tage mache ihn schrecklich! Jene Nacht – das Dunkel nehme sie hinweg, sie soll sich nicht unter den Tagen des Jahres freuen noch in die Zahl der Monde kommen! Siehe, jene Nacht sei unfruchtbar und kein Jauchzen darin! Es sollen sie verfluchen, die einen Tag verfluchen können, und die da kundig sind, den Leviathan zu wecken!«

»Max, verdammt! Was war das?«

»Ein Wels, Doris. Ich denke, ein Wels.«

»Ein Fisch?«

»Ja.«

»Der muss aber groß gewesen sein.«

»Das ist der größte Fisch. Größer als du oder ich. Er lebt im Schlamm. Nachts schwimmt er heraus. Er hat Flossen, aber keine Schuppen, deshalb ist er nicht koscher.«

»Wie Speck.«

»Genau. Und er ist auch sehr fett.«

»Max, worüber reden wir?«

»Wir schlagen die Zeit tot, Doris. Versuch zu schlafen.«

Er legte sich auf die Seite und zog sie sanft mit. Aneinandergeschmiegt lauschten sie der Stille. Er hatte seinen Arm um ihre Taille gelegt.

»Ich habe Angst, dass ich von all dem träume, was Hanna erzählt hat.«

»Versuch's trotzdem«, flüsterte er.

Doch sie träumte etwas anderes. Dass er ihre Hüfte und ihren Bauch berührte. Sie wollte das sehr, doch sie erhob sich vom Boden, streckte die Hand nach ihm aus und sagte:

»Lass und zuerst den Fluss überqueren.«

Sie gingen in eine Baumgruppe. Die Erde fiel hier leicht ab. Etwas stob flatternd unter ihnen auf, doch sie erschrak nicht, weil sie sich im Wachen schon an die Geräusche der Nacht gewöhnt hatte. Der schwere Geruch des Flusses wies ihnen den Weg. Schließlich sahen sie ihn. Reglos lag er da, als hätte er zu fließen aufgehört. Schwarz, träge, glänzend wie eine Schlange. Sie spürten Schlamm unter den Füßen.

»Ich kann nicht schwimmen, Doris«, sagte Max. Sie hielten sich immer noch an der Hand.

»Macht nichts«, erwiderte sie. »Ich führe dich hinüber.«

Sie ging zuerst in die Strömung und zog ihn mit sich. Einen Moment lang stockte er, doch sie sah, dass er nur den Rucksack zurechtrückte. Das Wasser reichte ihnen bis zu den Knöcheln, es war warm und dickflüssig. Lautlos gingen sie, ohne jedes Plätschern, nur das Mondlicht war auf der Oberfläche zerbröselt. Es zerfiel in Tausende von Schnipseln und Körnern. Schritt für Schritt gingen sie durch den Fluss. Noch immer reichte er bis zu den Knöcheln. Der Grund gab unter ihren Füßen etwas nach, aber er fiel nicht ab. In der Mitte verlangsamte Max das Tempo und sah sich um, als wollte er sehen, ob das alles wahr sei.

»Wir dürfen nicht anhalten«, sagte sie und zog ihn weiter.

Das andere Ufer war steil. Das Wasser hatte ein Stück unterspült, und sie mussten eine Böschung hinaufklettern. Als sie auf festem Boden standen, sagte er, sie sollten sich beeilen.

»Niemand wird uns sehen«, beruhigte sie ihn.

Hinter dem Streifen Dickicht am Ufer erstreckte sich eine baumlose Ebene. Die sandige Erde war vom Geruch nach Vieh durchdrungen. Sie sah eine endlose Weide vor sich. Grasbüschel warfen Schatten.

»Wie weit ist es bis dort, wo wir hinwollen?«, fragte sie.

»Nicht ganz zehntausend Kilometer«, erwiderte er.

»Und es ist die ganze Zeit so flach, oder?«

»Fast. Unterwegs kommt der Ural. Dann das Sajan- und das Jablonowy-Gebirge am Baikalsee. Aber wenn man weiter nördlich geht, ist es flach. Nur gibt es dort keine Straßen. Da ist die Taiga, und die Flüsse fließen in den eisigen Ozean.«

»Gehen wir zu Fuß?«

»Vielleicht fahren wir manchmal ein Stück.«

»Mit der Transsibirischen Eisenbahn? Das würde ich sehr gern.«

»Ich habe dir Cendrars auf Französisch vorgelesen, weißt du noch?«

»Ja. In Paris, vor vier Jahren. Du warst so schön und ergriffen.«

»Ich war ein Kind.«

»Das bist du jetzt nicht mehr.«

Sie berührte sein Gesicht.

»Lass uns ausruhen, bevor wir weitergehen, Max.«

Sie setzte sich auf die Erde und zog ihn herunter.

»Ich war ein Mädchen und verstand nicht viel. Mein Französisch war noch nicht so gut wie jetzt. Aber es gefiel mir, wie du gelesen hast. Und du hast mir gefallen.«

In der Dunkelheit sahen sie einen Soldaten. Er hatte ein Gewehr mit Bajonett auf dem Rücken. Langsam ging er am Ufer entlang. Sie sagte:

»Hab keine Angst. Er sieht uns nicht. Niemand sieht uns. Wir können nach Birobidschan gehen. Oder wir können mit dem Zug fahren. Ringsum wird ein unermessliches Land sein. Da werden Wälder, Steppen, Wüsten, große Flüsse sein. So groß, dass man das andere Ufer nicht sieht.«

Der Soldat verschwand in der Finsternis. Sie rückte näher an ihn heran und legte ihre Hand auf seinen Nacken.

»Ob, Jenissej, Lena. So groß, dass man das andere Ufer nicht sieht«, sagte er leise und suchte mit der Hand nach ihrer Hüfte.

»Und Wälder und Steppen und Wüsten, wo es mehr Tiere als Menschen gibt«, flüsterte sie ihm direkt in den Mund.

»Wo es mehr Tiere als Menschen gibt«, wiederholte er und legte ihr die Hand auf den Schenkel, dann fand er den Saum des Kleides und die nackte Haut. »Wie war es am Anfang: Die Erde bringe hervor lebendige Tiere, ein jegliches nach seiner Art: Vieh, Gewürm und Tiere auf Erden, ein jegliches nach seiner Art. Und es geschah also. Und Gott machte die Tiere auf Erden, ein jegliches nach seiner Art, und das Vieh nach seiner Art, und allerlei Gewürm auf Erden nach seiner Art. Und Gott sah, dass es gut war.«

Sie setzte sich ihm gegenüber, die Schenkel weit auseinander.

»Und damit hätte er aufhören sollen«, sagte sie leise und nahm sein Gesicht in die Hände. »Allein mit Vieh und Gewürm wäre es besser.«

Sie sahen, dass vom Ufer her zwei Gestalten kamen. Sie gingen vorsichtig, gebückt, mit Bündeln auf dem Rücken. In der Finsternis blitzte eine Rakete auf, explodierte krachend, sank langsam nach unten und erfüllte die Welt mit eisigem Licht. Die Gestalten ließen sich auf die Erde fallen und erstarrten wie zwei Steine, die leblos schimmern. Als die Rakete ausgebrannt war, standen sie auf und verschwanden tief gebückt, fast auf allen vieren, in der Finsternis. Doris stützte die Hände auf die Erde und lehnte sich nach hinten. Vom Fluss kam ein Laut, der an nichts Bekanntes erinnerte. Es war nicht das Geräusch eines Fisches oder Vogels.

»Berühre mich da«, sagte sie.

Er suchte nach ihrem Blick, aber der Mond beleuchtete sie von hinten, und er sah nur ihre Silhouette. Das zerzauste Haar und den Umriss der Schultern. Der Rest der Gestalt verschwamm in der Dunkelheit. Sie wuchs mit der Erde zusammen, die er unter den Knien spürte, denn als er begriffen hatte, dass er es unbedingt tun wollte, war er vor ihren Schenkeln niedergekniet. Er roch das Gemisch aus Fluss und Erde. Die schlammigen Ausdünstungen des Wassers und den trockenen

Geruch des Sandes, auf dem das Vieh weidete und ausruhte. Das, was über Jahrhunderte in den kargen Boden eingedrungen war, in das schüttere Gras, in die Büschel von Wermutkraut, die Quarzschichten, die selbst bei ausgiebigem Regen die Feuchtigkeit nicht zu halten vermochten. Er streckte die Hand aus und spürte, dass er ihr heißes Fleisch berührte. Sie beugte sich noch weiter zurück.

»Ja. Berühr mich da«, flüsterte sie mit tiefer und kräftiger Stimme, wie unter der Erde hervor. »Berühr mich. Und dann drehe ich mich um und bäume mich auf wie ein Tier.«

Es dämmerte, als sie von einer Stimme geweckt wurde. Zusammengerollt lag sie da, die Beine angezogen. Im Mund Sandkörner. Er hatte sie in der Nacht mit seiner Jacke zugedeckt. Die Stimme gehörte einem Fremden. Sie schlug die Augen auf und sah einen hageren Mann. Wasser tropfte von ihm ab, und er zitterte. Seine Kleider bestanden aus nassen braunen Lumpen.

»Wir waren in einer Betonbaracke untergebracht, auf nacktem Boden. Sie haben uns ein bisschen Stroh gegeben und einmal am Tag ein Stück Brot. Sie haben die Tür aufgemacht und es auf den Boden geworfen. Wir waren etwa hundert, vielleicht auch mehr. Es hat gestunken. Wir haben nur wenig Luft bekommen, es gab nur zwei kleine vergitterte Fenster unter der Decke. Zum Verhör holten sie uns in ein Gebäude nebenan. Der russische Leutnant schrie, wir seien Spione. Mein Bruder und ich sagten, nein, wir fliehen vor den Deutschen, weil sie uns hier ermorden oder verhungern lassen. Am helllichten Tag haben sie auf dem Marktplatz Rabbi Morgenstern getötet. Mit dem Bajonett. Und unser Geschäft ausgeraubt. Was die Deutschen uns nicht genommen haben, nahmen später die Polen. Ebenfalls am helllichten Tag, schamlos. Die Reicheren sind alle abtransportiert worden, spurlos verschwunden. Wir sind keine Spione, wir fliehen, weil sie uns alle töten werden. Wir fliehen in die Sowjetunion, weil sie uns dort nicht verfolgen. Das haben wir gesagt. Also Schmuggler, kreischte der Leutnant. Wir hatten ein paar Stücke Leder für Schuhe, weil wir wussten, dass es dort keins gibt, aber sie waren in der Baracke versteckt, und er wusste nichts davon. Also schrie er noch ein bisschen herum und jagte uns dann davon. Das war in der Gegend von Dorohucza. Wir gingen zu Fuß nach Siemionycze. Etwa fünfzehn Kilometer den Fluss entlang. Unterwegs sahen wir große russische Bunker. In der Stadt Dutzende wie wir. Verzweiflung, Elend. Keine Arbeit. Die Russen ließen uns nicht weiter, solche Angst hatten sie vor Spionen. Auf dem Markt Massen von Menschen. Unsere verkauften alles, nur um zu überleben. Essen gab's wenig, und es war teuer. In einer Kneipe kauften wir eine Suppe. Man konnte sie kaum essen. Ein paar Kartoffeln, Wasser und Mehlwürmer, im Voraus mussten wir bezahlen. Wir verkauften ein bisschen Leder, für ein paar Tage reichte es, wir konnten in einem Haus übernachten. Stockbetten aus Brettern, Stroh, zu zweit in einem Bett, teuer wie ein Hotel vor dem Krieg. Überall herrschte der NKWD. Und das Militär. Mein Bruder wollte weitergehen, aber es ging einfach nicht. Die Straßen bewacht, und durch die Felder war es gefährlich, weil die Bauern uns oft denunzierten. Wenn du die Gegend nicht kennst, irrst du in der Nacht herum. Mein Bruder drängte, aber ich hatte Angst. Man sagte, sie hätten Leute abtransportiert und würden es weiter tun. In den Osten, in den Ural, in die Steppe, nach Sibirien. Ich wollte nicht nach Sibirien. Ich wollte so weit wie möglich weg von den Deutschen, aber nicht nach Sibirien. Mit meinem Bruder zusammen hatten wir ein Bekleidungsgeschäft, wir dachten, Sachen verkaufen kann man immer, hier und dort. Nur dass man bei den Russen keine Geschäfte machen kann. Das sagten die, die weitergekommen sind. Dass dort alles staatlich ist. Und der Markt in Siemionycze war zum Verzweifeln. Löchrige Decken auf dem Boden, und sie sagten immer wieder, dass sie die Leute verjagen, alles dichtmachen werden – russische Ordnung schaffen. Ich sag's euch – es gibt keinen Grund, dort hinzufahren. Da ist noch mehr Dreck und Gestank als hier. Nur hat man hier mehr Angst. Ich weiß auch nicht. Gestank und Angst. Angst und Gestank. Und mittendurch der Fluss.«

»Wie sind Sie rübergekommen?«, fragte Max.

»Auf die andere Seite mit dem Boot. Für hundert Zloty. Wir waren zu fünft. Der Fährmann war ehrlich. Er setzte uns am Ufer ab und zeigte uns den Weg. Man sagt, dass manche die Leute weit vom Ufer aus den Booten schmeißen, weil sie Angst vor den Russen haben. Sie schmeißen sie raus und sagen, sie sollen schwimmen. Unserer hat uns direkt ans Ufer gebracht und den Weg gezeigt. Ein guter Mensch. Das Geld wollte er erst auf der anderen Seite.«

»Und zurück?«

»Bin ich allein. Mein Bruder sagte, er bleibt, hier will der Deutsche nur unseren Tod, und dort sind alle gleich, wenn es auch ärmlich ist, und der NKWD macht keinen Unterschied. Der Pole, der Russe und der Jude – alle kriegen gleichermaßen eins in die Fresse. Er sagte, das ist ihm lieber. Und hier sind wir die Ersten, die erschossen werden. Wir waren schon immer unterschiedlich. Ich ängstlicher, er mutiger. Deshalb gehe ich zurück, und er hat nicht mal Angst vor dem Ural und vor Sibirien. Er hat gesehen, wie sie Rabbi Morgenstern erschlagen haben, am helllichten Tag, auf dem Marktplatz. Zuerst haben sie ihn gezwungen, mit bloßen Händen den Dreck von den Pferden wegzumachen, denn da standen Bauern mit Fuhrwerken. Sie haben ihn gezwungen, das in den Hut zu tun. Die Polen haben gelacht. Die Polen sind ein fröhliches Volk. Dann haben sie ihn mit dem Bajonett umgebracht, mitten unter den Leuten. Mein Bruder hat es gesehen. Er hat es gesehen und von da an gewusst, dass die Deutschen uns töten werden und niemand für uns einstehen wird. Alle würden nur lachen. Deshalb, sagte er, ist ihm der Ural lieber, oder die Hungersteppe. Man sagt, die ist in Kasachstan, dort bringen sie die Leute hin. Doch ich bin ein feiger Jude und gehe lieber zu den meinen zurück. Ich bin am Abend an den Fluss gegangen. Zehn Kilometer. Da waren zwei mit Bajonetten unterwegs. Aber ich habe ihnen ein Zigarettenetui aus Tombak gegeben, fast voll, und sie sind weitergegangen. Ich weiß nicht, wie sie das geteilt haben. Sie gingen flussaufwärts, ich abwärts. Am Ufer habe ich einen Holzklotz gefunden. Den hab ich ins Wasser geschoben und bin ein Stück geschwommen. Ich dachte, er trägt mich, und ich schaff's irgendwie. Doch das Wasser ist nicht tief dieses Jahr, und es kamen immer wieder Sandbänke. Ich hab mich durchgewühlt, dann hab ich den Klotz wieder ins Wasser geschoben, auf gut Glück. Ich hätte schon früher ans Ufer können, aber ich kenne die Gegend nicht, deshalb war es mir hier lieber. Aber es ist Juni, die Nacht kurz, die Dämmerung hat mich überrascht. Dem Deutschen in die Arme zu laufen, wäre der sichere Tod, denke ich. Also bin ich auf einer Insel geblieben. Da wachsen Weiden, die Sonne kam raus, und ich bin ein bisschen getrocknet und habe geschlafen. Auf der Insel ist es sicher. Als es dunkel wurde, hab ich wieder mein Floß in Gang gesetzt, und hier bin ich auf euch getroffen. Ich habe schon den zweiten Tag nichts gegessen.«

Max machte den Rucksack auf. Er nahm das Brot heraus, schnitt eine Scheibe ab und gab sie dem Mann. Der hockte sich hin und begann gierig zu essen. Da schnitt Max ihm noch ein Stück Speck ab und reichte es ihm auf dem Messer. Der Mann grinste breit und nahm es.

»Die Juden waren dumm, dass sie das nicht gegessen haben. Das ist gut. Da musste Hitler kommen und den Rabbi töten, damit sie klug werden«, sagte er und lachte lautlos.

Doris stand auf us rieb sich die Augen. Der Mann hatte ein schmales, unruhiges Gesicht, doch sein Lachen war aufrichtig. Wären sie anderswo gewesen, hätte er laut gelacht. Hier, in der Morgenstille, begannen nur die Vögel allmählich mit ihrem Lärm. Er zitterte. Aus seinen Kleidern tropfte es. Auf dem Rücken hatte er ein Bündel. Ein Wasservagabund.

»Wenn ihr geradeaus nach unten geht, kommt ihr an einer kleinen Bucht raus. Dort steht mein Floß.«

»Er kann nicht schwimmen und hat Angst vor dem Wasser«, sagte Doris. »Er ist als Kind fast ertrunken.«

»Was soll man machen, wir sind ein Wüstenvolk. Über den Jordan kann man angeblich zu Fuß. Und im Toten Meer kann man nicht untergehen, selbst wenn man wollte. Das hört man immer wieder. Also bleibt euch nichts anderes übrig, als einen guten oder bösen Menschen zu bezahlen, der euch hinüberbringt oder euch mitten im Fluss ins Wasser springen lässt. Die erste Möglichkeit erscheint mir besser, vor allem für den jungen Mann. Und wohin weiter?«, fragte er und sah die beiden erwartungsvoll an.

»Nach Birobidschan«, erwiderte Max.

»Wohin?«

»Nach Birobidschan. Nahe an der chinesischen Grenze.«

»Ich weiß«, erwiderte der Mann. »Aber ich habe noch ein bisschen Wasser in den Ohren, deshalb wollte ich sichergehen. Ja, damals hat man viel davon gesprochen. Dann hörte das auf und wurde *démodé*. Zu viel Sumpf und Mücken für ein gelobtes Land. Und überhaupt ein ungünstiges Klima, sagen wir, im zionistischen Sinn. Was für ein Gedanke, dass Israel an China grenzen könnte? Obwohl andererseits … Jedenfalls wünsche ich euch viel Erfolg und Glück, und schöne Grüße an den großen Amur oder was dort in der Nachbarschaft fließt.«

»Die Bira.«

»Grüßen Sie sie, obwohl ich im Moment genug habe von Flüssen. Ich gehe jedenfalls wieder zurück.«

»Wohin?«, fragte Max.

»Nach Węgrów.«

»Da sind wir nachts vorbeigegangen.«

»Gut so, junger Mann. Sehr gut so.«

Der Fremde rückte seinen Rucksack zurecht und setzte sich in Richtung des Kiefernwäldchens in Bewegung. Er hatte sich schon abgewandt und hob zum Abschied die Hand, als Max rief:

»Warten Sie!«

Er griff in den Rucksack, holte das Brot heraus, schnitt ein dickes Stück ab, dann noch eine Scheibe Speck, und gab es dem Mann. Der versteckte das Essen in seiner Jacke.

»Ich kann Ihnen nichts geben. Ich hatte Zigaretten, aber die sind nass geworden. Den Rest des Leders hat mein Bruder genommen. Ich habe nichts mehr.«

»Nicht nötig«, sagte Max und schaute zu, wie der Fremde mit langen Schritten davonstelzte, in den nassen Kleidern, die an seinem hageren Körper klebten, und hinter der Linie der ersten Bäume verschwand.

16

Romaniuk kam vom Obstgarten her und setzte sich an die Feuerstelle unter dem Birnbaum. Es glomm noch Glut, und der Kaffee war warm. Er goss ihm welchen in einen Becher und gab etwas Zucker dazu. Romaniuk trank einen Schluck und nickte.

»Gut«, sagte er.

»Sie macht ihn selbst.«

»Aus Gerste?«

»Ja, aus Gerste. Und noch was. Sie kennt sich aus.«

Schweigend saßen sie da und schauten sich die Soldaten an, von denen es jetzt noch mehr gab. In der Nacht waren Infanterie auf Lastwagen und ein Tross Pferde gekommen. Bis zum Morgen waren sie mit den Tarnnetzen beschäftigt gewesen. Im Schatten der Bäume zupften die angebundenen Pferde Gras. Einigen hatten sie die Vorderfüße gefesselt und sie mit den Kühen auf die Weide gelassen. Später waren noch zwei Küchen gekommen, es roch nach Gebratenem. Ein paar Soldaten schälten Kartoffeln und warfen sie in einen Kessel. Ein paar andere brachten aus der Scheune Arme voll Heu und warfen sie den an die Bäume gebundenen Pferden hin. Vom Feldweg kamen in einer Staubwolke zwei Kübelwagen angefahren. Aus dem zweiten sprangen Panzersoldaten in schwarzen Uniformen und liefen über die Treppe ins Haus. Im ersten saßen drei Männer in Tarnanzügen. Die hielten nur kurz an und kehrten dann um. Er nahm ein Päckchen Zigaretten heraus und bot Romaniuk eine an.

»Deutsche«, sagte Romaniuk.

»Ja. Die geben sie mir, wenn sie etwas nehmen«, erwiderte er und holte ein glühendes Kohlestückchen heraus, um sie anzuzünden. »Zuletzt für einen Fisch. Sie würden gern selbst welche fangen, aber sie dürfen nicht an den Fluss.«

»Geben sie dir auch Zucker?«, fragte Romaniuk.

»Ja. Sie haben verdammt viel von allem.«

»Den einen geben sie was, die anderen nehmen sie wegen der Kontingente mit zur Gestapo«, sagte Romaniuk. Er drückte die Glut aus und steckte die Kippe in die Brusttasche.

»Nicht meine Schuld. Sag mir lieber, warum du hier bist, sicher nicht zu Besuch.«

Romaniuk wischte mit dem Handrücken die Nase ab und sah ihn schief an. Er trug ein schmutziges Baumwollhemd und eine graue Hose mit einem Loch am Knie und verströmte einen Geruch von Mist und Bauernschläue.

»Ein ganz Wichtiger muss rübergebracht werden«, sagte er und schielte von der Seite.

»Ich fahre nicht. Es ist zu hell.«

»Es muss sein.«

»Geh zu jemand anders.«

»Niemand ist so gut wie du. Es geht nicht um irgendwelche Jidden, sondern um einen von der Armee. Einen Offizier.«

»Von welcher Armee?«

»Von unserer.«

»Die hab ich lange nicht gesehen. Auch 39 hat man sie kaum gesehen«, sagte er langsam und nickte dann in Richtung der getarnten Geschütze, der Lastwagen und der rauchenden Küchen. »Romaniuk, *das* ist eine Armee, verdammt. Eine andere sehe ich hier nicht. Manchmal ein paar Russen jenseits vom Fluss. Red also keinen Scheiß von einem Offizier.«

»Lubko, bist du überhaupt Pole?« Romaniuk sah ihn von unten her an, mit dieser Schlitzohrigkeit, die ihm seit zweiundvierzig Jahren nicht unterzugehen erlaubte.

»Was tut das, verdammt nochmal, zur Sache? Ich lebe hier und sehe, was vor sich geht.«

»Du lebst vielleicht hier, aber der Geier weiß, woher du kommst.«

Romaniuk holte die Kippe aus der Brusttasche und wühlte mit nacktem Fuß in der erkaltenden Feuerstelle. »Und ich sag dir noch was: Einmal bist du Siwy entkommen, aber der kriegt dich, wann immer er will. Er ist es, der den Offizier begleitet. Er hat mir gesagt, ich soll den besten Fährmann finden, weil da nichts schiefgehen darf. Als ich ihm sagte, das kannst nur du, niemand anders wird morgen oder übermorgen fahren und schon gar nicht die Leute drüben ein Stück begleiten, hat ihn fast der Schlag getroffen. Aber dann hat er sich wieder eingekriegt. Der Offizier hat ihm irgendwas gesagt, und er war beruhigt. Und er sagte, wenn es klappt, dann vergibt er dir sogar. Das heißt, er wird dich nicht mehr umbringen wollen.«

Jetzt wartete er unweit des Flusses auf sie. Das Dorf hatte er links im Rücken. Er saß auf einer leichten Erhebung und blickte auf den Wasserspiegel der Bruchlandschaft. Dunkelblau und erhellt zugleich. Die Nacht war windstill, und das Mondlicht ergoss sich wie flüssiges Silber. Die breite Tiefe hinter sich lassend, verengte sich der Fluss hier stark und mäanderte zwischen mit Weiden bewachsenen Böschungen. Dort war es am tiefsten, und die Strömung war voller Strudel. Verlassen stand das ehemalige Kloster da. Die frühere orthodoxe Kirche war jetzt katholisch, der Pfarrer wohnte nebenan im Pfarrhaus, aber es gab keinen Hund auf dem Hof. Deshalb hatte er diesen Ort ausgesucht. Er hielt das Fernglas an die Augen. Es war nicht groß, aber die Sicht klar. Er sah das Dickicht am anderen Ufer, einzelne Bäume. Als er den Blick aufs Wasser richtete, blendete ihn der silberne Schein. In so einer Nacht könnte er mühelos einen Mann auf der anderen Seite erkennen, dachte er. Selbst wenn er sich nicht bewegen würde. Er drehte an der Schraube, und die schwarzen Formen wurden noch schärfer.

In der Abenddämmerung war die einer Zigeunerin ähnelnde Frau zu der Feuerstelle gekommen, an der er saß, und hatte gesagt, er solle nicht in die Scheune gehen. Sie nahm den Wasserkessel, ging hinein und ließ die kleine, ins Scheunentor eingelassene Tür ein Stück offen. Kurz darauf sah er durch die Ritzen zwischen den Brettern Licht. Zuerst ziemlich hell; dann musste sie die Lampe zurückgedreht haben, denn es wurde dunkler. Eine Weile saß er unbewegt da und rauchte die Zigarette zu Ende. Er drückte mit den Fingern die Kippe aus, stand auf, trat langsam an das Tor heran und legte das Auge an den Spalt. Er sah, wie die Frau warmes Wasser in eine auf einem Baumstumpf stehende Schüssel leerte und dann kaltes aus dem Eimer dazugoss. Sie zog die Bluse aus und band das Haar mit einem Stück Stoff zusammen. Es war das rote Band, das sie immer in der Nähe des Bettes aufbewahrte. Einmal, als sie nicht da war, hielt er es sich an die Nase und roch lange daran. Jetzt nahm sie die deutsche Seife, wusch sich das Gesicht, danach beugte sie sich nach vorn, hob den einen und dann den anderen Arm und wusch sich unter den Achseln. Als sie fertig war, trocknete sie sich mit einem Stück Leinen ab. Sie stellte die Schüssel auf den Boden, hob den Rock hoch, raffte ihn um die Hüfte zusammen und hockte sich breit hin. Langsam und sorgfältig wusch sie sich, wobei sie vor sich hinstarrte, ins Dunkel. Es dauerte lange. So kam es ihm vor, obwohl er noch nie gesehen hatte, wie sie sich wusch. Langsam bewegte sich ihre Hand durch den dunklen Schatten. Er hörte, wie sie Wasser schöpfte, wie es plätscherte und Tropfen in die Metallschüssel fielen. In dem Licht der Petroleumlampe sah ihr Körper golden und schwer aus. Wie aus warmem Metall gegossen. Schließlich erhob sie sich langsam, mit einer Hand auf die Erde gestützt, und trocknete sich, die Beine weit gespreizt, mit dem grauen Leinen ab. Da ging er zurück und setzte sich wieder an die erlöschende Feuerstelle. Er nahm ein Stück frisches Kiefernholz vom Stapel und legte es auf die Kohle. Nicht, um es zu verbrennen, sondern damit der Rauch die Mücken vertrieb, von denen es an windstillen Tagen wie diesem wimmelte. Wieder steckte er sich eine an. Er dachte daran, dass er sie nie nackt gesehen hatte. Er sehnte sich danach, doch er hatte es nie versucht, obwohl er das hätte tun können, denn sie lebten so eng zusammen, als wären sie verheiratet. »Die Beine gespreizt, als würde sie gebären, pissen oder scheißen«, dachte er. Erst in diesem Moment bemerkte er, dass er einen Ständer hatte, eine harte, unerbittliche Erektion. Kurz danach hörte er vorsichtige Schritte. Ein junger, hellhaariger Soldat kam aus dem Garten heraus. Er sah ihn an, doch der Deutsche versuchte, seinen Blick zu meiden. Er wirkte sehr jung und etwas ratlos. Leise brummte er:

»Na, *komm*, oder wie sagt ihr?«

Der Junge lächelte schüchtern und ging auf das Scheunentor zu.

Er schaute ans andere Ufer und korrigierte immer wieder die Schärfe. Er würde sie über den zugewucherten Pfad hinter dem Kloster führen, dachte er, und dann am Fluss entlang, stromabwärts, zu der sumpfigen Bucht, wo er den Stocherkahn zurückgelassen hatte. Er hatte aussteigen und den Kahn durchs Schilf schieben müssen. So war er nicht zu sehen. Er wusste, dass die Wächter mit den Bajonetten unregelmäßig patrouillierten, aber es genügte, abzuwarten, bis sie erschienen und wieder verschwunden waren. Dann hatte er eine halbe Stunde für die Überfahrt und das Verstecken des Kahns am anderen Ufer. Das russische Ufer kannte er fast so gut wie das deutsche. Dort wuchsen weniger Bäume, es gab weniger Dickicht, und dahinter begann der offene Raum. Weiter weg, zwischen sanften Hügeln, standen russische Bunker. Es war schwer zu sagen, ob sich darin jemand befand. Tagsüber sahen sie verlassen aus. Jetzt versuchte er die kantigen Formen zu erkennen. Die würfelförmigen Umrisse im Mondlicht.

Manche waren so groß wie Scheunen. Doch er hatte noch nie bemerkt, ob darin Geschütze standen. Weiter unten, näher am Fluss, hatten sie kleinere Bunker in die Erde gebaut. Für Maschinengewehre. Leute von der anderen Seite hatten ihm gesagt, dass dort manchmal Russen erschienen. Sie kämen mit Lastwagen an, blieben eine Weile und führen dann wieder weg. Ständige Mannschaften gebe es nicht. Es gab also keine, aber das könnte noch kommen. »Wer weiß schon, was den Russen einfällt?«, dachte er. »Als würden sie sich fürchten und auch wieder nicht. Als würden sie warten und doch nicht warten. Russisches Chaos.« Am Fluss wäre es am sichersten. Auf dem flachen Land reichte eine Rakete, und sie müssten sich auf die nackte Erde oder in eine sumpfige Senke werfen. Besser also am Fluss. Wenn die Russen flussabwärts gingen, konnte man sogar auf dem von ihnen niedergetretenen Pfad bis zur Brücke in Krystopol gehen, danach erstreckten sich bis Dorohucza Kiefernhaine. Die Russen patrouillierten immer von der Brücke bis zum nächsten Wachposten in Granie und kehrten dann um. Von der Brücke nach Dorohucza ging dann eine andere Patrouille. Etwa einen Kilometer vor der Brücke, dachte er, würden sie sich sowieso vom Fluss entfernen, um im Wald weiterzugehen.

Er hatte das schon oft gemacht. Vor dem Krieg hatte er bei Tageslicht Leute übergesetzt, die es zu weit zur Brücke hatten. Direkt von der Kirche auf die andere Seite des Flusses, zu Familienangehörigen. Sonntags die anderen zur Messe. Oder zur Kirmes zur Verklärung Christi. Da hatte er am meisten verdient. Er musste nicht länger als eine Stunde warten, bis das Boot voll war, dann fuhr er langsam los, die Ränder des schweren Kahns knapp über dem Wasser. Oder abends, wenn die Leute zurückwollten. Dann musste er die Säufer beruhigen. Sie sangen verworrenes Zeug und brachten den Kahn zum Schwanken. Die Frauen schrien vor Angst. In der Abenddämmerung hallten die Stimmen über dem Wasser. Er fuhr sogar nachts, bis einer ertrank. Der hatte sich auf die Bank gesetzt und war auf der Stelle eingeschlafen. Noch bevor sie zur Mitte der Strömung kamen, rutschte er leise in den Fluss. Sie hörten ihn erst, als er mit den Armen gegen das Wasser schlug, doch da hatte ihn schon die Dunkelheit verschlungen, denn es war eine mondlose Nacht. Er versuchte, das Boot in Richtung des Platschens zu richten, doch das Geräusch verstummte schnell, und er sah nur noch die Finsternis, ohne jede Spur von Wasserglanz. Eine der Frauen heulte. Sie versuchte aufzustehen, das Boot schaukelte und schöpfte Wasser. Jemand wollte die Frau hinunterziehen und hinsetzen, aber dann schwankten sie noch mehr. Er schrie, sie sollten sich beruhigen, sonst würden sie alle ertrinken, und schlug blindlings mit dem Ruder auf sie ein. Sie kauerten sich auf den Boden und verhielten sich still, nur die Frau heulte mit erstickter Stimme, als würde ihr jemand den Mund zuhalten. Eine Weile versuchte er, flussabwärts zu treiben, wo der Ertrunkene sein musste, doch das Wasser war schwarz, ruhig und unbewegt. Damals beschloss er, in der Nacht keine Leute mehr zu transportieren. Weder Säufer noch andere. Erst als der Krieg ausgebrochen war, hatte er wieder damit begonnen. Die Russen überquerten den Fluss, gingen bis Jastrzębowo, kehrten dann aber gleich wieder ans andere Ufer zurück. Anfangs bewachten sie es nicht einmal. Als wären sie sich der Grenze nicht so ganz sicher. Erst später schossen sie, aber auch nur halbherzig. In die Luft, zur Abschreckung. Sie erwischten Leute, sperrten sie auf der Wache in Dorohucza ein, manchmal schlugen sie sie, aber normale Schmuggler oder Flüchtlinge ließen sie frei. Manche davon brachte er auf die eine wie auf die andere Seite.

Über all das dachte er nach, den Blick auf die gegenüberliegende Seite des Ufers geheftet und zugleich der Stille lauschend, die er im Rücken hatte. »Aber«, erinnerte er sich, »bevor die Deutschen kamen, war es noch stiller.« Abends gingen die Menschen schlafen und löschten alle Lichter.

Von Zeit zu Zeit bellten Hunde, die jeden Geruch kannten. Kein einziger Motor war zu hören. Doch seit sie da waren, schlief die Welt nachts kaum, im Dunkel schlichen und lauerten Schatten. Wie er jetzt. Das würde sich nicht mehr ändern, dachte er. Immer wieder würde über die schwarze Haut der Nacht ein Schauer laufen. Wie bei dem unruhigen Rappen. Alle würden horchen, und niemand mehr würde richtig schlafen. Nachts würden Lichter brennen. Wie neulich in der Scheune. Denn er war dann doch aufgestanden von dem erlöschenden Feuer. Er hatte gewartet, solange er konnte, doch schließlich war er aufgestanden. Er hatte gewartet, bis es ganz dunkel war, dann ging er hin und legte das Auge an den hellen Spalt. Die Frau saß auf dem Bett, und der Soldat kniete zwischen ihren Schenkeln und küsste ihre Brüste. Sie hielt seinen Kopf an sich gedrückt. Ihre Augen waren geschlossen. Sie umfasste ihn fester mit den Beinen. Der hochgeraffte Rock entblößte die Schenkel. Sie nahm die linke Brust in die Hand und gab sie ihm in den Mund. Er begann zu lecken, zu saugen, wieder zu lecken. Er glaubte das Schmatzen der feuchten Zunge zu hören. Er glaubte den Geruch zu riechen, der zusammen mit dem dunkel-goldenen Licht der Öllampe durch die Ritzen drang. Immer wenn sie an ihm vorbeiging, witterte er ihr hinterher wie ein Hund. Wenn sie nicht in der Scheune war, beugte er sich über ihr Bett und sog die dunkle, warme Luft ein, die von Bettdecke und Kopfkissen aufstieg. Sie war leicht bitter, intensiv. So kam es ihm vor. Der Geruch ließ nie nach. Wenn er sicher war, dass sie nicht kommen konnte, kniete er sich hin, nahm die Decke weg und schmiegte das Gesicht ins Bett. Mit der Wange fand er die Vertiefung im Strohsack. Die Stelle, die ihr Hintern berührte. Eine sanfte Mulde, erfüllt von einem intensiven Geruch. Jetzt sah er durch den Spalt, wie die Frau sich nach hinten beugte, auf einen Ellbogen stützte, die Füße gegen den Bettrand stemmte und die andere Hand auf den Kopf des Jungen legte und ihn langsam zwischen ihre Schenkel lenkte. Er begann schneller zu atmen. Schließlich knöpfte er die Hose auf.

Sie näherten sich ganz leise. Romaniuk führte sie, er brummte irgendwas und verschwand im Gebüsch. Sie waren zu viert. Siwy, der Hauptmann, Miętus und der Junge. Er nickte ihnen zu und brach in Richtung Ufer auf. Sie gingen um die dunklen Mauern des Klosters herum und kamen in einen Streifen mit hohen Kletten. Sie reichten ihm bis zur Hüfte, aber sein Schritt war sicher, er spürte den ausgetretenen Pfad unter den Füßen. Noch vor kurzem waren hier Schmuggler gegangen, um schwimmend ans andere Ufer zu gelangen. Doch letztes Jahr waren zwei ertrunken. Es hatte stärkere Strudel gegeben als sonst. Das Wasser zog an neuen, unerwarteten Stellen in die Tiefe. Sie waren spurlos verschwunden. Vielleicht hatte es sie weiter unten an Land gespült, ans russische Ufer? Die Blätter gaben ein leises, hartes Geräusch von sich. Dunkel und einsam standen die orthodoxe Kirche und das Pfarrhaus da. Über einen Steilhang gingen sie zum Wasser hinunter. Wortlos führte er sie durch das Weidengebüsch. Der Sumpf reichte ihnen bis zu den Knöcheln, dann bis zu den Knien. Mit leichtem Schmatzen zog er die Beine hoch. Die anderen blieben zurück, also flüsterte er:

»Schneller.«

Sie bewegten sich ungeschickt. Siwy fluchte vor sich hin. Der warme Sumpf blubberte und setzte einen betäubenden Gestank frei. Er war am Kahn angelangt und drehte sich zu ihnen um. Der Hauptmann steckte fest und griff nach Siwys Arm. Sie kamen näher. Er hörte, wie sie keuchten.

»Drei nehme ich mit«, sagte er.

Siwy zog den Fuß aus dem Sumpf und versuchte, einen Schritt zu machen.

»Du nimmst alle mit, Fährmann«, sagte er mit unterdrückter Stimme. »Hat's dir noch nicht gereicht?«

»Drei.«

Siwy kämpfte sich nach vorn, und sie standen Brust an Brust. Er war kleiner, aber vielleicht stand er nur tiefer. Er griff an seinen Gürtel, zog die Pistole und hielt sie dem Fährmann ans Gesicht.

»Hat's dir nicht gereicht, verdammt?«

»Drei. Wenn du willst, nimm das Boot, und ihr fahrt allein. Hier sind solche Strudel, dass du dich die ganze Nacht im Kreis drehen wirst wie Scheiße in einem Eisloch. Bist du schon mal gefahren? Nimm den Kahn und paddle. Es wird euch zerdeppern.«

Siwy holte mit der Pistole aus und zischte:

»Das ist ein Befehl, verdammte Scheiße!«

Da griff der Hauptmann nach seinem erhobenen Arm. Sie rangen eine Weile und versuchten, das Gleichgewicht zu halten, die Beine weit auseinandergestellt. Schließlich ließ Siwy die Waffe sinken.

»Zugführer!«

»Herr Hauptmann, dieses Arschloch …«

»Zugführer! Stillgestanden!«

Siwy versuchte wie ein Automat, den Befehl auszuführen, doch mit den Füßen im Sumpf und gespreizten Beinen schwankte er.

»Herr Hauptmann …«

»Ich gebe hier die Befehle. Wir setzen zu dritt über. Das reicht.«

Siwy nickte wortlos und steckte die Pistole in den Gürtel. Sie standen bis zu den Knien im Sumpf, in sonderbaren Posen erstarrt. Die beiden Jüngeren etwas weiter hinten, wie schwarze Schatten. Es wurde ganz still, und alle lauschten in die Stille.

»Gut«, sagte Siwy schließlich. »Junge, du bleibst hier.«

»Soll ich warten, Herr Zugführer?«

»Nein, geh zurück. Weiß der Teufel, wie das endet.«

»Zugführer!«

»Schon gut, Herr Hauptmann. Aber man weiß ja nie.«

Er sagte, sie sollten sich auf den Boden des Kahns legen. Der Hauptmann brummte, es sei nass, da stehe Wasser, aber offensichtlich gab er das Kommando für die Zeit der Überfahrt ab, denn er legte sich im Bug auf die Seite. Siwy legte sich neben ihn, und Miętus in die Mitte, wo am meisten Wasser war. Der Fährmann stieg zuletzt ein und bewegte das Ruder mit voller Kraft.

17

Der Junge beschloss, nur ein Stück zu gehen und dann bis zum Morgengrauen zu warten. Den Weg kannte er nicht. Romaniuk hatte sie hingebracht und war dann verschwunden. Er kannte den Weg nicht und hatte Angst vor Hunden. Sie schliefen nie, und nie bellten sie ohne Grund. Er erinnerte sich an die Hunde in seinem Dorf. Am Kläffen konnte er erkennen, ob ein Fremder vorbeiging, ob sie einen Fuchs oder Wolf witterten, oder ob sie sich selbst anbellten in ihrer Hundesprache, ihre Hundenachrichten von Schnauze zu Schnauze weitergaben. Es genügte, dass einer begann, und schon stimmte der Rest ein. Wenn ein Fremder vorbeiging, folgte ihm das Gebell durchs ganze Dorf. Außerdem passte die Gemeindewache auf. Zu zweit oder zu dritt waren sie mit Stöcken, Gabeln und Lampen unterwegs und hielten Ausschau. Er hatte eigentlich seit Beginn des Krieges in seinem Dorf keine Deutschen gesehen, dachte er. Ein- oder zweimal waren Gendarmen auf Fahrrädern erschienen. Sie fuhren vors Haus des Ortsvorstehers, aßen, tranken selbstgebrannten Schnaps und gingen wieder. Ein Stück weiter, hinter dem Dorf, begann ein Kiefernwald. Die Deutschen hatten Angst vor dem Wald. Das sagten alle. Ein paar auf Fahrrädern also. Einmal ein Motorrad. Keine Autos, keine Soldaten. Erst hier sah er, wie viele sie waren und wie viele Geräte sie besaßen. Wie sie ununterbrochen aus dem Westen heranzogen. Er dachte darüber nach, wie viele es sein mochten. Ob sie schon alle hier seien, ob überhaupt noch jemand bei ihnen dortgeblieben sei. »Frauen und Kinder«, dachte er. »Frauen und Kinder haben sie nicht mitgebracht. Aber die könnten sie ja noch holen.«

Er kletterte den Hang hinauf und ging um das dunkle Kloster herum. Im Fenster des Pfarrhauses war ein schwaches Licht zu sehen. »Er kann nicht schlafen, oder er betet«, dachte er. Behutsam setzte er seine Schritte, gefasst auf ein plötzliches Bellen, obwohl Romaniuk gesagt hatte, der Pfarrer habe keinen Hund. »Seltsam. Offenbar hat er keine Angst, obwohl es total abgelegen ist. Wer wird einem Pfarrer etwas tun?« Er lächelte in sich hinein. Als er zu dem von Panzern zerfahrenen Weg kam, sah er im Mondlicht deutlich die Spuren der Raupen. Sie waren mit schwarzem Schatten gefüllt und beunruhigend symmetrisch. Woher die Deutschen gekommen waren, konnte er sich nicht vorstellen. Er kannte Włodawa, da war er schon oft gewesen, jetzt war er hier. Die Gegend unterschied sich nicht besonders von seinem Dorf, nur lag der Fluss näher, und es gab mehr offenes Gelände. Aber aus welchem Gebiet die Deutschen gekommen waren, war ihm nicht klar. Und auch nicht wozu. Der Zugführer sagte, sie wollten weiter, zu den Russen. Was hätten sie dort zu schaffen? Es war doch zu sehen, wie reich sie waren. Wie viel sie von allem besaßen. Er hatte noch nie so viele Dinge gesehen. Im Dorf mussten sie Schweine und Getreide abgeben. Aber was waren Schweine und Roggen gegen einen Panzerkampfwagen drei? Gegen den Opel Blitz? Sie würden also sicher weiterziehen, nach Osten, und Russland war riesig, endlos. Manche waren dort gewesen und hatten erzählt, von Wäldern, Steppen und Flüssen, hundertmal breiter als der hier. Aber sie hatten auch erzählt, dass die Leute vor Hunger und Kälte starben. Dass es riesig und schrecklich sei. Dass sie wochenlang gefahren seien und nur weiße Leere gesehen hätten, und an den Stationen hätten sie gefrorene Leichen aus den Waggons geworfen. Er betrachtete die Spuren der Raupen und begriff nicht, warum die Deutschen gekommen waren und warum sie weiterziehen wollten. Er überquerte den zerfahrenen Weg und ging auf den dunklen Wald zu. Unter einer Kiefer fand er eine Vertiefung, trat das Unterholz ein bisschen fest, setzte sich hin und lehnte sich an den Stamm. Er hörte, wie die Mücken angeflogen kamen, schlief aber sofort ein.

Zusammengerollt wachte er auf, als es schon tagte. Sein Hemd war nass vom Tau, auf dem Nacken hatte er Mückenstiche. Er spürte einen Druck auf der Blase, stand auf, ging einen Schritt und pisste. Er hatte Lust zu rauchen und klopfte die Taschen ab, obwohl er wusste, dass er darin nichts finden würde. Er trat auf einen trockenen Zweig. Ein verschreckter Vogel flatterte auf. Er gähnte und streckte sich, bis die Gelenke knackten. Dicht über der Erde lag Nebel. Vorsichtig setzte er sich in Bewegung. Er stellte sich vor, wie er in Romaniuks Kate kommt, wenn die Hausfrau Feuer macht. Wie er den Duft von Speck riecht, der in der Pfanne brutzelt. Der gesalzene Speck hing auf dem Speicher neben Würsten zum Trocknen. Er stellte sich die dicken Scheiben Schwarzbrot vor und die frische, warme Milch. Und dass er dann in die Scheune gehen, sich in eine Decke wickeln und im Heu einschlafen würde, ohne die Stimme des Zugführers hören zu müssen, ohne seine unablässige Gegenwart spüren zu müssen, weil der Fluss und die russischen Soldaten sie trennten. Doch kurz darauf, als er leise und unsicher durch den bis zu den Knien reichenden Nebel ging, in diesem fremden Wald, fühlte er sich unwohl, denn er war in den vergangenen Wochen keinen Augenblick allein gewesen. Der Zugführer immer in der Nähe. Selbst wenn Siwy schlief, war es, als wachte er und könnte durch die geschlossenen Lider alles sehen. Man brauchte nur zu flüstern, schon war er wach. Dann setzte er sich auf und schaute sich um. Selbst wenn er ein paar Stunden vorher getrunken hatte. »Er sieht im Schlaf«, dachte er einmal. Damals war er in die Stube gekommen. Draußen dämmerte es. Er sollte Miętus wecken, der auf Stroh in der Ecke schlief. Die Tür quietschte nicht, der Boden knarrte nicht. Er hörte eine Bewegung im Halbdunkel, vielleicht spürte er sie auch nur. Da sah er, wie die Hand des Zugführers schnell unter das Kissen griff und dann langsam wieder herauskam. Siwy schlief immer auf dem Rücken. Wie ein Automat stand er auf und zog sofort die Stiefel an. Manchmal hatte er den Eindruck, dass er überhaupt keinen Schlaf brauchte. Dass er einfach in der Dunkelheit lag und abwartete, bis es Tag wurde. Er plante seine Siege und den Tod der anderen. Und jetzt, bevor er sich richtig über dessen Abwesenheit freuen konnte, begann er zu bedauern, dass der Zugführer nicht da war.

Er streifte die taunassen Zweige beiseite. Von links wurde der Himmel heller, also musste er wohl den Fluss hinter sich lassen, geradeaus gehen, in einem weiten Bogen um das Dorf, das er nicht kannte, und dann nach rechts abbiegen, um Romaniuks Anwesen zu finden. »Niemand wird mich sehen«, dachte er und lief schneller. Er zwängte sich durch einen Streifen mit Schlehdorn, zerriss sich das Hemd an der Schulter und betrat eine kleine Waldlichtung. Die Sonne ging gerade auf und blendete ihn. Er schirmte die Augen mit der Hand ab, und da sah er sie.

Sie stand bis zu den Knien in einem kleinen Teich. Nackt, in der erst aufgehenden Sonne dunkel, fast unsichtbar. Sie bückte sich und tauchte ein Stück Stoff ins Wasser. Das Licht fiel auf ihren Rücken und erleuchtete das herunterhängende Haar. »Ich sehe zum ersten Mal eine nackte Frau«, dachte er. Die Mädchen vom Dorf kreischten im Fluss, kniffen die Schenkel zusammen und verdeckten die Brust. Sie richtete sich auf und begann mit dem nassen Lappen ihren Körper abzuwaschen. Sie tat es langsam, den Blick in die helle Lichtung gerichtet. »Als würde sie schlafen«, dachte er. Sie hatte kleine Brüste. Ja. Sie hatte keine Ähnlichkeit mit den Dorfmädels. Er hielt den Atem an und schaute. Wieder bückte sie sich, um den Stoff einzutauchen. Er bemerkte den Schattenstreifen zwischen ihren Pobacken. Sie richtete sich auf und begann langsam Arme, Brust und Bauch zu waschen. Es kam ihm vor, als sähe er einzelne silberne Tropfen von ihrem Körper fallen. Sie warf das Haar zurück und hockte sich ins Wasser. Nach einer Weile stand sie auf und ging zu ihren am Ufer zurückgelassenen Sachen. Er wünschte sich, sie möge noch für einen Augenblick still dastehen, bevor sie sich anziehen und den Glanz löschen würde, der ihre Gestalt umgab. Honiggolden, dicht. In der Sonne schmelzend. Sie kam aus dem Wasser und begann sich mit einem dunklen Kleid abzutrocknen. Das stellte er sich vor – dass es ein Kleid war, dass sie nichts anderes hatte und ihr kühl sein würde, wenn sie sich den feuchten Stoff überzöge.

»Schau nicht hin! Das darfst du nicht!«

Wie aus dem Nichts tauchte ein Junge auf und stellte sich vor ihn. Er war älter und schlanker, trug die Jacke eines Städters und hob die Arme, als wollte er ihn wegdrängen. Instinktiv wich er einen Schritt zurück.

»Ich wollte nicht … Ich bin auf die Lichtung gekommen, da war sie schon da«, sagte er unsicher.

»Dreh dich um!« Die Stimme des anderen war angespannt und schrill.

Gehorsam befolgte er den Befehl.

»Ich bin nur hier vorbeigegangen.«

Sie hockten am Rand der Lichtung. Das Mädchen stand unweit in der Sonne und kämmte sich das Haar. Der Junge holte Zigaretten heraus und reichte ihm das Päckchen. Sie steckten beide Zigaretten mit demselben Streichholz an. Der Rauch roch scharf und angenehm in der reglosen Morgenluft.

»Ich kenne hier niemand«, sagte er. »Ich bin nicht von hier.«

Er versuchte, vor sich hinzuschauen, auf die verwehenden blaugrauen Schwaden, doch sein Blick glitt immer wieder nach unten und kroch über die Erde in Richtung ihrer nackten Füße, ihrer Waden und Kniekehlen. Er hoffte, der Junge würde das nicht sehen.

»Wir schlafen die zweite Nacht im Wald. Vorher auch schon. Sie kann nicht immer im Wald schlafen.«

»Deine Schwester, oder?«

»Ja. Das heißt, mein Vater hat ein zweites Mal geheiratet.«

»Wart ihr reich?«

»Ja. Ich glaube schon. Das waren wir.«

»Juden sind nicht immer reich. Bei uns gab es auch arme.«

»Wo?«

»In der Gegend von Włodawa. Weißt du, wo das ist?«

»Ja. Ein Städtchen.«

Tief im Wald war ein Kuckuck zu hören. Das Echo seiner Stimme. Das Mädchen war mit dem Kämmen fertig, kam her, setzte sich mit untergeschlagenen Beinen hin und zog das Kleid über die Knie.

»Hast du Geld?« fragte er.

Der Blick des anderen wurde unsicher, und er fasste intuitiv an seine Tasche. Der Junge lachte.

»Keine Angst. Du musst mindestens so viel haben, wie viele Male der Kuckuck gerufen hat. Hast du gezählt? Wenn du weniger hast, wirst du dein ganzes Geld verlieren.«

»Das wusste ich nicht«, erwiderte er und lächelte zurück.

Sie schwiegen eine Weile und lauschten dem Vogelgezwitscher. Die Sonne stieg höher, und der Tau verschwand von Zweigen und Gräsern. Es ist, als gäbe es keinen Krieg, dachte er. Gleich würden sie aufstehen und auseinandergehen, und er würde darüber nachdenken können, dass er sie vor einer Stunde nackt gesehen hatte. Er würde ununterbrochen daran denken und es nie vergessen.

»Ich habe dich dort gesehen«, sagte sie, ohne ihn anzuschauen.

»Wo?«

»Dort in der Scheune.«

Er machte eine unruhige Bewegung und warf einen raschen Blick auf sie, aber sie saß von ihm abgewandt, das Gesicht von den Haaren verdeckt. Der Stoff des Kleides umspannte ihren Schenkel. Er sah die Unterseite ihres nackten Fußes.

»Wie ihr ihn aufgehängt habt.«

Ohne zu fragen, griff er in das neben dem Jungen liegende Päckchen, nach der nächsten Zigarette. Der andere nahm sich auch eine, steckte sie aber nicht an.

»Das war ein Urteil.«

»Wessen Urteil?«

»Vom Hauptmann. Wir mussten es ausführen. Ich wollte nicht, aber ich musste. Stach hat gesagt, so wird das gemacht. So sind die Regeln.«

»Ihr seid von der Armee? Ohne Uniform? Ihr hängt Leute in der Scheune auf …«

»Doris! Hör auf!« Der Junge hob die Hand mit der nicht angezündeten Zigarette und ließ sie gleich wieder sinken. »Sie hat viel durchgemacht. In der Stadt, später im Wald. Sie denkt, sie werden uns alle töten. Träumt ständig davon. Und dann hat dieser Mann uns fortgejagt. Er hat Geld genommen und uns dann fortgejagt …«

»Ich wusste, dass ihr dort seid«, unterbrach er ihn und sah ihm in die Augen. »Das heißt, ich wusste nicht, dass ihr es seid, aber dass da jemand hinter den Brettern ist. Ich war nahe dran und roch etwas. Parfüm, ich weiß nicht. Ein schwacher Geruch. So schwach, dass ich es nicht glaubte. Aber jetzt rieche ich das bei ihr … bei Ihnen. Auf dem Land gibt es nichts, was so riecht. Das ist ein Geruch aus der Stadt. Er war ganz nah. Nur die Bretter dazwischen.«

»Warum hast du ihnen nichts gesagt?«, fragte sie und sah ihn schließlich an.

»Ich weiß nicht. Ich dachte, ich bilde mir das ein.«

Sie drehte sich zu ihm um, zog die Beine an und umfasste mit den Armen die Knie. Sie zitterte am ganzen Leib. Der Junge stand auf und legte ihr seine Jacke um.

»Ich hab dir doch gesagt, geh nicht ins Wasser«, sagte er leise.

»Ja, du hast es gesagt. Aber ich konnte diesen Dreck nicht mehr ertragen … Und was macht es für einen Unterschied? Sie werden uns sowieso umbringen. Sie werden uns alle umbringen. Ich nehme das Parfüm nicht mehr wahr, ich rieche nur den Gestank, so wie da, als ihr das Schwein getötet habt. Das habe ich auch gesehen. Nur dass ihr euer Schwein esst, und uns wird man in einem Loch verscharren oder verbrennen. Wir werden faulen oder brennen. Dieses Gefühl habe ich, und ich muss nicht mal die Augen schließen, ich muss gar nicht träumen, du Junge aus dem Dorf.«

»Hör auf, Doris«, wiederholte ihr Bruder. Er hielt immer noch die nicht angezündete Zigarette in der Hand.

»Sagen Sie das nicht«, sagte er, den Blick auf ihr Gesicht geheftet.

»Ich heiße Dora. Aber du kannst Doris sagen, du hast es ja gehört. Oder Dorota.«

»Sie sperren euch nur ein. Uns sperren sie auch ein und bringen uns zur Arbeit, dort bei ihnen.«

»Du blonder Junge aus dem Dorf …« Sie lächelte ihn an, wie man ein Kind anlächelt. Schüchtern, unwillkürlich erwiderte er das Lächeln.

»Die Leute sagen, sie gehen weg von hier. Zu den Russen.«

»Hörst du, Max?«, lachte sie lautlos. »Seit fünf Tagen versuchen wir, auf die andere Seite zu kommen. Wir haben sogar einen Fährmann gefunden. Seit fünf Tagen schauen wir zu, wie sie Schweine töten und Menschen aufhängen, und wir schlafen im Wald, um in deiner Sowjetunion Schutz zu suchen. Und dieser Junge aus dem Dorf weiß mehr als wir, weil die Leute reden. Deine ganze Ethnografie, Max …«

»Birobidschan ist weit. Herr Hitler hat nicht auf die Landkarte geschaut. Einen Kontinent kann man nicht erobern«, erwiderte Max. Er steckte sich die Zigarette schließlich an und blies den Rauch aus. »Das geht nicht. Herrn Hitler haben sie die falsche Landkarte gegeben. Herr Hitler hat keinen Globus in seinem Zimmer. Herr Hitler ist in einem österreichischen Kaff geboren und ist nie weiter als bis Paris gekommen, wo er die Parade abgenommen hat. Und außerdem hat Herr Hitler einen schlechten Plan. Nicht gerade populär außerhalb Deutschlands.« Er hob die Hand mit der Zigarette zum Mund, um einen Zug zu machen.

»Und da, wo ihr hinwollt, ist das weit?«, fragte der Junge.

»Etwa zehntausend Kilometer«, erwiderte Doris.

»Die Leute sagen, die Russen lassen einen nicht weiter ins Land, und zehntausend ist sehr viel. Das kann ich mir gar nicht vorstellen. Von hier bis Włodawa werden es etwa hundert sein. Weiter weg war ich nie. Bei uns sind Wälder ohne Ende. Du gehst, und immer ist Wald. Schöne Kiefern. Es ist still, ein Vogel fliegt vorbei, ein Rehbock bellt. Im Winter hört man die Wölfe. Am lautesten im Februar, wenn sie sich paaren. Aber Menschen tun sie nichts. Einmal habe ich vom Schlitten aus gesehen, wie sie den Weg überqueren. Ich hatte gar keine Angst. Auf die Schafe muss man aufpassen, sie in der Nähe des Hauses weiden. Ein Kalb können sie reißen, aber den Menschen tun sie nichts. Die Älteren sagen, im Krieg, als es viele Leichen gab, da haben sie sich gemästet. Haben probiert. Aber später nicht mehr. In der Nähe ist ein See. Da haben wir gebadet. Im August, nach einem ganzen Tag bei der Ernte, ist es am schönsten. Es ist Abend, die Fische platschen, Enten schwimmen, der Wald duftet, und der Kuckuck ruft, wie der hier. Wir haben Angeln gemacht, aus Weiden. Manchmal gab es sogar einen Hecht, aber meistens nur kleine Fische. Wir haben sie auf Kohle gebraten. Die haben gut geschmeckt, leicht geräuchert. Ein bisschen Salz dazu, ein Stück Brot, das war's. Die Stimmen wurden über das Wasser getragen. Man konnte hören, wie am anderen Ufer jemand spricht.

Wir lagen im Gras. Abends quakten die Frösche. Man konnte dort dösen, bis einen der Tau weckte.«

Er brach ab und blickte in die Ferne, die hundert Kilometer, die ihn von dem See und dem duftenden Wald trennten.

»Sprich weiter, bitte«, sagte sie leise und suchte seine Augen.

»Im Herbst gab es Kartoffeln. Die haben wir ausgegraben. Wir gingen der Hacke hinterher und sammelten sie in einen Korb, dann auf den Wagen. Die Erde war schon kalt, die Hände wurden steif, abends tat der Rücken weh. Die Älteren fuhren dann, und wir haben ein Feuer gemacht und die Kartoffeln gebraten. Schwarz waren sie, bisschen verbrannt außen, aber innen weiß und heiß. Schmeckten gut, sogar mit dieser schwarzen Kohle. Mit ein bisschen Salz. Da brauchten wir kein Abendessen. Wir sammelten das Kartoffelkraut und verbrannten es. Der Rauch zog am Boden lang, die Füße wurden kalt, und wir konnten sie in der Asche wärmen. Ein gutes Dorf. Im Wald. Vor Wind geschützt. Oben hat es geweht, im Dorf war es windstill. Eine Kate am Dorfrand, der Wald fing gleich hinter der Scheune an. Und überhaupt – die Katen nicht zu nah beieinander und nicht zu weit weg. Und gute Menschen, Hiesige. Fremde gab es nicht. Deutsche kaum. Auch die Blaue Polizei selten. Der Posten weit weg in Włodawa. Ein Dorf im Wald. Nur die Straße schlecht. Im Frühjahr und Herbst Schlamm bis zu den Achsen. Im Winter sind wir mit dem Schlitten gefahren. Wenn es geschneit hat – das Pferd bis zum Bauch im Schnee. Wir haben Harken aus Haselholz und Esche gemacht, zum Verkauf. Aus Esche hat Vater auch ein Fuhrwerk gebaut, nur die Räder hat er beim Wagner bestellt. Im Winter gibt's nichts zu tun. Nur das Vieh füttern und tränken. Da sind wir zur Arbeit in den Wald gegangen. Sägen, Fällen oder Transportieren. Im Haus ist es langweilig im Winter. Es ist heiß, und Flöhe springen herum. Füttern, tränken oder auf der Tenne dreschen, mit dem Flegel. Hier kenne ich niemand, aber dort könnte ich euch verstecken. In einem Erdloch im Wald oder auch in der Scheune. Unter dem Heu kann man eine Höhle graben. Und gleich hinter der Scheune ist der Wald. Wenn was ist, schiebst du ein Brett weg. Ich könnte euch so verstecken, dass niemand es merkt. Auch die Eltern nicht.«

»Und wie heißt dein Dorf, Junge?«, fragte sie.

»Sobibór. Von *bór*, Wald.«

18

Brennen die Ereignisse das Gedächtnis durch wie die Funken das Papier? Ich fragte ihn, ob er wisse, wie alt er sei. Er verneinte.

»Vierundachtzig«, sagte ich.

Er war erstaunt.

»Und was dachtest du?«

»Sechsundfünfzig«, erwiderte er.

Ein paar Jahre jünger als ich. Wie ist das? Zerfällt der Geist unter dem eigenen Gewicht? Implodiert er? Oder wird er von einem inneren Feuer verzehrt, wenn sich zu viele Ereignisse angesammelt haben, und dann bleibt nur eine leere Schale, in der aus dem Nichts Bilder auftauchen? Ein Brand im Innern des Schädels, dann nur noch erkaltende Glut und verwehender Rauch? Ich weiß nicht. Ich versuche es mir vorzustellen. Nur das kann ich tun. Den leeren Raum füllen.

So ist es mit allem. Es wird zu viel, und man kann es nicht mehr fassen. So ist es mit dem Land, aus dem wir beide stammen. Ich fahre durch Pogórze. An den Zaun vor einem zerfallenden Häuschen hat jemand ein Laken mit der roten Aufschrift »Wolhynien – Wir erinnern uns« gehängt. Ich fahre an alten Autos vorbei, Passat und Golf. Auf den verdreckten Hinterteilen haben sie Aufkleber mit dem Anker, dem Symbol für das Kämpfende Polen. Abgemagerte, blasse Grünschnäbel in T-Shirts mit Husarenflügeln. Oder Muskelprotze mit Adlern, Wölfen, der ganzen Menagerie von Ruhm und Ehre, mit dem imaginären Bestiarium der Macht. In einer Zeit, da ihnen nur Fitnesscenter, Steroide und Fackelmärsche geblieben sind – weiß der Geier, gegen wen und was gerichtet. Gegen den Alltag, der einen verschluckt wie ein Sumpf, gegen das Vergessen, gegen das eigene Gedächtnis, das nichts Wichtiges gespeichert hat, nichts, was andere interessieren könnte. Ärmliche Hütten mit gebrochenen Rücken, entvölkerte Dörfer an der Świsłocz, Chomontowce, wilde, sumpfige Felder, wo alles zerfallen, zerbröckelt ist und nur eine weiß-rote Flagge über einer aufgepeppten Datsche weht. Oder dieses Grenzkaff am Arsch der Welt mit der Bischofskurie wie einer Kodak-Festung. Der Abgrund dieses Landes, das entsetzt ist ob der eigenen Nichtexistenz. Lastwagen, losgeschickt mit der Aufschrift *Respect us* – Rufe eines Ertrinkenden. Eine Spalte im Fels. Der Schlund der Geschichte, an die sich keiner erinnern will. Nur wir. In Chomontowce, in der bischöflichen Kodak-Festung. Denn wie ist das? Genügt es nicht, dass *wir* uns erinnern? Müssen wir in der Erinnerung anderer leben? Ist das Dasein erst dann erfüllt? Entgehen wir nur so dem Untergang? Wir hier? In dem schwarzen Loch, dem schwarzen Arsch, Geiseln von Ost und West. Im Feuer der eigenen Geschichte, das keinen Ausgang findet und die Rübe von innen zerfrisst. Zerfrisst, ausbrennt, ausglüht, bis nur Albträume bleiben? Die Zoologie von Ruhm und Ehre?

»Ich dachte, ich bin sechsundfünfzig.«

Im Herbst sind wir immer zur Apfelernte aufgebrochen. Sein Bruder hat den Lastwagen gefahren. Einen grünen Lublin. Die Kabine war eng. Es roch nach Benzin. Ich saß zwischen den Brüdern. Wir fuhren am Nachmittag los, rasch setzte die Dämmerung ein. Hinter den Fensterscheiben verschwammen die Lichter der Stadt. Wenn wir sie hinter uns hatten, war es Nacht. Vor uns die Rücklichter der Autos. Die Scheinwerfer von gegenüber. Das monotone Brummen des Motors. Die Brüder unterhielten sich über meinen Kopf hinweg. Abwechselnd schlief ich ein und wachte wieder auf. Einmal hat uns die Miliz angehalten. Ich weiß nicht, worum es ging. Vielleicht darum, dass mein Onkel ein staatliches Auto für einen privaten Zweck nutzte? Vielleicht hat er ihnen Geld gegeben. Wir fuhren weiter, und ich schlief wieder ein. Ich fuhr tief in die alte Zeit hinein. Am Ende lag das von einem Obstgarten und hohen Pappeln umgebene Haus hinter dem Dorf. In der Küche war es warm und roch nach Essen. Nach erhitztem Fett, Kartoffeln, vielleicht nach gestandener Milch. Und nach Petroleum. Mitte der sechziger Jahre des letzten Jahrhunderts. Kreise von goldenem Licht unter der Decke, auf dem Tisch, in dem kühlen Zimmer, wo die Gäste schliefen. Ja. Tief in die alte Zeit. Zu dem Apfelgarten, in dem sogar mittags kühler Schatten lag. Wegen der Äpfel sind wir gefahren. Wir luden sie in Kisten aus Draht, die wir mit Heu ausschlugen, damit sie nicht aneinanderstießen. Die knarrenden Fußbodenbretter. Der Getreidegeruch in der Kammer. Das ewige Halbdunkel. Zeitlosigkeit. Erinnerung, die höchstens zwei Generationen zurückreichte. Keine Dokumente. Vielleicht irgendwelche Papiere hinter dem Heiligenbild. Keine eigene Geschichte, nur die der anderen. Der Russen, der Deutschen. Sie waren gekommen, hatten Schutt und Asche hinterlassen und waren wieder gegangen.

Abends setzten sich Vater, Onkel und Großvater an den Tisch. Sie tranken Wodka und unterhielten sich. Vaters Bruder rauchte. Großmutter stellte Essen hin. Wahrscheinlich Schweinefleisch, denn die Armut der Bauern gehörte allmählich der Vergangenheit an. Ich war zu klein, um zuzuhören und mir die Dinge zu merken. Zu beschäftigt mit der Herrlichkeit des Halbdunkels, des Petroleumlichts und der unbekannten Gerüche. Oder mit dem Radio der Marke Pionier mit massiven Anodenbatterien, die nach Teer und Metall rochen. Unterdessen erzählten sie sich Geschichten, versuchten, sich eine grobe, knotige Version der Historie zu basteln. Immer wieder mussten sie auf die Vergangenheit zurückkommen, denn deren Grauen war zwar verblasst, doch verschwunden war es nicht. Etwas Größeres als der Krieg war ihnen im

Leben nicht widerfahren. Etwas Mächtigeres, angesichts dessen alles andere wie ein Kinderspiel wirkte, hatten sie nicht gesehen und würden sie nicht sehen. Selbst der Kommunismus mit seiner von Ozean zu Ozean reichenden Apokalypse war mit dem Pferdewagen bei ihnen angekommen, in Gestalt eines Sekretärs und einiger Milizionäre in Ziviljacken, wenn auch mit Gewehren. Die sahen aus wie alle anderen und redeten wie alle anderen. Sie gehörten zu ihnen und versprachen, dass es endlich besser werden würde. Dass die Heerscharen und Horden abgezogen und sie endlich wieder für sich seien. Dass nur die Herrschaft sich ein wenig ändern würde, doch sie waren ja schon immer an irgendeine Herrschaft gewöhnt. Sie redeten also sicher über den Krieg und über dessen Ende. In diesem ewigen Halbdunkel, in dem sie sich immer verbargen. Sie löschten die Lampen, bliesen die Kerzen aus und versuchten durchzuhalten.

Denn gestorben wurde während des Krieges bei Tageslicht. Die Transporte nach Treblinka fuhren am helllichten Tag. Selbst wenn sie die Züge nicht gesehen haben, so müssen sie davon gehört haben. Jemand muss ihnen erzählt haben, wie leer es in Sokołów, in Węgrów, in Kosów wurde. Über etwas müssen sie gesprochen haben an den Herbst- und Wintertagen, wenn die Dämmerung am frühen Nachmittag einsetzt. In dieser Dunkelheit ohne Lichter, so weit das Auge reicht. In der vom Gestank des Feuers erfüllten Finsternis. »Danach sind wir dran. Danach kommen sie uns holen. Sie wollen, dass das Land leer wird. Uns werden sie auch verbrennen. Einen neben den anderen werden sie uns in schwarze Gruben werfen, so wie sie. Auf Roste aus Schienen werden sie uns legen, dazwischen Holz. Die Dickeren unten, zum Anfeuern, die Mageren obendrauf, wie Reisig. Ich sag's euch, die Dicken brennen besser. Aber warum sollten sie uns verbrennen? Zur Arbeit werden sie uns schicken. Verbrennen werden sie uns. Das ist ganz nach ihrem Geschmack. Arbeiten werden wir müssen. Sie wollen allein hier sein. Ihre eigenen Leute herholen. Uns werden sie verbrennen wie die anderen. Was? Christen verbrennen? Ein Christ brennt genauso gut wie ein Jude. Man muss den Pfarrer fragen. Den Pfarrer werden sie auch verbrennen. Den Pfarrer? Was? Der kommt auch in die Grube. Alle werden sie jagen und zusammentreiben. Arbeiten werden wir müssen. Wie die anderen. Und dann in die Grube, ins schwarze Feuer. Wir sind für die Arbeit geeignet. Wer hat so eine Grube gesehen? Es gibt welche, die sie gesehen haben, und solche, die den Gestank gerochen haben, der über der Erde gegangen und aufgestiegen ist. Ein schrecklicher, fettiger Gestank. Er hat sich auf den Scheiben abgesetzt, man musste ihn abwaschen. Er hat an den Fenstern geklebt. Die Weiber haben das jüdische Fett abgekratzt. Sie haben's gesehen und darüber gesprochen. Ja? Ja. Hier riecht man nichts. Die Hunde riechen es und bellen nachts. Sie stehen steif da und wittern in die Richtung. Wenn man so viele Leute verbrennt, riecht man das in der ganzen Welt. Aber man riecht es nicht. Wenn sie uns verbrennen, wird man es riechen. Ein großes Volk, dann wird man es riechen. Guter Jesus, wofür denn uns? Damit Polen leer ist. Sie werden die Asche verstreuen und unterpflügen, damit das Getreide besser wächst. Sie sind sorgfältig.«

Ich saß also in der warmen Stube, im goldenen Halbdunkel, dreißig Kilometer entfernt von den brennenden schwarzen Gruben und zwanzig Jahre nach ihnen, und ich nahm keinen Brandgeruch wahr. Und doch muss alles davon durchdrungen gewesen sein. Häuser, Scheunen, Luft, Bäume, Fluss, dieses ganze Land. Ein Land brennenden Fleisches. Ein Land schwarzer, mit menschlichem Fett gefüllter Gruben. Ein Land der Angst. Ein Land der Trauer. Ein Land, vergessen von allen, und nur die Gruben und das Feuer bewirken, dass jemand daran denkt. Ein Land, das sich wie ein Ertrinkender am eigenen Gedächtnis festhält, weil niemand anders es erinnert.

In der Speisekammer dufteten Äpfel. Es roch nach Zigarettenrauch, Wawel oder Giewont, und nach dem Kiefernholz unter dem Herd. Ich hörte die Gespräche der Erwachsenen, doch ihre Worte interessierten mich nicht. Ich fühlte mich wohl und sicher. Denn die Anwesenheit der Erwachsenen schirmte mich vom Rest der Welt ab. Von der Vergangenheit, von der ich keine Ahnung hatte. Sie hatten sie auf sich genommen. Sie hatten den Rauch verschlungen, waren von ihm durchdrungen. Anders konnte es nicht sein. Sie, die anderen, alle. Das ganze Land, das in Schutt und Asche wühlt. Versengte Dinge herauszieht, Metall, Glas, was auch immer, und versucht, eine wie auch immer geartete Erzählung zu basteln. Eine Geschichte, die man anderen erzählen kann. Es wischt die Überreste ab, wäscht sie und klebt sie zusammen wie ein für die Identität zuständiger Doktor Frankenstein. Doch niemanden interessiert das. Niemanden tangiert das. Die Flügelhusaren, die Verzweifelten in den Wäldern, die Helden, das Delirium der Erinnerungen. Sie sind allein damit. Im Licht der Petroleumlampe, im Schatten der Welt, der das am Arsch vorbeigeht. Dieses Übermaß an Ereignissen, die kein Mensch braucht. Blut, Tod, Flächenbrand. Als würde es hier ewig brennen, ewig rauchen unter der Erde hervor, hier im Herzen des Kontinents. Ein Leichenvulkan. Eine Lava von Überresten. Stinkender Qualm. Eine Schutthalde, die im Innern von einem alten Feuer verzehrt wird. Und die Gestalten wie Krähen, wie Raben, mit Stöcken, mit Säcken, um etwas wiederzubekommen. Auszubuddeln, an die Oberfläche zu befördern, bevor die Glut es sich holt. »Und sie haben die Höhen des Topheth im Tal Ben-Hinnom gebaut, um ihre Söhne und Töchter zu verbrennen, was ich nie geboten habe und mir nie in den Sinn gekommen ist. Darum siehe, es kommt die Zeit, spricht der Herr, dass man's nicht mehr nennen wird Topheth und Tal Ben-Hinnom, sondern Würgetal. Und man wird im Topheth begraben müssen, weil sonst kein Raum mehr sein wird.« Ja. Sie haben gebaut, um zu begraben, auszugraben und wieder in die Erde zu legen. Ohne Ende.

Großmutter war am Herd beschäftigt. Sie ging in die Hocke, um Holz nachzulegen. Sie öffnete das Türchen, und ihr Gesicht wurde in den rot-goldenen Schein getaucht. Ein bisschen wie bei einer Ikone, obwohl ich damals keine Ahnung hatte, dass es Ikonen gibt. Das weiche Licht der Lampe, der Glanz der Feuerstelle. Die Ecken der Stube im Halbdunkel. Und Stille. Keine Geräusche außer dem Gespräch am Tisch. Haus und Garten schwebten sanft auf den Wogen der Nacht. Ich nickte im Sitzen ein. Jemand trug mich ins Nebenzimmer und zog mich aus, während ich schlief. Großmutter? Vater? Ich weiß nicht. Die Luft war anders als in der Küche. Es roch nach frisch gewaschener Bettwäsche und ein bisschen nach Naphthalin, nach kühler Sauberkeit. An normalen Tagen kam niemand in dieses Zimmer. An der Wand hing ein Bild von Vater in einem Schmuckrahmen, ein Andenken an die Militärzeit. Das Foto umgab ein Kranz aus Geschützen, Panzern und Fahnen, handgemalt von einem Künstler der Kompanie. Auch die Muttergottes gab es, in einem hellblauen Kleid mit Schleppe. Ich schlief, bewacht von guten Gottheiten. Geborgen und glücklich.

Wenn gerade Sommer war, nicht Herbst, dann weckten mich die Geräusche auf dem Gehöft. Das Scheppern des Eimers am Brunnen, das Muhen der Kuh, das Rattern des Fuhrwerks, wenn Großvater frühmorgens wegfuhr, seine Dinge erledigen. Gedämpft, durch zwei Holzwände hindurch. Die Fenster des Nebenzimmers gingen zum Obstgarten hinaus. Auf die von der Sonne getüpfelte Wand aus Blattwerk und den tiefen Schatten innen drin. Der Hof war auf der anderen Seite. Schattig, von hohen Pappeln umgeben, abgeschlossen von dem Viereck der Gebäude. Scheune, Kuhstall, Pferdestall, Schweinestall, Sommerküche. Nur gegen Mittag fiel die Sonne hier für längere Zeit herein. Zu den anderen Uhrzeiten legte sie sich in ungleichmäßige Flecken. Darin machten die Tiere es sich bequem; Hühner, Katze, der schwarze Hund. Stundenlang war ich allein. Ich trat vors Haus und wanderte wie sie dem Sonnenlicht hinterher oder ging ins kühle Dunkel der Scheune. Oder in die stickige, aufgeheizte Finsternis des Pferdestalls. Der Tiergeruch wirkte bedrohlich und anziehend. Und später weiter, aus dem Gehöft hinaus, hinter die Grenze des Obstgartens, wo sich der helle Raum zwischen dem blauen Himmel und dem Gold des reifenden Korns auftat. Leicht wogend, wohlwollend, abfallend zum Fluss hin, dessen anderes, etwas erhöhtes Ufer sich am Horizont streifelte. Unendlich fern. So jedenfalls erschien es mir damals.

Jetzt stelle ich mir vor, wie er an ebendieser Stelle steht, am Rande des Obstgartens, und so alt ist wie ich damals, wenn wir im Herbst zur Apfelernte oder im Sommer in Ferien fuhren. Sieben, zehn Jahre alt. Oder wie er im Halbdunkel der Küche sitzt und zuschaut, wie seine Mutter am Herd kauert und das Türchen öffnet und die Glut ihr Gesicht in rötliches Licht taucht. Am Tisch unterhalten sich erwachsene Männer, und er sitzt in der Ecke der Stube und lauscht. Sie reden über den Krieg. Wenn Krieg ist, redet man über nichts anderes. Selbst wenn er zu Ende geht, erinnert man sich immer wieder daran. Es gibt nichts Wichtigeres im Leben als den Krieg.

Bis hier drang der Qualm aus den brennenden Gruben nicht vor. Auch nicht der Gestank. Auch nicht der nächtliche Lichtschein. Zu fern. Dreißig Kilometer. Doch die Nachrichten drangen vor. Der Gestank angeblich bis nach Kosów Lacki. Denn es lagen Hunderte, Tausende Leichen entlang der Gleise, auf dem Platz, auf dem ganzen Terrain. Eberl wurde nicht mehr damit fertig. Stangl, der nach ihm kam, watete in einer Flut von Schmuck, Geld und Gold. Dollars flogen umher wie Blätter. Und dann die Kleider, Koffer, die Dinge. Berge von Dingen und Berge von Leichen. Das zumindest hat er erzählt. Ein Stück weiter im Wald machten betrunkene ukrainische Wachmänner Lagerfeuer, sangen und tanzten mit polnischen Huren. Wirth ließ Bagger kommen, um Tausende von Leichen abzuräumen. Die Huren waren Polinnen und müssen es ihren Angehörigen erzählt haben. Von den Leichen, den Dollars, dem Gold. Dass alles vermischt war. Das Fleisch und die Kostbarkeiten. Die Leichen und die Schätze. Sie erzählten, und die Geschichten gingen von Dorf zu Dorf. Huren, die Nachrichten aus der Hölle verbreiteten. Huren, gesendet, damit die Welt erfuhr, was verborgen werden sollte. Deshalb ließ Wirth Bagger kommen. Um Ordnung zu schaffen nach dem von Eberl angerichteten Chaos. Um Fleisch und Knochen in der Erde zu verbergen. Und den Gestank. Doch die polnischen Huren verbreiten die Geschichten. Halbnackt, gefickt, blind vor Grauen, Schnaps und Erregung, sagen sie die Wahrheit. Sie verbreitet sich in den Dörfern und Städtchen. In Kosów, Sokołów, Sterdyń. Also muss sie auch hierher gelangt sein. In das Haus mit dem Obstgarten, unter das Licht der Petroleumlampe, denn nichts verbreitet sich so schnell wie Geschichten von Gold, Tod und Blut. Ich stelle mir also vor, dass er das hört, aber nicht viel versteht und in der Wärme der Stube einschläft. In dem Haus, das wie ein Boot auf den Wogen der Nacht schaukelt. Der Nordwestwind trägt die Seelen und den Glanz der Juwelen von der Bahnrampe hierher.

»Das war so ein jüdisches Städtchen«, sagte er, mehr zu sich selber.

Da fuhren wir durch Sokołów. In den Gassen, die vom Marktplatz wegführten, hatten sich hier und da Reste der Holzbebauung erhalten. Anfang der siebziger Jahre des vorigen Jahrhunderts stieg ich hier vom Warschauer Bus in den weiterfahrenden, schon ganz ländlichen Bus um, der mich ins Dorf meines Vaters brachte. Damals gab es noch mehr Holzhäuser. In den Boden gedrückt, die Giebel zur Straße, eingefallen. In verschiedenen Brauntönen mit Ölfarbe gestrichen. Sie sahen märchenhaft aus und zugleich so, als würden sie demnächst von der Erde verschlungen. Die Fenster erhoben sich kaum über den Gehweg.

Wir waren auf der Suche nach Spuren jener Brücke über den Fluss. Ich wollte ihn danach fragen, doch seine Erzählung wanderte in eine ganz andere Richtung, denn damals strebten seine Gedanken schon nicht mehr in einem einzigen Strom vorwärts, sondern erinnerten an eine Welle, die alle möglichen Ereignisse und Dinge einsammelt, wobei nicht klar ist, mit welchem Ziel – sie emporzuheben oder sie untergehen zu lassen.

19

Sie passierten die Kirche auf dem Hügel. Im Mondlicht schimmerte sie hell wie der Flügel eines weißen Vogels. Instinktiv beschleunigten sie, um so bald wie möglich die sumpfige Ebene zu erreichen. Die Dunkelheit war durchsichtig. Sie sahen Bäume, Sträucher, sie sahen den in der Ferne glänzenden Rücken des Flusses. Wortlos ging er voran, schnell und sicher. Der vom Vieh ausgetretene, sandige Weg führte am Rand der Kiefernhaine entlang. Er wusste, dass man sich immer im Schatten halten musste, vor allem in Mondnächten. Schließlich kannte er diese Gegend. Von Kind auf. Einmal, als sie unter dem Birnbaum am Feuer gesessen hatten, hatte die Frau ihn gefragt, woher er sei, denn alle wussten, dass er nicht von hier war. Er machte eine unbestimmte Kopfbewegung und sagte:

»Von da.« Und nach einer Weile fügte er hinzu: »Die orthodoxe Kirche da drüben, die ist im Sumpfgebiet gestanden, mitten im Wald. Hellblau. Da hat es eine Quelle gegeben. Eine Wunderquelle angeblich. Die Leute sind hingegangen und haben getrunken.«

»Hast du auch getrunken?«, fragte sie.

»Ich glaube nicht an Wunder«, erwiderte er.

»Du hättest es versuchen können.« Sie sah ihn aus dem Augenwinkel an.

»Welches Wunder könnte ich denn brauchen?«, fragte er.

»Die Muttergottes könnte dir erscheinen«, sagte sie und blickte geradeaus.

»Mir? Wozu denn das?«

»An die Muttergottes glaubst du auch nicht?«

»Ich weiß nicht«, sagte er nach einer Pause und zuckte die

Achseln. »Die Leute glauben an sie. Sie haben aus der Quelle getrunken, sind zur Messe gegangen. Bevor dort die Grenze war, habe ich sie ja mit dem Boot zur Kirche und zurückgefahren. Reicht das nicht?«

»Aber bist du jetzt gläubig oder nicht?« Sie gab nicht nach und ließ ihre Haare übers Gesicht fallen, um das Lächeln zu verdecken.

»Und du?«, fragte er.

Sie schwieg eine Weile, dann sagte sie seufzend:

»Du weißt ja, wie die Frauen sind.«

Jetzt erinnerte er sich an das Gespräch, weil er bemerkte, dass die Tierpfade ihren Verlauf nicht geändert hatten seit der Zeit, als er hier Kühe geweidet hatte. Er bekam dafür zu essen und durfte in der Scheune schlafen. Morgens holte er die Tiere aus dem Hof und trieb sie Richtung Fluss. Langsam, gehorsam trotteten sie dahin und fanden ohne Problem den Weg. Manchmal blieb eine stehen, um auf einem Acker neben dem Pfad mit der Zunge nach einer Handvoll Gerste oder Hafer zu schnappen. Dann zog er den Stock über den Rücken des Tieres oder stupste es in die Seite, das genügte. Wenn er Hunger hatte, kniete er sich unter den Bauch der ruhigsten Kuh und richtete den warmen Strahl direkt in den Mund. Manchmal traf er nicht richtig, und die Milch rann über sein Gesicht. Das gefiel ihm, obwohl sein Hemd nachher säuerlich stank. Die anderen jungen Hirten machten es genauso. Bisweilen tauschten sie, um festzustellen, ob die Milch einer fremden Kuh anders schmeckte. Mittags trieben sie die Herden zum Melken in die Höfe, dann gingen sie wieder zur Weide zurück und blieben bis zum Abend. Flussabwärts rollte die rote Sonne übers Wasser.

Jetzt führte er die beiden über die Pfade, die er aus der Kindheit kannte. Siwy und Miętus. Miętus stank nach Leichen. Sie hatten ihn auf dem Friedhof aufgelesen. Siwy hatte einen kurzen, scharfen Pfiff ausgestoßen. Nach einer Minute war Miętus aus der Dunkelheit getreten.

»Ich bin in einem Grab gesessen«, sagte er. »Das heißt in einer Gruft. Wie viel Kraft der Mensch hat, wenn er gejagt wird! Ich hab eine Zementplatte runtergelassen und dann noch hergezogen. Da waren zwei Särge, die ganze Zeit hab ich die Toten gerochen. Ich hatte eine Scheißangst. Kalt war es gar nicht. Es war warm und hat gestunken. Aber dann hab ich gehört, dass sie mich suchen. Mit Hunden. Da dachte ich, gut, dass da Leichen sind, durch den Leichengestank können die Hunde mich nicht riechen. Sie sind gekommen und wieder gegangen. So bin ich bis jetzt dagesessen. Wie vom Herrn Zugführer befohlen. Nicht mal geraucht hab ich.«

Am Morgen zuvor hatte Miętus ihnen gesagt, er sei nie am anderen Ufer gewesen. Sie hatten auf diesem Friedhof das Morgengrauen abgewartet, bevor sie in das Städtchen gegangen waren. Sie hatten zwischen den Gräbern gelegen, und Siwy hatte ihnen erlaubt zu rauchen.

»Warum zum Teufel sollte der Iwan auf den Friedhof gehen?«, sagte er.

Der Hauptmann schwieg.

»Aber da steht was auf Russisch.« Miętus zeigte auf einen Grabstein mit einer verrosteten gusseisernen Tafel.

»Na und? Denkst du, die Kalmücken haben hier ihre Toten?«

»Ich denke nicht, Herr Zugführer. Ich sag's nur.«

Über dem Städtchen stieg golden der Morgen auf. Im Flussbett stand Nebel, der mit jedem Augenblick dünner wurde. Er nahm das Fernglas aus dem Hemd, hielt es an die Augen und ließ den Blick langsam am Ufer entlanggleiten. Es kam ihm vor, als sähe er im Dickicht zwei Soldaten. Eigentlich zwei nebeneinander aufragende Bajonette, die sich im Marschrhythmus bewegten. Die Soldaten gingen flussaufwärts, Richtung Stadt.

»Woher hast du das?«, fragte Siwy.

»Von den Deutschen gekauft.«

»Gekauft oder bekommen?«

Der Hauptmann stützte sich auf dem Ellbogen ab und fragte:

»Die Deutschen haben es ihm gegeben?«

»Ich weiß nicht. Sie sind bei ihm stationiert. Er hält es mit ihnen. Sie könnten es ihm gegeben haben«, erwiderte Siwy.

Die Bajonette und Köpfe der Soldaten verschwanden im Weidengebüsch. Jetzt bewegte sich nichts mehr, nur der Nebel über dem Wasser verflüchtigte sich. Die Sonne war aufgegangen, lange schwarze Schatten erschienen. Er steckte das Fernglas wieder unters Hemd und sagte:

»Heute ist Markt. Bald werden Fuhrwerke kommen. Wir steigen in eins ein und fahren in die Stadt. Das ist besser.«

Der Weg war trocken und sandig. Er hatte Durst. Im Mund den unangenehmen Nachgeschmack von Schnaps. Der Markt in Dorohucza war voll von Pferdegespannen und zerlumpten Gestalten. Sie verkauften Kleider, billiges Zeug, irgendwelche Reste. Die Sachen hatten sie in den Händen, über die Schulter geworfen oder auf dem Boden ausgebreitet. Alles, was sie von der anderen Seite hatten mitbringen können. Die Bauern liefen wortkarg umher. Schlitzohrig, verächtlich warteten sie ab, bis im Laufe des Tages die Preise sinken würden. Einige Soldaten wühlten in städtischer Kleidung. Sie hielten sie an die Augen und schüttelten den Kopf ob der seltsamen Sachen für Frauen. Es wurde immer wärmer. Der Platz stank nach Pferdemist und schmutzigen Menschen. »So ist das hier nie gewesen«, dachte er. »So wenig zu essen, so viel Elend. Und die Stille. Niemand sagt was. Alle warten ab.« Die Bauern hatten etwas auf ihren Wagen, aber es war mit Stroh bedeckt, als wollten sie es nicht zeigen. Sie saßen da, qualmten Machorka und redeten miteinander. Manchmal trat einer an die schweigend dastehenden Flüchtlinge heran, befühlte gleichgültig einen Stoff in der Hand oder stieß mit dem Schuh eine auf dem trockenen Boden liegende Ware an. Ja. Sie warteten. Sie hatten Zeit. Nur die Soldaten unterhielten sich laut und gingen mit breiten, ausladenden Schritten durch die Menge, ohne Eile, wie bei einem Ausflug, als besuchten sie ein fremdes Land, das jetzt ihnen gehörte. Sie sprachen die stehenden Leute an und waren erstaunt, dass diese sie nicht verstanden. Einer der Soldaten nahm eine Männerhose vom Arm einer Frau, hielt sie gegen das Licht, rollte sie zusammen und klemmte sie unter die Achsel. Die Frau trug ein Kopftuch und einen grauen Wintermantel, trotz der einsetzenden Hitze. Sie wollte etwas sagen, öffnete aber nur lautlos den Mund. Der Soldat bedeutete ihr mit Zeichensprache, sie solle die Hand ausstrecken, und griff in seine Hosentasche. Er holte ein Tütchen heraus und schüttete ihr eine Portion schwarzen Tabak auf die Hand.

»Nu, beri, nimm schon«, sagte er lächelnd auf Russisch und folgte seinen Kameraden.

Er brachte sie zu einer Kneipe an der Ecke des Marktplatzes. Drinnen war es stickig und eng. Die Männer saßen Schulter an Schulter, Ellbogen an Ellbogen. Sie tranken und rauchten. Durch die schmutzigen Fenster fiel kaum Licht. Er rief einen älteren Mann in grauem Hemd und schwarzer Weste und flüsterte ihm etwas zu. Sie zwängten sich durch die Menschenmenge und folgten ihm. Er öffnete ihnen eine schmale Tür zu einem leeren Raum mit einem Tisch und vier Stühlen. An der Wand stand ein Schrank, dessen Politur abgeblättert war. Der Hauptmann trat ans Fenster und versuchte, es zu öffnen, aber es gab nicht nach. Es ging auf eine Schleife des Flusses hinaus, der unterhalb der Böschung floss.

»Das müssen Sie irgendwie aushalten, Herr Hauptmann. Die machen keine Fenster auf. Ist hier nicht üblich. Die haben Angst vor Durchzug. Daran stirbt man, sagen sie.« Siwy grinste.

Der Hauptmann zog den Stuhl heraus und setzte sich. Er stützte die Ellbogen auf den Tisch, hob sie aber gleich wieder hoch und betrachtete die Ärmel seines Jacketts. Er stand auf und ging wieder zum Fenster, blickte diesmal aber nur durch die grauen Scheiben.

»Er hat gesagt, das ist das beste Lokal in der Stadt«, sagte Siwy und machte eine Kopfbewegung Richtung Fährmann. »Wir können uns setzen«, kommandierte er und nahm sich einen Stuhl. Der knarrte unter seinem gedrungenen Körper. »Du fährst Juden, du kennst Juden. Wie ist der hier?«

»In Ordnung«, sagte er und setzte sich ebenfalls. »Ich kannte ihn schon vor dem Krieg.«

»Die Sowjetmacht ist nicht attraktiv für ihn?«

»Nein. Sie haben ihm die Kneipe weggenommen. Jetzt bedient er nur.«

Als Letzter setzte sich Miętus. Er schob den Stuhl vom Tisch weg und setzte sich auf den Rand. Er verschränkte die sehnigen Hände auf den Schenkeln und presste die Knie zusammen. Der Hauptmann ließ den Blick über die leeren Wände schweifen. Durch die sich ablösenden Zeitungen aus einer anderen Epoche schimmerte das Holz durch. Unter der Decke hing eine Petroleumlampe mit einem Blechschirm. Mit leisem Klirren stießen Fliegen gegen das Metall. Außer Spinnweben gab es hier nichts. Durch die Tür drangen gedämpfte Stimmen. In der Luft hing alter Mief.

»Nun ja …«, sagte der Hauptmann. »Ja …«

Der Mann mit der Weste kam herein und stellte sich an den Tisch.

»Was darf es sein, Herr Lubko?«

Der Fährmann sah Siwy an.

»Was hast du denn?«, fragte der Zugführer.

»Ehrlich gesagt, einen Scheiß, verehrter Herr. Schnaps, Brot, Gurken.«

»Kein Fleisch? Wurst? Wir zahlen. Wir haben Geld.«

»Geld, verehrter Herr … Was bedeutet heute schon Geld? Und was für Geld? Welcher Nationalität? Russisch, polnisch, deutsch? Papier, eine Nichtigkeit im Wind der Geschichte … Das Fleisch verschlingen die Philister, sozusagen. Ich verstehe nur nicht, warum beide Schnurrbärte tragen. Der eine wie der andere. Jedenfalls gibt es kein Fleisch. Wir werden kommissarisch überwacht, du kennst weder Tag noch Stunde, und mich hat es nie nach Norden gezogen.«

»Haben sie viele abtransportiert?«, fragte Siwy.

»Sehr viele. Unsere und eure Leute. Die Proportionen legen sie selbst fest, offensichtlich achten sie auf eine gewisse Gerechtigkeit.«

»Eure Leute? Nachdem ihr sie mit roten Fahnen begrüßt habt?«

»In jedem Volk gibt es einen gewissen Prozentsatz«, sagte der Mann und strich sich über den graumelierten Bart. »Wie es auch in jedem Volk welche gibt, die denken, Veränderungen könnten zum Besseren sein. Nun ja, wie man sieht, nicht immer. Aber immer gibt es einen Prozentsatz.«

»Bei euch ist der Prozentsatz zu hoch«, erwiderte Siwy und sah dem Mann in die Augen. »Bei euch sollte es gar keinen Prozentsatz geben. Verstehst du?«

»Ja, ich verstehe«, antwortete der andere und nickte. »Danach sieht es aus. Jedenfalls sagen das die, die von dort kommen. Aber wenn Sie erlauben, meine Herren, lassen wir die große Politik beiseite. Das Lokal dient der Stärkung und dem Vergnügen. Es gibt Wodka, das heißt Selbstgebrannten, es gibt Brot, es gibt Gurken, sehr gute, und Speck, wenn auch nicht besonders dicken, weil die Schweine in letzter Zeit nicht richtig fett werden, und auf dem Herd habe ich noch eine Suppe aus Knochen.«

»Bring von allem was«, sagte Siwy und machte eine Handbewegung Richtung Tür.

Sie saßen eine Weile still da und horchten, wie die Fliegen

auf dem Metall tönten und dann mit Schwung gegen die Fensterscheiben stießen. Dahinter floss in der Tiefe der Fluss. Er umfasste mit seiner Biegung den Abhang und die steilen Hügel, auf denen angeblich einst eine Burg stand. Den Abhang hinauf kletterten Holzhäuser mit Strohdächern. Nicht richtig ländlich und nicht richtig städtisch. Umgeben von Hühnerställen, Schweineställen und Schuppen. Hätten sie das Fenster öffnen können, hätten sie das Dorf gerochen. Den Rauch, den Schweinemist, den Gestank der Aborte, den Staub. Alles durchdrungen vom abgestandenen, schlammigen Geruch des Flusses. Auf einer Wiese am Fluss weideten ein paar Kühe. Die Stadt. Drei zweihundertjährige gemauerte katholische Kirchen, eine orthodoxe, der Rest aus Holz. »Wozu zum Teufel brauchen die so viele Kirchen?«, hatte er einmal gedacht, als er vom anderen Ufer aus die Türme betrachtete. Sie wirkten wie Festungen mitten in der Steppe, über die hier und da ärmliche Hütten verstreut waren, die ein Feuer in wenigen Augenblicken wegfegen konnte. Feuer aus dem Osten, Feuer aus dem Westen, Blitz, Feuer aus dem Himmel – kein Unterschied. Wenn es erloschen war, kamen sie aus den Wäldern, aus dem ufernahen Gebüsch und sahen sich die Brandstätten an, auf der Suche nach Resten, mit denen man einen neuen Anfang machen konnte. »Wozu so viele, zum Teufel? Für so ein Kaff würde eine katholische genügen. Und eine orthodoxe.« Fremde ritten in die Vorhallen hinein und tränkten die Pferde in den Weihwasserbecken. Sie weideten die reichen Innenräume aus, pissten an die Wände. In goldene Ornate gekleidet, galoppierten sie betrunken über den Marktplatz. Das Pferdefutter luden sie in den Seitenschiffen ab. Die ganzen Heiligtümer wie absichtlich der Schändung ausgesetzt. Und die dem Feind zum Fraß vorgeworfenen Holzhäuser konnten den Flächenbrand nur für eine Weile abwenden.

Um den Marktplatz, was der Hauptmann vom Fenster aus nicht sehen konnte, patrouillierten langsam Soldaten in blauen

Mützen. Schweigend wichen die Menschen aus. Niemand blickte auf. Die Soldaten erinnerten in keiner Weise an die freudigen, selbstbewussten Eroberer auf der anderen Seite. Starr durchkämmte ihr Blick die Menge und zeigte keinerlei Regung. Ein Oberleutnant und zwei Schützen mit Gewehren. Als suchten sie nach einem Opfer und es wäre ihnen gleichgültig, wer es sein würde. Sie beaufsichtigten einfach eine Herde und mussten hin und wieder jemanden opfern, um ein Exempel zu statuieren.

»Lubko heißt du also«, sagte der Zugführer und machte es sich auf dem Stuhl bequem.

»So nennt man mich«, erwiderte er.

»Heißt du so oder nennt man dich so?« Er holte die Zigaretten heraus, steckte sich eine an und schob das Päckchen über den Tisch.

»Ich könnte so heißen«, antwortete er, nahm sich eine und klopfte seine Tasche ab.

Siwy lächelte.

»Miętus, gib ihm das Feuerzeug.«

Miętus nahm wortlos einen Messingzylinder aus der Tasche und legte ihn auf den Tisch. Lubko griff danach, steckte die Zigarette an und schob das Päckchen zurück zu Siwy.

»Ich hätte dich damals töten können«, sagte der Zugführer.

»Hättest du. Dann würdest du jetzt deine Leute auf dem Rücken übers Wasser tragen.«

»Glaubst du, du bist der Einzige, der fährt?«

»Du hättest ja mit einem anderen fahren können.« Er machte einen Zug und betrachtete die brennende Zigarette. »Sei froh, dass du keinen Deutschen getötet hast. Sie hätten das Dorf in Brand gesetzt für dein Heldentum. Das ganze Magazin hast du leergeballert.«

»Woher weißt du das?«

»Ich kann bis acht zählen.«

»Woher weißt du, dass acht reinpassen?«

»Weil mehr nicht drin waren. Du hättest nicht aufgehört.«

Der Hauptmann wandte sich vom Fenster ab und sah sie an, als wäre er aus dem Traum erwacht.

»Zugführer, worüber sprecht ihr? Wer hat geschossen?«

»Niemand. Niemand, Herr Hauptmann. Wir reden über alte Zeiten. September 39.«

»Wo wart ihr?«

»Im Osten. Wir haben uns zurückgezogen. Ortsansässige hatten uns entwaffnet.«

Die Tür ging auf, und der Mann mit der Weste kam herein. Er trug ein Tablett mit einer bläulichen Flasche. Er wischte den Tisch ab und stellte Teller, Schwarzbrot, Gurken und Speck hin. Dann ging er hinaus und kam kurz darauf mit einem dampfenden Topf zurück.

Aus dem großen Raum schwappte ein Mief herein wie aus einem Menschenstall.

»Setzen Sie sich, Herr Hauptmann«, sagte Siwy.

Der Mann schöpfte Suppe in die Teller und blieb neben dem Tisch stehen, einen Lappen über der Schulter. Siwy nahm die Flasche und begann die Gläser aus grobem, trübem Glas zu füllen. Als Miętus an der Reihe war, zögerte er einen Moment, schenkte ihm dann aber ein.

»Wenn du ausgetrunken und gegessen hast, gehst du nach draußen.«

»Das hätte er gleich tun sollen«, sagte der Hauptmann.

»Er hat seit gestern nichts gegessen«, sagte Siwy.

»Trotzdem …«

»Wir sind nicht in der Kaserne, Herr Hauptmann. Das ist ein anderer Krieg. Den 39 haben wir verloren. Iss, Miętus. Warte nicht auf die Führung. Und du, Pächter, hast du Spitzel hier?«

»Sie kommen manchmal, verehrter Herr. Wie Spitzel so sind. Aber heute war noch keiner da. Markt. Sie hören sich auf dem Marktplatz um. Dann kommen sie her, wenn die Leute gesprächiger werden.«

Miętus trank den Schnaps aus und aß eilig die Suppe. Siwy schenkte ihm ein zweites Glas ein. Miętus nahm sein Taschenmesser, schnitt sich eine dicke Scheibe Speck ab und legte sie auf das Brot. Nach ein paar Minuten war er fertig. Er erhob sich, trank aus und ging in Habtachtstellung.

»Geh und schau dich um. Wenn was sein sollte, treffen wir uns auf dem Friedhof«, sagte der Zugführer. Dann drehte er sich mit dem Stuhl zum Wirt. »Und in der Stadt? Viele Soldaten?«

»Ja, schon. Sie kommen, ziehen dann weiter, in die Bunker, kommen wieder. Manchmal transportieren sie die Geschütze hin und zurück. Unentschlossen, kann man sagen. Sie wissen selbst nichts. Wenn du fragst, heißt es *nje snaju*, ich weiß nicht.«

»Und der NKWD?«

»Der ist auch da, verehrter Herr. Wie wäre es ohne NKWD? Sie haben die Gebäude der Benediktinerinnen besetzt. Das Kloster. Hier kommen sie auch her.«

»Hierher?!« Der Hauptmann richtete sich auf.

»Ja, verehrter Herr. Und sie sitzen hier an diesem Tisch, weil sie wie Sie ihre Ruhe haben wollen. Aber keine Angst. Sie kommen nur abends. Und eher samstags. Heute werden sie nicht kommen.« Der Mann beugte sich ein Stück hinunter und hängte den Lappen über die andere Schulter. »Die Suppe wird kalt.«

Der Hauptmann schöpfte gehorsam einen Löffel voll, führte ihn zum Mund, doch bevor er schlucken konnte, begann er daran zu riechen. Er warf einen Blick auf den Schankwirt, auf Siwy und schließlich auf Lubko. Dann legte er den Löffel am Tellerrand ab und hob instinktiv wieder die Ellbogen vom Tisch. Lubko und der Zugführer hatten die Nasen dicht über den Tellern.

»Ich weiß nicht …«, brummte Siwy.

»Nein …«, sagte Lubko und schielte zu ihm hinüber.

»Das … das ist ungenießbar«, sagte der Hauptmann und verzog das Gesicht. »Das riecht …«

»Es riecht bisschen nach Knochen. Das hat er doch gesagt«, brummte Lubko. Er brach eine halbe Scheibe Brot ab und begann zu essen.

Der Zugführer hob den Löffel, probierte konzentriert und sagte zu sich selbst:

»Bisschen nach Leichenhalle …« Und er begann ebenfalls zu essen.

Lubko neigte sich tiefer über den Teller und unterdrückte das Lachen.

»Meine verehrten Herrschaften«, sagte der Wirt und zuckte etwas ratlos die Achseln. »Wir haben Juni, und nichts darf lang liegen. Im Dezember, im Januar ist es anders. Aber kein Dezember währt ewig, wie wäre das auch: ständig euer Weihnachten? Da geht nichts kaputt, alles ist zu Stein gefroren. Fleisch, Speck ohne Salz, Käse. Sogar die Knochen, die, wie Sie sich auszudrücken beliebten, verehrter Herr, jetzt scheinbar riechen. Aber so ein Weihnachten hält ja kein Christ aus, und erst recht kein Jude … Vergessen Sie das nicht. Ich empfehle mich jetzt und gehe, aber wenn Sie etwas brauchen sollten, dann rufen Sie mich.«

Die Literflasche war schon zur Hälfte leer. Der Hauptmann hatte sich anfangs gewehrt, doch dann trank er aus, sooft Siwy ihm einschenkte. Lubko trank ein Glas und ging dann, um zu schauen, was auf dem Marktplatz los war. Nach einiger Zeit kam er zurück und schüttelte den Kopf, zum Zeichen, dass noch niemand gekommen war. Er setzte sich für einen Moment, trank einen Schluck oder zwei und ging wieder. »Jemand muss nüchtern bleiben«, dachte er. Auf Siwy hatte der Alkohol keine Wirkung. Er rauchte nur mehr als sonst.

Der Hauptmann trank aus Angst und Ekel. Nach der dritten Runde hörte er auf, die Ärmel seines Jacketts zu betrachten. Er nahm eine nach der anderen aus seinem Zigarettenetui und bot Siwy keine an. Immer wieder stand er auf und marschierte in gleichmäßigen, monotonen Schritten durch den Raum. Manchmal blieb er am Fenster stehen, blickte flussaufwärts und verstummte für einen Moment, um dann seine Ansprache fortzusetzen.

»Haben Sie dieses Schwarz da gesehen, Zugführer, auf dem Marktplatz? Dieses Asien, das uns von der einen wie der anderen Seite überschwemmt hat? Das Asien, das uns vor Jahrhunderten überschwemmt hat, und das, das jetzt gekommen ist, die Kalmücken? Die bärtigen Kaftanträger, gleichsam aus der biblischen Wüste, und die aus der Steppe? Haben Sie die gesehen?«

»Ja«, sagte der Zugführer und steckte sich eine neue Zigarette an. Er überlegte, wann wohl der Verbindungsmann kommen und den Hauptmann übernehmen werde, um mit ihm zum Teufel zu gehen. »Ja, ich hab sie gesehen. Die Alttestamentarischen von der anderen Seite, die Roten und die Einheimischen, weiß der Geier, was man von denen halten soll. Sind das unsere Leute? Keine Ahnung. Es wird sich zeigen, wenn's drauf ankommt. Und dann noch die Deutschen jenseits des Flusses.«

»Genau. Alle hier, auf unserem uralten Gebiet. Um es an sich zu reißen, sich anzueignen, um uns zu zerfetzen. Den Stamm der Piasten auszurotten. Uns. Die Zivilisation und Religion. Die Kultur!« Der Hauptmann ließ den Blick durch das Zimmer schweifen. Über die schäbigen Wände mit den sich ablösenden Zeitungen, den klebrigen Fußboden, auf den er mit Abscheu trat, den Tisch ohne Tuch, die grauen Fensterscheiben, die Spinnweben, die dicken Fliegen, die vom Rauch geschwärzte Decke, den fünf mal fünf Schritte großen, muffigen Raum. »Und alles, um so etwas einzuführen. Seht ihr das?«

Siwy folgte seinem Blick und zuckte leicht die Achseln. Er zerdrückte die Kippe in einer leeren Konservendose und rückte ein Stück mit dem Stuhl beiseite, der unter seinem aus Fleisch und Kraft bestehenden Körper knarrte.

»Luxus gibt's hier in der Tat nicht, Herr Hauptmann, aber das ist schließlich Dorohucza. Dorohucza im Krieg. Waren Sie nie in dieser Gegend?«

»Ich bin aus der Gegend von Poznań«, erwiderte der Hauptmann mit einer Spur Verachtung in der Stimme.

»Ach, das hätten Sie gleich sagen sollen. Ihr nehmt euch dort ein Beispiel an den Deutschen, aber hier, Sie sehen ja selbst, Herr Hauptmann …«

Auf die Fortsetzung war Lubko nicht gespannt. Er verließ das Zimmer und schloss die Tür hinter sich. In der Schenke war es dunkel von dem Rauch und den Körpern. Der Mann mit der schwarzen Weste hantierte hinter der Theke. Ein Halbwüchsiger trug Gläser und kleine Speisen zu den Tischen. Alle redeten mit gedämpfter Stimme, der Raum war von dumpfem Brummen erfüllt. Zusammengedrängt, aneinandergeschmiegt wie Schafe in einer verschreckten Herde, gaben sie wahre und erfundene Nachrichten weiter. Einheimische, Bauern vom Markt, Flüchtlinge von jenseits des Flusses klebten wie ein brauner Bienenschwarm an den Tischen, Bänken, Wänden und dem Schanktisch, der durch ein Holzgitter abgetrennt war. Sie erzeugten einen schmutzigen Honig von Gerüchten. Man konnte sich weder von ihm lösen noch ihn abwaschen. Sie sollten hier sitzen, dachte er, zusammen mit diesen Leuten, und nicht dort, hinter der Tür, separat, aber wie auf dem Präsentierteller. In früheren Zeiten pflegten dort Bedeutendere oder Reichere zu sitzen, um in Ruhe über Geld, geheime Pläne oder einen Racheakt zu beraten. Nur dass damals auf dem Tisch ein Wachstuch mit blauem Blumenmuster lag, der Fußboden gescheuert war, die Zeitungen an den Wänden ein halbes Jahr alt oder neuer waren; der Jude trug ein sauberes Hemd, und auf der Speisekarte standen kalte und warme Fleischgerichte, Weißbrot, echter Wodka, Vogelbeerschnaps und Bier. Wenn jemand wollte, so gab es im Schrank sogar ein besseres Service. »Tja«, dachte er, »aber der Hauptmann hätte sich hier vor Angst in die Hose geschissen.« Er zwängte sich durch die Menschenmenge. Jemand klopfte ihm auf den Rücken. Er erwiderte die Begrüßung, drängte sich zum Buffet und stützte die Ellbogen auf die Theke. Der Schankwirt hatte jetzt eine runde Brille auf der Nase und schrieb etwas auf. Er warf einen Blick auf Lubko.

»Jede Gurke muss gezählt werden. Ob es eine gab oder nicht, ob sie gegessen wurde oder nicht, alles muss erfasst werden.«

»Kontrollieren sie das?«

»Ach. Manchmal kommt einer und sagt, ich soll es vorlegen. Ich weiß nicht mal, ob der lesen kann. Gestern zum Beispiel habe ich fünfzehn Gurken verkauft.«

»Wirklich?«

»Ich weiß nicht. Wer wird denn Gurken zählen?«

»Und heute?«

»Etwa ein viertel Fass. Und das Brot geht gleich aus, aber ich habe noch ein bisschen von meinem.«

Er holte die Zigaretten heraus und bot dem Wirt eine an, doch der schüttelte den Kopf. Lubko steckte sich eine an, machte einen Zug und blies den Rauch in den Raum hinein. Dann lehnte er sich wieder auf die Theke.

»Chaim, was wird das hier?«

Der Wirt blätterte in dem Heft mit braunem, marmoriertem Umschlag. Er sah nicht einmal auf.

»Das fragst du mich?«

»Wen sonst? Du bist alt.«

»Der letzte Krieg war anders«, erwiderte er nach einer Weile, den Blick auf die Reihen der Ziffern gerichtet. »Sogar der bolschewistische war anders.«

»Sie sind gekommen und wieder abgezogen. In die eine wie in die andere Richtung.«

»Jetzt sind alle gegen alle«, sagte der Wirt und klappte das Heft zu. »Das ist der Unterschied. Sie warten ab und hassen einander.«

»Und was wird dann werden?«

»Nichts. Es wird noch schlimmer.«

Er schaute den Juden an, der ihm erst jetzt in die Augen sah.

»Es wird wie immer, nur noch schlimmer. Und du? Gehst du zurück oder hier weiter?«

»Ich gehe zurück. Brauchst du was?«

Chaim schüttelte den Kopf und rief den Jungen.

Er ging hinaus auf den belebten und zugleich erstarrten Platz. Zwischen den dastehenden Leuten gingen wieder Soldaten hin und her. Zu dritt, zu viert, nie einzeln. Sie hielten Ausschau nach einer Gelegenheit. Sie hielten Ausschau nach Dingen, die sie nie zuvor gesehen hatten. Nach Tassen aus farbigem Steingut. Nach Kleidungsstücken, von denen sie keine Ahnung hatten, ob Frauen oder Männer sie trugen. Manche hatten in der Tat fremde Gesichter, doch sie unterschieden sich gar nicht so sehr von den Einheimischen. Vielleicht waren sie nur etwas kleiner und noch ausgemergelter. Ihre Ausdünstungen vermischten sich mit dem Gestank des Marktes und lösten sich spurlos darin auf. »Wenn sie keine Uniformen anhätten, würden sie aussehen wie die Einheimischen«, dachte er. Die Hände in den Taschen, ging er um den Platz herum und hielt Ausschau nach Miętus. Er fand ihn etwas abseits zwischen Bauernfuhrwerken im Schatten der Bäume. Ihm sah man sofort an, dass er nicht von hier war. Sein unsicherer, verstohlener Blick verriet ihn. Lubko ging auf ihn zu.

»Wechsel das Hemd oder kauf dir ein neues. Du hast in der Nacht geleuchtet wie eine Laterne. Zieh was Dunkleres an.«

Miętus nickte. Er freute sich, dass er nicht allein dastehen musste.

»Ich bin bisschen herumgelaufen, um zu gucken«, sagte er. »Wollte nicht immer an der gleichen Stelle stehen. Viel Militär.«

»Vor dem Militär musst du keine Angst haben. Aber pass auf die mit den blauen Mützen auf.«

»Einmal sind sie vorbeigekommen, an der Kneipe, aber ich bin ihnen ausgewichen. Sie sind gegangen und haben sich umgeschaut.«

Er sagte, Miętus solle ihm folgen. Sie fanden eine Frau mit einem Armvoll Kleidern. Sie war jung, dunkelhaarig, und ihr Blick mied die beiden. Er zeigte auf Miętus.

»Nehmen Sie das Hemd von ihm und geben Sie ihm was Dunkleres. Irgendwas.«

Sie sah ihn verstohlen an, ohne den Kopf zu heben.

»Das kann ich nicht«, sagte sie leise. »Ich kann nicht tauschen, ich muss verkaufen. Ich brauche es für Essen.«

»Es ist noch gut. Nur bisschen schmutzig. Sie waschen es, dann kann man damit auf die Hochzeit.«

Er begann die Sachen anzuschauen, als hingen sie auf einem Bügel. Eine dunkel gestreifte Hose, ein Mantel mit Pelzkragen, ein schwarzer Wollschal.

»Im Winter bekommen Sie mehr dafür«, sagte er.

»Ich weiß«, erwiderte sie.

Er sah ihre Füße in kaputten braunen Schuhen. Sie sahen aus wie Stadtschuhe. Ein Riemen der Schnalle war abgerissen. Sie hatte dünne Beine. »Fast wie ein Kind«, dachte er. Aus den Kleidern, die sie über dem Arm trug, stieg ein vager Duft von etwas auf, das an Parfüm erinnerte. Schließlich fand er ein dunkelgrünes Hemd. Aus feinem Stoff, mit senkrechten, etwas helleren Streifen. Er sah das Mädchen fragend an.

»Das ist ein Pyjama«, sagte sie. »Aus Seide. Mein Bruder hat ihn getragen.«

»Siehst du? Genau das, was du brauchst. Es hat Taschen. Man sagt, an Seide gehen die Läuse nicht. Zieh's mal an.« Er warf Miętus das Oberteil zu. »Wie ein Herr wirst du durchs Dorf gehen! Man erkennt dich nicht wieder!«

Miętus zog brav sein Hemd aus. Er war weiß wie Mehl. Das Hemd legte er zu den anderen Sachen. Das Mädchen sah ratlos zu.

»Wir brauchen Geld«, sagte sie und hob den Blick zu Lubko. »Wir sind zu fünft. Wir brauchen etwas zu essen.«

»Ich habe kein Geld«, erwiderte er.

Er griff in die Hosentasche und holte ein Päckchen Zigaretten heraus. Es war noch nicht angebrochen. Er gab es dem Mädchen.

»Deutsche. Dafür bekommst du Brot.«

Er ließ Miętus in seinem neuen Gewand zurück und ging wieder in die Kneipe. Nichts hatte sich verändert, es war nur dunkler geworden. In einer Ecke waren zwei Männer aneinandergeraten. Andere versuchten dazwischenzugehen. Der Wirt beobachtete den Streit von der Theke aus und wischte mit einem Lappen Gläser. Lubko nickte ihm zu und ging ins Nebenzimmer. Der Hauptmann saß mit aufgeknöpftem Jackett am Tisch, sein Gesicht war rot. Die Flasche auf dem Tisch war fast leer. Siwy sah ihn an, die Ellbogen aufgestützt.

»Das stimmt wahrscheinlich, aber daraus wird ein Scheißdreck«, sagte er.

»Zugführer! Gebrauchen Sie nicht solche Ausdrücke! Nicht einmal hier sollten Sie solche Ausdrücke gebrauchen. Man darf diese Gepflogenheiten nicht annehmen. Wir sind es, die die Gepflogenheiten bestimmen sollten. Das ist unsere Mission … Hier. Zwischen drei Meeren.«

»Hier ist Steppe«, sagte der Zugführer und hielt die Flasche gegen das Licht. Er schüttelte ein wenig, um festzustellen, wie viel noch drin war. »Hier ist Steppe, und es ist scheißweit zu jedem Meer.«

»Zugführer! Habacht!«

Siwy seufzte und schenkte den Rest in die Gläser.

»Unsere Mission! In der barbarischen Steppe. Zwischen den teutonischen Barbaren und den tatarischen Wilden. Das Bollwerk des Christentums, das Bollwerk der Eroberung, das alle verlorenen Völker vereint, kleine Völker, blind wie junge Katzen ... Blindgeburten, könnte man sagen, ohne geistigen Kompass, mutterlos. Das ganze Litauen, die arme Slowakei, die unterentwickelte, infantile Rus, dann die verwaisten, verwitweten Magyaren, und schließlich ... was ist da noch ... Zugführer! Welche Länder sind da noch? Welche armen Nationen sind da noch, die darauf warten, dass unser geistiges Imperium anbricht?«

»Da sind noch die Rumänen. Aber die sind nichts Gutes. Hab ich gehört.«

»Genau. Die Rumänen sind ausgezehrt nach Jahrhunderten unter dem türkischen Joch. Die Republik nimmt sie in ihren katholischen, christlichen Schoß auf, ihr geistiges Imperium tröstet sie, entreißt sie den Klauen der Tataren ...«

»Ich habe gehört, die Rumänen sind im Prinzip Zigeuner. Wir haben unsere eigenen Zigeuner. Wozu brauchen wir noch türkische?«, fragte Siwy geistesgegenwärtig. »Und was wollen Sie mit ihnen machen, Herr Hauptmann? Sie taufen und Landwirtschaft lehren? Das ist sinnlos.«

»Meinetwegen auch Zigeuner! Erleuchtet vom Licht der Muttergottes werden sie sich vor Staunen die Augen reiben und auf die Knie fallen, dankbar für die mütterliche Obhut des slawischen Reichs.« In nicht ganz klarer Absicht versuchte der Hauptmann aufzustehen, aber er kam nur ein Stückchen hoch und sackte gleich wieder auf den Stuhl.

»Nicht einmal unsere fallen so richtig auf die Knie«, sagte Siwy und betrachtete aufmerksam die leere Flasche. Da bemerkte er Lubko. »Ruf den Juden, dass er uns noch eine bringt.«

Lubko sah ihn an, dann den Hauptmann, und schüttelte den Kopf.

»Er ist besoffen.«

Siwy richtete sich auf und schaute den Hauptmann an, als würde er ihn gerade erst sehen.

»Scheint wirklich so. Er hat eine sehr politische Rede gehalten. Sie sollten ihn hier übernehmen, aber es ist immer noch keiner da. Sie werden ihn tragen müssen, verdammt. Du hast Recht.«

Doch der Jude tauchte von selbst auf. Er öffnete die Tür und nickte Lubko zu. Sie drängten sich durch die Menge und gingen ans Fenster. Drei Soldaten in blauen Mützen standen um Miętus herum. Ein Offizier sagte etwas zu ihm. Die zwei Soldaten nahmen ihre Gewehre von der Schulter. Die Bajonette berührten fast den Rücken in grüner Seide. Der Offizier sprach immer lauter, und Miętus sah sich wachsam um. Er steckte die Hände in die Hosentaschen, als suchte er etwas. Die Klingen kamen seinem Rücken noch näher, und Lubko konnte fast den Stich spüren. Der Offizier sagte etwas zu den Soldaten, und einer von ihnen versetzte Miętus einen Stoß. Sie gingen los, quer über den Marktplatz. Nach einer Weile, als sie schon ein Stück von den Händlern entfernt waren, bückte sich Miętus, drehte sich um, stieß die Soldaten weg und lief zurück zu der Menschenmenge. Er ging darin unter, tauchte dann wieder auf, schlug Haken und versuchte durchzukommen. Er lief nach unten, Richtung Fluss. Der Offizier schrie, die Soldaten begannen zu schießen. Lubko sah, wie sich jemand, von einer Kugel getroffen, um sich selbst drehte und umfiel. Dann glitt ein anderer langsam auf die Knie, und die Leute warfen sich auf den Boden. Unter den Bäumen begannen die Pferde, an ihren Stricken zu zerren und zu bocken, wobei sie die Wagen mit sich zogen. Wieder rief der Offizier etwas, zog seine Pistole und lief durch die auseinanderstiebende Menge. Die Soldaten hinterher.

»Sie werden hierherkommen«, sagte der Wirt. »Sie schicken eine Razzia, der Rest wird die Stadt durchkämmen. Sie wissen genau, dass so einer nicht allein hier ist. Sie kommen auf jeden Fall.«

Lubko sah sich im Saal um. Niemand schien etwas bemerkt zu haben. Niemand hatte die Schüsse gehört. Zwei Männer standen am anderen Fenster und schauten auf den Marktplatz.

»Sie sind betrunken«, sagte der Wirt. »Du könntest hier schießen.«

»Und was heißt das, Chaim?«

»Ihr müsst gehen. Irgendwo die Nacht abwarten. Sie werden am Fluss suchen. Ihr müsst in die andere Richtung gehen. Wo die Wälder von Niemirów anfangen.«

»Der im Jackett kann nicht laufen. Er hat einen Dienstgrad. Er sollte abgeholt werden.«

Der Wirt sah Lubko an und seufzte.

»Herr Lubko … Sie hätten sich lieber an die Schmuggler halten sollen.«

»Ich weiß, Chaim. Aber der andere wollte mich umbringen. Mit dem ist nicht zu spaßen.«

»Ja. Das sind die Schlimmsten. Sie nehmen alles sehr ernst. Das Leben, das Töten …«

Sie drängten sich an den Tischen vorbei, durch den in der Luft stehenden Gestank. Es war Mittag. Manche hingen schon halbtot auf ihren Stühlen. Ein großer Mann mit Bart sprach mit sich selbst in der Mundart der Grenzregion. Er versuchte, aus einem Fetzen Zeitung eine Zigarette zu drehen, aber das Papier brach unter den dicken Fingern, und der Tabak rieselte auf den Tisch. Er strich ihn mit der Hand zusammen und begann von neuem, speichelte das bedruckte Tütchen ein, das wieder auseinanderfiel. Sie betraten das Nebenzimmer. Der Hauptmann schlief, den Kopf auf dem Tisch. Siwy drehte sich wachsam um.

»Was war da los?«, fragte er.

»Sie haben auf Mietus geschossen, aber er ist geflohen«, sagte Lubko. »Wir müssen weg.«

Auf der Stelle erhob sich der Zugführer, als hätte er keinen Tropfen getrunken.

»Scheiße, wie denn?! Mit ihm?«

»Man hätte ihm nichts mehr geben dürfen.«

»Wer konnte denn wissen, verdammte Scheiße, dass er so wenig verträgt? Ein Offizier aus Poznań, leck mich am Arsch … Sie hätten ihn am Vormittag abholen sollen. Vielleicht hat Miętus sie übersehen? Wurde er bestimmt nicht getroffen?«

»Eher nicht. Er ist abwärts, zum Fluss gerannt, aber was weiter passiert ist, weiß ich nicht. Die Razzia läuft sicher schon.«

Siwy ging um den Tisch herum, trat an den Hauptmann heran und zerrte ihn am Arm, doch der brummte nur und sank noch tiefer auf den Tisch. Da hob der Zugführer die Hand über den Kopf des Hauptmanns, hielt sich dann aber zurück.

»Wen schicken die hierher?«, sagte er leise. »Der Mann ist alt und dumm. Setzt sich hin und trinkt mit Leuten, die er nicht kennt.«

»Lasst ihn hier«, fiel der Wirt ein. Er ging zum Schrank und nickte Lubko zu, er solle ihm helfen.

Sie verrückten das Möbelstück. In der Zeitungswand erschien eine kleine Tür. Er stieß sie auf. Der Raum dahinter war eng und dunkel. Eine Pritsche aus ungehobelten Brettern stand da, über die Decken geworfen waren.

»Wie, hier?« Der Zugführer schaute in die Klitsche und dann den Wirt an. »In diesem Loch? Sie sollen ihn übernehmen …«

»Er muss nüchtern werden. Und wenn jemand kommt, dann sage ich es ihnen«, brummte der Wirt.

»Wem sagst du es, Jude?! Das ist eine ernste Sache, die Konspiration.«

»Ich sage es ihnen, wenn sie kommen. Machen Sie keine Witze, Herr Zugführer. Wenn man sechzig Jahre hier wohnt, wie man so sagt, von Geburt an, da gibt es keine Konspiration. Denn wo werden die hingehen, um zu fragen, was los ist? Ich kenne sie schließlich alle von Kind auf.« Der Schankwirt lächelte gutmütig. »Legt ihn hierhin und geht.«

Jetzt führte er sie über die Pfade seiner Kindheit, im Mund hatte er den schlechten Nachgeschmack von Schnaps. Chaim hatte ihnen einen halben Liter und ein halbes Schwarzbrot mitgegeben. Nachdem sie die Kneipe verlassen hatten, waren sie gar nicht erst auf den Marktplatz gegangen, sondern gleich hinunter über die steile Böschung. Und dann verstohlen an den Häusern vorbei, so weit wie möglich vom Markt und so weit wie möglich vom Fluss entfernt. Sie schlugen Haken, immer an den Zäunen entlang. Siwy, ein Schritt hinter ihm, sah sich wachsam um. Gleich hinter den letzten Häusern begannen die Felder. Lubko wählte einen Rain, an dem ein paar Espen wuchsen. Er zog sich ununterbrochen bis zu den Wäldern von Niemirów, die sich einen halben Kilometer weiter auf einer leichten Anhöhe dunkel abzeichneten. Sie erreichten die ersten Bäume, und Siwy gab ein Zeichen, sie sollten anhalten. Wie auf dem Präsentierteller sahen sie das Städtchen mit den drei katholischen Kirchen, die Flussbiegung und das wogende Getreide.

»In Ordnung«, sagte Siwy. »Warten wir die Nacht ab.«

Sie setzten sich ins Gestrüpp und schauten. Da war nichts. Niemand verfolgte sie. »Alle suchen Miętus«, dachte Lubko. »Der ganze NKWD von Dorohucza und die Soldaten.« Siwy steckte sich eine Zigarette an und reichte ihm das Päckchen.

»Wenn du willst, schlaf dich aus. Später löst du mich ab«, sagte er.

»Hast du mich in deine Abteilung aufgenommen?«, fragte Lubko.

Von der deutschen Seite kam ein Flugzeug. Ganz langsam. Es schien über dem Städtchen in der Luft zu stehen, doch kurz darauf sahen sie, wie sein Schatten über das wogende Korn glitt. Es flog so tief, dass sie die Flieger in der Kabine sehen konnten. Als es sich über ihnen befand, zog Siwy die Pistole, rollte auf den Rücken, zielte und lachte dann auf.

»Eine *Eule*«, sagte er auf Deutsch. »Die kann wirklich sehr langsam fliegen.«

Das Geräusch der Maschine rollte über den Wald, wurde mit zunehmender Entfernung leiser und verstummte schließlich ganz. Da dachte er: Am Fluss ist es am stillsten. Auf der einen wie der anderen Seite erstirbt alles. Liegt auf der Lauer. Der Fluss gehört niemandem. Er existiert, aber es ist, als gäbe es ihn gar nicht. Er erinnerte sich an das Rufen vor dem Krieg. Die Leute standen an beiden Seiten der Strömung und unterhielten sich über den Fluss hinweg. An Sommerabenden mussten sie nicht einmal besonders laut sprechen. Es gab Stellen, an denen der Schall sich kreisförmig über das Wasser verteilte. Manchmal rief ihn jemand, wenn er an der Wand seines Häuschens saß. Oder jemand kam aus dem Dorf und sagte, er solle fahren. »Und jetzt ist es, als würde ich Tote transportieren. Und ich weiß nicht, ob sie auf der anderen Seite wieder lebendig werden.«

»Warum schießen die Russen nicht auf sie?«, fragte er.

»Erstens haben sie wahrscheinlich Angst, und zweitens ist noch nicht Krieg«, erwiderte der Zugführer. Er lag auf dem Rücken, die Arme von sich gestreckt, in der rechten Hand die Vis.

»Und warum fliegen sie nicht selbst?«

»Sie haben Angst, und sie wollen nicht, dass Hitler stinksauer wird. Sie wissen nicht, was sie tun sollen.«

Es war Nachmittag, die Luft erstarrt. Er sah die dunklen Flecke in Siwys Achselhöhlen und roch den Schweiß. Er könnte sich jetzt auf ihn werfen, ihm das Knie an die wehrlose Gurgel drücken und ihm die Waffe abnehmen, dachte er. »Ich würde ihm auf die Nase hauen, und er würde nichts mehr sehen.« Er lächelte in sich hinein.

»Ich wollte dich damals töten. Aber es war noch dunkel, und im Laufen kann man schlecht zielen«, sagte Siwy und drehte sich auf die Seite, um ihn anzusehen.

»Und jetzt?«, fragte er.

»Jetzt kenne ich dich ein bisschen, aber ich würde dich töten, wenn es nötig wäre.«

Lubko holte die Flasche aus dem Gürtel, die der Jude ihm gegeben hatte. Er nahm einen Schluck und gab sie Siwy.

»Aber jetzt wirst du aufpassen, weil ich mich schlafen lege«, sagte er.

Das dunkle Ufer auf der anderen Seite stieg leicht an. Mühelos erkannte er die Stelle, wo sie das Boot gelassen hatten. Gebückt gingen sie durch die sumpfige Ebene, von einem Flecken im Mondschatten zum nächsten. Zwischen Weidengebüsch und Schilf. Als sie etwa fünfzig Meter vom Fluss entfernt waren, hörte er Stimmen. Er gab den anderen ein Zeichen, sie sollten anhalten und sich ducken. Er kroch ein Stück weiter und horchte. Die Stimmen prallten am Wasser ab und zerflossen in der stehenden Luft. Sie sprachen Russisch. Er lauschte und versuchte herauszufinden, wie viele sie waren. Dann hörte er ein dumpfes Geräusch von vollgesogenem Holz und ein Klatschen. Das Geräusch wiederholte sich. Er robbte zurück und lief geduckt zu Siwy und Miętus.

»Die Russen sind am Boot«, flüsterte er Siwy ins Gesicht. »Wahrscheinlich zwei. Sie sagen, sie wollen es versenken und dann ihre Leute holen.«

»Du sagtest, es ist gut versteckt«, meinte Siwy.

»Ja. Nur dass es heute von einer ganzen Kompanie NKWD gesucht wird.« Er nickte in Richtung Miętus mit dem dunkelgrünen Schlafanzugteil. »Überleg, was wir machen sollen.«

»Flussabwärts schwimmen«, flüsterte Siwy.

»Das Boot lasse ich nicht zurück.«

»Wozu willst du ein löchriges Boot, verdammt?«

Er schwieg einen Augenblick und sagte dann:

»Siehst du den Mond auf dem Wasser? Man wird dich sehen wie bei Tag. Abwärts, aufwärts, sie werden die ganze Nacht hier gehen. So sind die. Die lassen nicht locker. Mit dem Boot sind wir schneller. Vielleicht ist es noch nicht ganz zerdeppert«, flüsterte er schnell und nervös. »Im Endeffekt werden sie schießen, um ihre Leute hierherzuholen.«

»Also, was jetzt?«, fragte Siwy.

»Scheiße, du bist hier der Soldat!«

Sie schwiegen und hörten ihren eigenen Atem. Vom Fluss kamen gedämpfte Laute. Ein verscheuchter Vogel kreischte. Sie hörten ihren Atem und ihr Herzklopfen.

»Miętus, hast du ein Messer?«

»Ja, Herr Zugführer.«

»Leise«, sagte Siwy. »Leise wie die Katzen, verdammt.«

Er führte sie, hörte ihren Atem knapp hinter sich. Alle paar Schritte warfen sie sich zu Boden und horchten. In der Nähe des Flusses hörten sie endlich abgerissene Wörter und das Klatschen des Wassers gegen Holz. Sie krochen ganz flach über die Erde. Wie große, langsame Reptilien. Er spürte unter den Händen Schlamm und dessen Gestank und dachte sinnloserweise, dass der bis zu den Russen zu riechen wäre. Er wollte Siwy zuflüstern, er solle nicht so laut atmen, doch es waren sein eigener Atem und sein eigenes Herzklopfen. In der reglosen Luft witterte er den Rauch von Machorka. Sie robbten direkt bis ans Ufer, und hinter einem Büschel von hohem, scharfem Gras blickten sie hinab auf eine kleine Bucht. Zwei Soldaten saßen im Boot und rauchten. Sie hatten keine Gewehre. Einer haute mit dem Absatz gegen den Boden und fluchte. Lubko sah, wie Siwy die Pistole aus dem Gürtel zog, Miętus am Arm tippte, eine Kopfbewegung machte und von der kleinen Böschung sprang; das Wasser unter seinen Füßen spritzte silbern im Mondlicht. Lubko stützte sich auf die Arme, doch Miętus sprang hinter seinem Anführer her und verdeckte für den Bruchteil einer Sekunde die Aussicht. Danach sah er nur noch silbrige Spritzer und schwarze, geballte Schatten.

Die Russen sprangen auf, doch das schaukelnde Boot warf sie sofort über Bord. Er sah, wie Siwy bis zum Gürtel im Wasser kniete und sich seine rechte Hand mit der Vis im Rhythmus des Plätscherns gleichmäßig hob und senkte. Der Russe stand in der Strömung, den Blick auf Miętus gerichtet, der mit dem Messer in der Hand auf ihn zuging. Er sah sich hilflos um, bis er schließlich das Ruder entdeckte, das im Wasser schwamm. Er packte es und holte aus, aber das beschlagene Blatt schnitt nur einen glänzenden Span in die Wasseroberfläche, der sofort wieder erlosch, und als er zum nächsten Hieb ansetzte, packte Siwy ihn von hinten mit der einen Hand an der Schulter, mit der anderen an den Haaren und zog seinen Kopf nach hinten. Der Soldat versuchte, sich loszureißen, doch der Zugführer stand mit gespreizten Beinen da und hielt ihn in einem unbewegten Griff fest.

»Miętus!«, rief er mit unterdrückter Stimme und zerrte den Soldaten noch heftiger am Kopf.

Miętus trat schweren Schrittes an ihn heran, Wasser verspritzend, holte mit dem linken Arm aus, stach zu und versuchte, dem schwarzen Strahl auszuweichen, aber er fiel auf den Rücken und planschte einen Moment ungeschickt im dunklen, mit Blut gemischten Wasser.

»In den Fluss mit ihnen«, befahl der Zugführer leise. »Nimm die Gürtel mit den Patronentaschen, und ab ins Wasser. Und die Gewehre. Sie haben sie am Ufer gelassen, die russischen Krieger.«

Er betrachtete all das von oben. Miętus, der herumwuselte, Siwy, der bis zu den Knien im Fluss stand, die beiden reglosen Körper, die silberne, zitternde Hülse auf dem Wasser, die langsam erlosch.

»Nein«, sagte er. »Nicht hier. Weiter drinnen. Dann schwimmen sie weiter.«

Als sie die Soldaten ins Boot luden, bewegte der erste sich leicht.

»Er lebt«, sagte Lubko.

»Macht nichts«, erwiderte Siwy.

20

Sie lagen in dem Kiefernhain auf der kleinen Anhöhe. Es gab kaum Schatten, und auch dort war es heiß. Um den Hunger zu vertreiben, kauten sie Grashalme. Sie blickten auf die sandige Straße, über der die erhitzte Luft wogte. Es war ganz still, nur von der russischen Seite näherte sich ein kleines Flugzeug. Es flog sehr langsam, als stünde es in der Luft. Der Schall breitete sich hoch oben am Himmel aus und sank nicht auf die Erde. Die Maschine sah gläsern und zerbrechlich aus, ein wenig wie eine Libelle. Auf dem Schwanz sahen sie ein Hakenkreuz und auf den Flügeln schwarze Kreuze. Die wirkten schrecklicher als das Hakenkreuz. »Als würden sie uns zu Tode segnen«, dachte Stach, aber er sagte es nicht laut. Er wusste selbst nicht, was das heißen sollte. Ein Flugzeug, das wie eine düstere Monstranz flach über die Welt flog. Oder wie ein seltsam gespreiztes Kruzifix.

»Ob die uns wohl sehen können?«, sagte der Junge.

»Wir gehen die einen Scheiß an. Die zählen die Russen«, erwiderte Wydra.

»Und wir zählen die Deutschen.« Der Junge rutschte auf den Ellbogen weiter in den Schatten.

»Es geht runter«, fuhr Wydra fort. »Auf den Flugplatz bei Jastrzębowo. Sie sind im Wald stationiert. Haben verdammt viele Maschinen.«

»Sie haben von allem verdammt viel«, brummte Stach. »Und wir können nur hier liegen und zählen.«

»Genau«, sagte Wydra, »auch das Flugzeug. Befehl ist Befehl. Der Zugführer hat es bestimmt auf der anderen Seite gesehen.«

Das angespannte, hohe Surren prallte am Himmel ab wie

an einem blauen Blech, bis es schließlich im Westen verstummte. In der Ferne sahen sie ein Dorf. Eine schwarze Ansammlung von Häusern und Bäumen in der reglosen Nachmittagssonne. Es erinnerte an eine Brandstätte. Die Hunde lagen irgendwo im Schatten, in den Staub der Höfe vergraben. Die Kühe auf den Weiden sahen aus wie aus dunklem Papier geschnittene Figürchen. Nur aus einigen Schornsteinen stieg bläulicher Rauch auf, doch er stand senkrecht und reglos.

»Und du, Wydra?«, fragte Stach.

»Was denn?«

»Warum bist du in den Wald gegangen? Zählst du gern?«

Wydra schaute geradeaus und nagte an dem Halm. Als wollte er eine der möglichen Antworten auswählen, die ihm in den Sinn kamen. Er hatte dünnes, aschblondes Haar und ein hohlwangiges Gesicht. Die Knochen wollten die Haut durchstoßen, um den Schädel zu befreien. Ein Knirschen war zu hören, als er das Gras kaute.

»Der Schulze wollte mich an die Deutschen ausliefern«, erwiderte er schließlich.

»Wofür?«

»Er ist meiner Schwester nachgestiegen. Einmal ist er nachts ans Fenster gekommen. Ich hab ihn fertiggemacht. Als er dalag, hab ich die Hunde losgelassen. Sie haben ihn übel zugerichtet.«

»Nicht schön, die Hunde auf den Schulzen zu hetzen«, sagte Stach und lachte lautlos.

»Sollte sie mit ihm rumhuren? Ringe hat er ihr gebracht, von der Kirmes. Sie ist jung und dumm, gerade mal fünfzehn.«

»Und er?«

»Ein alter Bock. Fünfzig oder älter. Sie haben ihm fast die Eier abgebissen, als er dalag.«

»Was willst du, Wydra? Er hat sich verknallt, und du kommst ihm mit den Hunden.«

»Er hätte mich den Deutschen ausgeliefert, er ist ja eine Amtsperson. Da bin ich gegangen.«

Sie hörten ein Brummen, und in der Ferne, über der Straße, erschien eine dicke Staubwolke. Sie kam näher, bis hinter einer Anhöhe schließlich ein Fahrzeug auftauchte. Es glich einem Motorrad, aber hinten hatte es Raupen. Drei Soldaten mit Helmen, Schutzbrillen und Mänteln saßen darin. Sie fuhren sehr schnell. Unverhofft bog das Fahrzeug von der Straße ab und fuhr auf einen sandigen Viehweg. Es schien darin zu versinken, doch da heulte der Motor laut auf, unter den Raupen schossen Sandfontänen hervor, und es verlor kaum an Geschwindigkeit.

»So was hab ich noch nie gesehen«, sagte Stach.

»Ich auch nicht«, erwiderte Wydra. »Das rast ja furchtbar schnell.«

»Motorrad und Panzer. Noch nie gesehen«, wiederholte Stach.

Das Fahrzeug hielt abrupt an, aber nur, um auf der Stelle zu wenden. Unter der rechten Raupe spritzte der Sand fast senkrecht in die Höhe und verdeckte einen Moment lang die Sicht. Als er zu Boden gefallen war, sahen sie, dass das Fahrzeug durch das Weizenfeld jagte. Es hinterließ eine Schneise von eingedrücktem Getreide, über der Staub aufstieg. Augenblicklich waren die Männer verschwunden.

»Diese Arschlöcher«, brummte Wydra. »Das erholt sich nicht mehr.«

»Sie machen sich einen Spaß«, sagte Stach. »Bei sich dürfen sie das nicht.«

Sie hörten, wie sich das hohe Jaulen des Motors entfernte, leiser wurde, dann wieder näher kam, und sie sahen die Staubsäule hinter der Erhebung. Sie glitt über die Felder wie eine kleine Windhose, wie sie bisweilen in der reglosen Sommerluft vorkommt. Der Junge dachte an die schwarze Schutzbrille, die aussah wie zwei Augenhöhlen.

»So eine Maschine … Die muss man auch zählen und melden.«

»Was denn? Motorrad mit Panzer?«

»Er wird es schon wissen«, sagte Wydra leise.

Auf die Ellbogen gestützt kauten sie weiterhin grüne Halme und dachten ans Essen. Es kam ihnen vor, als würden sie verbranntes Benzin und erhitztes Metall riechen, und davon bekamen sie noch mehr Durst. Der Junge richtete sich ein wenig auf und sah, dass die Hemden auf den Rücken der beiden anderen vom Schweiß ganz dunkel waren. »Die Kiefer gibt einen seltsamen Schatten«, dachte er. »Darunter ist es immer heiß. Und stickig. Ganz anders als zum Beispiel die Eiche. Unter der Eiche ist es immer kühl. Unter dem Bergahorn auch. An den heißesten Tagen.« So dachte er, um sich die Zeit zu verkürzen. Und dann stand ihm wieder das Bild des Morgens vor Augen, und des Mädchens, und er spürte, wie sein Mund trocken wurde. Da sah er, dass von der anderen Seite, nicht der, aus der die Deutschen gekommen waren, ein Fuhrwerk heraufgeklettert kam, mit einem kleinen Rappen an einer Deichsel. Der Kutscher war abgestiegen und ging nebenher. Die Reifen der Räder schnitten tief in den Sand und sanken ein. Sowohl dem Tier als auch dem Mann in dem grauen Hemd fiel es schwer, die Anhöhe zu erklimmen. Der Leiterwagen war leer. Als sie schon ein Stück weitergekommen waren, ertönte wieder der Motor, und sie sahen die gleiche Staubsäule wie ein paar Minuten zuvor. Kurz darauf erschien das rasende Fahrzeug, das abwärts fahrend noch schneller wurde. Es fuhr direkt auf das Fuhrwerk zu. Die Hupe ertönte, und die Deutschen begannen zu schreien, doch der Mann und der Rappe kletterten im gleichen mühsamen Tempo weiter nach oben. Zuerst hob das Pferd den Schädel. Der Mann ging geduldig mit hängendem Kopf und hielt sich an der Runge fest. Die Deutschen brüllten immer lauter, doch das Pferd ging nur etwas langsamer weiter auf seinen steifen Beinen.

»Scheiße«, sagte Wydra leise, »das ist der taube Fećko, der ist taub und dumm …«

Die Deutschen versuchten abzubiegen, doch der Weg verlief in einer leichten Vertiefung. Der Mann spürte das Ziehen an der Leine und hob den Kopf wie aus dem Schlaf geweckt. Er zog an, und das Tier stellte sich ungeschickt auf die Hinterbeine. Das deutsche Fahrzeug wühlte mit den Raupen im Sand und rutschte mit erhobener Schnauze seitlich weg. Der Fahrer war aufgesprungen und stand jetzt wie ein Reiter, der ein Hindernis nimmt, aber der hintere Teil der Maschine stieß mit dem Tier zusammen. Es begann zu quieken und fiel auf die Seite, wobei es sich in der Deichsel verdrehte und den Wagen mitzog. Kurz darauf verstummte der Motor, und nur das Quieken hing in der schweren Nachmittagsluft. Kein Echo antwortete ihm. Der Junge sah von weitem das gebrochene Vorderbein des Pferdes. Sah den rotweißen Knochen, der die schwarze Haut durchstochen hatte.

Die Soldaten stiegen aus und umringten die im Sand liegende Gestalt. Sie schrien. Der Mann erhob sich ungeschickt und starrte sie mit offenem Mund an. Dann sah er das umgefallene, strampelnde Tier und kroch auf es zu wie ein Hund mit gebrochenem Rückgrat. Er berührte den Nacken, das Pferd riss den Kopf herum, stieß ihn in den Sand und begann wieder zu quieken. Der Mann schmiegte sich an seinen Hals und versuchte, ihm über das Maul zu streichen, aber der Rappe spannte die Muskeln an, verhedderte sich im Geschirr, und das Quieken verwandelte sich in ein gleichmäßiges Jaulen. Die Soldaten standen um die beiden herum und betrachteten sie wortlos. In ihren Helmen und langen Mänteln, unbewegt. Nur die Schutzbrillen hatten sie hochgeschoben, und um ihre Augen waren weiße Ringe zu sehen. Der Fahrer sagte etwas zu den beiden anderen. Der eine packte den Mann am Hemd auf dem Rücken und versuchte ihn zur Seite zu ziehen. Der Fahrer nahm die Parabellum aus dem Halfter. Der taube Fećko rutschte mit gespreizten Beinen auf die Knie und breitete die Arme aus. Der Junge wollte aufspringen. Stach drückte ihn am Nacken auf die Erde.

»Hast du den Arsch offen?!«, flüsterte er.

Das Pferd verstummte für einen Moment, und das Wimmern und Stammeln des tauben Fećko war zu hören. Jedenfalls kam es dem Jungen so vor. Der Soldat mit der Pistole schaute den Knienden nicht einmal an. Er trat an das reglos und still daliegende Pferd heran, legte ihm den Lauf an die Stirn und schoss. Der Ton wirkte gedämpft, als wäre er in den Tierschädel eingedrungen und da drinnen erloschen. Durch den schwarzen Körper lief ein Schauer, zum letzten Mal bäumte er sich auf in dem verhedderten Geschirr, dann erstarrte er. Der Soldat steckte die Pistole ins Halfter, und alle drei gingen zum Fahrzeug zurück. Die Deutschen fuhren weiter in die Richtung, aus der der taube Fećko mit seinem Pferd gekommen war.

Sie schauten den Mann an, der im Sand saß und den Hals des Pferdes streichelte. Ebenso schwärzlich und abgemagert wie das Tier. Der Schweiß war schon getrocknet und glänzte nicht mehr in der Sonne.

»Und jetzt?«, fragte der Junge.

»Nichts«, erwiderte Wydra. »Sie werden es essen. Pferdefleisch ist gut. Ein bisschen süß und trocken, sagt man, aber gut.«

Dann sagte Wydra, sie sollten aufstehen, und führte sie weit am Dorf und an der Straße vorbei. Durch Haine, am Waldrand entlang und an Tälern mit stehendem Wasser vorbei gingen sie um abgelegene Gebäude herum.

»Ihr müsst alles sehen, aber euch darf keiner sehen«, hatte der Zugführer gesagt. »Alles sehen und euch alles merken. Jeden Deutschen, jedes Auto, jeden, der nicht wie ein Einheimischer aussieht. Auch die Einheimischen, wenn sie etwas tun, was euch seltsam vorkommt. Du weißt es ja selbst, Wydra.«

»Jawohl, Herr Zugführer, ich weiß«, hatte er gesagt.

Also führte er sie jetzt so, dass sie unsichtbar waren, und dachte an sein Dorf ein paar Kilometer weiter flussaufwärts. Und daran, dass er sie angelogen hatte, denn der Schulze war nicht seiner Schwester nachgestiegen, sondern seiner Mutter, die nie einen Ehemann hatte; deshalb dachten alle, sie könnten einfach zu ihr gehen. Nur dass der Schulze ihn einmal zu viel einen Hurensohn genannt hatte; er hatte es immer für einen guten Scherz gehalten und das Wort mit der spöttischen Zärtlichkeit eines Säufers ausgesprochen. Sich am Gartentor festhaltend, hatte er dagestanden und gedacht, er könnte den Jungen damit trösten. Doch als er sich umdrehte, schnappte Wydra den Haselstock, der das modrige Törchen stützte und so dick wie sein Arm war, und schlug dem Schulzen mit voller Wucht auf den Nacken. Und dann noch einmal, als er schon in die Knie ging. Was die Hunde betraf, so gab es nur einen, doch der hatte ihn tatsächlich gebissen, denn er hasste Fremde, weil er in dem Gehöft am Waldrand, außerhalb des Dorfs, schon verwildert war. So wie auch Wydra selbst. Deshalb konnte er sie jetzt so führen, dass sie unsichtbar blieben. Weil er gelernt hatte, sich heimlich durchzumogeln, so dass niemand ihn sehen konnte.

Es war seine Mutter, die gesagt hatte, er solle in den Wald gehen, weil sonst die Deutschen kämen oder die Blaue Polizei. Sie hatte ihm auch gesagt, zu wem er gehen sollte, denn die Männer erzählten ihr alles, was sie wussten, wenn sie betrunken waren. Bei Romaniuk hatte er nachts die ganze Geschichte dem Zugführer erzählt. Der Zugführer hatte geraucht, ihn angesehen und nichts gesagt. Schließlich hatte er genickt und gesagt: »Gut.« Deshalb führte er sie jetzt an, fern vom Dorf und den Feldern, im Schatten der Bäume Richtung Friedhof, wo vor ein paar Tagen der Zugführer und der Junge die deutschen Panzer gezählt hatten. Denn das hatte Siwy ihm befohlen, in der Gewissheit, dass Wydra es so machen würde. Wie er jede Anweisung von ihm befolgte und es kaum erwarten konnte, die nächste zu erhalten. Und die anderen beiden, der Junge und Stach, hörten auf ihn, obwohl sie kaum jünger waren als Wydra. Jetzt sollten sie sich ins Gebüsch unweit des Friedhofs legen und die Straße beobachten. Wie damals Siwy und der Junge. Die Straße beobachten und alles, was dort zu sehen war. Was auch immer. Ob vom Fluss her oder aus Hruszowa kommend. Ganz egal. Eine Stunde lang, auch wenn keine Menschenseele und keine Deutschen dort erschienen. Das hatte der Zugführer gesagt. Und dann sollten sie Richtung Hruszowa aufbrechen, auch wieder so, dass niemand sie sehen konnte. Aber dort gab es weniger Wald, mehr Felder, nackte Raine und nur hier und da Kämme mit Pappel- und Kiefernhainen, also gingen sie gebückt, im Zickzack, als liefen sie unter einem völlig lautlosen Beschuss. Wydra vorneweg, die Duftmarke des lange nicht gewaschenen Körpers hinter sich herziehend. Die anderen hielten sich dicht hinter ihm, hielten sich an diesen Geruch. Sie selbst stanken ähnlich. Säuerlich, heiß, ängstlich. Nachts rissen bei diesem Gestank die Hunde an den Ketten und bellten mit gedämpfter Stimme, die Hinterbeine angespannt. Manchmal wies er die beiden mit einer Geste an, sich auf die Erde zu werfen, um für einen Moment zu verschwinden, wobei sie selbst jedoch keinen Augenblick aufhören sollten, sich nach irgendeiner Bewegung in der erstarrten Landschaft umzusehen, nach irgendeiner Veränderung. So hatte Siwy es befohlen, und Wydra passte auf, dass es eingehalten wurde.

Schließlich sahen sie die ersten Bebauungen. Er führte sie zu einer kleinen Anhöhe, die unfruchtbar genannt wurde, weil dort schon lange nichts anderes wuchs als Schlehen und Weißdorn. Auch ging niemand da entlang, denn irgendwann hatte dort ein Baum gestanden, an dem sich angeblich jemand erhängt hatte. Jetzt gab es keinen Baum mehr, nur Gestrüpp, das bis zur Brust reichte. Sie robbten in einen schmalen Schattenstreifen und blieben reglos liegen. Sie sahen die graue Straße nach Jastrzębowo, die schnurgerade durch die gelblichen Felder führte und erst nach zwei Kilometern einen leichten Bogen machte, um in dem hohen Kiefernwald zu verschwinden, der jetzt tiefblau aussah. Drei schmalere Straßen gingen strahlenförmig nach Osten, Richtung Fluss, nach Süden und nach Nordwesten ab. Er sagte den anderen, hier würden sie bis zur Abenddämmerung bleiben. Sie fragten ihn nach Essen, aber er zuckte nur die Schultern. Siwy hatte gesagt, sie sollten nichts mitnehmen, sie müssten es aushalten, denn es käme vielleicht die Zeit, da könnten sie tagelang nichts essen; ein paar Stunden würden ihnen nicht schaden. Also zuckte er nur die Achseln. Im Zentrum von Hruszowa stand eine hellgelbe Kirche mit einer Fassade auf vier Säulen. Die restliche Bebauung war klein und braun. Holzhäuser zogen sich ein paar Sträßchen entlang, die in den Feldern versickerten wie Rinnsale im Sand.

»Und jetzt?«, fragte Stach.

»Nichts«, erwiderte Wydra. »Ihr könnt rauchen.«

Der Junge holte ein braunes Säckchen mit Machorka heraus und gab es Stach.

»Nur müsst ihr euch so legen, dass ihr nach allen Seiten gucken könnt«, fügte er nach einer Weile hinzu.

»Wer wird denn hier kommen?«, sagte Stach.

»Scheißegal, ob wer kommt«, sagte Wydra. »Beobachtung ist angesagt.«

Reglos lagen sie da, wie große, schmutzige Echsen. Ihre Kleider waren grau wie trockene Erde. Der Schweiß zog Insekten an. Sie meinten, der Rauch werde sie abschrecken, wie er den Hunger vertreibt, also rauchten sie, und der Junge tastete immer wieder nervös nach dem Tabaksbeutel. Seit ein paar Tagen rauchte er wie die anderen. Er begann den Tag mit einer Zigarette, und die letzte löschte er kurz vor dem Schlafengehen. Immer wieder spuckte er bitteren Speichel aus und war stolz darauf. Wenn niemand es sah, betrachtete er seine gelben Finger. Doch jetzt hatte er Durst, und sein Mund war trocken und bitter. Die Halme, die er zu kauen versuchte, schmeckten wie Stroh. Er dachte an den Erhängten, von dem Wydra erzählt hatte. Ob jemand ihn gefunden und abgeschnitten hatte, oder ob er vielleicht da hing, bis die Vögel ihn fraßen oder das Fleisch von selbst abfiel? Falls es im Sommer war. Denn wenn es im Winter war, dann schaukelte er da wie ein gefrorener Holzklotz, bis jemand ihn sah. Vielleicht war es im Frühjahr, denn wer hätte im Winter hier irgendwas zu schaffen gehabt? Von dem Baum keine Spur. Also war das vielleicht alles nur Geschwätz? Oder er hatte sich vor hundert Jahren erhängt, und das zählte gar nicht mehr? Aber ein Baum wäre nützlich gewesen. Er spürte, wie sein eigener Atem den restlichen Speichel im Mund austrocknete. Da dachte er wieder an das Mädchen. Daran, wie im Morgenlicht die Tropfen auf ihrer Haut gefunkelt hatten. Daran, dass es kühl war, es ihm aber vorkam, als strahlte ihr Körper Wärme aus, honigsüße Wärme, die er trotz der Entfernung im Gesicht spürte. Er erinnerte sich, wie sie den Arm hob, die Achsel entblößte und sich Wasser auf den Nacken goss, damit es den Rücken hinunterlief. Und dann mit derselben Hand den Stoff eintauchte und die Brust wusch; und dass er gesehen hatte, wie das silberne, glänzende Rinnsal herabrann und in dem dunklen Vlies verschwand und einzelne Tropfen ins Wasser fielen. Jetzt leckte er sich die gesprungenen Lippen ab und stellte sich vor, er sei dort, er knie vor ihr und schmiege den Mund in das feuchte Dickicht, um zu trinken. Vor diesem Gedanken erschrak er so, dass er den Atem anhielt, doch gleich kehrte er wieder zu dem Bild zurück und konnte sich nicht davon losreißen, so wie er damals den Blick nicht von ihr wenden konnte. Er war fünfzehn und hatte noch nie eine so dunkle Wonne gespürt.

»Weißt du, Wydra, ich bin in den Wald gegangen, um Deutsche zu töten«, sagte Stach. Er sagte es langsam, nicht allzu laut, und starrte in die Weite der heißen Landschaft, mit der Straße wie eine graue Narbe. »Ich bin gegangen, um diese Hurensöhne zu töten, Wydra. Als sie die Stadt einnahmen, als sie mit ihren Lastwagen kamen, da waren sie betrunken. Sie warfen den Kindern Bonbons hin und machten Fotos, wie die Rotznasen auf allen vieren krochen und einander das Zeug aus den Händen rissen. Sie lachten und machten Fotos. Einer mit hohen Stiefeln stieg aus, damit man sehen konnte, wie sie ihm um die Füße krabbelten. Eine Frau kam angelaufen, wahrscheinlich, um ihr Kind da wegzuholen, da schoss ein anderer. Nicht auf sie. Daneben, auf den Boden. Sie erschrak, fiel hin und begann zu schreien. Da schoss er noch einmal. Wieder daneben. Das war ein guter Schütze. Sie hatte Angst um ihr Kind, aber jedes Mal, wenn sie sich rührte, schoss er. Und die anderen lachten, und einer machte die ganze Zeit Fotos. Dann gingen sie über den Marktplatz. Sie gingen in die Geschäfte, als gehörten sie ihnen. Wahrscheinlich unterschieden sie unsere noch nicht von den jüdischen Läden. Sie nahmen sich, was sie wollten. Sie lachten und tranken direkt aus der Flasche. Und machten die ganze Zeit Fotos. So kleine Apparate hatten sie. Sie trieben die Leute zusammen, damit sie sich nebeneinanderstellten. Mitten auf dem Marktplatz, in der Sonne. Die Alten holten sie raus, die Juden, die Krüppel, die mit Krücken oder verfilzten Haaren, die Blöden, und hielten sie unter den Läufen, damit sie nicht abhauen konnten, damit sie nicht weggingen, alle auf einem Haufen wie Schafe. Immer wieder schoss einer zur Abschreckung in die Luft. Und wenn jemand sich losriss, bekam er mit dem Kolben eins übergebraten oder einen Fußtritt. Die Frauen und Kinder weinten, als sollten sie in den Tod getrieben werden, doch sie machten nur Fotos. Einer Frau rissen sie das Tuch weg. Den blinden Smyra stellten sie ganz vorne hin, damit der graue Star direkt ins Objektiv leuchtete. Die Leica ist ein guter Apparat. Man kann sie überall mitnehmen. Sie passt in die Hosentasche. Die Deutschen haben sie erfunden und tragen sie mit sich rum. Sie traten nah an die Menschen ran und fotografierten. Später, als die Leute sich etwas beruhigt hatten und reglos dastanden, still, da hörte man das Knipsen. Die beschlagenen Stiefel auf dem Pflaster und das Knipsen. Das Knipsen und die Stiefel auf dem Pflaster. Und Stille, denn sie wurden wohl langsam nüchtern und sahen, wo sie waren. Das heißt, so richtig wussten sie es nicht, obwohl sie sich eigentlich daran gewöhnt haben mussten, weil sie schon eine ganze Weile durch das Land gezogen waren und es gesehen hatten. Aber erst, als sie Fotos machten oder als sie etwas nüchterner wurden, drang zu ihnen vor, dass sie woanders waren, nicht bei sich zu Hause, dass sie ein ganzes Stück weg waren von ihren deutschen Häusern, und dass der blinde Smyra sie mit seinem Star anglotzte. Einer winkte den Leuten zu, sie könnten gehen, und die Deutschen verteilten sich wieder in der Stadt und suchten nach Wodka, um weiterzutrinken.«

Er verstummte für einen Moment und streckte die Hand nach dem Tabaksbeutel des Jungen aus. Er drehte sich eine, steckte sie an, und in der unbewegten Luft verbreiteten sich bläulicher Rauch und ein bitterer Geruch. Stach machte einen Zug und hustete.

»Was ist das, Junge? Pferdescheiße?«

»Das hat Romaniuk mir gegeben.«

Auf der Straße fuhr ein Wagen Richtung Hruszowa. Daneben trabte an einem Strick ein braunes Fohlen. Das Fuhrwerk zog eine Staubwolke hinter sich her. Am Himmel stand ein Raubvogel und nutzte die unsichtbaren Luftströmungen.

»Nicht viel los heute«, sagte Stach. »Da könnte sogar Wydra alles zählen.«

»Verpiss dich«, knurrte Wydra.

Stach gab die bis zur Hälfte gerauchte Kippe dem Jungen und begann wieder zu reden:

»Abends sind sie zu Vater gekommen. Ja. Denn ihr müsst

wissen, *Kameraden*, dass mein Vater am Marktplatz ein Foto-geschäft hatte. Er hat Leute fotografiert. Im Sonntagsstaat sind sie gekommen, um Aufnahmen machen zu lassen. Hochzeitsfotos, Soldatenfotos, Familienfotos, Porträts. Ein Stuhl, ein schmückender Vorhang, eine korinthische Säule aus Gips, damit der Herr Offizier oder die Dame sich vornehm oder romantisch mit dem Ellbogen darauf stützen kann. Eine korinthische, Wydra. Keine ionische und keine dorische, merk's dir. Wenn der Kunde es wünschte, hat Vater diskret die Gesichter koloriert. An Markttagen hat er die Bauern fotografiert. Manche fürchteten sich. Er zahlte ihnen zwanzig Groschen. Natürlich zog er dann den Vorhang weg und hängte ein weißes Laken auf, damit die Physiognomien, die Typen, wie er sagte, deutlicher hervortraten. Ich denke, Wydra hätte er gern fotografiert. Dich, Junge, nicht unbedingt. Du wirst das Typische erst noch erlangen, erst noch davon durchdrungen werden. Vorläufig bist du ein strohblonder Knabe ganz nach germanischem Geschmack. Erst die Schufterei als Bauer wird einen Mann aus dir machen. Aber vielleicht wirst du vorher getötet und kommst gar nicht mehr zu einem entsprechenden Aussehen. Anders als der Kamerad hier, der uns anführt. Vater hat sie also zu sich gerufen, vor den Kodak-Kasten gestellt und gesagt, sie sollten geradestehen in ihren Schafspelzen, ihren Mützen, ihren mit Teer überzogenen Schuhen, und vor sich hinschauen. Wenn sie ins Objektiv schauten, war zu sehen, dass sie Angst hatten. Deshalb sagte er, vor sich hin. Irgendwo ins Nichts, dann guckten sie wie immer. Ganz normal. Die Säule musste ich natürlich wegtragen. Obwohl ich dachte, das wäre nicht schlecht. Korinth, Schafspelz, Teer und das Nichts. Sehr echt. Nun, aber Vater war anderer Meinung. Ich trug die Gipssäule weg und holte das weiße Laken. Er hatte Hunderte solcher Bilder, wahrscheinlich hat er schon vor meiner Geburt fotografiert. Jedenfalls seit ich denken kann. Er hatte das Gymnasium der Salesianer besucht, aber er wollte irgendwie immer höher hinaus. Wenn ihr versteht, was ich meine. Das Geschäft hatte ihm sein Vater überlassen, das heißt mein Großvater. Er wollte höher hinaus, aber dann wurde ich geboren, vorher mein Bruder, später meine Schwester.«

Aus dem Wald bei Jastrzębowo kamen ein Kübelwagen und ein Blitz. Wydra schaute in diese Richtung, denn sie war die wichtigste. Er sagte laut:

»Ein kleineres Auto und ein Lastwagen.«

Der Opel hatte einen Kasten, und es war nicht zu sehen, ob er Soldaten transportierte. Der Junge und Stach drehten sich um und guckten. Das ferne Brummen der Motoren war kaum zu hören, eine braune Staubwolke schien es zu dämpfen. Die Autos fuhren ins Dorf hinein, verschwanden zwischen Bäumen und Häusern, doch gleich darauf erschienen sie auf der anderen Seite wieder.

»Sie fahren zu uns«, flüsterte der Junge.

»Sie fahren weiter«, sagte Stach. »Sie fahren weiter, und man weiß nicht, wo sie stoppen.«

Er legte sich hin wie zuvor, auf die Ellbogen gestützt, und sah den Fahrzeugen hinterher, bis die Anhöhe sie verdeckte.

»Abends kamen zwei Männer«, fuhr er fort. Zwei junge Leutnants. Sie rochen nach Wodka, benahmen sich aber höflich und wollten, dass Vater ihre Fotos entwickelte. Sie waren höflich, weil Vater Deutsch sprach. Ich spreche auch Deutsch, *Kameraden*, wenn auch nicht so gut wie Vater. Und sie hatten das Schild gelesen: »Fotoatelier H. Dietrich. Deshalb waren sie von Anfang an höflich. Vater überlegte kurz, aber schließlich war er einverstanden. Er schickte mich in die Dunkelkammer, damit ich alles vorbereiten konnte, und die Deutschen bat er, sich zu setzen. Ich machte die rote Lampe an, stellte die Schalen bereit, nahm die Fotos von der Leine, die schon getrocknet waren. Die Dunkelkammer war nicht groß. Drei auf drei Schritte. Hinter der Zwischenwand aus Holz hörte ich ihre Stimmen. Sie fragten ihn nach seinem Namen, ob er Deutscher sei. Er antwortete etwas unklar, als wüsste er, dass ich alles hörte. Übrigens konnte er sich selbst nicht entscheiden; einmal war er Deutscher und dann wieder nicht. Im letzten Krieg war er es angeblich gewesen. Vor allem, als die Russen weg waren. Nach 1918 weniger, und 1920, im Sommer, hörte er ganz damit auf und wurde Pole. Aber er quälte sich damit herum, dass das nicht viel änderte. Er hatte den Abschluss bei den Salesianern gemacht und hockte immer noch in diesem beschissenen Loch und machte Fotos. Und sie sagten jetzt ›Herr Dietrich‹ zu ihm.«

Über der unfruchtbaren Anhöhe stand reglos die Hitze. Als wäre die rote, untergehende Sonne noch heißer als am Tag. Die trockene Luft tönte wie dünnes Metall. Schwer vorzustellen, dass ein paar Kilometer weiter der Fluss floss und über den Sümpfen ein Geruch von Schlamm und Fisch hing. Stach sprach immer leiser. Zu sich selbst oder zu seiner Erinnerung. Darüber, wie die Deutschen eine Flasche geraubten Weinbrand auf den Tisch gestellt und bis weit in die Nacht gesessen hatten, während er hinter der dünnen Wand die Fotos vom triumphalen Beginn der zivilisatorischen Mission entwickelte. Er hörte, wie sein Vater in ein anderes Zimmer ging, um ihnen Fotografien aus seiner Sammlung zu zeigen. Er legte das lichtempfindliche Papier vom Entwickler ins Fixiersalz und sah in dem roten Licht Gesichter, die er kannte. Nur dass sie jetzt entsetzt aussahen. Dieselben Gestalten, aber nicht vor weißem Hintergrund, sondern im Staub kriechend. Er hörte, wie die Männer sich unterhielten. Sein Vater in fast genauso gutem Deutsch wie die beiden anderen. Durch die dünne Wand roch er den Zigarettenrauch. Es war sein Vater gewesen, der das Thema zivilisatorische Mission angeschnitten hatte. Die anderen waren nur Soldaten in einem unterworfenen Land, und die Leichtigkeit des Sieges amüsierte sie. Sie waren gut zwanzig Jahre alt und fühlten sich ein wenig wie im Urlaub. Schwer zu sagen, ob sie überhaupt schon dazu gekommen waren, jemanden zu töten. Und selbst wenn, dann hatten sie es vielleicht gar nicht bemerkt. Er betrachtete die Fotografien, die in dem roten Licht trockneten. Spätsommer inmitten eines unbekannten Volkes. Ein Abenteuer unter Männern. Wie eine Expedition ins Hochland von Tibet. Sein Vater hatte von der Zivilisation angefangen, und sie griffen das Wort erst nach einer Weile auf, als würde ihnen plötzlich etwas einfallen, wie eine vergessene Lektion, und mit angetrunkener, erhobener Stimme hieß es »ja, ja, natürlich, die Zivilisation«, und für einen Augenblick wurden sie ernster, als käme ihnen der Gedanke, dass das hier nicht nur ein Ausflug mit Waffen war, nicht nur ein Blitzkrieg in der Spätsommersonne, wenn sie vom Kübelwagen, vom Blitz oder vom Panzer fünf genussvoll auf das unterworfene Land herabschauten. Und immer öfter sagten sie »Herr Dietrich«. Als achteten sie ihn mehr, seit er sie an ihre Mission erinnert hatte. Über die Fotos gebeugt nickten sie voller Ernst. Der Vater zeigte ihnen weitere und benutzte immer häufiger das Wort »Ethnografie«. Sie hörten ihm aufmerksam zu, wie einem Lehrer. Der Weinbrand ging zu Ende, und Vater brachte einen Baczewski. Sie tranken, lobten den Wodka und sagten: »Herr Dietrich, Sie müssen Deutscher sein, Sie haben deutsche Ansichten!« Er eierte herum, brummte etwas in seinen Bart, weil er wusste, dass die Wand, hinter der sein Sohn in rotem Licht die Fotografien trocknete, dünn war.

»Dieses Arschloch hat die Volksliste unterschrieben. Und nichts gesagt, weder Mutter noch meinem Bruder, noch mir. Keiner weiß wann. Und die Deutschen kamen ihn immer wieder besuchen. Stundenlang saßen sie im Atelier. Er stellte Wodka hin und rauchte die Zigarren, die sie ihm brachten. Kunden ließ er dann nicht rein. Manchmal hat er sich vergessen und sogar mit uns Deutsch gesprochen. Oder vielleicht hat er sich gar nicht vergessen?«

Er erhob sich ein wenig und sah sich in der erstarrten Landschaft um. Es war keinerlei Bewegung auszumachen. Wydra schlief, das Gesicht auf den übereinanderliegenden Händen. Er wollte ihn mit einem Klaps wecken, hielt aber auf halbem Weg inne und nickte dem Jungen zu, er solle näher kommen. Der Junge krabbelte ungeschickt hin. Stach zeigte auf den Nacken des Schlafenden. Unter dem schmutzigen Verband kamen weiße Würmer hervor und krochen über die gebräunte Haut.

21

Sie war barfuß, und ihm wurde kalt, als er ihre braunen Füße sah. Der Rand des Rocks war dunkel und schwer vom Tau. Über der Schulter trug sie eine Leinentasche. Als er auf die Wiese getreten war, hatte sie zwischen hohen Gräsern gehockt, den Blick auf die Erde gerichtet, als suchte sie etwas Verlorenes. Sie riss einzelne Pflanzen aus, betrachtete sie, zerrieb sie zwischen den Fingern, roch daran, warf sie weg oder tat sie in die Tasche. Reglos stand er etwa fünfzehn Schritte hinter ihr. Er sah nur ihren Rücken und das dunkle, von einem schmutzigen roten Band zusammengehaltene Haar. Er getraute sich nicht, sich zu bewegen.

»Willst du noch lange da stehen?«, fragte sie, ohne den Kopf zu drehen.

Ihre kräftige Stimme prallte an der Wand des Waldes ab. So kam es ihm vor, aber vielleicht hatte die Angst nur sein Gehör geschärft. Sie drehte sich um, ohne sich aufzurichten. Langsam näherte er sich ihr und blieb stehen. Da erhob sie sich. Er nahm den Geruch ihres Körpers wahr, den Geruch von Schweiß und Rauch. Sie war kleiner als er, und er konnte den Blick nicht von dem Schatten zwischen ihren Brüsten lassen. Er versuchte ihr ins Gesicht zu sehen, doch seine Augen glitten immer wieder hinab, zu der gebräunten Haut. Um nicht dorthin zu schauen, starrte er jetzt auf die Erde, sah ihre Füße, und ein Schauer durchlief ihn.

»Na?«, fragte sie. »Ganz allein im Wald?« Sie trat einen Schritt zurück und stemmte die Hände in die Hüften. »Haben Sie keine Angst, junger Mann?« In ihrem Lächeln lag ein Hauch von Verachtung. »Sie sind doch aus der Stadt. Der Wald ist unheimlich.«

Er blickte auf und sah, dass sie ihn direkt anschaute. Er überlegte, wie alt sie sein mochte, doch er hatte noch nicht viele Frauen vom Land gesehen. In den Augenwinkeln hatte sie zarte Fältchen. »Diese Frauen müssen öfter gegen das Licht schauen«, dachte er, »und sicher sehen sie in der Dunkelheit besser.« Sie hockte sich wieder hin, und er spürte den leicht rauchigen Geruch. Es kam ihm in den Sinn, dass sie sich wahrscheinlich nicht besonders oft wusch. Jedenfalls nicht so oft wie die Frauen, die er kannte. Und dass dieser Rauchgeruch mit Schmutz vermischt war, doch zugleich mit etwas Ursprünglichem, das mit Schmutz nichts zu tun hatte. Das dachte er und betrachtete ihren gebeugten Rücken, die braungebrannten Arme und die geschickten Finger, die die Kräuter auswählten. Sie zerrieb einen Stängel zwischen den Fingern und roch daran. Er machte einen Schritt nach vorn und begann unwillkürlich zu schnuppern, als wollte er auf der Suche nach dem Duft des Krauts seinen Atem mit ihrem verbinden. Als sie die nächste Pflanze auswählte, betrachtete er ihren ausgestreckten Arm. Er stellte sich die unsichtbare Vertiefung der Achsel vor und sog instinktiv die Luft ein.

»Du bist immer noch hier?«, fragte sie, ohne ihn anzusehen.

Er wollte zurückgehen, doch in der kühlen Morgenluft schien ihr Körper Wärme auszustrahlen. Eine dichte Aura, die auf ihn übergriff und vor Kälte schützte. »Sie muss so warm sein, dass sie nicht an den Füßen friert«, dachte er. Breitbeinig hockte sie da. Den Rock hatte sie bis über die Knie hochgezogen, damit er nicht hinderlich war.

»Weißt du, wie Teufelsbiss aussieht?«

»Nein«, sagte er, »ich weiß nicht, was das ist.«

»Ein Kraut. Letztes Jahr ist es hier gewachsen, aber dieses Jahr kann ich es nicht finden. Das Blatt sieht aus wie eine Hühnerpfote, nur kleiner. Sehr klein.«

»Mit Kräutern kenne ich mich nicht aus«, sagte er und

hockte sich neben sie. »Wie eine Hühnerpfote?«, fragte er nach.

Alle Pflanzen sahen gleich aus. Grün, nass vom Tau; manche blühten. Er riss einen Halm ab und zerrieb ihn zwischen den Fingern. Wie sie.

»Das ist normales Gras. Gut für die Schafe. Sonst für nichts.«

»Und Teufelsbiss ist wofür?«

»Für alles.«

Es war still, und die Lichtung wurde in der Sonne allmählich trocken. »Wieder ist es, als wäre hier kein Mensch«, dachte er. »Alle sind weggestorben und lassen die Welt jetzt in Frieden. Das Gras wächst, die Blumen blühen, die Vögel singen, der Tau verschwindet. Weder Deutsche noch Polen. In einer Stunde wird es schon heiß, die Schatten verschwinden dann fast. Pfeif doch auf Birobidschan. Schließlich weißt du, dass es das nicht gibt. Dass keiner dort hinkommt. Du musstest halt irgendwas sagen. Aber es gibt kein Birobidschan. Es gibt keine Deutschen und keine Polen. Sie könnte mir beibringen, Kräuter zu sammeln. Teufelsbiss zu erkennen. Am Abend reibt sie sich sicher damit ein, unter den Achseln, im Schritt; und dann läuft sie auf den Kahlen Berg, obwohl es hier gar keine Berge gibt. Auf einen Hügel hinter dem Dorf, an den Ort, wo jemand sich aufgehängt hat, und dort treibt sie es mit den Teufeln. Die Teufel tragen deutsche Uniformen, die sie den Toten ausgezogen haben. Schwarz und feldgrau. Mit Löchern von polnischen Kugeln. Mit Blut. Sie treibt es mit ihnen. Ja, sie sieht aus, als könnte sie es auch mit dem Teufel treiben, und er könnte ihr nichts anhaben. Sie muss doppelt so alt sein wie ich. So alt wie meine Mutter. Teufelsbiss finden und einreiben, unter den Achseln und da unten. Um es mit ihr zu machen. Pfeif auf Birobidschan, es soll keine Deutschen und keine Polen mehr geben. Nur noch Teufel in durchlöcherten schwarzen Uniformen. Mit ihr hier bleiben bis in die Nacht, bis ich alle Kräuter kenne. Bis sie auf allen vieren geht und sich dort einreibt, mit wilden Kräutern. Und ich reibe mich auch ein. Und knie hinter ihr. An so einem stillen und schönen Tag werde ich auf die Nacht warten und zusehen, wie sie Teufelsbiss sammelt und mit dem Hintern die hohen Gräser wegfegt.«

Er spürte die brennende Sonne auf dem Nacken und auf dem Rücken den Schweiß, der die Wirbelsäule hinunterrann. Er schüttelte den Kopf, um die Bilder loszuwerden. Sie war schon weitergekrochen und achtete nicht auf ihn. Wind kam auf, das Gras wogte.

»Na ja«, dachte er. »Eigentlich ist alles, wie es war.« Er stand auf und sah sich um. Die Lichtung war nicht groß. Vielleicht fünfzig Schritt. Von allen Seiten von Wald umgeben. Kiefern, ein paar Birken, vereinzelte Espen. Die Unterseiten ihrer Blätter schimmerten weiß. Im Gras sah er seine eigene Spur. Ein gelb-schwarzer Vogel flatterte zwischen den Kronen der Kiefern. Im Wald bellte kurz ein Fuchs. »Leben«, dachte er. »Leben, das uns letztlich tötet.« Dann lachte er lautlos und sagte zu sich selbst:

»Also Birobidschan oder der Tod.«

Er drehte sich um. Sie war nirgends zu sehen. Er folgte der Spur des niedergetretenen Grases. Sie saß am Waldrand im Schatten und aß Brot. Sie brach kleine Stückchen ab und steckte sie in den Mund. Dann brach sie ein größeres Stück ab und reichte es ihm wortlos. Er hatte seit gestern nichts zwischen den Zähnen gehabt. Die Hälfte aß er gleich, den Rest steckte er in die Innentasche seiner Jacke. Sie gab ihm noch ein Stück, das er genauso aufteilte.

»Heb nichts für später auf«, sagte sie. »Vielleicht gibt es kein Später, dann ist es vergeudet.«

»Das ist für meine Schwester«, erwiderte er.

»Wo ist die?«, fragte sie.

Er machte eine Kopfbewegung Richtung Wald, obwohl er

wusste, das sollte er nicht tun. Er wusste auch, dass er nichts sagen sollte, und doch hatte er es dieser Frau gesagt, die älter als er war. Noch vor kurzem hatte er sich vorgestellt, wie er hinter ihr kniet, und jetzt hatte er von Doris gesprochen. Wieder flog ein gelb-schwarzer Vogel vorbei. Er verschwand im Wald, und kurz darauf ertönte von dort ein süßes, weiches Pfeifen.

»Seit gestern hat sie Fieber und Schüttelfrost. Ich habe sie alleingelassen. Sie wird jetzt wohl schlafen. Ich habe sie dort gelassen und bin gegangen. Ich muss ein Versteck finden. In der Nacht ist es kalt vom Tau. Sie zittert ständig. Unser Essen ist alle. Wir haben in einer Scheune geschlafen, aber dort haben sie einen Mann aufgehängt. Dann zwei Nächte im Wald. Wir haben nicht einmal etwas zum Zudecken. Im Herbst gäbe es wenigstens Blätter, irgendwas. Jetzt gibt es nur nasses Gras. Ich muss etwas mit Dach finden, damit es trocken ist, und sie muss sich zudecken können, damit sie nicht so zittert. Sie hat noch nie auf der Erde geschlafen.« Er sagte das alles mit dem sauren und schweren Geschmack des Brotes im Mund, und er warf sich vor, er sei gierig, er hätte es ihr bringen müssen. »Sie war noch nie im Wald, wissen Sie, ich meine, die ganze Zeit. Tag und Nacht, ohne Pause.«

»Daran kann man sich gewöhnen, junger Mann. Nachts ist es ein bisschen unheimlich, aber auch daran kann man sich gewöhnen. Man hört verschiedene Stimmen, aber das sind Nachtvögel. Nachts geht niemand in den Wald. Höchstens solche wie ihr, aber vor euch muss man sich nicht fürchten.«

Sie stand auf und sah ihm ins Gesicht. Sie hatte dunkle Augen und lächelte ein wenig. Unter der Oberlippe blitzten die weißen Zähne. Sie drehte sich um und ging ein Stück in den Wald hinein, in das grüne Dickicht des Adlerfarns. Es reichte ihr bis zur Hüfte. Nach einigen Schritten raffte sie den Rock zusammen und hockte sich hin. Wahrscheinlich schaute sie nicht in seine Richtung, aber er drehte sich um und blickte auf die Wiese. Es kam ihm vor, als hörte er, wie die Tropfen auf die Wedel des Farns rieselten. »Wie ein Tier«, dachte er. »Die Tiere haben es besser.« Wieder nahm er den von Holzrauch unterfütterten Geruch ihres Körpers wahr. Er hörte sie erst, als sie dicht hinter ihm stand, als er ihre Wärme spürte. Die Hände in die Hüften gestemmt, stand sie da, die Leinentasche über der Brust.

»Bei mir sind die Deutschen«, sagte sie, »aber sie passen nicht besonders auf. Warte am Abend hier auf mich.«

Durch das hohe Gras ging sie davon. Nach einer Weile blieb sie stehen und drehte sich um.

»Hast du Geld?«, fragte sie.

»Ja«, erwiderte er.

Jetzt führte sie die beiden an den Rainen entlang, aber sie musste langsamer gehen, weil sie nicht nachkamen. Max hatte den Arm um Doris gelegt. Sie ging gebeugt, seine Jacke über den Schultern. Die Nacht war hell. In der Ferne sahen sie die kantigen schwarzen Schatten der Gebäude. Träge bellten ein paar Hunde. Wieder dachte er an ihren Geruch. Dass er sie beide vor stärkerem Gebell schützte. Dass ihr fremder Geruch im Geruch der Frau unterging. Sie hielt an, sagte »Es ist nicht mehr weit« und wies mit dem Kopf auf eine dunkle Baumgruppe.

»Und ganz still jetzt«, fügte sie flüsternd hinzu, obwohl sie die ganze Zeit keinen Ton gesagt hatten.

Sie kamen in hohes, nasses Gras, dann in ein Dickicht aus Holunder. An der linken Hand spürte er die Berührung einer Brennnessel. Gleich darauf nahm er den warmen Gestank eines Stalls wahr, und er sah das riesige schwarze Rechteck einer Scheune vor sich. Aus der Ferne waren Männerstimmen zu hören. Sie trat an die Holzwand heran und schob ein breites, gelockertes Brett zur Seite. Sie mussten sich bücken und hinknien, um hineinzukriechen. Die Frau verschloss den Eingang hinter ihnen, und vollkommene Dunkelheit umgab die beiden. Sie kauerten sich auf den Boden. Er hatte fest den Arm um Doris gelegt, aber der Schüttelfrost hörte nicht auf. Die Männerstimmen riefen etwas auf Deutsch. Jetzt, in der Stille, hörte er es deutlich. Und er hörte Automotoren.

»Sind wir in der Stadt?«, fragte sie geistesabwesend.

»Nein. In einer Scheune.«

»Ich will nicht in die Scheune.«

»Es ist nicht diese Scheune«, flüsterte er ihr ins Ohr und drückte sie. »Hier ist es gut.« Er spürte an der Wange, dass ihr Haar nass war von Schweiß. »Alles wird gut. Du kannst unter einem Dach schlafen. Dich zudecken. Du kannst dich ausschlafen. Es wird warm sein, und wir bekommen etwas zu essen. Du kannst einschlafen und mir später erzählen, wovon du geträumt hast. Wir müssen nur noch ein bisschen hierbleiben. Es riecht nach Heu und Getreide. Riechst du es?«

»Ich rieche nichts. Mir ist nur kalt.«

»Ich weiß. Wir decken dich mit Heu zu, damit du es warm und trocken hast. Du schläfst ein und wirst die ganze Nacht schlafen.«

»Ich habe Angst.«

»Das ist eine andere Scheune. Eine Frau hat uns hierhergeführt. Weißt du noch?«

»Ich weiß noch, dass wir gegangen sind, dass das Gras nass war, und es war dunkel.«

»Sie hat uns hierhergebracht und gesagt, es wird niemand kommen.«

»Und da draußen? Die Autos?«

»Doris, das sind Deutsche. Aber sie kommen nicht hierher. Sie wissen nicht, dass wir hier sind. Sie werden uns nicht finden. Ich glaube ihr.«

Wieder umarmte er ihren erhitzten Körper. »Noch nie haben wir in so einer Finsternis gesessen«, dachte er. Auch in der anderen Scheune nicht. »Da war immerhin der Mond. Dann ist er untergegangen, und es wurde schwarz auf der Welt. Und hier ist es noch schwärzer.« Er hielt die Hand ans Gesicht. Er nahm ihre Wärme und ihren Geruch wahr, der sich auf der Haut gesammelt hatte. Ein Geruch, der mit nichts zu vergleichen war. Erde, Schlamm, Schmutz, ihr Schweiß. Vermischt und erstarrt in den Linien der Hand, unter den Fingernägeln. »Ob sich das wohl irgendwann wegwaschen lässt, all die Tage?«

In der Dunkelheit regte sich etwas. Er sah einen gelblichen Schein auf der Erde. Die Frau kam näher, mit einer Lampe auf der Höhe der Knie, und blieb über ihnen stehen. Er sah nur den Saum ihres Rockes und die nackten Füße auf dem gestampften Boden.

»Die Deutschen machen sich auf den Weg«, sagte sie gleichgültig. »Bring sie hierher.«

Er half Doris beim Aufstehen und führte sie durch das Halbdunkel. Mit dem Arm stieß er an ein Gatter aus Holz. Die Frau hob die Lampe höher, damit sie nicht über die mit Heu bedeckte Worfelmaschine fielen.

»Halt das mal«, sagte sie.

Er nahm ihr die verrußte Lampe ab. Unentschlossen stand er da und stützte Doris. Die Frau sagte, er solle das Licht höher halten. Sie ergriff das Holzteil an zwei herausstehenden Brettchen und zog es beiseite. Dann kniete sie hin, schob das Heu auseinander, nahm ihm die Lampe ab und kroch in die dunkle Öffnung.

»Leg sie hierhin«, sagte sie.

Sie krochen hinein. Sie hockte neben einem Lager auf der Erde. Vorsichtig legte er Doris auf einer grauen Decke ab. Mit einer zweiten, dunkelroten, deckte die Frau sie zu. Es war wie in einer warmen Höhle. Zwei auf zwei Schritt, nur auf Knien. Bretter hielten den Druck des Heus ab. Durch Ritzen in der Scheunenwand drang die Nachtluft heran. Sie nahm die Lampe und ging auf allen vieren zum Ausgang.

»Bleib bei ihr«, sagte sie.

Kurz darauf hörte er das Rattern von Holz. Sie waren allein in der Dunkelheit. Er steckte seine Hand unter die Decke und berührte ihren Arm. Sie bewegte sich ein Stück.

»Ist dir warm?«, fragte er.

»Ja«, flüsterte sie. »Wärmer. Und es stinkt nicht so wie dort.«

»Das ist Heu. Frisches. Dort haben wir auf altem Stroh gelegen.«

»Und das Bett stinkt nicht. Vielleicht ein bisschen, aber anders als dort. Irgendwie sogar angenehm. Ein bisschen wie ein Zuhause, ein bisschen wie Rauch. Ist sie gegangen?«

»Ja. Sie macht etwas zu essen.«

»Wie sieht sie aus?«

»Ganz normal. Wie die hier aussehen. Sie geht barfuß, in einem schmuddeligen Rock. Aber man sieht, dass sie keine Angst hat. Nicht mal vor den Deutschen. Ich hab dir gesagt, sie kennt sich mit Kräutern aus. Eine ganze Tasche voll hat sie gesammelt. Teufelsbiss hat sie gesucht. Und wohl nicht gefunden. Ich hab ihr geholfen. Wie eine Hühnerpfote soll das aussehen …«

»Aber wie sieht sie aus?«, unterbrach sie ihn.

Er suchte nach Worten, aber wieder kam ihm das Bild in den Sinn, dass er hinter ihr kniet und die Hände auf ihre Hüften legt.

»Sie ist älter. Hat dunkles Haar, das langsam grau wird. Sie ist braungebrannt oder dunkel wie eine Zigeunerin. Aber Zigeuner haben keine Scheunen.«

»Und Ohrringe?«

»Nein. Sie hatte die Haare zusammengebunden, das hätte man gesehen.«

»Zigeuner haben keine Scheunen? Das wusste ich nicht.«

»Sie haben gar nichts. Das heißt – Wagen. Sie wandern, weißt du. Abends machen sie Feuer an den Flüssen, morgens blasen sie die Glut an. Sie kochen etwas und ziehen dann weiter. Sie sind jeden Tag woanders.«

»Und was kochen sie?«

»Gestohlene Hühner, angeblich.«

»Sagen sie das selbst?«

»Nein. Die Leute sagen das. Dass sie stehlen und wahrsagen.«

»Ich hätte gern, dass jemand uns wahrsagt. Und ich hätte gern einen Wagen, um mit ihm weit wegzufahren. Nachts über den Fluss. Einen Wagen wie ein Boot. Und zwei Pferde. Ein schwarzes und ein weißes. Sie wären klug und wüssten von selbst, wohin sie gehen müssten.«

»Nach Birobidschan«, lächelte er in die Dunkelheit. »Durch die Steppe, die bis zum Horizont reicht. Es wäre still. Nur der Wind würde rauschen und der Wagen knarren. Am Baikalsee entlang. Am südlichen Ufer, denn am nördlichen sind Wälder.«

»Der Baikalsee ist groß, oder?«

»Ja. Der größte und tiefste See der Welt. Es wäre Winter, wir würden den Wagen verkaufen, uns einen Schlitten besorgen und mit ihm über das Eis auf die andere Seite fahren. Dann Transbaikalien, Tschita, wie schon gesagt. Wir würden im Frühjahr ankommen, wenn die Steppe blüht und es warm wird, deine Pferde, der Rappe und der Schimmel, hätten frisches Gras. Sie würden zunehmen nach dem Winter. Würden glänzend und rund werden. Die Mongolen sind im Frühsommer in den Krieg gezogen, wenn ihre Pferde wieder Kraft gesammelt hatten.«

»Wir müssten den Schlitten verkaufen und uns wieder einen Wagen anschaffen, oder?«

»Ja. Aber ich denke, dort gibt es viele Wagen. Solche mit hohen Rädern. Wir würden fahren und von oben herunterschauen, wie das Gras wogt und die wilden Tiere weiden und am Horizont Reiter vorbeiziehen. Nachts würden wir anhalten, um ein Feuer zu machen.«

»Wie die Zigeuner.«

»Ja. Wie die Zigeuner.«

»Wir sind genauso unbehaust wie sie, oder?«

»Ein bisschen schon«, sagte er.

Er strich ihr mit der Hand über den Arm, dann über den Rücken. Sie bewegte sich leicht. Er berührte ihr Haar. Es war nass. »Es ist wohl gut, dass sie schwitzt, dass der Körper das Gift loswird«, dachte er. »Das Wichtigste ist: warm und trocken. Gleich wird sie zu essen bekommen und dann schlafen können, solange sie will.« Er spürte, wie sie seine Hand ergriff und an ihre Wange hielt.

»Sprich weiter, bitte«, flüsterte sie. »Sag, wie es dort sein wird.«

»Da gibt es Kamele, Antilopen und Wölfe und blauen Himmel bis zum Horizont, und grüne Hügel und Flüsse, die sich winden wie silberne Schlangen, Selenga und Schilka, Argun und Amur und schließlich Bira und Bidschan …«

»Und keine Menschen? Weder Polen noch Deutsche?«

»Nein. Nur Reiter am Horizont und große Herden. Und große Vögel am Himmel. Adler und Geier, die nach Beute Ausschau halten. Ihre langsamen Schatten auf der Erde und die Schatten der Wolken. Und der Wagen wird knarren, und nur das werden wir hören, Doris. Nur das. Schmutzig und braungebrannt. Mit Fellen zugedeckt.«

»Max, dort ist Kommunismus, und die Leute tragen wohl keine Felle?«, sagte sie geistesgegenwärtig.

»Du wolltest, dass ich erzähle.«

»Ja. Ich weiß. Das ist ein Märchen. Wir kommen dort nicht an, mit keinem Wagen. Wir bleiben hier, in diesen Scheunen. Ich wusste nicht, dass es so viele Scheunen gibt. Überall haben wir welche gesehen unterwegs. Jeder hat eine Scheune. Und wenn man unterwegs ist, denkt man an die Scheunen. Hineingehen und verstecken. Leise. In der Nacht sind sie so groß und dunkel. In der Nacht ist hier überhaupt alles dunkel. Weißt du, ich wusste nicht, dass es so dunkel sein kann. Als wir nachts gegangen sind, hat man Häuser und Scheunen gesehen und keine Lichter. Als wäre alles leer, ausgestorben. Aber drinnen haben sie Schweine und Menschen abgeschlachtet. Ist das so? Sag. Scheinbar alles ausgestorben, aber sie töten sich weiter? Im Dunkeln und leise. Eigentlich brauchen sie kein Licht, weil sie im Dunkeln leben und töten können? Wie unter der Erde. Und wir sind jetzt bei ihnen und ziehen von Scheune zu Scheune, und es wird keinen Amur geben, nicht einmal diesen Fluss hier werden wir überqueren, niemand wird uns rüberbringen, wir werden nur von Scheune zu Scheune ziehen, von Wald zu Wald, von Sumpf zu Sumpf ...«

»Du wolltest, dass ich erzähle.«

»Ja. Weil es so dunkel ist, dass mir schwindlig wird. Als würde ich fallen und nirgends Halt finden. Und selbst, wenn du mich berührst, scheine ich zu fallen, scheinen wir zusammen zu fallen, und das ohne Ende. Wie manchmal im Traum, wenn man außer Atem kommt. Und wenn du sprichst, ist es besser. Meinetwegen auch über die Felle, die wir von den Tschuktschen kaufen werden.«

»Dort gibt es keine Tschuktschen.«

»Nicht?«

»Dort sind Burjaten.«

»Gut. Dann von den Burjaten. Wolfs- und Bärenfelle. Und ich werde fahren wie eine Tatarenprinzessin. Auf einem hohen, knarrenden Wagen, vor den Kamele gespannt sind ...«

»Und die Pferde?«

»Die Pferde lassen wir frei, aber sie werden mit uns gehen und lange Mähnen bekommen.«

»Die Kamele werden wir auch kaufen müssen, Doris.«

»Das werden wir, Max. Wir kaufen sie von den Burjaten oder von jemand anderem unterwegs. Wir haben ja Geld. Und einen großen Wagen kaufen wir, einen riesigen. Nicht auf zwei Rädern, sondern auf vier, auf acht, und zehn Kamele werden ihn ziehen. Und auf dem Wagen wird ein Haus sein, so groß wie eine Scheune.«

»Oder eine große Jurte, Doris. Damit du wie eine Tatarenprinzessin fahren kannst.«

»Ja. Eine Jurte, Max. Scheunen gibt es ja dort nicht. Eine große Jurte. Ich hab mal eine auf einem Foto gesehen. Wie ein Iglu aus Filz, stimmt's?«

»Ja, Doris. Jurten sind aus Filz.«

»Genau. Und sie sollte mit einem Muster aus der Gegend dort bemalt oder bestickt sein, und drinnen Matratzen und Kissen, Wolfs- und Bärenfelle, damit ich schlafen und fahren kann. Damit ich aufwachen und die Wolkenschatten sehen kann auf dem bis zum Horizont wogenden Gras, die schaukelnden Höcker der Kamele im Gespann und die grünen Hügel und die Flüsse wie silberne Schlangen in der Ferne. Aufwachen und einschlafen, aufwachen und einschlafen. Und wir hätten viel Brot und Speck, und du würdest die Kamele lenken und sie hin und wieder anschreien. Und manchmal würdest du zu mir kommen. Kamele sind klug, sie wüssten bestimmt, wo es nach Birobidschan geht. Und die Pferde würden hinter unserem Wagen gehen, und es wären immer mehr, weil sich uns weitere anschließen. Aus der ganzen Steppe würden sie angaloppiert kommen beim Anblick unseres großen schönen Wagens und der Jurte, groß wie eine Scheune. Welches Pferd wollte nicht mit so einem Zug gehen, Max? Welches Pferd könnte da widerstehen? Und Reiter würden sich uns anschließen. Diejenigen, die am Horizont vorbeigezogen sind. Sie kommen hinter den Hügeln hervor und traben heran. In ihren Wolfsfellen, Sturmhauben und Kettenhemden, mit ihren Bögen in Futteralen aus Rinde, mit Silber und Eisen rasselnd, Max, und sie machen sich mit uns auf nach Birobidschan. Du wirst ihnen davon erzählen, also werden sie sich nicht sträuben. Bis dahin haben sie sich von rohem Fleisch ernährt, wie könnten sie also deiner Geschichte widerstehen? Von einem Reich, wo Löwe und Lamm gemeinsam weiden und das *Kapital* lesen? Sie werden sich nicht sträuben. Wie lange kann man sich von rohem Fleisch ernähren? Meines Erachtens kann man das gar nicht, aber ich bin nur eine Jüdin aus reichem Haus und habe keine Ahnung vom Leben. Siehst du, ich wusste nicht einmal, dass es auf der Welt so viele Scheunen gibt und dass die Leute Speck essen. Eigentlich wusste ich gar nichts, bevor das alles anfing. Und jetzt fahre ich mit einem großen Wagen durch die Steppe auf einem Lager aus Wolfs- und Bärenfellen, den Blick auf die schaukelnden Höcker der Kamele gerichtet. Und wenn die Nacht kommt, werden wir kein Versteck suchen müssen, nicht wahr? Wir sind von Reitern umgeben, sie werden ein Feuer machen, und große, zottige Hunde werden uns bewachen. Du wirst kommen, um mich zuzudecken, und nachts wirst du zu mir kommen, Max.«

»Ja, Doris, ich werde kommen.«

»Und du wirst mir erzählen, wie es sein wird, wenn wir ankommen?«

»Ja.«

»Und ich möchte, dass du mir ein Tatarenkleid kaufst und silbernen Schmuck. Damit ich schön aussehe, wenn wir durch das hohe Tor von Birobidschan fahren.«

»Das werde ich. Wir haben Dollars.«

»Ich werde aufstehen, und im Rhythmus der Kamelschritte wird das Silber erklingen.«

Er spürte, wie ihr der Schweiß von den Haaren auf den Hals rann. Er zog die Hand weg. Ein Rinnsal lief zwischen ihre Brüste. Sie verstummte, schien eingeschlafen zu sein. Da hörte er ein Holzgeräusch, gleich darauf erhellte das gelbe Licht der Lampe die dunkle Öffnung. Er sah den Arm der Frau mit einer Blechschüssel und nahm sie ihr wortlos ab. Sie war heiß, er konnte sie kaum halten.

»Füttere sie«, sagte ihre Stimme. »Ich lasse die Lampe hier. Aber wirf sie nicht um. Ich komme wieder.«

Sie legte eine dicke Scheibe Brot und einen Löffel auf die Erde und verschwand. Er stellte die Schüssel ab und nahm die Decke von Doris' Gesicht. Sie brummte und bewegte sich auf dem Lager.

»Habe ich lange geschlafen?«, fragte sie.

»Einen Moment vielleicht.«

»Ich hatte das Gefühl, dass ich schlafe und es mir gutgeht.«

»Du hast erzählt, wie wir durch die Steppe fahren.«

»Ich hab erzählt?«, fragte sie und versuchte sich auf die Ellbogen zu stützen. »Ich habe geträumt, dass wir mit einem Kamelgespann fahren.«

»Du hast im Schlaf von deinem Traum erzählt«, sagte er und lächelte sie an. »Das kommt wohl vor.«

Sie setzte sich auf, den Rücken an die Bretter gelehnt. Behutsam reichte er ihr die Schüssel.

»Suppe. Sehr heiß. Kannst du selbst, oder soll ich dich füttern?«

Sie begann zu essen. Zuerst vorsichtig schmeckend, dann Löffel für Löffel. Es tropfte ihr übers Kinn, aber sie achtete nicht darauf. Sie beugte sich hinunter und schlürfte hastig. Die Haare verdeckten ihr Gesicht und die Schüssel. Er strich sie sanft zur Seite. Sie warf ihm einen flüchtigen Blick zu und aß gleich weiter. Als die Schüssel halb leer war, machte sie eine Pause und stieß einen tiefen Seufzer aus. Sie wollte etwas sagen, aber aus ihrem Mund kam nur ein langer Rülpser. Einen Moment lang war sie verwirrt, dann kicherte sie.

»Das schmeckt so gut«, sagte sie schließlich.

Er nahm den Löffel und probierte.

»Żur«, sagte er. »Saure Mehlsuppe, mit Kartoffeln und viel Speck. Sehr gut.«

»Ich habe nie was Besseres gegessen.«

»Gut, dass du Appetit hast.«

»Aber mir ist die ganze Zeit kalt. Ich spüre, dass es warm hier ist, aber mir ist kalt. Ich habe Schüttelfrost.«

»Iss das auf.«

»Und du?«

»Später. Sie gibt mir bestimmt noch was. Ich hab ihr gesagt, dass wir Geld haben.«

Wieder erschien das Licht. Die Frau reichte ihm einen warmen Blechbecher.

»Das soll sie trinken«, sagte sie.

»Was ist das?«, fragte er.

»Milch mit Honig und Kräutern. Sie wird einschlafen und bis zum Morgen durchschlafen. Und die Krankheit ausschwitzen. Sie soll das trinken, und dann lass sie allein. Du hast hier nichts mehr verloren.«

Er saß auf dem kleinen Baumstumpf und horchte auf die Deutschen. Durch die Ritzen blitzten die bläulichen Lichter der abgedeckten Scheinwerfer. Die Deutschen riefen einander etwas zu. Die Motoren dröhnten tief, um gleich darauf auf vollen Touren zu laufen, als sie mit den Geschützen im Schlepptau losfuhren. Er hörte Kommandos. Jetzt fürchtete er diese Sprache, obwohl er früher fließend Heine rezitieren konnte. Manchmal tat er das nur für sich, manchmal für Doris. *Die schönste Jungfrau sitzet dort oben wunderbar, ihr goldnes Geschmeide blitzet, sie kämmt ihr goldnes Haar.* Er hatte Angst, dass jemand ihn auf Deutsch ansprechen könnte und er antworten müsste, aber keinen Ton herausbekäme. »Ich hätte Russisch lernen sollen«, dachte er. Aber er kannte nur den Anfang der Internationale, die er mit seinen Kumpeln zu singen versuchte, wenn sie betrunken waren. »Wacht auf, Verdammte dieser Erde, die stets man noch zum Hungern zwingt! Das Recht wie Glut im Kraterherde mit aller Macht zum Durchbruch dringt.« Zwischen den alten, dunklen Möbeln, an dem Tisch mit einer weißen Spitzendecke und einer Kristallvase.

Immer lauschend, ob nicht einer der Hausbewohner zurückkommt. Auf den Straßen hatten sie Angst. So wie sie vor den Demonstrationen der Arbeiter Angst hatten, die manchmal unten vorbeizogen. »In diesem Land müsste man sowohl Deutsch als auch Russisch können«, dachte er. »Wenn die einen oder die anderen kommen, kann man mit Französisch und Englisch wenig anfangen. Bevor man auf einen gebildeten Offizier trifft, kann es schon zu spät sein.« Er hörte das Knirschen der Schlepper, auf denen sich die Geschütze befanden. Das Scheppern der Raupen.

»Sie sind nicht gefährlich«, hatte die Frau zu ihm gesagt. »Hier kommen sie gar nicht her. Sie bewachen ihre Kanonen. Und manchmal setzt sich einer ans Feuer im Hof.«

Sie hatte ihm eine Zigarette gegeben. Er rauchte sie jetzt vorsichtig, schnippte die Asche auf den Boden und zertrat sie mit dem Absatz. Als er aus der Höhle gekommen war, hatte sie gesagt, er solle sich ins Dunkle auf den Baumstumpf setzen. Den Rest des Raumes sah er nicht. Er hörte sie nur herumhantieren. Er hörte das Quietschen der Scharniere, wenn sie nach draußen ging, und das Geräusch des Holztors. Doch die Deutschen waren lauter. Sie sind so laut, weil sie einen weiten Weg vor sich haben und nie zurückkommen werden, dachte er. Sie sind unterwegs zu dem trägen, wilden Fluss. Zu diesen Gebäuden, die ein einziger Funke vernichten würde, wenn die Zeit käme. Verbrannte Erde würde übrigbleiben, und sie, Doris und Max, müssten sich in der Asche verstecken. In den Überresten der Brandstätte. Schwarz von kaltem Ruß. Er hatte die Frau gefragt, ob es jemanden gebe, der sie ans andere Ufer bringen könnte. Sie hatte nicht geantwortet und war in der Dunkelheit verschwunden. Mit einer warmen Schüssel kam sie zurück. Er spürte, wie ihr Rock seine Knie berührte. In seiner Nase mischte sich der Geruch von Schweiß mit dem der Suppe. Er war hungrig und erregt zugleich. Er begann die Hafersuppe zu essen. Die weichen Kartoffeln und angebratenen Speckstückchen rannen warm und fließend die Speiseröhre hinunter. Über die Schüssel gebeugt aß er, biss dazu von dem Brot ab und sah nicht auf. Er aß und witterte.

»Es gibt welche, die rüberfahren«, sagte sie. »Aber jetzt ist es schwierig. Es ist hell, und die Deutschen brechen auf. Man weiß nicht, was kommt.«

»Und die da?«, fragte er und wies auf die Holzwand.

»Die fahren Richtung Krystopol. Dahin, wo die Brücke ist.«

»Ziehen sie nach Osten?«

»Ich weiß nicht«, erwiderte sie. »Aber Soldaten sitzen nie lange an einem Ort.«

Sie nahm die leere Schüssel und ging. Jetzt rauchte er wieder die Zigarette von ihr. Es war eine deutsche. »Birobidschan«, dachte er und musste leise lachen. »Irgendwas musste ich ja erzählen im Wald und vorher, als wir aus der Stadt flohen. Und es musste entsprechend groß sein, groß und dumm, um das alles unterzubringen – die Scheunen, die schmutzigen Bauern, die getöteten Schweine, die Aufgehängten, den ganzen Dreck. Es musste größer sein. Man darf nicht vom Regen in die Traufe kommen. Auch wenn sie es nicht geglaubt hat, so hat sie doch zugehört, als ich erzählte. Und sie hat selbst die Kamele erfunden. Man muss erzählen. Von etwas Fernem, wo man nicht hinkommen kann. Denn man kann doch. Sie sind ja dort hingefahren und geblieben. In den Sümpfen. Sie haben Pfähle eingerammt, Erde aufgeschüttet, Gräben gegraben. Weit weg von allem. Weiter geht es nicht. Weiter sind nur Chabarowsk und Wladiwostok. Das Ende der Erde. Wie dumm. Und hier ist es nicht dumm? Ein paar Monate, und es ist hier genauso hoffnungslos, furchtbar und dumm wie in Chabarowsk. Aber dort gibt es wenigstens keine Deutschen und keine Polen.« Er dachte daran, dass er noch nie einen Russen gesehen hatte. Tolstoi, Turgenjew, *Die Dämonen*. Lenin auf Französisch. *Mein Leben* von Trotzki auf Polnisch. Er wusste, dass er auf der anderen Seite Trotzki vergessen müsste, obwohl der ihm besser gefiel als Lenin, weil er besser schreiben konnte.

Beinahe lautlos kam sie zurück. Sie setzte sich neben ihn auf den Baumstumpf und rauchte ebenfalls.

»Und was haben Sie in der Stadt gemacht, junger Mann?«

»Ich habe studiert.«

»Um was zu werden?«

Er wusste nicht, was er sagen sollte, und schwieg.

»Mechaniker? Ingenieur? Arzt?«

»Ich habe Philosophie studiert«, sagte er nach kurzer Pause leise.

Es war dunkel, aber es kam ihm vor, als schüttelte sie den Kopf – vor Erstaunen oder auch Bewunderung. Es kam ihm vor, als blickte sie ihn direkt an. Das diffuse Licht brachte kaum ihre Gestalt zum Vorschein. Die Umrisse der Schultern, den Kopf, das zusammengebundene Haar. Sie saß so nahe, dass er ihren von Rauch gesättigten Atem riechen konnte. Er stellte sich vor, sie hätte die Schenkel gespreizt und die nackten Füße fest auf den Boden gestemmt. Er stellte sich vor, dass er dazwischen kniete.

»Da müssen Sie sehr klug sein«, sagte sie.

»Wohl nicht besonders«, erwiderte er und machte eine unbestimmte Handbewegung in der Dunkelheit.

»Aus reichem Haus?«, fragte sie weiter.

»Nicht mehr«, brummte er.

Jemand schien näher zu kommen. Sie horchten einen Moment. Eine Männerstimme sagte etwas auf Deutsch, doch er konnte die Worte nicht verstehen.

»Keine Angst«, sagte sie. »Das ist ein Bekannter.«

Sie stützte die Hände auf die Knie, stand auf und ging auf das Tor zu. Kurz darauf folgte er ihr, blieb aber am Rand der Dunkelheit stehen. Den anderen Teil erhellte eine auf einem Tischchen stehende Lampe. Er sah ein Bett, ein paar an Nägeln aufgehängte Sachen. Pfanne, Strick, ein Stück Stoff. Das gelbliche Licht holte einen nicht allzu großen Raum aus der Dunkelheit, der an eine Höhle voller Schatten erinnerte. Die Frau stand an der kleinen Tür, die ins Scheunentor eingelassen war. Mit dem Rücken zu ihm sagte sie etwas, doch die Geräusche der Motoren und Raupenfahrzeuge übertönten ihre Worte. Sie sah sich rasch um, dann öffnete sie einen Spalt die Tür und schlüpfte nach draußen. Nach ein paar Minuten kam sie zurück, ein Päckchen unter dem Arm. Sie schloss die Tür mit einem Eisenriegel und stand einen Moment da, die Stirn gegen das Holz gelehnt. Er zog sich in die Dunkelheit zurück und setzte sich wieder auf den Baumstumpf. Nach einer Weile kam sie, stand etwas unentschlossen da, wortlos, dann setzte sie sich auch.

»Ein Bekannter, wie gesagt«, sagte sie schließlich. »Er ist gekommen, um sich zu verabschieden.«

»Ein Deutscher?«

»Wir haben Krieg, junger Mann. Auch ein Deutscher kann nützlich sein. Er hat Kaffee gebracht. Echten. Willst du?«

»Ich kann mich nicht erinnern, wann ich zum letzten Mal welchen getrunken habe.«

»Siehst du. Warte. Ich mach das Feuer hier an.«

Er spürte einen warmen Lufthauch, als sie den Rock zusammenraffte und sich umdrehte. »Ich werde deutschen Kaffee trinken«, dachte er. »Auf dem Weg in das verdammte Birobidschan. In einer Bauernscheune. Mit einer älteren Frau, die mir nicht aus dem Kopf geht. Ich weiß nicht einmal mehr, wie der Krieg angefangen hat.« Er hatte ein paar Tage und Nächte auf dem Dach des Hauses verbracht, doch die Häuser hatten nur ein Stück weiter gebrannt, so dass er den Sand in der Kiste gar nicht hatte anrühren müssen. Er hätte eigentlich sogar in den Osten gehen sollen, wie alle nicht Mobilisierten, aber der Befehl wurde schließlich zurückgenommen. »Dafür bin ich jetzt hier. Aber niemand nimmt mich in irgendeine Armee. Nicht einmal die Sowjets. Sie werden denken, ich sei ein

Spion.« Je länger er hierblieb, in den Scheunen und im Dickicht auf dieser Seite des Flusses, desto mehr kam ihm Birobidschan wie ein idiotischer Traum vor, eine Spinnerei. Die Motoren draußen wurden allmählich leiser. Die Raupenschlepper und Lastwagen fuhren weg. »Wir werden für immer hierbleiben«, dachte er. »Nirgends wird man hingehen können, sie werden überall sein. Hier wie dort.« Dann erinnerte er sich an die Abende, als er bei Lampenlicht stundenlang auf die Landkarten gestarrt hatte. Als er Atlanten – polnische, deutsche, österreich-ungarische – aufgeschlagen und die Unendlichkeit studiert hatte. Er hatte das Lineal angelegt und den Kopf geschüttelt. War auf eine Zigarette auf den Balkon gegangen, hatte in die dunkle Nacht geblickt und sich vorgestellt, wie sich der Himmel wölbt über der Krümmung der zum Pazifik abfallenden Erde. Dann war er zurückgegangen und hatte den Krümel Palästina und das Fleckchen Polen gesucht. »Wie eine zufällige Verschmutzung, als wäre etwas auf das Papier gefallen oder getropft«, dachte er dann.

Er hörte, dass sie zurückkam. Zuerst quietschte das Scharnier, das Türchen nahm mit hölzernem Geräusch wieder seinen Platz ein, dann roch er den Kaffee. Die Becher trug sie in der einen Hand, die Lampe in der anderen. Sie stellte die Lampe ab. Ein goldener Kreis fiel auf den gestampften Boden, die zwei Blechbecher und ihre nackten Füße.

»Trink. Ich hab ihn stark gemacht.«

Er führte den Becher zum Mund, blies einen Moment auf den Rand und schlürfte. Der Kaffee war kräftig und süß. Gierig trank er in kleinen Schlucken. Sie zauberte ein neues Päckchen Zigaretten hervor, machte es auf und reichte ihm eine. Dann nahm sie die Lampe, drückte auf den Hebel, der verrußte Schirm ging hoch, sie zündete ihre Zigarette an und hielt ihm das offene Flämmchen hin. Er versuchte es so zu machen wie sie, aber er stellte sich ungeschickt an, das Feuer reichte nicht heran. Sie nahm die Zigarette aus seinem Mund, steckte sie an und reichte sie ihm wortlos. Einen Moment lang kam es ihm vor, als sähe er ein Fleckchen Speichel auf dem Papier, und während er einen Zug machte, suchte er nach dem Geschmack.

»Fliehen Sie zu den Russen oder sind Sie Kommunist?«, fragte sie.

»Wir sind auf der Flucht«, erwiderte er und blies den Rauch aus.

»Man hört, alle Juden wären Kommunisten.«

»Nein, nicht alle. Die Leute sagen vieles.«

»Ich weiß. Ich kenne Juden aus Hruszowa, aus Jastrzębowo. Was sollen das für Kommunisten sein? Aber der Pfarrer hat das gesagt, und die Leute plappern es nach.« Sie trank einen Schluck und stellte den Becher zwischen ihre Füße. »Ich hab im Leben noch keinen Kommunisten gesehen. Ich weiß gar nicht, wie die aussehen. Haben Sie welche gesehen?«

»Ja. In der Stadt, bei Umzügen.«

»Und wie sehen sie aus?«

»Wie normale Menschen. Arbeiter. Sie marschieren und singen die Internationale oder die Rote Fahne. Die Polizei vertreibt sie.«

»Sind sie arm?«

»Ja, eher arm.«

»Und gehen auch Frauen mit?«

»Ja. Weniger, aber schon.«

»Gut. Hier gehen die Frauen nirgends hin.«

Sie machte einen Zug. Die Zigarette hielt sie zwischen Daumen und Zeigefinger. Die Hand knapp über dem Boden. Der Rauch stieg senkrecht nach oben, und er hatte den Eindruck, dass er unter dem Rock verschwand, der sich über den Schenkeln spannte.

»Weit nach Russland hinein?«

»So weit wie möglich. Nach Osten. Vielleicht sogar hinter den Ural.«

»Und wenn die Deutschen kommen?«

»Deshalb so weit wie möglich. Sie werden übrigens nicht weit kommen. Das lässt Stalin nicht zu. Vielleicht ein Stück weit, aber wissen Sie, wie lang man mit dem Zug durch Russland fährt? Durch ganz Russland? Von West nach Ost?«

»Woher soll ich das wissen?«

»Zwei Wochen! Tag und Nacht.«

»Ich bin nie mit dem Zug gefahren«, sagte sie mehr zu sich selbst.

»Und durch ganz Deutschland einen Tag und eine Nacht. Dann ist schon Schluss.«

»Waren Sie da?«

»Ja.«

»Und wie ist es da?«

»Schön. Nicht so wie hier.«

»Viele gemauerte Häuser?«

»Nur gemauerte.«

»In den Dörfern auch?«

»Ja. Überall. Mit roten Ziegeln gedeckt.«

»In gemauerte geht kein Ungeziefer.«

»Da gibt's wahrscheinlich gar kein Ungeziefer.«

»Bei uns ist nur der Gutshof gemauert, und in Hruszowa die Kirche. Beide mit Blechdach.«

»Wenn es regnet, hört sich das schön an auf dem Blech.«

»Ja. Es regnet, und der Gutsherr im Hof lauscht. Wo waren Sie noch, junger Mann?«

»In Italien.«

»Und wie ist es da?«

»Alles aus Stein. Aus weißem oder grauem.«

»Das ist wohl nicht so schön.«

»Doch, weil alles gemeißelt ist.«

»Wie bei uns die Grabsteine«, sagte sie und nickte.

»Aus Marmor. Das hält tausend Jahre.«

»Wozu? Im ersten Krieg ist das Dorf abgebrannt, und sie

haben es gleich wiederaufgebaut. In zwei, drei Jahren. Sie haben das Holz auf dem Fluss transportiert, von weit her. Da sind große Wälder. Nicht so wie bei uns. Sie haben die Bäume gefällt und ins Wasser gelassen. Einen oder zwei Tage sind sie geschwommen. Stein wäre nicht geschwommen.«

Im Dunkeln sah er ihr Gesicht nicht, aber er war sicher, dass sie lächelte. Er erinnerte sich an die winzigen Fältchen um die Augen, die er am Tag bemerkt hatte, und an die zwei von der Nase zu den Mundwinkeln laufenden Falten. »Vielleicht ist sie nicht älter als Mutter, aber die vielen Stunden in Sonne und Wind ...«, dachte er. Sie hatte hohe Wangenknochen, und ihre Nasenlöcher hatten sich leicht bewegt, als sie ihn dort im Wald angesehen hatte.

»Und wo waren Sie noch?« Sie hörte nicht auf zu fragen.

»In Paris«, sagte er leise und spürte seine Verlegenheit.

»Ich war in Dorohucza, bevor die Russen einmarschiert sind. Ich bin mit meinem Mann auf den Markt gefahren. Das war lustig dort. Manchmal brauchten wir zwei Tage für die Rückfahrt.«

»Mit Ihrem Ehemann?«, fragte er nach.

»Meinetwegen mit dem Ehemann«, erwiderte sie. »Er hat viel getrunken. Das Wasser hat ihn mitgenommen.«

»Dann sind Sie jetzt allein?«

»Sozusagen.«

Man hörte nur noch die Motorräder und vereinzelte in der Dunkelheit verhallende Stimmen. Und einen oder zwei Kübelwagen. Sie fuhren abwärts, Richtung Fluss, um dann auf dem Pfad Richtung Osten die Brücke zu erreichen. Ihm kam es vor, als hörte er Schüsse, aber das konnten auch die schlecht eingestellten Vergaser der Zündapps sein. Denn wer sollte hier auf wen schießen? Die Nacht schloss sich über ihnen, und keine Spur blieb, nicht einmal Staubwolken. Bei der Windmühle mussten sie rechts abbiegen und durch das Dorf fahren, das schwarz und unbewegt dalag. Kein einziges Licht. Die Häuser und anderen Gebäude sahen aus wie die Wände einer Schlucht. Niemand schoss also, niemand machte Licht, aber es schlief auch niemand. Vielleicht die Kinder. Die Frauen lagen im Bett, die Männer lauerten an den Fenstern und starrten auf die langsam vorbeiziehenden, düsteren Maschinen. Auf die Kreise der blinden Scheinwerfer, die über den sandigen Weg glitten. Sie horchten auf das Brummen der Motoren, das Quietschen der Getriebe und das eintönige Rattern der Raupen. In den grauen Panzern spiegelte sich der Mond. Und keine Menschenseele. Als kröche hier eine gigantische Metallschlange. Als wäre sie der Erde entwachsen, schon vollkommen fertig, geformt, zu undurchbohrbaren Flächen verschweißt, mit Nieten, Gelenken und Haken verbunden, um einen Flächenbrand zu entfachen, um ihr Drachenfeuer zu speien auf die Holzhäuser, von denen nur Asche bleiben würde – Asche und die backsteinernen Schienbeine der Schornsteine. »Woher haben die so viel Eisen, verdammt, wo wir hier jeden Nagel zählen und die verrosteten aus alten Brettern ziehen, um sie geradezuklopfen?« Sie standen in Unterhosen am Fenster und schnüffelten der Eisenschlange hinterher, die einen Gestank aus Abgasen und Schmiere hinterließ, gemischt mit sandigem Staub, der noch lange über dem Dorf hängen sollte, nachdem es still geworden war. Die Mutigeren gingen im Morgengrauen hinaus auf die Straße und sahen sich die Spuren an. Sie hockten sich hin und berührten die kantigen Abdrücke der Raupen, die wie eine gleichmäßige Naht ins Unendliche führten.

»Und haben Sie eine Freundin, junger Mann?« Ihre Fragen waren wie eine Litanei.

»Nein. Habe ich nicht«, erwiderte er rasch.

»Schade. Schade um Sie, junger Mann.«

Sie griff nach ihrem Becher, nahm ein paar Schluck und stellte ihn wieder auf den Boden. Er tat das Gleiche und hörte, wie die Becher leise gegeneinanderklirrten. In dem goldenen

Lichtkreis sah er wieder ihre Füße. Er wagte nicht, den Blick auf sie zu richten, weil er sich sehr wünschte, sie möge ihn anschauen, und sich nicht sicher war, ob sie das tun würde. Im Halbdunkel wollte er sehen, wie sie den Kopf hebt und das zusammengebundene Haar nach hinten wirft, und er wollte ihren Atem hören.

»Es ist Krieg«, sagte sie.

»Ich weiß. Mir müssen Sie das nicht sagen.«

Sie griff unter ihre Bluse und holte die Zigaretten heraus. Zwei davon steckte sie in den Mund, zündete sie an der Lampe an und reichte ihm eine.

»Hier«, sagte sie. »Kaffee und Zigaretten. Jetzt, wo sie weg sind, wird es nicht mehr so gut sein. Machorka und eine Brühe aus Zichorie, ohne Zucker. Du hast sicher normalen, echten Kaffee getrunken? Zum Frühstück mit einem weißen Brötchen. Ja?«

»Und mit Milch«, antwortete er und betrachtete ihre Hand am Rande des goldenen Lichtkreises. Den Rauchstreifen, der nach oben stieg und sich im Halbdunkel auflöste.

»In einer Porzellantasse? Hat deine Mutter dir das Frühstück gebracht?«

»Nein. Das Dienstmädchen. Meine Mutter hat ihren Kaffee bei sich im Zimmer getrunken. Erst danach ist sie gekommen«, sagte er leise, als erzählte er etwas Erfundenes oder etwas, dessen er sich nicht sicher war.

»Armer Junge«, sagte sie ohne eine Spur von Spott. »Dort, wo du hingehst, wird es auch keinen Kaffee geben und keine deutschen Zigaretten. Die, die dort herkommen, sagen, da gibt es nur Kommunismus.«

»Ich weiß. Aber wir können nicht zurück. Wir können nichts anderes tun, stimmt's?«

Langsam erhob sie sich, schob mit dem nackten Fuß die Becher weg und stellte sich dicht vor ihn. Jetzt spürte er den Geruch, den er schon am Morgen hatte einsaugen wollen.

Endlich trennte ihn davon keine Luft, keinerlei Raum mehr. Seine Nasenspitze berührte ihren Rock. Max erstarrte. Er spürte, dass die Kippe ihn brannte, also zerdrückte er die Glut zwischen den Fingern, wie er es einmal bei einem Arbeiter auf der Straße gesehen hatte. Der Schmerz war heftig, und er wollte schon zischen, doch da legte sie ihm die Hand auf den Kopf, schob ihre Finger in seine Haare und zog ihn zu sich.

»Hab keine Angst«, sagte sie leise.

Das hatte er nicht. Er bebte, und ihm wurde heiß. Auf dem Gesicht spürte er die Berührung nackter Haut. Er schmiegte sich mit der Wange an sie, und sie zog ihn enger an ihren Bauch. Mit beiden Händen nahm sie seinen Kopf und drückte ihre Hüften dagegen. Bevor er irgendetwas denken konnte, umfasste er mit den Armen ihre Taille. In dieser Umarmung verflochten, schaukelten sie eine Weile vor und zurück. Sie drückte gegen ihn, er tat das Gleiche, und sie fanden einen gemeinsamen, wiegenden Rhythmus. Er berührte ihre Pobacken, spürte, wie sie sich anspannten, und drückte fester. Da spannten sie sich noch mehr an und wurden hart. Er hätte sie gern auseinandergezogen, aber er hatte nicht den Mut. Er ging mit dem Gesicht weiter nach unten und schnupperte in den Rockfalten. Beschämt wollte er den Atem anhalten, da spürte er ihre Hand auf dem Nacken. Sie stöhnte, stellte die Beine weiter auseinander und nahm seinen Kopf zwischen ihre Schenkel.

»Ich habe keine Angst«, flüsterte er.

»Das musst du auch nicht«, erwiderte sie, und er war sich sicher, dass sie in die Dunkelheit lächelte und den Kopf zurückwarf.

Sie zog ihn fester an sich, und er drückte mit dem Gesicht auf die heiße Stelle, aus der der Geruch kam, nach dem er sich den ganzen Tag gesehnt hatte. Erst jetzt spürte er ihn richtig, und er erinnerte an nichts, was er kannte. Dieser Geruch drang durch die Nasenlöcher ein und breitete sich im Körper aus, die Wirbelsäule hinauf und hinunter, wie ein dunkles Feuer. Er spürte, wie sie leicht die Knie beugte und ein wenig nach unten ging, als wollte sie sich noch mehr öffnen. Sie hielt ihn an den Haaren und zog ihn mit aller Kraft an sich. In einer festen Grätsche stehend, wiegte sie sich nach vorn und hinten. Unter seinen Händen spürte er den harten, angespannten Hintern und versuchte ihn jetzt ohne Scham auseinanderzuziehen. Er spürte, wie sie die Finger in seinen Haaren bewegte und seine Zärtlichkeit erwiderte. Da ließ er sich von dem Baumstumpf auf alle viere fallen, steckte den Kopf zwischen ihre Schenkel und drückte mit aller Kraft, als wollte er sie hochheben. Er hörte sie dumpf stöhnen, also tat er das noch einmal, noch stärker, um diesen unterirdischen, tierischen Laut zu hören. »Verdammt, die Entführung Europas«, kam ihm in den Sinn. »Und sie schläft dort, sicher ganz nass vom Schweiß.« Doch gleich darauf verschwanden die Gedanken, denn sie zog den Rock zwischen den Schenkeln heraus und setzte sich rittlings auf seinen Nacken, ein rauer, unerbittlicher Ritt, in dessen Rhythmus sie stöhnte. Der heiße, intensive Geruch lief von seinem Nacken auf die Schultern und gelangte in die Nase. Einen Moment lang dachte er, er werde ersticken, aber er öffnete den Mund, um das alles einzusaugen, denn er wollte daran sterben. Und er hörte, wie das Blut in ihren Schenkeln pulsierte. Sie ließ ihn einen Augenblick los und legte sich auf den Rücken. Sofort kroch er dem Geruch nach. Tief atmete er ihn ein und grub sein Gesicht in sie. »Wie ein Hund«, dachte er, »wie ein Hund, der aus der Schüssel frisst.« Er verlor das Zeitgefühl und erlangte es erst wieder, als er ein langes, schönes Jaulen in der Dunkelheit hörte. Ihre nackten Füße rieben mit leisem Geräusch am Boden.

Er lag mit dem Gesicht auf ihrem weichen Bauch. Sie wickelte sich seine Haarsträhnen um die Finger. Er lauschte ihrem ruhigen, zufriedenen Atem. Ihre Haut war noch nass vom Schweiß. Sie roch nach Rauch und Petroleum.

»Hast du das schon mal gemacht?«, fragte sie leise.

»Nein«, flüsterte er, »noch nie.«

»Mein schöner Junge hat noch nie eine Möse geleckt.« Sie zauste ihm das Haar und lächelte. »Keine Angst gehabt?«

»Nein.«

»Warum nicht?«

»Ich wollte das sehr. Seit heute Morgen, da auf der Wiese.«

»Das hab ich gesehen«, sagte sie, streichelte über seinen Nacken und schlüpfte sanft unter seinem Körper weg. Sie stand auf, nahm die Lampe und ging weiter in die Scheune hinein, wo das Bett war. »Komm. Und mach dir keine Sorgen. Sie wird noch lange schlafen.«

22

In diesem Sommer war ich länger zu ihm unterwegs als gewöhnlich. Das Land hatte sich gerade geöffnet, also war es ein wenig wie unbekanntes Terrain. Ich hatte ein Zelt, zwei Isomatten für die Bequemlichkeit, einen Schlafsack und einen Gaskocher ins Auto gepackt. Im Morgengrauen war ich losgefahren, gleich schräg nach Nordosten, um so schnell wie möglich die 816 und den Fluss zu erreichen. Das war wie immer nicht besonders klug. Doppelt so weit wie normal. Aber der Lockdown war vorbei, und ich brauchte das Land. Die langen Junitage hinter der Scheibe und den Halt an den Tankstellen der Kreisstädte mit ihrem armseligen Kaffee. Oder irgendwo auf freiem Feld, um mir selbst welchen zu kochen. Die mobile Einsamkeit. Für fünfzehn, zwanzig Kilometer einen mitzunehmen und übers Leben zu plaudern. Dass es keine Busse gibt, keine Autos, dass es eigentlich gar nichts gibt, aber reden wollen sie, und sie lachen, und wenn sie aussteigen, dann wie gute Kumpel, und sie zücken nicht einmal eine Münze, damit es nicht peinlich wird. Ja. Also meinetwegen dreihundert Kilometer mehr. Richtung Hrubieszów, um mich an den Fluss zu schmiegen, der auf der rechten Seite bald erscheint, bald wieder verschwindet. Er lockt und ist wieder weg. Aber man kann in die sumpfige Einöde fahren, direkt ans Ufer, und sich eine chinesische Suppe machen. Das Wasser hat – selbst an sonnigen Tagen – einen gläsern-braunen Ton. Von den Schatten der Weiden auf beiden Seiten. Der Fluss ist so schmal hier, dass man einen Stein hinüberwerfen kann. Hier gibt es nichts. Sumpfige Steppe. Man muss »Vier mal vier« anschalten, um sich ein bisschen zu quälen. Manchmal einzelne Häuser direkt am Ufer. Wie vernachlässigte

Bootshäuser. Manche sehen verlassen aus. Grenze, Ende des Landes. Also eine chinesische Suppe und Kaffee, auf den tiefen Horizont starrend. Doch gleich rattert ein Diesel, und aus dem Gebüsch kommt ein grüner Landrover.

»Bisschen spät geworden«, sage ich.

»Was heißt da spät«, erwidert ein stattlicher Feldwebel. »Wir haben Sie seit drei Stunden im Blick.«

Eigentlich empfinde ich eine Art Stolz, und ich reiche ihm sofort den Ausweis. Er liest und fragt:

»Wo ist das denn?«

»Nicht weit vom alten Übergang in Konieczna.«

»Aaaah«, sagt er und gibt ihn dem Zweiten, damit der aufschreiben kann.

»Kann man das Zelt aufschlagen und ein Feuer machen?«, frage ich.

»Ja«, erwidert er. »Aber man muss eine Genehmigung von der Direktion in Chełm haben.«

»Dann halt nicht. Dann fahre ich noch ein Stück und schlage es woanders auf«, sage ich, und wir verabschieden uns höflich.

Aber diesmal bin ich nirgends abgefahren. Ich wollte zu der Stelle, wo der Fluss die Grenze verlässt und nach Westen abbiegt. Dort wollte ich übernachten. Unweit des Städtchens mit dem hohen Schlossberg, um den sich die Strömung windet. Bei Sonnenuntergang wie eine Feuerschlange. Deshalb beeilte ich mich. Nachmittags begann es zu regnen. Es war der Tag der Wahl. Überall hingen die Bildnisse des Schönlings und des Tölpels. Sie sahen seltsam aus in dieser Landschaft, denn in den Dörfern und an den Seitenstreifen gab es keine Reklame, keinerlei Bekanntmachungen, dass der Schweinekamm nur Groschen koste und die Hähnchenschenkel fast umsonst seien. Höchstens »Austausch von Gasflaschen«. Ansonsten nur die beiden: der Schönling und der Tölpel. Nass geworden vom Regen. Den Pausbäckigen hatte ich ein paar Tage zuvor bei uns im Landkreis auf einem Marktplatz gesehen. Er hatte die Ärmel des weißen Hemdes hochgekrempelt und brüllte laut. Hauptsächlich über Familie und Vaterland. Er brüllte, und man konnte hören, wie sehr er an das glauben wollte, was er faselte. Jetzt hing er hier und da im Regen. Ein bisschen runzlig und schlaff. Im Reich meiner Kindheit, an dem Fluss, der sich bei Sonnenuntergang wie eine Feuerschlange um den Schlosshügel windet. Er wollte es retten. Es aus dem ewigen Niedergang führen, weg von der Ofenbank, auf der man hockte. Aber zusammen mit der Ofenbank. Das Reich meiner Kindheit, wo der Fluss die Grenze verlässt und nach Westen biegt. Das Reich der Kindheit meines Landes.

Ich fuhr vorsichtig. Ich hatte Geländereifen, die sich noch an den Schotter und die Unwegsamkeit der Mongolei erinnerten. Für nassen Asphalt nicht so gut. Es schüttete immer stärker, ich fand mich damit ab, dass es am Abend kein Lager geben würde. In Sumpf und Dunkelheit, nach zwölf Stunden Fahrt. Aber ich kannte ein Hotel, das zwischen der Straße und dem mit Kiefernwald bewachsenen, sandigen Hügel lag. Der Fluss floss gleich hinter der Straße. Das Hotel war immer ein bisschen leer. Zu groß, zu demonstrativ, zu aufgehübscht für diese Gegend. Im Zwielicht der Rezeption wogten seltsame Fische in einem mächtigen Aquarium. Gleich hinter der Straße Welse und Hechte, und hier tropische Schönheiten in beleuchtetem Wasser. Mein Land. Wieder erinnerte ich mich an meine Tanten, wenn Anfang der siebziger Jahre ein Paket aus Amerika eintraf, mit den ersten bügelfreien Hemden. Sie standen an der Wäscheleine, berührten den dünnen Stoff mit hell- und dunkelblauen Streifen und schüttelten ungläubig den Kopf. In der Sonne war er in einer halben Stunde trocken. Sie nahmen ihn in die Hand, kneteten ihn, und wieder konnten sie es nicht glauben: Er knitterte kein bisschen, wurde sofort wieder glatt. »Knitterfrei« sagte man damals zu diesen Hemden. Sie waren hervorragend. Nur dass das bügelfreie Material keine Luft durchließ, das heißt, die eleganten Typen schwitzten wie ein Schweinebraten und stanken schon gegen Nachmittag. Das fiel mir alles ein beim Anblick dieser Fische im Aquarium. Die Wäscheleine hing damals neben dem Brunnen. Und in den Brunnen war eine Pumpe montiert, die jemand aus Moskau mitgebracht oder geschickt hatte. Man drückte einen Knopf, und aus dem Schlauch kam Wasser. Zum ersten Mal seit Jahrhunderten musste man nicht den Eimer hochziehen oder den Schwengel betätigen. Eine Pumpe aus Moskau, Hemden aus New York. Frühe siebziger Jahre.

Das komplizierte Netz der verzweigten Verwandtschaft habe ich nie so ganz verstanden – Tanten, Frauen der Onkel, Großtanten, die ganzen Klans, die zur Verklärung des Herrn um den Tisch herum saßen, denn da war in der Gemeinde Kirchweih. Ich war ein Stadtkind, doch alle verlockenden, süßen und verbotenen Dinge habe ich dort erfahren. Dort habe ich mich zum ersten Mal bis zur Besinnungslosigkeit betrunken, dort habe ich zum ersten Mal einen Mädchenkörper berührt, dort habe ich zum ersten Mal nackte, selbstlose Gewalt gesehen. Und all das in das halbdunkle Licht dieses ländlichen Altertums getaucht. Als blickte ich ins Innere eines Märchens. In die Tiefe eines Narrativs, eines Bildes, von dem man den Blick nicht wenden kann; das im Geist, im Herzen und unter der Haut bleibt bis zu den letzten Tagen.

Am Morgen checkte ich aus und ging an den Fluss. Es war heiß und stickig. Ölig floss das Wasser und dampfte in schlammigem Gestank. Irgendwo da drinnen, in den Schleifen, standen die legendären Welse und lauerten auf Beute. In den uralten Unterwasserabgründen, in der grünen Finsternis. Wie all die Bilder, die uns am Leben erhalten, obwohl wir wissen, dass sie nur schöne Erfindungen sind. Ich ging zum

Auto und fuhr in Richtung des Städtchens, um an der Tankstelle einen Kaffee zu trinken. Die Straße stieg leicht an, und links, hinter dem Fluss, lagen gestreift die bläulichen, nebligen Erhebungen. Als hätte jemand die menschenleere Landschaft sanft gepflügt. Ich stellte mir vor, sie zöge sich ins Unendliche, es gäbe nichts dort außer der Grenzenlosigkeit.

Die Tankstelle mochte ich, weil sie einen großen Parkplatz hatte und die Typen in den Firmenanzügen mit dem singenden östlichen Akzent dieser Gegend sprachen. Und gleich dahinter begannen die Mais- oder Weizenfelder. Wie ein Element umschwammen sie gelassen diese Insel der Zivilisation. Morgens erschienen hier müde Männer, um Bier und Zigaretten zu kaufen. Oder um ihre zwanzig Jahre alten deutschen Diesel und alten Traktoren zu tanken. Manchmal ein paar Jünglinge mit Brüsseler Nummernschild. Und ringsum die landwirtschaftliche Unendlichkeit der Monokulturen. Früher gab es Beete, Äcker, Raine. Obwohl einem ihr Ausmaß auch schon damals zusetzte, wenn man an heißen Tagen in den Feldern mit Klee, Serradella oder bei der Heumahd in mühseligem Getrippel mit der Harke oder Gabel von einem Ende zum anderen gehen musste. 1973 oder 1974. Jetzt ist alles größer geworden, obwohl es eigentlich umgekehrt sein müsste, wenn man nach Jahren ins Reich der Kindheit zurückkehrt. Es war mächtiger, ausgedehnter. Mais bis zum nahen Horizont, Raps, der die Erde mit dem Himmel verband. Der schwere Weizen lag flach von den sintflutartigen Regenfällen. Und keine Tiere, keine einzige Kuh. Früher standen sie hier, weideten oder lagen da und kauten, zu zweit, zu dritt, auf ihren Wiesen, unweit der Häuser und der schattigen, von hohen Pappeln umstandenen Gehöfte. Natürlich gab es jetzt auch irgendwo Kühe. Verborgen in Ställen, die sich über Dutzende Meter erstreckten. Sonne sahen sie so gut wie nie, sie produzierten lediglich Milch und wuchsen – unbewegt, festgebunden – mit Fleisch zu.

Und dann die Silos. Die gigantischen silbernen Zylinder würden sich am Ende des Sommers mit Getreide füllen. Man konnte sie von weitem sehen. Sie überragten die Dörfer wie einst die Kirchtürme. Die Sonne spiegelte sich in ihnen, der Himmel spiegelte sich. Sie sahen fremd aus und passten nicht in diese Landschaft. Als wäre eine außerirdische Zivilisation in diesem Reich der Märchen, der Legenden und der Tradition gelandet, hätte ihre glänzenden Konstruktionen hinterlassen und wäre wieder abgeflogen. So kam es mir vor. Wie ich mich vor einiger Zeit auch nicht damit abfinden konnte, dass die Heuhaufen verschwanden und durch weiße Ballen von Silage ersetzt wurden. Vor allem im Süden des Landes, wo das Heu früher auf Leiterbäumen getrocknet wurde und die hohen Heuhaufen abends lange schwarze Schatten warfen. Diese Schatten fehlten mir. Nun ja – die ganze Landschaft verändert sich. Wird vereinfacht, geglättet. Hunderte Hektar Weizen, Hunderte Hektar Mais und kein einziger Rain, auf dem ein Baum wachsen könnte, der Kühle und Schutz für die Vögel böte. Schatten und Vögel sind überflüssig geworden.

Ich fuhr zum Marktplatz. Wie immer war er eher leer und schattig. Franziskaner, Jesuiten, orthodoxe Kirche. Überall waren die Schweden, Tataren, Russen, Deutschen, »Andersgläubigen« und Kommunisten gewesen. Wohin man ging, Erinnerungen an Brandstätten. In der orthodoxen Kirche hatten die Sowjets einen Schlachthof eingerichtet. Der Rest wurde ein ums andere Mal abgebrannt. Messbücher und Heiligenbilder hatten sie weggebracht, um sie irgendwo in der Gegend zu verstecken. Und jetzt diese Schläfrigkeit, diese Lethargie, als Belohnung sozusagen, nach Jahrhunderten des Flächenbrands. Angehaltene Luft und Stille. Ferien. Krähen in den Baumkronen am Marktplatz. Wieder ging ich zu dem Haus, in dem er gewohnt hat, als er die Berufsschule besuchte. Es war das ärmlichste am ganzen Marktplatz. Mit Dachpappe verkleidet, damit es nicht durchzieht. Wenn es heiß war, musste es nach Teer riechen. Von hier aus hat er sich auf den Weg zu den sowjetischen Bunkern gemacht, um Stahl für die Schlosserarbeiten zu holen. Als wir das letzte Mal hier waren, stieg er ganz langsam den Schlossberg hinauf und wieder hinunter. Von oben blickte er in die weite Welt, in die er, aus einer Hütte ohne Strom, von der anderen Seite des Flusses gekommen war, um nie wieder zurückzukehren.

Jetzt gab es keine Deutschen hier und auch keine Armee von Rákóczi. Und keine zaristische Kaserne im Benediktinerkloster hinter der Stadt. Die Zeit drang in aller Ruhe in die Materie ein und sprengte sie lautlos. Statt der Tataren. Die Stimmen waren anscheinend schon grob ausgezählt, und der Stadt drohte keine Veränderung. Nichts sollte anders werden. Der Wurm der Vergänglichkeit sollte weiterhin Türpfosten und Rahmen höhlen. Wie eine schöne Wolke sollte die Ewigkeit über dem Marktplatz stehen und ihren gütigen Schatten werfen. Ich ging zum Franziskanerkloster. Zu dem, das die Andersgläubigen abgebrannt hatten und das die Russen danach traditionellerweise als Kaserne und Gefängnis nutzten. Im Seitenflügel war eine Buchhandlung. Leer und still. Hinter der Theke saß eine Ordensschwester. Ich fragte, ob sie etwas über das Städtchen und die Umgebung habe. Ratlos sah sie sich um. Auf Regalen und Tischen lagen Hunderte, vielleicht Tausende Bücher. Hagiografien, Ratgeber, Handbücher, Papst- und Kochbücher, Alben zu Pontifikaten und Gott weiß was. Schwere, farbige Hochglanzbände. Schließlich fand sie in einer Ecke eine Broschüre mit unscharfen Fotos.

»Das ist alles?«, fragte ich.

Etwas verlegen sagte sie ja. Ich nahm die Broschüre und ging.

»Ach, du tausendjährige Burg«, seufzte ich. »Grenzfestung.

Keine zweihundert Seiten schlechtes Papier und graue Fotos wie damals in der *Trybuna Ludu*, auf jedem zweiten ein Pfarrer, auf jedem dritten eine Kirche. Du hast wahrhaftig Besseres verdient.«

Doch dann hörte ich auf zu jammern und dachte: Außer Kirchen gibt es hier ja fast nichts. Zwei Tankstellen, ein Biedronka-Markt, ein Laden namens »Topaz« und ein Kulturzentrum mit dem Kino »Daniel«, denn Olbrychski hat in jungen Jahren hier gelebt. Nichts außer diesen beharrlich wiederaufgebauten Ruinen reichte hier in die Vergangenheit zurück. Ich ging zu den Jesuiten. Hier hatte Johannes Paul II. 1991 ein Bistum errichtet. Zusammen mit der Kurie, der Kathedrale, einem Seminar und einem Hotel war dies die größte Institution in der Stadt und der Umgebung. Etwas Größeres gab es nicht. Ringsum und unten ärmliche Häuschen, Schuppen, Hühnerställe, Hundehütten, Gärtchen, Satteldach und Parterre, und auf der Böschung das hier, von einer Mauer umgeben, mit einem schwarzen Skoda Superb im Hof. Und keine Menschenseele. Es thronte über dem provinziellen und provisorischen Land, das für ein Leben, für anderthalb gebaut war. Mit dem Holzwurm in Fenster- und Türrahmen. Ja. Hier gab es nichts Dauerhaftes, nichts wuchs für länger als bis zum eigenen Tod aus der Erde. Nichts außer diesen rekonstruierten Brandstätten.

Ich fuhr also hinunter, hinter die Stadt. Vorbei am Benediktinerkloster rechter Hand. Wie ein großer weißer Flügel in der Einöde oder ein ins Nichts führendes Tor. In meiner Broschüre war zu lesen, nach dem Krieg sei kein Stein auf dem anderen geblieben. Doch jetzt stand das Kloster wieder. Ich fuhr am Fluss entlang, mal weiter weg, mal näher dran. Die tiefliegenden, sumpfigen Wiesen trennten die Straße vom Strom, der sich hier wand, mäanderte und in blinden Nebenarmen verlor, in Seen, die im Frühjahr mit Wasser vollliefen und jetzt in der Hitze dampften und sich zu grünlichem

Schlamm verdichteten. Es brauste, schäumte, blubberte, floss über. Wie in einem kühleren Amazonien. Die Fülle kam aus dem Boden und vermehrte sich hemmungslos, unverschämt, unzüchtig. Denn es war Juni, und ein Wolkenbruch folgte auf den anderen. Wasserströme aus dem Himmel und grüne, schäumende Säfte aus der Erde – Stängel, Gerten, Halme schossen empor wie kühles, süßliches Blut. Ein wilder, ein anmaßender Fluss. Er tat, was er wollte. Er floss über, strich ein, ertränkte, um sich dann in sein Hauptbett zurückzuziehen, eine Fülle von fauliger Materie und Wasserkreaturen hinterlassend, die er großzügig der Vernichtung preisgab. Nach dem Regen rutschte das Auto angenehm auf der aufgeweichten Straße. Die Bunker der Molotow-Linie, nie benutzt, glotzten zum anderen Ufer hinüber. Schwarz geworden, mit Flieder bewachsen, würden sie bestimmt bis in alle Ewigkeit hier stehen.

Ich suchte nach einem Platz für mein abendliches Lager. Irgendeine Abfahrt direkt an den Fluss, aber eine, die ein Personenwagen nicht schaffen würde, denn ich wollte meine Ruhe haben. Abgelegen und mit Ausblick. Schließlich wurde ich fündig. Ich fuhr durch die tiefliegenden Wiesen, hier und da gemäht, aber nicht zu sehr, durch unregelmäßige Äcker, an eine Stelle, wo man nur mit dem Traktor hinkam. Fasane, Kiebitze und Hasen flüchteten, als sie den Motor hörten. Direkt am Wasser hielt ich an, auf einem Stück sandiger Erde. Jemand war vor mir hier gewesen und hatte einen schwarzen Feuerkreis hinterlassen. Aber keinen Müll. Keine Flaschen, Dosen, kein Plastik. Ein guter Platz, dachte ich. Am anderen Ufer, zwischen hohen Bäumen verborgen, stand ein ehemaliges orthodoxes Frauenkloster, das jetzt eine soziale Einrichtung beherbergte. Mein Ufer war abschüssig, und eine Kolonie von Uferschwalben nistete hier. In dichten Schwärmen flogen sie über das Wasser und säuberten mit unablässigem Tschilpen die Luft von den Mücken. In der Nacht hörte ich im Halbschlaf ein mächtiges Platschen im Fluss. Ich dachte, es sei der Wels von früher. Ein Wels von der Größe eines Menschen. Aber als ich morgens ans Ufer ging, zeigte sich, dass ein Stück der Böschung abgebrochen war, unterspült vom Hochwasser der schnellen Strömung.

Einige Tage lang wanderte ich durch die Gegend. Durch die Dörfer, die sich so tief duckten, als wollten sie den Fluss nachahmen. Ja. Ich wollte die alten Zeiten wittern. Den Geruch der Tiere, die warme Morschheit des Holzes, die Finsternis, in der sich nach Sonnenuntergang kaum etwas regte. Die Phantasien, die sich nie erfüllen würden, doch außerhalb der Zeit existierten wie feuerbeständige Materie in einer Flamme. Ich wusste, dass es all das nicht mehr gab, und doch schimmerte es durch meine Tage hindurch und kam jetzt an die Oberfläche wie die warme Strömung eines Flusses, der ins kalte Meer fließt.

Hier, in der Nähe des Altwassers, waren die Felder immer noch recht klein, die Häuser bescheiden, auf den Schotterstraßen standen Pfützen. Alles unbewegt und still. Kaum ein Fahrzeug. Die wenigen Menschen folgten mit dem Blick meinem Auto. Die großen Areale begannen weiter oben. Dort, wo das Wasser nie hinkam. Das Älteste hielt sich nahe am Strom. Als suchte es Schutz vor dem Neuen. Jedenfalls das dem Aussehen nach Älteste. Geduckt und ärmlich. Weiter vom Fluss entfernt waren dann die schmiedeeisernen Zäune, hinter ihnen die kreisförmigen Zufahrten, geschnittenen Thujen, die Gutshöfe mit Erkern und Säulen. Das ganze käufliche Zeug, teils Tradition, teils Demonstration. Deshalb entfernte ich mich nicht zu sehr vom Fluss. Ich hielt mich an meine Vergangenheit. Immer wieder näherte ich mich ihr an, obwohl ich wusste, dass ich nie zurückkehren konnte.

Das Haus dort verkam allmählich, seit Großvater gestorben war. Es gab die Scheune nicht mehr, den Pferdestall, den

Schweinestall, es gab die »Gemauerte« nicht mehr, das heißt die Sommerküche. Nur das Haus stand noch. Ich erinnere mich, wie sich vor zehn, fünfzehn Jahren, nachdem die morsche Scheune zerlegt worden war, der Blick nach Süden öffnete. Eine Aussicht, die es früher nicht gegeben hatte. Eine Aussicht, die ich nie gehabt hatte. Die plötzliche Veränderung der Welt, die seit meiner Kindheit immer die gleiche gewesen war, empfand ich als umso schmerzhafter, als sie in einer Gegend geschah, in der sich normalerweise nicht viel veränderte. Die neue Aussicht war wie ein Fenster auf die andere Seite der Wirklichkeit. Diese Landschaft hatte es vorher nie gegeben. Ganz plötzlich war sie erschienen, im Laufe eines Tages.

Jetzt wuchsen überall junge Eschen. Über der abgebröckelten Einfassung des Brunnens in der Mitte des einstigen Anwesens lag dichter grüner Schatten. In meiner Kindheit und Jugend habe ich am Küchenfenster gesessen und die Sonnenuhr des Hofes betrachtet. Über der Sommerküche stieg die Sonne auf, über der Scheune stand sie im Zenit, und über dem Pferdestall ging sie langsam unter. In den Lichtflecken buddelten die Hühner Löcher und nahmen Sandbäder. Großvater führte das Pferd aus dem Stall, dessen Rücken wie eine reglose rötliche Flamme glänzte. In der Abenddämmerung kehrten die Kühe von der Weide zurück und schleppten ihre Ketten hinter sich her, die im letzten Tageslicht einen unbegreiflichen, schwarz-silbernen Glanz ausstrahlten. Die Zeit floss zwar, kehrte aber immer wieder zu ihren Quellen zurück. Ihr Strom rahmte die Welt kreisförmig ein und verlieh ihr Geborgenheit.

Das Haus war nur mit einer Haspe verschlossen. Ich betrat das Zimmer, das damals als eine Art Kammer diente. Großvater bewahrte hier Getreide auf, Schrot, empfindlichere Wirtschaftsgeräte, Teile des Pferdegeschirrs und wohl auch gesalzene Schinken. Deshalb roch es in diesem kühlen, fensterlosen Raum damals nach Leder, trockenem Roggen, feinem Getreidestaub, sättigendem Essen und Petroleum. Diese Gerüche waren verschwunden. Von den eingebrochenen Brettern des Bodens stieg Moder auf. Nur eine Dezimalwaage war noch da. Die hatte niemand gestohlen. Niemand brauchte sie mehr. Nur die Gewichte aus massivem Eisen waren verschwunden.

Behutsam ging ich über den brüchigen Boden. In die Diele, dann in die Küche. Alles war tot und klein. Eine Platte des dunklen, kalten gekachelten Herdes war geborsten und eingesackt. Das Fenster mit Spinnweben bedeckt. Mein Cousin hat hier einmal einen kleinen Fuchs auf dem Fenstersims sitzen sehen. Da wo einst das Radio stand, das von riesigen, nach Teer riechenden Zellen gespeist wurde. Wo in einem großen Glas langsam der Sauerkirschsaft entstand. Ich ging behutsam und leise, als fürchtete ich, dass ich die Geister wecken könnte. Dass die früheren Ereignisse auferstehen könnten.

Betreten wir die früheren Tage, weil wir nach Rettung suchen? Geben wir uns der Illusion hin, weil wir das Unvermeidliche fürchten? Ich weiß nicht. Manchmal kommt es mir vor, als wäre ich ein Geist. Ich irre umher, von niemandem gebraucht, völlig nutzlos. Die Leute wenden eine Weile den Blick von ihren Beschäftigungen ab, dann kehren sie zu ihnen zurück und vergessen mich. Ich hinterlasse ein wenig Neugier und sicher ein bisschen Unruhe. Wie jeder Fremde.

Jahrelang habe ich mir dieses verfallende Haus angeschaut. Ich hätte mich darum kümmern sollen, doch ich habe nur meine Melancholie gestillt. Ich habe zugesehen, wie das Dach einsackte wie der Rücken eines kranken Tiers, wie Regen und Frost den erkalteten Schornstein zerbröselten. Wie die Balken unter der Verschalung hervorkamen, wie grauer Staub herausrieselte und Insekten in der morschen Dunkelheit Schutz fanden. Ja. Ich habe nichts getan. Weil es leichter ist, eine Erscheinung zu sein, als sich mit dem Leben zu befassen. Es ist leichter, zwischen den vergangenen Tagen herumzuirren, die –

erkaltet, erstarrt – uns nie mehr, wirklich nie mehr Verletzungen zufügen können.

Das dachte ich, als ich über den brüchigen Fußboden schritt. Er war so morsch, dass er nicht einmal knarrte. Feuchtes Dunkel sickerte hervor. Ich ging in das tote Haus hinein, in dem ich früher glücklich gewesen war. Morgens, im Sommer, schwebte in den schrägen Sonnenstrahlen goldener Staub. Vom Hof fiel das Licht herein. Ebenso wie all die Geräusche der morgendlichen Betriebsamkeit. Das Klirren der sich abwickelnden Kette am Brunnen, wenn der Eimer in das kalte Dunkel tauchte, dann das Knirschen des Wellrads, wenn er wieder nach oben wanderte. Das Brüllen der Kühe beim Tränken. Das klägliche Quietschen des Tors, wenn es geschlossen wurde. Das Gackern und Flattern der Hühner, wenn der Hund sie jagte. Der tiefe und schwere Klang von geschmiedetem Metall, wenn Großvater das Ortscheit am Haken des Wagens anbrachte, und dann das Rattern, wenn er losfuhr, aufs Feld oder ins Dorf, um etwas zu erledigen. Grundlegende Geräusche. Ich kannte sie alle, bevor ich sie benennen konnte.

Ich betrat das Zimmer, in dem Großmutter gestorben war. Es war klein, keinerlei Einrichtung. Ein Miniaturzimmer, wie eine Puppenstube. Das Bett, in dem sie starb und in dem ich in den Ferien schlief, war nicht mehr da. Als sie im Sterben lag, schlief ich im Nebenzimmer, in dem festlichen Gästezimmer, das nur zu außergewöhnlichen Anlässen geöffnet wurde. Das Erinnerungsfoto von Vater während seiner Zeit bei der Armee gab es nicht mehr. Dabei hatte es immer hier gehangen. Hinter Glas, gerahmt. Vater in der Uniform eines Bombardiers, denn er diente in der Artillerie, rundherum ungeschickt gemalte Geschütze, Panzer, Husarenflügel und bestimmt ein Lorbeer- oder Eichenkranz. Es hatte seit jeher hier gehangen, und jetzt war es nicht mehr da. Nicht einmal eine Spur an der Wand, von der die Tapete abgegangen, die grau geworden war, fast unsichtbar, denn sie hörte allmählich auf, irgendetwas abzutrennen oder zu schützen. Was die Husarenflügel betrifft, so kann ich mich irren, denn die waren eher ein Attribut der Panzerstreitkräfte, nicht der Artillerie. Im Übrigen kann ich mich in vielem irren. Das hat keine Bedeutung.

Großmutter starb im Sommer, nebenan, hinter der Wand, die jetzt unsichtbar wird und die mich damals vom Tod abgrenzte. So wirksam, dass ich keine Angst hatte. Das heißt, ich hatte überhaupt keine Angst vor dem Tod. Ich war nur traurig und neugierig. Als ich das Zimmer betrat, von den Tanten gerufen, fiel das gleiche schräge Licht herein, schwebte der gleiche goldene Staub in der Luft, wie wenn ich dort schlief. In demselben Bett. Nur war es sicher stiller. Es war so still wie jetzt, wenn auch die jungen Eschen jetzt kein Sonnenlicht mehr hereinließen. Draußen herrschte Hitze, doch hier stieg finstere Feuchtigkeit unter dem Boden hervor, aus der Erde. Fünf auf drei vorsichtige Schritte. Das war das Bubenzimmer. Damals erschien es uns luxuriös. Normalerweise schlief man in der Küche, gegenüber vom Ofen. Jetzt konnte ich mich kaum umdrehen. Ich hatte Angst, dass durch meine Schritte, meine Bewegungen, durch meine bloße Anwesenheit das Haus zerbröckeln, einbrechen, auseinanderfallen könnte. Ich hatte Angst, ich könnte es zerstören, obwohl ich doch, wie ich glaubte, hierhergekommen war, um es irgendwie zu retten. So wie viele Male zuvor. Doch ich sah mir nur den langsamen, unwiderruflichen Niedergang an. Mir kam in den Sinn, ich sollte mich hier schlafen legen. Ich sollte den Schlafsack und die Matte aus dem Auto holen und mein Lager an der Stelle aufschlagen, wo das Sterbebett meiner Großmutter gestanden hatte, an der Stelle, wo ich im Sommer morgens aufwachte, um das Wunder der Existenz der Welt zu erleben. Doch ich hielt es dann doch für eine Art naiver, vielleicht auch riskanter Nekromantie.

Ich wartete, bis es dämmerte, und schlug das Zelt unter dem ausladenden Apfelbaum auf. Ich trank eine halbe Flasche

Wein und lauschte den Geräuschen des Dorfes. Sie waren fern und selten, und die Abendluft verschluckte sie spurlos. Ich kroch in den Schlafsack, wo ich sofort einschlief und keinerlei Träume hatte. Jedenfalls konnte ich mich an keinen erinnern.

Morgens, noch im Schlaf, dachte ich: Ich bin wie dieses Land, ständig kehre ich in die Kindheit zurück. Der Schatten des alten Apfelbaums schützte mich vor der Morgenhitze. Die grüne Hülle des Zeltes war nass vom nächtlichen Tau. Verschlafen und träge aalte ich mich und dachte: Ich bin dieses Land. Ich habe das Bedürfnis, mich im Fruchtwasser des Vergangenen von einer Seite auf die andere zu wälzen, Wasser, das längst vertrocknet ist. Wie in einem toten Aquarium, das ich mit meinen eigenen Träumereien fülle. Je älter ich werde, desto größer wird meine Unsicherheit, also suche ich nach Zeichen der Rettung irgendwo am Anfang. In all den Ereignissen, die einen Augenblick gedauert haben und erloschen sind wie eine Flamme im Wind. Ich kann mich nicht einmal mehr an sie erinnern, sondern muss sie mir einbilden. Sie aus dem klebrigen Schlamm der Worte formen. Wahrheit und Erinnerung zusammenstückeln, mit meiner Versiertheit im Faseln. Mit der Schlauheit meines Herzens, das alles tut, um sich rühren zu lassen. Ich bin wie dieses Land, das den großen, traurigen Schädel abwendet, um zurückzuschauen. Weil es nur dort Trost finden kann.

Schließlich kroch ich aus dem Zelt. Es war ein klarer Morgen. Irgendwo in der Ferne tuckerte mühsam ein Traktor. Abgesehen davon herrschte Stille, denn die Ernte hatte noch nicht begonnen. Stille zwischen dem endlosen goldenen Getreide und dem blauen Himmel. Und einen Kilometer weiter der grüne Fluss. Ich zog das Zelt aus dem Schatten, damit es in der Sonne trocknen konnte. Mit dem Kocher machte ich Kaffee. Wie beim wirklichen Campen, obwohl ein paar Schritte entfernt das Haus stand. Ich trank den heißen Nescafé und wollte in Gedanken zu den Träumereien von meinem Land zurückkehren, das nicht erwachsen werden will, und zu meiner Angst, die mich in Visionen Trost suchen lässt, aber die Sonne war schon ein Stück hochgestiegen und fiel auf die verrottende Giebelwand, wo in morschen Gängen Eidechsen, Insekten und Saprophyten lebten. Das Haus wird schließlich verschwinden, dachte ich, es wird zu Staub zerfallen, Licht und Leere, vereint, werden es verschlingen. Und die Erscheinungen der früheren Tage werden verschwinden. Mit mir zusammen verschwinden.

Ich bin also länger gefahren als gewöhnlich. Vielleicht um den Moment der Begegnung hinauszuzögern. Um die sichere Vergangenheit über die Gegenwart zu legen, die sich als zerbrechlich erwiesen hat und keinerlei Halt bietet. Schließlich ist es besser zu phantasieren als zuzusehen, wie wir sterben. Die Schatten der Vergangenheit weichen sanft zurück, wenn wir ihr Reich betreten. Und die Materie stirbt einfach ab, wird immer schwerer, und wir wissen nicht, was wir mit ihr anfangen sollen.

23

Ein unbekanntes Geräusch weckte ihn, aber er öffnete nicht die Augen. Ein zarter Klang. Im Rhythmus von Schritten und vom Knarren des Fußbodens, so kam es ihm vor. Doch ihm war warm, und er fühlte sich sicher. Er versuchte weiterzuschlafen, verschränkte die Arme über der Brust etwas stärker und ließ den Kopf tiefer sinken. Er versuchte, etwas Gutes oder etwas Gleichgültiges zu träumen, aber er konnte die Träume nicht von seinen Erinnerungen unterscheiden. Sagen wir also, er träumte, wie er versuchte, das Boot mit zwei russischen Leichen auf dem Boden vom Ufer abzustoßen. Siwy hockt lauernd am Bug, und Miętus kniet in der Mitte und wischt das Messer an der Uniform eines der toten Soldaten ab. Er betätigt das Ruder und lenkt den Kahn stromabwärts. Da blitzt etwas am anderen Ufer, auf dem schwarzen Wasser erscheint eine silberne Naht, die die linke Bordwand erreicht, Miętus wirft es nach hinten, und sein Körper fällt rücklings auf die Soldatenleichen.

»Scheiße«, schreit Siwy.

»Ins Wasser!«, hört er seinen eigenen Schrei, und sie gleiten in die Tiefe zwischen Bordwand und Ufer und halten sich an dem aufgequollenen Holz fest.

In der Stille ist nur ein leises Plätschern zu hören, als sie bis zur Hüfte stromabwärts waten, von den dünnen Brettern geschützt.

»Verdammt, wer ist das? Die Deutschen?«, fragt Siwy.

»So ein Arsch«, erwidert er. »Wir gehen abwärts und dann ans Ufer, wenn es etwas flacher wird.«

Er sieht, dass Siwy die Vis in der erhobenen Hand hält, und will ihm schon sagen, er solle sich zusammenreißen, doch er begreift, dass der Zugführer die Waffe einfach vor dem Wasser schützen will. Vom anderen Ufer kommt wieder eine Serie von Schüssen, aber die Geschosse bleiben im Steilhang stecken und berieseln sie mit Sand.

»Das ist eine scheiß MP«, sagt Siwy. »Als hätten sie auf uns gewartet, verdammt.«

Wieder blitzt es, der schwarze Wasserspiegel wird geritzt, birst, und sie spüren, wie die Serie die Bordwand erreicht, sie durchschlägt und in menschlichem Fleisch erlischt.

»Der gute Miętus«, sagt Siwy. »Jetzt war er noch nützlich.«

Sie schieben das Boot mit der Leichenbarrikade in der Mitte weiter. Die nächste Serie geht über sie hinweg.

»Sie schießen von einer Stelle aus«, sagt Siwy.

»Das ist gut«, erwidert er.

Kurz darauf geben sie ihren Schutz auf und klettern in einer kleinen Bucht die abgerissene Böschung hinauf. Siwy geht dicht an der Erde und hält auch ihn fest. Sie schauen, wie die Strömung das Boot erfasst, das von einer weiteren Serie verfolgt wird.

Schließlich hörte er auf zu träumen oder sich zu erinnern und machte zögerlich die Augen auf. Eine Lampe mit Milchglasschirm warf einen Lichtkreis auf einen Tisch mit dunkler Politur. Siwy ging gemächlich die Wände entlang und sah sich die Bilder an, obwohl die im Halbdunkel fast schwarz waren. Seine Schritte waren es, die das Glas in der ebenso dunklen Kredenz zum Klingen brachten. Die Luft roch nach Petroleum und Wachskerzen. Die dunkelgrünen Vorhänge an den drei Fenstern waren zugezogen. Der Fußboden knarrte leise. Irgendwo hinter ihm tickte langsam eine Uhr.

»Alles heilig«, brummte Siwy in seinen Bart.

In der Ecke des Zimmers, wo ein kleiner Altar mit einem Bild der Muttergottes vom Spitzen Tor stand, machte er kehrt und schlug vorsichtig die Hacken zusammen. Er umrundete das Zimmer, kam wieder zu dem Bild und wiederholte das Manöver.

»Wie? Willst du ihr nicht salutieren?«, fragte Lubko und öffnete die Augen jetzt ganz.

»Da muss man wohl knien«, erwiderte Siwy. »Gehst du in die Kirche?«

»Vor dem Krieg habe ich sonntags die Leute über den Fluss gebracht. Während Messe war, saß ich im Boot, denn es hätte jemand rufen können.«

»Wieso haben die sich fahren lassen? Hatten sie keine Kirche?«

»Zu weit weg. Obwohl sie sogar gemauert war. Sie kamen lieber zu uns, in die Holzkirche. Für fünf Groschen, für ein Ei. Immerhin gab's Rührei am Sonntag und unter der Woche.«

»Du kennst die Gegend gut«, sagte Siwy und machte erneut kehrt.

Als die letzte Serie verhallt war, hatten sie langsam die Köpfe gehoben. In den schwarzen Himmel schossen nacheinander drei rote Raketen. Der schwarze Fluss glänzte wie Blut.

»Laufen«, sagte Lubko und rannte los, ohne sich umzusehen.

Sie ließen den Fluss hinter sich. Sie hörten, wie die Kletten knisterten und immer wieder der Schlamm klatschte. Das Gelände ging leicht bergauf, und sie begannen zu schnaufen. Der Zugführer machte etwas langsamer, doch Lubko rannte gebückt, ohne stehen zu bleiben, in Richtung des dunklen Streifens vor ihnen. Hinter sich hörten sie ein weiteres trockenes Krachen, und am Himmel leuchtete die nächste Rakete. Diesmal weiß. Sie liefen, und es kam ihnen vor, als sähen sie auf der Erde ihre gebeugten Schatten. Sie waren sicher, dass ihnen der Atem ausginge, bevor die Leuchtrakete erlöschen würde. Dann rannten sie zwischen die dunklen Gebäude des Dorfes. Sie rochen den stickigen Gestank der Schweineställe, die

Hunde bellten. Lubko führte sie eine Weile über einen sandigen Pfad an den Zäunen entlang, dann bog er plötzlich in einen schmalen, kaum sichtbaren Durchgang zwischen den Gehöften. Nach ein paar Minuten hatten sie die Reihe der Häuser hinter sich und liefen an einem mit Weiden bewachsenen Rain entlang. Wieder ging es aufwärts, und Siwy machte wieder langsamer, also rief Lubko, ohne sich umzudrehen, er solle schneller laufen. Der Zugführer stolperte und fiel fast hin. Er stützte sich mit den Händen ab und ging weiter, aber er konnte nicht mithalten, Lubko entfernte sich immer mehr. Schließlich blieb er stehen, röchelte: »Zugführer, verdammt, mach schon!« und lief einen Pfad zwischen den Kornfeldern lang.

Am Rande des Kiefernhains ließen sie sich fallen. Sie lagen nebeneinander und keuchten. Siwy rollte auf den Rücken und breitete die Arme aus. Als er endlich wieder normal atmete, drehte er sich auf den Bauch und hielt Ausschau nach dem Weg, den sie zurückgelegt hatten.

»Hast du gewusst, wohin wir laufen?«, fragte er.

»In den Wald.«

»Hier gibt es kaum Wälder. Fast nur Felder.«

»Ich weiß.«

»Das heißt, du hast es gewusst.«

»Ich hab gewusst, dass der hier am nächsten ist und dass sie zuerst am Fluss suchen würden.«

»Gib mal das Zeiss-Glas her«, sagte er zu Lubko.

»Du wirst einen Scheiß sehen. Zu dunkel.«

»Gib her.«

Lubko kniete sich hin, streifte das Hemd von der rechten Schulter und nahm das schräg über der Brust hängende Fernglas ab. Er wischte die Gläser und hielt sie dann an die Augen.

»Sie sind nicht mal beschlagen«, sagte er und reichte das Fernglas Siwy.

Der versuchte zuerst, auf dem Fluss das Boot zu finden,

aber die Strömung war dunkel. Als wäre sie mit dem Dunkel der Nacht vollgesogen, das erst im Tageslicht verdampfen oder sich lichten müsste wie Nebel. Das Boot konnte abgedriftet oder in einer Biegung hängengeblieben sein. Oder es konnte durch die zerstörte Bordwand mit Wasser vollgelaufen sein und, mit den Leichen beladen, knapp unter der Oberfläche dahingleiten. »Aber sie werden es bestimmt finden«, dachte er. »Sie werden ihre beiden Männer suchen. Am Fluss entlanggehen. Oder reiten.« Er hielt das Fernglas weiter flussaufwärts.

»Man kann tatsächlich einen Scheiß sehen«, sagte Siwy dann.

»Obwohl es ein deutsches ist.«

»Wir haben kein Boot mehr. In ein paar Stunden ist es hell.«

»Es gibt Furten.«

»Ich nehme dich in meine Abteilung auf.«

»In welche Abteilung, verdammt?«, fragte Lubko und schielte zu Siwy hinüber. »Zu der von damals, am Kreuz?«

Der Zugführer schaute noch eine Weile, dann ließ er das Fernglas sinken.

»Es ist Krieg. Man hat mir gesagt, du bist gut. Ich wollte dich auf die Probe stellen.«

»Was faselst du da, Zugführer? Was für ein Krieg? Der Krieg ist schon längst vorbei. Weißt du nicht mehr? Mit wem willst du dich schlagen, verdammt? Mit ihnen?« Er nickte Richtung Fluss. »Mit den Deutschen? Du hast auf mich geschossen, nicht auf die Deutschen. Auf sie hättest du schießen sollen. Sie stehen seit dem Frühjahr im Dorf. Du wirst Bauern auspeitschen, weil sie Juden transportieren, und gegen Russen und Deutsche wirst du gar nichts machen können.«

»Dieser Hauptmann …«

»Dieser Hauptmann war besoffen wie ein Schwein und wusste gar nicht, wo er ist. Und er ist jetzt genauso ein Hauptmann wie du ein Zugführer bist.«

Obwohl Siwy lag, war zu sehen, dass er zunehmend erstarrte. Es war zu sehen, wie sich unter dem schmutzigen, nassen Hemd die Muskeln anspannten, wie der Rücken sich straffte und der ganze Körper sich in eine heiße Feder aus Fleisch verwandelte. Ganz langsam stellte er sich auf alle viere. Dann sprang er im Bruchteil einer Sekunde auf Lubko zu, der zwar schlanker, aber ebenso flink war und sich blitzschnell auf den Rücken rollte, um den Feind zu sehen. Siwy ließ sich mit seinem ganzen Gewicht auf ihn fallen und versuchte, ihm an die Kehle zu gehen, doch Lubko schirmte den Hals mit dem angewinkelten Arm ab, und der andere wusste nicht, wie er an ihn herankommen sollte. Also holte er aus und schlug ihm mit voller Kraft mit der Faust ins Gesicht. Er holte noch einmal aus, aber Lubko zog beide Beine an und trat ihn in den Bauch und die Eier. Der Zugführer rollte nach hinten, blieb auf dem Rücken liegen, und es war zu hören, wie er keuchte, vor Anstrengung oder vor Schmerz. Kurz darauf sprang er auf, stand mit gespreizten Beinen da, zerrte die Vis aus dem Gürtel der Hose und zielte. Er schwankte ein wenig, als könnte er das Gleichgewicht nicht halten, also nahm er die Pistole in beide Hände. Lubko lag auf dem Rücken und schnappte nach Luft. Dann stützte er sich auf die Ellbogen, richtete sich ein Stück auf und betrachtete Siwy und die Pistole.

»Scheiße, und jetzt?«

Siwy hatte nicht durchgeladen, nicht entsichert, und er hielt nicht einmal den Finger auf dem Abzug. Schließlich ließ er die Waffe sinken, trat zwei Schritte zurück, stolperte in der Dunkelheit, lehnte sich mit dem Rücken an eine Kiefer, dann setzte er sich. Er stützte die Ellbogen auf die Knie. Die Pistole hing schlaff in seiner rechten Hand. Er sah ihn an und begann zu lachen.

»Das war ein Scherz, Lubko. Ein Scherz. Der Iwan hat uns gerade noch gefehlt.«

Lubko stand auf und wies mit einer Kopfbewegung in den Wald.

Leise ging die Tür auf, und eine magere ältere Frau mit einem Kopftuch kam herein. Sie hatte eine Schürze umgebunden und trug ein Tablett mit Essen. Das stellte sie auf den Tisch neben die Lampe. Nach ihr betrat ein Pfarrer mit Soutane das Zimmer. Sie war unten aufgeknöpft, und das Nachthemd guckte raus. Die Haushälterin holte eine Tischdecke aus der Kredenz und stellte die Teller hin. Die Uhr schlug einmal, und die Frau legte klirrend das Besteck auf den Tisch.

»Passen Sie auf, Michalina«, sagte der Pfarrer. Er war Anfang vierzig und begann dicker zu werden. »Und Sie sind eingeladen, meine Herren, greifen Sie zu.«

Lubko bemerkte, dass der Pfarrer an einem Fuß einen Filzpantoffel und am anderen einen schwarzen Schuh trug. Er sah auf die Uhr. Ja, Mitternacht war längst vorbei.

»Setzen Sie sich, setzen Sie sich. Hier wird es bequemer sein. Und Sie ...«

»Ich fühle mich wohl hier«, erwiderte Lubko und rückte näher an den Tisch.

»Tun Sie auf, Michalina«, sagte der Pfarrer und setzte sich selbst, aber ein Stück weiter weg.

»Wir stinken bestimmt«, dachte Lubko und wartete auf seine Portion. Er bekam einen Haufen Rührei mit Speck auf den Teller und eine Scheibe Weißbrot mit Butter. Dann gab es noch Essiggurken, ein Stück Käse und eine Kanne Milch. Er sah sich nach einem Löffel um, aber er hatte nur eine Gabel. Siwy schob den Teller zu sich heran und beugte sich über den Tisch. Der Pfarrer machte das Zeichen des Kreuzes und flüsterte ein Gebet. Der Zugführer sah das aus dem Augenwinkel und bekreuzigte sich schnell. Lubko wollte das auch, aber die Gabel ließ ihm keine Ruhe. Er war noch nie in einem Pfarrhaus gewesen. Als sie hungrig und halb tot vor Müdigkeit im Wald gelegen hatten, hatte er schließlich gesagt:

»Das ist ein unsicheres Dorf. Gehen wir zum Pfarrer.«

»Ja, gut«, brummte Siwy. »Der Pfarrer hat mit dem Iwan nichts am Hut.«

Sie schauten auf die große weiße Kirche, die im Dunkel schimmerte. Lubko spürte Unruhe, weil sie sich vom Fluss entfernt hatten. Er suchte in der Luft nach dessen Geruch, aber er roch nur den intensiven Duft der Felder.

»Durch den Wald kommen wir nicht weiter, weil es kaum welchen gibt«, sagte er zu Siwy.

»Weiter schaffen wir es sowieso nicht«, entgegnete der.

Sie hörten sogar auf, sich gegen die Mücken zu wehren, die ihr Blut tranken und dann aufgebläht weiterflogen. Unbegreiflich, wie sie es schafften, durch den von getrocknetem Schweiß verhärteten Stoff der Kleidung zu dringen. Am Waldrand kauerten sie eine Weile im Gebüsch, damit die Hunde sie nicht zu früh riechen konnten. Kirche und Pfarrhaus standen etwas abseits, als wollte das Dorf, statt sie zu umgeben, ein Stück von ihnen wegrücken. Sie erreichten den Dorfrand. Lubko führte. In der Nähe zerrte ein Köter an seiner Kette. Er bellte dreimal, dann hörten sie das Klirren des Eisens auf Holz. Er war in seine Hütte gegangen oder durch eine ins Tor geschnittene Öffnung in die Scheune. Die anderen Hunde blieben still. Die Männer sprangen über einen kleinen Bretterzaun direkt in die weichen Beete. Über drei Stufen gingen sie zum Haus, und Siwy klopfte am Hintereingang. Er wartete eine Weile, dann klopfte er wieder. Diesmal etwas lauter. Die Glasscheiben in der Tür schepperten. Schließlich erschien drinnen das Licht einer Taschenlampe. Die Innentür klirrte. Eine verschwommene weiße Gestalt leuchtete ihnen in die Augen.

»Wer ist da?«, fragte die Gestalt.

»Die polnische Armee. Machen Sie auf, Herr Pfarrer«, sagte Siwy halblaut.

»Welche Armee?«

»Die polnische.«

Die Tür öffnete sich einen Spalt, ein gelber Lichtstrahl fiel ihnen in die Augen.

»Und die Uniformen?«

»Es ist Krieg«, sagte Siwy, machte einen Schritt, stellte den Fuß in den Türspalt und legte die Hand auf die Klinke. »Lassen Sie uns herein, Herr Pfarrer. Wir sind einer Razzia entkommen. Ich habe drei Leute verloren. Wir haben zwei Tage nichts gegessen.«

»Was für eine Razzia?«, fragte der Pfarrer und versuchte den Eingang zu versperren. »Ich habe nichts gehört.«

»Auf der anderen Seite«, sagte Siwy und drückte die Tür weiter auf.

Unter dem Druck des untersetzten Körpers oder vielleicht vor dem Gestank des Drecks mehrerer Tage wich der Pfarrer zurück.

»Geben Sie uns etwas zu essen, Herr Pfarrer, wir übernachten, und morgen früh sind wir wieder weg.«

»Ich weiß nicht, ich weiß nicht … Ohne Uniform? Da kann ja jeder …«

Siwy zog die Vis aus dem Gürtel der Hose und ließ die Oxidierung im Licht der Lampe funkeln.

»Polnische Pistole, also auch polnische Armee.«

Jetzt also saßen sie am Tisch, und Lubko griff vorsichtig nach der Gabel. Der Pfarrer beugte sich hinunter und drehte am Docht der Lampe. Lubko erblickte die eigenen Hände auf dem hellen Tischtuch – sie waren schmutzig und die Fingernägel schwarz. »Schade, dass der Pfarrer uns nicht die Hände hat waschen lassen«, dachte er, »sondern direkt ins Haus gestürzt ist.« Er sah seine weißen Waden, die unter dem Nachthemd hervorguckten, und hörte das Geräusch des schwarzen Schuhs am nackten Fuß.

»Sie können jetzt gehen, Michalina«, sagte der Pfarrer.

Es war Sommer, und er hatte ein weißes, aufgedunsenes

Gesicht. Er sah die beiden an, wandte den Blick aber gleich wieder ab. Die Haushälterin ging und schloss die Tür hinter sich.

»Es ist schon spät, und wir hatten nichts Warmes mehr auf dem Herd. Wenn wir nachts den Ofen heizen, riecht man den Rauch. Das Rührei hat Michalina auf dem Kocher gemacht.«

»Das reicht«, sagte der Zugführer mit vollem Mund.

Er aß gleichmäßig, nicht zu schnell, nicht zu langsam. Damit er so viel wie möglich unterbringen, damit die Nahrung sich zusammen mit dem Blut im ganzen Körper ausbreiten konnte. Eine gehäufte Gabel voll Rührei, ein Bissen Butterbrot und ab und zu ein Stückchen Gurke.

»Und von welcher Abteilung sind Sie«, fragte der Pfarrer.

»Von Siwy«, erwiderte der Zugführer zwischen zwei Bissen. »Haben Sie von ihm gehört?«

»Nein. Ich habe nichts gehört. Aber wir wissen hier kaum, was auf der anderen Seite los ist.«

Siwy schluckte die letzte Portion Rührei, wischte mit dem Brot den Teller aus und griff instinktiv in seine Hosentasche. Doch rasch zog er die Hand zurück und fragte:

»Haben Sie vielleicht Zigaretten, Herr Pfarrer? Wir waren gerade im Boot, als sie mit der MP auf uns feuerten. Wie gesagt, drei Männer haben wir verloren. Wir mussten ins Wasser, und die Zigaretten, verzeihen Sie, sind zum Teufel.«

»Macht nichts«, sagte der Pfarrer mit einem flüchtigen Lächeln. »Klar, Militärsprache. Ich selbst rauche nicht, aber vielleicht findet sich was im Pfarrhaus.«

Er stand auf und ging zur Tür, die er sorgfältig und leise hinter sich schloss.

Lubko beugte sich über den Teller, weil ihm das Rührei ständig von der Gabel fiel. Er half mit dem Brot nach, aber es rutschte trotzdem runter.

»Scheiße, ich hab noch nie mit so was gegessen«, sagte er schließlich.

»Du hast noch nicht mit der Gabel gegessen?«

»Nein. Ich hab welche gesehen, aber nicht damit gegessen. Immer mit dem Löffel. Das Fleisch hat man mit dem Messer geschnitten. Aber sonst mit dem Löffel. Mit dem Löffel geht's am besten.«

»Aber hier, siehst du, ist Zivilisation. In der Kredenz klingen die Scheiben. Der Fußboden ist gewachst. Michalina macht Rührei auf dem Petroleumkocher. Übrigens hätte er sich eine Jüngere nehmen können.«

»Der? Sieht nicht so aus.«

»Die sehen alle nicht so aus.«

»Du magst keine Pfarrer?«

»Es gibt sie halt«, erwiderte Siwy.

Er stand auf und ging vorsichtig zur Kredenz.

»Er raucht nicht, er trinkt nicht, aber im Pfarrhaus findet sich immer was.«

»So ist das halt im Pfarrhaus«, sagte Lubko und schob schließlich seinen Teller weg. Er stieß auf und sah sich scheinbar erschreckt um. »Ob er wohl Geld hat?«

»Lubko …«

»Es ist Krieg, Herr Zugführer.«

Sie sahen sich an und lachten lautlos.

Der Pfarrer kam zurück und legte eine graue Packung auf den Tisch. Siwy griff nach dem Päckchen, betrachtete es aufmerksam und nahm eine dunkle Zigarette mit einem Mundstück aus Pappe heraus. Er drehte sie zwischen den Fingern, dann drückte er das Papprrörchen an zwei Stellen ein.

»Sowjetische«, sagte er.

»Ich kenne mich nicht aus. Die hat jemand gebracht. Die Leute bringen alles Mögliche. Die Kirchen sind zu, aber gute Menschen bringen etwas.«

»Halten Sie keine Messe?«

Siwy holte das Feuerzeug heraus. Er drehte an dem Rädchen, doch es wollte kein Funke erscheinen. Der Pfarrer stand auf und brachte die Streichhölzer, die auf dem Marienaltar lagen.

»Nein. Sie haben die Kirche geschlossen. Sie haben sie geschlossen, aber immerhin nicht geschändet wie in Dorohucza. Alle Feiertage sind gestrichen. Die Schnur von der Glocke haben sie weggenommen. Die Glocken nerven sie total. Sie haben gesagt, für jede Messe muss es eine Genehmigung geben. Und wir müssen zahlen.«

»Viel?«, fragte Lubko.

Der Pfarrer richtete den Blick auf ihn, und es war, als bemerkte er erst jetzt seine Anwesenheit.

»Viel. Das kann sich die Gemeinde nicht leisten. Ich nehme die Beichte ab, spende die Kommunion. Manchmal mache ich insgeheim ein Begräbnis oder eine Trauung. Ohne Glocken, sogar ohne Ministranten. Nur mit dem Küster. Und bald ist Peter und Paul, aber ich weiß gar nicht, wie das wird … Unsere Gemeinde trägt diesen Namen, und es müsste eine Kirchweih geben. Ich weiß nicht, ich weiß nicht.«

Siwy steckte sich schließlich eine Papirossa an, machte einen Zug und hustete. Grauer Gestank verbreitete sich im Zimmer. Der Pfarrer verzog kurz das Gesicht. Siwy schob das Päckchen zu Lubko rüber. Er beruhigte seinen Atem und checkte noch einmal das Feuerzeug. Jetzt ging es an, eine kleine Flamme. Er legte es neben die Zigaretten.

»Das sind Gottlose. Sie haben schreckliche Gesichter. Asiatisch. Sie haben die Pferde beschlagnahmt und reiten darauf. Sie steigen einfach auf und reiten. Die können das von Geburt an …«

»Na, ich weiß nicht …«, sagte Lubko zu sich selbst.

»Gottlose, ich sag's euch! Aus Asien, und da gibt es keinen Gott. Man sagt, in der Ukraine hätten sie Kinder gegessen.«

»Vor Hunger«, unterbrach Siwy. »Und nicht die Gottlosen, sondern die Leute. Vor Hunger.«

»Aber gegessen haben sie welche«, empörte sich der Pfarrer

und erhob die Hand, als wollte er auf den Tisch hauen, doch er ließ sie kraftlos wieder sinken. Die weiße, dickliche Hand mit den sauberen Fingernägeln.

Lubko nahm die Hände von der Tischdecke und legte sie in den Schoß. Der Rauch stieg senkrecht vom Tisch auf.

»Bei uns kann man sich das nicht vorstellen. Und auf der anderen Seite? Haben die Deutschen die Kirchen geschlossen? Ställe aus ihnen gemacht? Sagen Sie, Herr Zugführer.«

»Nein, haben sie nicht. Man kann in die Messe gehen«, erwiderte Siwy und sah sich nach einer Art Aschenbecher um. Er legte das gebogene Pappröhrchen auf den Tellerrand. »Wenig zu rauchen da drin.«

»Na sehen Sie! Sie erlauben uns, die Messe abzuhalten und in die Kirche zu gehen.«

»Aber an die Muttergottes glauben sie nicht«, warf Lubko ein und legte seine Kippe ebenfalls ab.

»Weniger als bei uns, aber es gibt welche. Bei ihnen gibt es auch Katholiken. Nur die Protestanten beten nicht zur Gottesgebärerin.«

»Dann sind Ihnen die Deutschen lieber?«, fragte Siwy neugierig.

»Ja, die sind mir lieber«, erwiderte der Pfarrer und blickte ins Halbdunkel unter den Deckenbalken.

»Wahrscheinlich werden sie bald kommen und erlauben, die Kirche wieder zu öffnen. Vielleicht sogar vor Peter und Paul.«

»Das gebe Gott! Alles ist besser als die Sowjets. Da ist so ein Kommissar in die Kirche gekommen, vom Aussehen her ein Itzig. Er ist herumgegangen und hat geglotzt. Nicht mal die Mütze hat er abgenommen. Und hat sich eine angesteckt wie Sie jetzt. Zum Altar ist er gegangen, hat sich draufgelehnt und geguckt. Nichts gesagt, nur die Heiligen angeguckt, die Fahnen, die Schmuckbilder. Dann hat er die Kippe weggeworfen und ausgespuckt, wie die das so machen. Hat eine halbe Stunde lang die Sachen angeschaut. Und noch mal geraucht.«

»Haben Sie nichts zu ihm gesagt, Herr Pfarrer?«, fragte Siwy.

»Ich habe gesagt, das ist ein Gotteshaus.«

»Und?«

»Er hat etwas geantwortet, das ich nicht wiederholen kann.«

»Schade«, brummte Lubko, aber der Pfarrer ließ sich nicht anmerken, ob er es gehört hatte.

»Zum Schluss hat er verkündet: ›Bei uns gibt es das nicht mehr, und bei euch wird es das auch nicht mehr geben.‹ Also – sollen doch die Deutschen kommen, bevor die Sowjets einen Stall aus der Kirche machen oder Schlimmeres. Vorläufig ist Ruhe, weil das Dorf ein Stück weg liegt. Da herrschen die Einheimischen, die sofort zu Roten wurden, sobald die Russen einmarschiert sind. Wenn die Deutschen kommen, räumen sie auf mit denen.«

»Das solltet ihr selbst machen«, sagte Siwy.

»Wie denn, Herr Zugführer? NKWD, Soldaten, Kommissare!«

»Selber solltet ihr das machen, nicht auf die Deutschen warten. Die einen warten auf die Russen, die anderen auf die Deutschen. Aus diesem Land wird nie was werden. Nie. Nichts. Alle sitzen da und schauen sich um. Mal nach Westen, mal nach Osten, mal zurück.«

»Aber wenn der Deutsche kommt …«

»Dann, verdammt, werdet ihr ihn mit Brot und Salz …«

»Herr Zugführer!«

»Ich weiß. Ein Gotteshaus. Entschuldigung.«

Es wurde still, alle drei senkten den Blick. Die Uhr schlug wieder eine Viertelstunde. Langsam und schwer verteilte sich der Klang und erfüllte das ganze Zimmer. Vielleicht gelangte er sogar durch die Fenster und Wände und breitete sich über dem dunklen Dorf aus wie Wasserkreise. Und floss dann über die wogenden Felder, über die Weiden und Raine, die Streifen der Pappelhaine hinunter, zum unsichtbaren Fluss. Das jedenfalls bildete Lubko sich ein, denn er sehnte sich nach dem Fluss und nach seinem Boot, das mit drei Leichen abgetrieben war, immer tiefer sinkend. Oder vielleicht waren nur die Leichen weggeschwommen, getragen von der langsamen Strömung, und das Boot steckte irgendwo zwischen den Uferweiden, bis zum Bord mit Wasser gefüllt? »Von der Seite angeschossen, aber bestimmt könnte man es reparieren«, dachte er. »Man kann hier keines klauen, weil die Russen sie requiriert haben. Sie haben die Hütten direkt am Fluss zerstört, da haben sie sicher die Boote nicht dort gelassen. Sogar den Strick von der Glocke nehmen sie mit, was ist dann erst ein Boot für sie.« So dachte er, bis er schließlich einschlief auf dem Stuhl, die Beine ausgestreckt, die Arme auf der Brust verschränkt.

Der Zugführer musste ihn nicht lange überreden. Der Pfarrer schien darauf gewartet zu haben. Bei der ersten Andeutung stand er auf, ging zur Kredenz und öffnete die klangvolle kleine Tür.

»Samogon, selbstgebrannt, kann ich anbieten, aber es gibt auch Likör. Sogar aus Kornelkirschen. Den mache ich selbst. Und Honiglikör habe ich, mit echtem Spiritus gebrannt. Und Vogelbeerlikör, trocken, kaum gesüßt.«

»Selbstgebrannten«, sagte Siwy. »Likör mag ich nicht.«

»Und ich versüße mir manchmal gern das Leben«, sagte der Pfarrer fast fröhlich und klirrte mit den Flaschen.

Der bläuliche Samogon befand sich in einer Literflasche mit dünnem Hals. Der Honiglikör in einer kantigen Karaffe. Er stellte die Flaschen und drei Gläschen auf den Tisch, aber Lubko machte keinen Mucks.

»Geben Sie lieber was Größeres, Herr Pfarrer«, sagte Siwy.

»Ach, ihr Soldaten«, stöhnte der Pfarrer und ging noch einmal zur Kredenz.

Er nahm ein größeres, dickes Glas heraus und stellte es auf den Tisch. Dann setzte er sich, schenkte dem Zugführer

Schnaps und sich selbst Likör ein. Er hielt das Gläschen am Stiel, hob es hoch und kippte es dann mit einer Bewegung in den Hals.

»Aber Herr Pfarrer …«, sagte der Zugführer und schüttelte den Kopf.

Er trank das halbe Glas aus und stellte es ab. Dann griff er nach den Zigaretten. Diesmal ließ das Feuerzeug eine richtige Flamme blitzen. Der Pfarrer stellte sein Gläschen ab und blies die Luft aus.

»Gut«, sagte er.

»Wie viel hat er?«

»Etwa sechzig.«

»Und woher ist der Spiritus?«

»Von der anderen Seite. Von euch. Ich kann ihn bringen. Ich habe einen Vorrat im Keller.«

»Nicht nötig«, sagte Siwy. »Der hat auch etwa sechzig. Gut gebrannt.«

Der Pfarrer schenkte sich noch einmal ein und trank sofort aus. Seine Augen wurden glasig. Mit dem Ärmel der Soutane wischte er drüber. Er holte tief Luft und griff auch nach den Zigaretten.

»Im Prinzip rauche ich nicht, wie gesagt, aber wenn man Alkohol trinkt, bekommt man Lust.«

Geschickt drückte er das Mundstück ein, zündete die Papirossa mit einem Streichholz an, machte einen Lungenzug und blies den Rauch durch die Nase aus. Immer wieder führte er die Zigarette zum Mund. Die Spitze glühte orangerot. Er inhalierte vier oder fünf Mal, bis nur noch heiße Luft kam und die verglimmende Pappe zu stinken begann. Da hustete er und schreckte auf wie aus dem Schlaf. Er klopfte sich auf den Schenkel und rief munter:

»Vielleicht könnten wir was singen?«

Siwy zeigte auf den schlafenden Lubko.

»Neiiin. Etwas Frommes. Zum Beispiel *Gott, der Du Polen*?

Oder *Ave Maria*? Oder *Maria, Königin von Polen*? Die müssen Sie doch kennen.«

»Ja, kenne ich«, sagte der Zugführer und trank sein Glas aus.

Sofort sprang der Pfarrer auf, schenkte ihm und sich selbst wieder ein.

»Wissen Sie, es ist sehr einsam im Pfarrhaus. Die Gemeindemitglieder kommen zwar ab und zu, aber mit Bauern weiß man nicht so recht, was man reden soll. Ich unterhalte mich an der Tür mit ihnen. Außerdem haben einige Angst bekommen. Alle haben Angst. Am wenigsten die alten Frauen. Denen tut keiner mehr was. Aber worüber soll ich mit alten Frauen reden? Sie wollen beichten, aber wie kann so eine denn sündigen?« Er kicherte, trank in einem Zug aus, sprang auf und begann, durchs Zimmer zu gehen. Jeden zweiten Schritt dämpfte der Pantoffel, und jeden zweiten Schritt erklang die Kredenz. Er umrundete dreimal den Tisch. »Wenn schon nicht singen, dann könnten wir doch beten?«

Er schnappte nach den Streichhölzern unter der Lampe und versuchte, die Kerzen auf dem Marienaltar anzuzünden. Ein Streichholz zerbrach, mit dem zweiten verbrannte er sich die Finger, doch schließlich gelang es ihm, und die gelblichen Flämmchen leuchteten in einer strahlenförmigen Aureole.

»Ich bitte Sie, Herr Pfarrer«, sagte Siwy müde, »es ist mitten in der Nacht. Wir haben nicht geschlafen, man hat mir meine Männer getötet, das Boot ruiniert, und wir wissen nicht, wie wir zurückkommen sollen. Ich weiß, Sie halten gern die Messe und haben wenig Gelegenheit – vielleicht ein andermal.« Wieder trank er sein Glas halb aus, den Rest stellte er mit einer schweren Bewegung auf den Tisch. »Außerdem weiß ich gar nicht, ob der da überhaupt gläubig ist.«

Der Pfarrer erstarrte vor dem Altar, dann drehte er sich langsam um.

»Ein Bolschewik?«

»Doch nicht gleich ein Bolschewik! Er sagt, er geht nicht in die Kirche.«

»Und Sie?«

»Es ist Krieg. Keine Zeit dazu.«

»Umso mehr muss man beten! Beten!«, rief er und hob beide Hände in die Höhe. Unter den Ärmeln der Soutane guckte ebenfalls das Nachthemd hervor.

»Na, dann beten Sie für uns. Für mich und für ihn. Es wird nicht schaden. Und für die drei Toten, obwohl die auch nicht wirklich in die Kirche gegangen sind. Und vielleicht finden sich ein Lappen und ein bisschen Öl. Ich muss die Waffe reinigen. Sie ist nass geworden.«

»Ah, ja ja … Michalina hat sich wohl schon schlafen gelegt, aber in der Küche wird sich was finden. Ja ja, die Waffen sind wichtig …«

Die Uhr schlug wieder, und Lubko erwachte. Er schlug die Augen auf und musste sich erinnern, wo er war. Es roch nach Wachs und Petroleum. Stickig und unbewegt stand die Luft im Zimmer, wie in einem Raum, in dem man selbst im Hochsommer kein Fenster öffnet. Im Kreis der Lampe auf dem Tisch sah er die auseinandergenommene Pistole. Die Teile lagen auf einem weiß-blau karierten Geschirrtuch. Schlitten, Lauf, Schlagstange, Feder und geleertes Magazin – die Patronen standen in einer Reihe daneben. Siwy beugte sich über den Abzug, den er in der Hand hielt. Vorher hatte er mit dem Messer die Schrauben aufgedreht und die Verkleidung abgenommen. Er zog ein Stückchen Stoff, von dem Geschirrtuch abgerissen, durch das Skelett und half mit einem Messingbürstchen nach. Er schaute gegen das Licht und pustete, suchte nach Resten von Feuchtigkeit. Solche Momente sind die einzigen, in denen der Zugführer sich vielleicht wehrlos fühlt, dachte Lubko. Doch das musste nicht unbedingt so sein. Er bewegte und streckte sich auf dem Stuhl.

»Fast trocken«, sagte Siwy halb zu sich selbst, halb zu Lubko.

»Angebetete und geliebte Mutter, gekrönt in Kodeń, Tschenstochau und am Spitzen Tor, gepriesen an tausend Orten, Du unbefleckter Quell, wir fallen vor die auf die Knie, Thron Salomons, Du Regenbogen, von allmächtiger Hand gemacht aus allen Farben, Du bist der in göttlichem Feuer brennende Dornbusch Mose, Du bist der schöne Blüten treibende Stab Aarons, du verschlossenes Tor des Paradieses, Vlies Gideons, Honigwabe Samsons … Im Namen des Vaters und des Sohnes und des Heiligen Geistes, dreifach gerühmt …« Die Stimme des Pfarrers hob und senkte sich im Rhythmus der Verneigungen, die er auf Knien vor dem Altar vollführte. Er nickte nach vorne und nach hinten, die Arme bald ausbreitend, bald schließend.

»Er betet für die Gefallenen«, sagte Siwy, um die Situation zu erklären.

»Und ich habe geträumt, dass die Glocke läutet«, erwiderte Lubko.

»Für dich betet er auch, weil ich gesagt habe, du seist nicht gläubig.«

»Aber von der Glocke habe ich geträumt«, sagte Lubko in einem Ton der Rechtfertigung. Er streckte sich noch einmal und griff nach den Papirossy. »Irgendwie betet er nicht der Reihe nach.«

»Er hat ein bisschen getrunken«, sagte Siwy und schob ihm das unbenutzte Gläschen hin. »Willst du selbstgemachten Honiglikör oder Schnaps?«

»Sowohl als auch. Aber zuerst Schnaps. Der passt besser zu der Machorka.«

Siwy schenkte ihm ein und wandte sich wieder der Pistole zu. Er nahm ein bisschen von dem dunklen Öl aus der Flasche und schmierte die Teile ein.

»Was anderes gibt es nicht, also nehme ich das.«

283

Der Zugführer setzte die Vis sorgfältig zusammen, zog den Schlitten heraus und ließ ihn mit metallischem Knacken los. Das Geräusch war ihm angenehm, und er lächelte. Dann machte er sich an die Patronen. Er wischte sie nacheinander ab und fettete sie ein bisschen ein. Mit leisem Aufschlag sprangen sie ins Magazin. Zum Schluss steckte er das Magazin hinein, hob die Waffe hoch und betrachtete sie stolz und zufrieden.

»Ein Original. Von vor dem Krieg. Die Deutschen machen schlechtere. Wolltest du nie so eine haben?«

Lubko zuckte die Schultern.

»Wirklich nicht?«

»Es reicht, dass du eine hast. Wenn es nötig ist, wirst du sie alle abknallen, verdammt, einen nach dem anderen«, sagte er und machte eine unbestimmte Handbewegung in der Luft.

Siwy begann zu lachen. Der Pfarrer unterbrach seine wirren Gebete und rief unter dem Marienbild:

»Meine Herren Soldaten!«

Mühsam hievte er sich aus der Kniestellung hoch und trat an den Tisch. Er schenkte sich Honiglikör ein und versuchte, die Absätze knallen zu lassen, aber der Pantoffel klatschte lautlos gegen den schwarzen, nicht zugeschnürten Schuh. Er kippte das Gläschen in den Hals und stellte es ab. Siwy reichte ihm die Papirossy, in der anderen Hand hielt er das Feuerzeug, knipste und wartete mit der Flamme. Der Pfarrer wiegte sich nach vorn und nach hinten, ein bisschen wie vor dem Altar, nahm schließlich eine Zigarette und zündete sie an, doch er machte es ungeschickt, und sie fing auf der halben Länge Feuer. Glühender Tabak fiel aus dem Pappröhrchen.

»Mist«, brummte er und betrachtete ratlos die Reste in seinen Fingern. »Mist. Kennen Sie die Prophezeiungen der Königin Michalda? Dass das dritte Zeichen sein wird, wenn Sonne, Mond und Sterne in blutrotem Licht leuchten und die Menschen vor Leid die Hände ringen. Ist nicht heute der Osten rot? Steigt nicht von da, woher das Licht kommen sollte, ein blutroter Schein auf? Geht nicht alles in Flammen auf wie im Höllenbrunnen? Bedeckt das Firmament sich nicht mit Wildblut? Meine Herren Soldaten … Wir leben in der Endzeit, scheinbar geht die Sonne auf wie früher, aber in einer Wolke aus Schwefel, man riecht die Fürze des Teufels. Meine Herren Soldaten, beten wir zur Jungfrau! Suchen wir Schutz unter ihrem Kleid, denn eine andere Rettung wird es nicht geben. Bei der Muttergottes von Kodeń, vom Spitzen Tor, von Tschenstochau und allen kleineren. Die Königin von Saba kam aus dem Mohrenland, doch das Buch der Welt lag offen für sie bis zum Ende, und sie wusste, der Herr wird kommen und die Tiefe der Finsternis offenbaren und der Knoten der Synagoge wird gelöst werden. Doch die Muttergottes vom Spitzen Tor ist ohnehin die stärkste, also gehen wir und knien wir nieder, meine Herren Soldaten. Ich habe heute für eure Gefallenen gebetet und die Gewissheit erlangt, dass sie ins Königreich aufgenommen werden. Sie werden aufgenommen und werden zur Rechten sitzen, denn sie kamen um im Kampf gegen die Heerscharen von Gog und Magog, und ihr Blut ist, wie ich verstanden habe, im Fluss geflossen. Ja?«

»Ja«, erwiderte Siwy und sah zu, wie Lubko sein Gläschen austrank und sich sofort ein neues einschenkte. Siwy hob sein dickes Glas hoch, und Lubko füllte auch dieses. Sie stießen an. »Auf Gog und Magog«, sagte der Zugführer.

»Meinetwegen«, stimmte Lubko zu.

Der Pfarrer hob die Hände und stand über ihnen wie ein großer schwarzer Vogel.

»Als Erlösung für diese Erde ist es geflossen! Die Erde, an deren vier Enden alle Völker leiden im Griff der Bestie. Und die Bestie ist rot! Wie das Feuer vom Grunde der Hölle. Das schwarze Feuer des Abgrunds, und nur die Jungfrau wird es löschen. Sie wird sich auf die Bestie setzen, wie sie den Schädel der Schlange zertreten hat. Sie wird vom Spitzen Tor kommen und sie zertreten, sich auf sie setzen, sie bändigen, und die Bestie wird ihr dienen … Meine Herren Soldaten …«

»Und wenn sie das nicht wird?«, fragte Lubko einfältig.

Der Pfarrer senkte die schwarzen Arme und ließ sich auf den Stuhl fallen. Wieder griff er nach einer der grau-braunen Zigaretten. Der Zugführer gab ihm Feuer. Der Pfarrer machte einen so tiefen Zug, dass es knisterte.

»Das hab ich auch schon gedacht«, sagte er leise. »Abends sitze ich allein da und denke nach. Vielleicht will der Satan mich verführen und sät Zweifel? Schiebt mir dunkle Gedanken unter und versucht den Geist zu löschen? Es ist nicht leicht, einsam zu sein, meine Herren Soldaten, es ist nicht leicht. Ihr habt eure Abteilungen, eure Vorschriften, eure Oberleutnants und Generäle, aber mein Amt ist schließlich nicht von dieser Welt, und die Befehle kommen vielleicht manchmal nicht an. Oder der irdische Lärm übertönt sie? Ich sitze allein hier, laute Messen kann ich nicht abhalten, der Geist schwindet. Denn wie soll das gehen ohne Lieder, ohne Chöre, ohne Fahnen? Allein abends, vor dem Bild, in Gesellschaft von zwei brennenden Kerzen. Ein leichter Wind, Durchzug, und sie erlöschen. Oder vielleicht kommt die Bestie und tritt das ganze Land nieder, die Hütten, Dörfer, Gotteshäuser, und vergiftet die Brunnen mit ihrem Atem, verschlammt die Flüsse, brennt die Wälder ab, wirft ihren Schatten auf das Korn, und das Korn verfault? Sie wird sich mit ihresgleichen paaren, und die Kinder werden zusehen. Sie wird sich umgekehrt paaren, und die Menschen werden von unzüchtiger Begierde besessen sein, durch die unser Volk ausstirbt, ohne Nachkommen. Nachts denke ich über all das nach und passe auf die Kerzen auf. Darüber, dass wir vielleicht zu klein sind und keine Spur von uns bleiben wird? Dass wir nicht durchhalten bis zur erneuten Wiederkunft und andere auserwählt werden? Dass das unser Schicksal ist? Und dass nicht einmal die Muttergottes vom Spitzen Tor helfen kann …« Er wurde nachdenklich, drückte die Zigarette auf dem Teller aus und ließ die gefalteten Hände in den Schoß fallen. Lautlos flüsterte er etwas, vielleicht ein Gebet.

»Das Original wäre sicher besser«, sagte der Zugführer und füllte ihre beiden Gläser. »Die Nachahmung stürzt uns ins Verderben, Lubko. Wir waren Pfau und Papagei und sind es immer noch. Sogar die Muttergottes ist nur scheinbar unsere und in Wirklichkeit Imitation. Ist es mit Jesus auch so, Lubko? Dass er aus Tschenstochau sein muss? Oder aus Kodeń?«

»Jesus zählt nicht«, erwiderte Lubko, den Blick auf das Halbdunkel in der Zimmerecke geheftet.

»Ach!«

»Das heißt, einer genügt, und keiner will eigentlich einen eigenen … Mit der Muttergottes ist es anders. Jeder Kreis möchte gern seine eigene.«

Siwy nickte zu Lubkos Antwort und hob sein Glas, um zu sehen, wie im Licht der Lampe der Samogon bläulich schimmerte.

»Na ja, was weißt du schon, als gewöhnlicher Schmuggler und Schlitzohr, wenn sogar unser Wohltäter fürchtet, dass der Teufel ihm die Kerze ausbläst?« Er griff nach der Karaffe und schenkte dem Pfarrer ein. »Wie heißt es: Beim Trinken und Essen wird der Kummer vergessen!«

Der Pfarrer lehnte sich auf dem Stuhl nach hinten, wie aus dem Schlaf gerissen. Er wankte, presste den Rücken gegen die Lehne, fiel wieder etwas nach vorn, sah schließlich das Gläschen, führte es zum Mund, aber er hatte keine Kraft mehr für eine entschiedene Geste, und so schlürfte er nur den Likör aus und stellte das Gläschen ab.

»Und auf ein zweites!«, rief der Zugführer und schenkte nach.

»Na, ich weiß nicht«, sagte Lubko.

»Das schafft er schon.«

»Du scheinst ja kein Gewissen zu haben.«

»Es ist Krieg«, sagte Siwy und lachte lautlos.

Der Pfarrer streckte beide Hände von sich. Sehr langsam und behutsam näherte er sie dem Gläschen und beugte sich zugleich mit dem ganzen Körper nach vorn. Im Lampenlicht konnte man sehen, wie er schwitzte. Von der Stirn rollten die Tropfen übers Gesicht. Unwillkürlich leckte er sie ab, wenn sie am Mund ankamen. Endlich nahm er das kleine Gefäß zwischen die Finger und hob es hoch. Er betrachtete die goldenen und silbernen Reflexe. Seine feuchten Lider fielen ihm zu, dann gingen sie wieder auf. Um den Schweiß abzuschütteln, blinzelte er. Schließlich stand er langsam auf, mühsam das Gleichgewicht haltend, hob die Hände in die Höhe und flüsterte: »Ja, ja, so ist es …«, trank mit einer unerwartet raschen Bewegung das Gläschen aus und ließ sich dann mit seinem ganzen Gewicht wieder auf den Stuhl fallen. Das Gläschen klirrte auf den Holzboden, zerbrach aber nicht, und er zerrte an der Soutane über der Brust. Die kleinen Knöpfe spritzten zur Seite, und das Nachthemd zeigte sich.

»Weiche! Weiche, Asmodeus! Ich sag's dir, weiche! Und du, Legion, weiche! Verpiss dich in den Schweinestall! Und du, Belzebub, weiche und verpiss dich, denn man darf die Fenster nicht öffnen, damit nicht aus den Ställen im ganzen Dorf dein Gesinde kommt. Damit sie das Haus Gottes nicht beschmutzen! Weiche, verschwinde! Geh mit deinem Gesinde zurück, woher du gekommen bist! Einmal habe ich die Fenster geöffnet, und eine dunkle, fette Wolke kam herein. So dicht, dass sie die Kerzen löschte, und Leichengestank erfüllte die Luft, als würde man faules Fleisch verbrennen. Das Bild wurde geschändet. Weiche! *Apage!* Weiche von mir!«

Der Pfarrer zerrte noch einmal an der Soutane, und sie gab das Weiß des Nachthemds frei, von oben bis ganz unten. Er griff mit der Hand nach dem Tischtuch, versuchte aufzustehen, aber es zog ihn nach hinten. Der Stuhl kippte um, und der Pfarrer zerrte das Gedeck mit sich. Lubko sprang auf und erwischte noch die Lampe. Der Rest rauschte klirrend hinunter und deckte den Pfarrer zu.

Michalina wirkte ohne Kopftuch gar nicht alt. Ihr offenes Haar glänzte golden. Sie stand über dem kaputten Geschirr und dem weißen Tuch, das den reglosen Körper bedeckte. Lubko sah ihre nackten Füße auf dem dunklen Fußboden. Er hielt immer noch die Lampe.

»Hat er wieder prophezeit?«, fragte sie.

»Ja«, erwiderte er.

»Die Teufel vertrieben?«

»Genau.«

»Man hätte ihm nicht so viel geben sollen.«

»Aber er wollte«, sagte Siwy, der sich nicht von seinem Stuhl rührte. »Wie hätte man ihm das abschlagen sollen?«

»Hat er gesagt, dass der Satan ihm die Kerzen ausbläst?«

»Ja«, sagte Lubko und stellte endlich die Lampe auf den Tisch.

»Dann tragt ihn jetzt ins Bett, meine Herren Soldaten, wenn ihr mit ihm getrunken habt«, sagte sie und trat zur Seite, um ihnen Platz zu machen.

Lubko spürte ihren warmen Geruch, der unter dem Morgenrock hervorkam, den sie über das Nachthemd geworfen hatte.

Siwy packte den Pfarrer an den Füßen, Lubko fasste ihn unter den Achseln. Michalina nahm die Lampe, und sie folgten ihr in das dunkle Haus hinein. Sie folgten ihrem unruhigen Schatten, der über die dunklen Wände strich. Im Flur hing der heilige Georg, der den Drachen tötete, auf der anderen Seite Gabriel mit dem Flammenschwert. Sie sollten vor dem Teufel schützen, doch offensichtlich schafften sie das nicht. Michalina öffnete die Tür auf der rechten Seite. Im Schlafzimmer stand ein breites Bett, auf dem eine rote Tagesdecke lag.

»Hier«, sagte sie.

Sie schwangen den Körper hoch und warfen ihn aufs Bett. Der Pfarrer blieb auf dem Rücken liegen, die Arme weit ausgebreitet. Wieder ähnelte er einem Vogel. Einer schwarzweißen Elster. Michalina zog ihm den Schuh und den Pantoffel aus. Er bewegte sich, dann begann er tief und flatternd zu schnarchen.

»Gut«, sagte sie. »Vor morgen früh wird er nicht aufwachen.«

Wie nebenbei nahm sie mit einer ruhigen Handbewegung das geblümte Kopftuch von der Rückenlehne.

Im Zimmer sammelte sie das verstreute und zerbrochene Geschirr in die Tischdecke und brachte alles in die Küche. Nur das Päckchen Zigaretten ließ sie auf dem Tisch liegen. Gleich darauf kam sie mit der eckigen Karaffe wieder, in der bläulich der Samogon schimmerte. In der anderen Hand trug sie drei Gläser, die sie am Rand festhielt. Über der Schulter hatte sie ein Stück Leinen. Sie legte es auf den Tisch. Ihr Haar war gebunden.

»Schade um die Politur«, sagte sie.

»Im Dorf hat niemand ein Boot. Zu weit vom Fluss. Die Russen würden das übrigens eh nicht zulassen.«

Der Zugführer spielte mit dem Feuerzeug. Lubko hatte die Augen zu, schlief aber nicht. Er wartete, bis die Uhr schlagen würde, um sie aufzumachen. Das hatte er beschlossen.

»Wir müssen über den Fluss«, sagte Siwy.

»Es gibt nichts, womit ihr das könnt. Schwimmt rüber.«

»Hier ist es breit, und es gibt Strudel«, entgegnete er.

»Es gibt kein Boot. Die Russen erlauben nicht mal, dass Kinder angeln.«

»Wir müssen«, wiederholte Siwy. »Bald wird es hell.«

»Ein Stück weiter unten ist eine Furt«, sagte Michalina.

Die Uhr schlug einmal, und Lubko öffnete die Augen.

»Das hab ich gehört«, sagte er. »Aber nachts finde ich sie nicht. Und sie soll unsicher sein.«

»Ja«, stimmte sie zu. »Man muss es genau wissen.«

Siwy nahm die halbleere Karaffe. Er schenkte Lubko und sich ein, wollte auch ihr einschenken, aber sie hielt die Hand über ihr Glas. Einen Moment saß sie unbewegt da, dann seufzte sie und sagte:

»Ich bringe euch hin.«

Siwy sah sie aus dem Augenwinkel an und hörte auf, mit dem Feuerzeug zu knipsen.

»Hast du keine Angst?«, fragte er.

»Wovor?«

»Vor den Russen.«

Sie lächelte, guckte vor sich hin und sagte:

»Nein.«

Dann stand sie auf, und sie hörten das leise Geräusch ihrer Füße auf dem Holzboden. Als sie durch die Tür verschwunden war, sagte der Zugführer:

»Lubko, ein Weib wird dich über den Fluss führen.«

»Tja, so ein Anführer bist du, dass wir ein Weib bitten müssen.«

Siwy sah ihn gar nicht an. Er trank den Samogon aus, nahm die Zigaretten vom Tisch und steckte das Feuerzeug ein. Dann stand er auf und ging ein paar Schritte hin und her, die Hände in den Taschen.

»Herr Zivilist, ich habe eine Waffe und Munition …«

»Scheiße, ja«, erwiderte Lubko. »Aber es ist Krieg, du wirst eine neue erbeuten beim Feind. Beim einen oder beim anderen.«

Siwy blieb stehen, doch in diesem Augenblick ging die Tür auf, und Michalina kam herein. Sie trug ein dunkles Kleid, ein graues Tuch und an den Füßen sowjetische Pionierstiefel. Sie klackten so laut wie Siwys Stiefel.

24

»Nein. Der Herr Zugführer hat es verboten. Nicht ohne Befehl, hat er gesagt.«

»Romaniuk, wir haben Hunger!«

»Die Frau gibt euch Brot und Milch.«

»Verarsch uns nicht mit Milch und Brot, Romaniuk. Wir haben den ganzen Tag nichts gegessen.«

»Er hat's verboten. Er hat gesagt, er schlägt mir den Schädel ein.«

»Seit wann hörst du denn auf ihn? Hat er dir einen Eid abgenommen?«

»Nein, hat er nicht, aber den Schädel kann er mir einschlagen. Das kommt aufs Gleiche raus.«

»Wo hast du das? Das ganze Haus riecht nach Geräuchertem.«

»Hier nicht. Der Ofen raucht.«

»Wo dann?«

»Ich kann nicht. Die Hühner legen – meine Frau wird euch Eier braten.«

»Gib uns von der Wurst. Ich kann mich nicht erinnern, wann ich zuletzt Wurst gegessen habe. Die anderen auch nicht. Na, wann habt ihr welche gegessen?«

Stach stand über Romaniuk, der zusammengekauert auf dem Bett in der Zimmerecke hockte. Der Junge und Wydra saßen am Tisch. Unter der Decke brannte eine Petroleumlampe mit weißem Emailleschirm, der wie ein umgedrehter Teller aussah, doch alles war im Halbdunkel versunken.

»Wydra, wann hast du Wurst gegessen?«

»Ich weiß nicht mehr.«

»Und du?«

»Wahrscheinlich zu Hause«, erwiderte der Junge.

»Hörst du, Romaniuk? Die Armee will Fleisch! Meinetwegen mit Brot, Milch und Eiern.« Er holte aus, und Romaniuk sank noch mehr in sich zusammen und schützte den Kopf mit den Armen. »Ich schlag dir gleich den Schädel ein, und nicht der Zugführer.«

»Lass ihn«, meldete sich Wydra vom Tisch.

»Aha? Hast du keinen Hunger?«

»Lass ihn, hab ich gesagt.«

Stach drehte sich um, ging zum Tisch und blieb über Wydra stehen, der unbewegt dasaß, die Arme über der Brust verschränkt.

»Wer bist du denn, verdammt, dass du mir Befehle geben willst?«, fragte er mit leiser, gemeiner Stimme.

»Ich sage nur, du sollst ihn lassen«, sagte Wydra ruhig. »Soll er geben, was er kann. Wenn der Zugführer kommt, kannst du ja mehr verlangen. Wir werden sehen.«

Stach steckte die Hände in die Taschen und wiegte sich leicht auf den Absätzen. In der Stille, die eingetreten war, hörte man das leise Knarren der Bretter und das Summen der Fliegen um die Lampe herum. Romaniuk saß immer noch zusammengekauert da.

»Wer bist du überhaupt, dass du dich widersetzen willst? Du Waisenkind, dem der alte Schulze die Schwester vögelt ... Na?«

Wydra sprang so schnell auf, dass weder der Junge noch erst recht Romaniuk es hätten ahnen können. Auch Stach hatte nichts bemerkt. Er spürte nur plötzlich, wie Wydras Hände sich um seinen Hals legten. Bevor er selbst die Hände aus den Taschen ziehen konnte, hörte er das Knirschen seines Adamsapfels und bekam keine Luft mehr. Der Junge sprang ungeschickt auf, warf den Stuhl um und packte Wydra an den Armen. Aber der schüttelte ihn ab und drückte Stach weiter die Kehle zu. Stach versuchte, Wydra die Faust ins Gesicht zu schlagen, doch er traf ihn am Nacken. Wieder versuchte der Junge, die beiden zu trennen, krallte sich an Wydras Schultern fest und zerriss ihm das Hemd. Es riss mit einem leisen, mürben Geräusch und entblößte den mageren Rücken. Also griff er nach dem schmutzigen Verband am Hals und zog ihn nach hinten, aber Wydra ließ sein Opfer nicht los. Unter dem Verband kam ein aasiger Gestank hervor, aber niemand außer dem Jungen roch das. Er zog die Hand zurück. Sie war klebrig. Einen Sekundenbruchteil lang schaute er sie im Halbdunkel an und hielt sie intuitiv an die Nase. Stach begann zu röcheln. Da trat der Junge einen Schritt zurück und brüllte in voller Lautstärke:

»Stillgestanden!«

Wydra erstarrte und ließ automatisch die Hände sinken. Stach sank auf die Knie, griff sich an den Hals und keuchte heiser.

»So geht das nicht, so geht das nicht!« Romaniuk hatte sich vom Bett erhoben und rang die Hände über der Kampfszene. »So geht das doch nicht. Wenn das der Herr Zugführer sehen würde …« Hilflos drehte er sich von einer Seite auf die andere, als wollte er das Durcheinander beenden. »Ich geb euch die Wurst ja schon …«

Stach kroch über den Fußboden. Wydra ging ihm nach und holte mit dem Fuß zu einem Tritt aus, doch der Junge packte ihn am Gürtel und hielt ihn fest. Stach schleppte sich vorwärts wie ein Tier mit gebrochenen Gliedern. An der Tür griff er nach der Haspe, zog sich hoch und verschwand im Dunkel der Diele. Der Junge hielt wieder die Hand an die Nase und roch daran.

»Ihr könntet Wasser heiß machen«, sagte er zu Romaniuk. »Da haben sich Würmer eingenistet.«

Sie konnten den Verband nicht abnehmen. Er war verklebt und steif. Romaniuk brachte die schwarze Schere, mit der die

Schafe geschoren wurden, und schließlich konnten sie ihn durchschneiden. Der Herd brannte schon. Wydra hob das Stück Stoff vom Boden auf und betrachtete es. Da wimmelten weiße Würmer. Er öffnete das Türchen und warf den Stoff ins Feuer. Dann setzte er sich auf einen Stuhl, und Frau Romaniuk begann im Licht der auf dem Tisch stehenden Wagenlampe, die glitschige Wunde mit einem weißen Lappen auszuwaschen. Sie tauchte ihn in eine Schüssel, wand ihn aus, entfernte ohne eine Spur von Ekel das eitrige Gewebe und legte das violette, weiß angelaufene Fleisch frei. Als die Wunde sauber zu sein schien, beugte sie sich hinunter und roch daran. Sie schüttelte den Kopf.

»Nicht gut«, sagte sie. »Es riecht.« Sie berührte Wydras Stirn. »Fieber.« Mit der Hand fuhr sie über seinen Rücken. »Er ist total nass. Nicht gut.«

»Und was jetzt?«, fragte Romaniuk unsicher.

»Nichts. Ein Doktor könnte helfen«, erwiderte sie. »Er könnte eine Spritze geben.«

»Wie – ein Doktor? Wo?«

»In Hruszowa.«

»Weiß der Geier, was das für einer ist. Und die sind ja aus dem Wald.«

»Na, dann zu Marysia.«

»Zu der, wo Lubko wohnt?«

»Die kennt sich mit Kräutern aus. Hol ein bisschen Schnaps.«

Sie unterbrach das Verbinden und ging ins Nebenzimmer. Sie war rund, mit Speck gepolstert, flink. Wie eine fette Kugel. Keine Spur von Falten im Gesicht. Mit einem sauberen grauen Hemd kam sie wieder. Sie legte es auf den Tisch. Dann sammelte sie die zerrissenen Reste des alten vom Boden auf.

»Auch in den Ofen«, sagte sie zu sich selbst.

Romaniuk brachte eine trübe Flasche mit Samogon und stellte sie auf den Tisch.

»Beug dich runter«, sagte sie zu Wydra.

Sie goss ein wenig Schnaps auf die Wunde. Er verzog das Gesicht und drehte den Hals, als wollte er, dass der Alkohol in alle Ritzen eindrang und den Leichengestank wegbrannte bis in die letzte Faser. Sie wischte ihre Hände an der Schürze ab und befahl dem Jungen, die Schüssel hinter dem Haus auszuleeren. Vorsichtig ging er in die dunkle Diele. Er stolperte über etwas. Der Fußboden gab ein dumpfes Geräusch von sich. Die Frau hängte die Wagenlampe über den Herd und begann zu hantieren. Romaniuk holte einen Schemel aus der Ecke, stellte ihn in die Mitte der Stube, stieg hinauf und drehte an der Lampe. Wydra saß in dem frischen Hemd reglos da. Er schwitzte. Bald erschienen auf der Brust dunkle Flecken.

»Gibt das Wundbrand?«, fragte er schließlich.

»Wieso gleich Wundbrand«, brummte die Romaniuk zurück.

»Der Eiter wird weitergehen«, sagte er leise.

»Wo wird er denn hingehen? In den Schädel?«

»Ins Herz.«

Sie knallte die Pfanne gegen die Platte, stellte einen Topf um und schepperte mit einem leeren Eimer am Herd, um das Gespräch zu übertönen.

»Alter, geh und bring Eier und schneid von dem Speck ab«, sagte sie mürrisch.

Gehorsam ging er, ohne jedes Licht. Sie bewegten sich blindlings im Haus. Auf seit Jahren ausgetretenen Pfaden. Zwischen den wenigen Geräten und Gegenständen, die nie den Platz wechselten. Eigentlich hätten sie ohne Licht leben können. Wie unter der Erde. Die Rahmen berührend, mit dem Fuß die Schwellen ertastend, unwillkürlich mit den Schritten die Entfernung messend. Sich an Geruchswölkchen orientierend. An dem Geräusch, das von den Wänden zurückgeworfen wurde und in jedem Raum anders klang, so dass die geringste Störung im Strom der Laute vor einem Hindernis oder einer Veränderung warnte. Die Tiere waren warm, die Milch hell und das Wasser kalt.

Er brachte Eier und Speck. Sofort begann sie mit der Zubereitung des Essens. Sie schnitt ein paar Streifen ab, hackte sie in Würfel und warf diese in die heiße Pfanne. Sie wartete, bis sie zu schmelzen begannen, zerschlug mit schnellen, entschiedenen Bewegungen die Eierschalen am schwarzen Pfannenrand und ließ den flüssigen Inhalt in das brutzelnde Fett laufen. Romaniuk holte die Hälfte eines runden Brotlaibs aus der weißen Kredenz. Er setzte sich an den Tisch, drückte das Brot an die Brust und schnitt mit einer Bewegung zum Herzen hin dicke Scheiben ab. Der Junge blieb an der Tür stehen und schaute den Vorbereitungen zu. In den Armen hielt er die Schüssel, die im Halbdunkel aussah wie ein weißer Schild.

»Mach die Tür zu und setz dich«, sagte Romaniuk.

Auf dem Tisch lagen die Brotscheiben. Frau Romaniuk legte ein Brett zum Schneiden unter und stellte die dampfende Pfanne daneben. Aus der Schublade unter der Tischplatte nahm sie drei Löffel.

»Setz du dich auch«, sagte Romaniuk. »Hol nur noch die Gläschen aus der Kredenz.«

Frau Romaniuk brachte die Gläser und dann einen Stuhl aus dem Nebenzimmer. Er war besser als die Küchenstühle, hatte gebogene Armlehnen, der Sitz war mit dunkelrotem Stoff bezogen. Zufrieden setzte sie sich hin.

»Esst«, sagte sie.

Romaniuk bekreuzigte sich. Der Junge bemerkte, dass er für einen Sekundenbruchteil zwischen der katholischen und der östlichen Version geschwankt und dann die katholische gewählt hatte. Schnell machte er es ihm nach. Wydra saß unbewegt da. Sein Hemd wurde immer dunkler.

»Esst«, wiederholte sie. »Ah, ich hab das Salz vergessen.«

Sie schwirrte zum Herd und stellte dann ein kleines Töpfchen aus Steingut auf den Tisch. Romaniuk schenkte die vier dicken, kantigen Gläschen fast voll. Sie tranken. Wydra als Letzter und auf zwei Mal. Frau Romaniuk verzog keine Miene.

»Sie sollten vor Morgengrauen zu Marysia gehen«, sagte sie.

»Sie können am Tag, die Deutschen sind weg«, erwiderte Romaniuk.

»Wieso soll das Dorf das erfahren? Sie sind fremd. Das merkt jeder. Sie werden vor Morgengrauen gehen. Im Dorf waren heute die Blauen.«

»Die Blauen sind nicht schlimm. Die gucken nur, wo sie was trinken oder was klauen können. Die kenne ich alle.«

»Aber die kennen sie nicht. Ich sag doch, sie sollen vor Morgengrauen gehen«, sagte die Romaniuk. »Und wenn du nicht zu Marysia willst, dann hol ihm einen Doktor.«

»Was hab ich denn mit dem zu schaffen, verdammt?« Romaniuk hob die Stimme.

»Wenn Siwy zurückkommt, wirst du anders reden.«

»Wenn er zurückkommt.«

»Der kommt zurück. So einer kommt immer zurück.«

Der Junge nickte. Er war sich sicher, dass der Zugführer zurückkommen würde. Von Anfang an, als er vor ihm stand und das erste »Stillgestanden« hörte. Nicht laut, aber eindeutig, durchdringend bis auf die Knochen. Es bewirkte, dass die Muskeln sich anspannten und er eine Kraft in ihnen spürte, die er vorher nicht gekannt hatte. Damals begriff er, dass er, wenn er gehorchte, jede Situation unversehrt überstehen würde. Dass er durch das tiefste Wasser gehen könnte. Deshalb fühlte er sich jetzt unsicher. Allein, mit Wydra im Delirium, unter Fremden. Er wartete auf den Zugführer und sehnte sich nach ihm. Und er dachte die ganze Zeit, was der Zugführer an seiner Stelle täte. Wenn es nötig wäre, würde er sich Wydras schwächelnden Körper über die Schulter werfen und ihn zu der Quacksalberin tragen oder zu dem Arzt in Hruszowa, und er würde dem Doktor die Pistole an die Stirn halten, falls dieser zögern sollte. Ganz einfach. Er würde Wydra befehlen, wieder gesund zu werden, und so würde es kommen.

»Und wohin ist er?«, fragte die Romaniuk.

»Ich weiß nicht«, erwiderte der Junge und zuckte die Achseln.

»Er war stinksauer«, sagte Romaniuk. »Weißt du das nicht?«

Wydra hatte die Augen halb geschlossen und immer größere Flecken auf dem Hemd. Er atmete laut und schwer.

»Man weiß nicht, ob er überhaupt was hört. Er hat nicht mal gegessen.«

Sie stand auf, trat an Wydra heran und rüttelte leicht an ihm. Er öffnete die Lider, doch seine Augen waren leer und düster. Für einen Moment blitzte darin das gelbe Licht der Lampe auf und erlosch gleich wieder.

»Hörst du?«, fragte sie.

»Ich höre nichts«, antwortete er langsam. »Es ist dunkel. Ich höre nichts. Sie haben gesagt, ich hätte Würmer, als wir da gelegen sind und die Deutschen gezählt haben. Zuerst die Fahrzeuge, dann die Pferde. Fuhrwerk um Fuhrwerk. Ich konnte gar nicht richtig zählen. Es war heiß, und ich konnte nicht. Würmer, haben sie gesagt …«

»Jetzt hast du keine mehr«, sagte der Junge. »Du hast nur Fieber. Würmer nicht mehr.«

»Waren sie groß?«

»Nein. Wie Würmer halt.«

»Gut. Aber dunkel ist es. Auch wenn ich die Augen aufmache, und ich weiß nicht, wo ich bin.«

»Bei Romaniuk. Da, wo wir das Schwein geschlachtet haben. Weißt du noch?«

Wieder öffnete er die Lider und versuchte, sich umzusehen.

»Ein Schwein?«

»Ja.«

»Ich weiß noch. Es wollte nicht verrecken, das Scheißvieh.«

»Der Zugführer hat es erschossen.«

»Ja. Anders ging's nicht. Es wollte nicht. So ist es immer mit ihnen. Sie wollen nicht verrecken, obwohl sie zum Schlachten aufgezogen werden. Sie sollten es doch wissen, oder?«

»Besser nicht. So leben sie in Ruhe. Wenn man weiß, dass man getötet wird, was ist das dann für ein Leben?«

»So wie bei dem damals«, sagte Wydra leise zu sich selbst.

»Ja«, sagte der Junge noch leiser. »Weißt du, wofür wir ihn …?«

Wydra schüttelte den Kopf. Er wollte die am Körper herunterhängenden Arme heben und auf der Brust verschränken, aber sie fielen kraftlos zurück.

»Egal. Er wusste wohl nicht, dass er getötet werden sollte. Bis zum Schluss wusste er es nicht. Der Tod ist der Tod, weißt du, aber das Warten ist das Schlimmste. Man sollte nicht warten müssen, es sollte schnell gehen, wenn's schon sein muss. Wie im Krieg. Vielleicht ist der Krieg besser, was?«

»Und wer war er, weißt du das?«

»Nein. Auch egal.« Er richtete sich plötzlich auf und sah sich geistesgegenwärtig um.

»Du hast ihn vergraben«, sagte er zu Romaniuk. »Hast du ihn gut vergraben? Dass ihn die Hunde nicht ausbuddeln?«

Romaniuk saß reglos da und starrte vor sich hin, durch alle Anwesenden hindurch. Er starrte durch die eine Wand und die andere, durch die dunkle Nacht, die das Haus umgab.

»Vergräbst du immer die Leute für Siwy?«

»Wenn's sein muss …« Er stand auf, ging zur Kredenz, holte ein Päckchen Papirossy und legte es auf den Tisch. »Hier habt ihr was zu rauchen«, sagte er.

Der Junge nahm sich eine, zögerte und nahm sich eine zweite. Er hockte sich an den Ofen, machte das Türchen auf, angelte mit einem Kiefernscheit ein Stückchen Kohle. Er machte einen Zug, stand auf und legte die zweite Zigarette Wydra in den Mund. Der machte einen tiefen Zug. Die Zigarette hing ihm zwischen den Lippen. Mit Mühe hob er die Hand, um sie herauszunehmen.

»Und hast du ihn ausgezogen?«

Die Romaniuk schob geräuschvoll den Stuhl zurück, stand auf, räumte klirrend den Tisch ab. Dann schenkte sie noch je ein halbes Gläschen ein und stellte die Flasche wieder in die Kredenz.

»Er schläft auf dem Bett. Soll er mal ordentlich schwitzen. Du gehst auf den Boden. Alter, du bringst Stroh. Und wir gehen ins Nebenzimmer. Wie Gäste.«

Und in der Nacht, als alle eingeschlafen waren, kamen Engel ins Haus. Der helle stellte sich über den Jungen, der rote setzte sich an Wydras Bett, und der dunkle ging ins Nebenzimmer.

25

Und wieder bin ich hier. Am kürzesten Tag des Jahres bin ich gekommen. Das Hotel war leer wie immer. Im Dunkel brannte das rote Neonlicht mit den drei Sternen. Auf dem Parkplatz stand ein Auto. Die Dämmerung war schon angebrochen. Ich bekam ein Zimmer, von dem aus ich im Morgengrauen den Fluss sehen konnte. Grau glänzte er zwischen den Stämmen der Kiefern. Aber es war schon nach Einbruch der Dämmerung. An der Rezeption kreiste hinter dem Glas des Aquariums ein Schwarm roter Fische. Wie im vorigen Jahr, wie vor zwei Jahren. Ich sagte, ohne Frühstück. Nur um einen Wasserkocher bat ich. Im Auto hatte ich einen Becher, Kaffee, alles, was man braucht. Zu dem Städtchen waren es zwei Kilometer. An der Tankstelle hatten sie Hot Dogs. Ich wollte ein paar Tage lang nach den alten Abfahrten und Stellen am Fluss suchen, dort ein Lagerfeuer machen und das Zelt aufschlagen. Nichts Neues. Nur dass es jetzt dunkel und sumpfig war. Ich wollte auf der einen wie auf der anderen Seite flussaufwärts und flussabwärts fahren. An der finsteren Strömung entlang.

Am selben Fluss entlang, den sie vor neunundsiebzig Jahren überwinden wollten. An den längsten Tagen. Da es so gut wie nichts von dem gnädigen Dunkel gab. Anders als heute. Ich stehe um sechs auf, trinke Kaffee und warte, bis es hell wird, damit irgendetwas zu sehen ist. Um halb acht kaufe ich an der Tankstelle einen Hot Dog. Der Verkäufer spricht mit dem hiesigen singenden Akzent. So hat meine Großmutter gesprochen. Und auch mein Vater. Das Weiche, Singende musste er ablegen, als er in die Stadt zog. Um die Spuren zu verwischen. Aber manche Wörter hat er immer anders ausgesprochen. Und er hat lange den Speck in Würfel geschnitten, diese auf ebenso geometrische Stückchen Brot gelegt und sie langsam kauend mit großem Appetit aufgegessen. Wie sein Vater. Jetzt fuhr ich in eine Gegend, in der alte Männer diesen Hirten- oder auch patriarchalen Brauch vielleicht immer noch pflegten. Denn ich habe nie gesehen, dass Frauen auf diese Art gegessen hätten.

Um acht hatte das Dunkel sich kaum gelichtet. Schneeregen fiel. Ein Mann verteilte Mist auf der Wiese. Ein Mann und zwei Maschinen. Von einem großen Haufen lud er den Dung mit einem Bagger auf den Miststreuer und machte sich an die mühsame Fahrt über das Areal. Der schwarze Tierkot kleckste auf die graue Wiese. Der Mann schaute nicht einmal her, als ich vorbeifuhr. Ich war ein fremder Faulenzer, der keine Aufmerksamkeit verdiente. Es sah ganz danach aus, als würde die Sonne nie mehr aufgehen. In jedem Dorf standen verlassene Häuser, die dem zur Ruine zerfallenden Haus meines Großvaters glichen. Holzhäuser, nicht groß, unter verrottendem Eternit. Die Höfe wuchsen mit Unkraut zu. Die Pfade, die vom Gartentor zum Eingang führten, waren kaum noch zu erkennen. Feuchtigkeit vom Himmel und sumpfige Ablagerungen vom Fluss drangen ins Holz und ins Innere der Häuser. Ich konnte sie mir mühelos vorstellen – mit einbrechenden Fußböden, abfallenden Tapetenstücken, mit verschmähten Bildern an der Wand oder hellen Flecken an den Stellen, wo eines gehangen hat. Sie sahen aus, als wären sie alle zur gleichen Zeit gebaut worden. Nicht einmal Ratten und Mäuse gab es mehr. In so einem Haus hat Romaniuk gewohnt. Manchmal stand jetzt ein neueres daneben, gemauert und ohne klare Form. Die meisten jedoch starben sozusagen ohne Nachkommen. Wie das in dem Obstgarten, wo damals die deutsche Wehrmacht stationiert war. Manche waren in Datschen verwandelt, angestrichen, mit Thujen umpflanzt, mit Bänken und Schaukeln umstellt worden, doch jetzt waren sie fest verrammelt, die Fenster mit Läden verblendet, und auf alle fiel der gleiche Regen. Nur die gemähten Rasenflächen an der Stelle der Höfe waren sorgfältig geharkt, von Blättern befreit. Aber die toten Häuser waren in der Mehrzahl.

Ich trennte mich vom Fluss und fuhr nach Norden. Ich wollte die Kirche finden, in deren Pfarrhaus Lubko und Siwy mit dem Priester getrunken haben. Sie war keineswegs neogotisch, wie ich es mir vorgestellt hatte. Auf einer kleinen Erhebung stand sie, total abgelegen. Ringsum eigentlich das Dorf, aber irgendwie kaum sichtbar, wenn auch recht groß. Diese Abgelegenheit rückte ihm auf den Pelz und wollte es vernichten. Als wollte die graue Welle der winterlichen Erde es nach unten drängen, in Richtung des nahen Flusses. Auf dem leeren Parkplatz der Kirche stand ein Lieferwagen. In einer Wanne lagen tote Karpfen. Ein paar Leute standen herum und schauten sie an. Bei einer kleinen Baracke, die als Laden diente, drehte ich um und fuhr zurück. Wieder zum Fluss. An einem der geretteten Häuser im Datschenstil hing ein Gemälde, etwa zwei mal drei Meter. In der Art eines Comics stellte es drei Männer dar. Einer davon war etwas älter und hatte einen Schnurrbart. Der auf den ersten Blick jüngste trug eine Militärmütze und über der Schulter einen Patronengürtel mit Munition für ein LMG. Der mittlere trug keine Kopfbedeckung und hatte die Haare nach hinten gekämmt. Der mit dem Schnurrbart hielt ein nicht identifizierbares Maschinengewehr in der Hand. Vielleicht ein LMG, zu dem der Patronengürtel gehörte? Schwer zu sagen. Das Ganze war in der Farbe gemalt, die Ähnlichkeit mit der Farbe der deutschen Panzer und gepanzerten Fahrzeuge von damals hatte. Stahlgrau. Oben prangte der Schriftzug: »Ehre und Ruhm den verfemten Soldaten ...« Genau so, mit drei Punkten am Schluss. Das klang recht uneindeutig. Der mit dem Patronengürtel hatte am linken Arm eine Binde mit den Buchstaben NSZ,

Nationale Streitkräfte. Vor dem Haus stand ein Windrädchen. Daneben hingen an einem in die Erde gerammten Pflock ein golden angestrichener Feuerwehrhelm und an einem anderen Pflock ein verrosteter deutscher Helm. Ich stellte mir vor, der auf dem Bild könnte zum Beispiel Siwy sein, mit dem Jungen und Wydra. Wenn sie überhaupt überlebt haben. Das war übriggeblieben: ein schräger Comic in der Farbe des Feindes an der Wand eines alten Hauses.

Einmal saßen wir auf der Veranda meines Elternhauses. Wir wärmten uns in der Sonne. Ich fragte ihn damals:

»Papa, was hast du denn im Krieg gemacht?«

Lange schwieg er, suchte nach Resten in seinem Gedächtnis. Schließlich antwortete er ganz langsam und deutlich:

»Ich habe Schuhe geputzt.«

»Wessen Schuhe? Von wem?«

Doch das war alles, was er hervorholen konnte.

»Ich weiß nicht«, erwiderte er, und es hatte keinen Sinn, weiter zu fragen.

Also überlegte ich – vielleicht die der deutschen Soldaten, die im Obstgarten stationiert waren? Der guten deutschen Soldaten, an die sich das Dorf erinnerte? Und er bekam dafür ein Bonbon oder ein Stück Schokolade? So könnte es gewesen sein. Aber wahrscheinlicher ist, dass er Großvaters Schuhe meinte, die seines Vaters. Der trug an Sonntagen, wenn er in die Kirche ging, immer schwarze Schaftstiefel. Auf alten Fotos habe ich ihn so gesehen. Dazu Knickerbocker. Übrigens kann ich mich aus der Kindheit noch an das Knirschen der Stiefel auf dem Holzboden des Hauses erinnern. Vermutlich waren es also die Stiefel seines Vaters, die er putzte. Dieser Gedanke erleichtert mich ein bisschen, obwohl erzähltechnisch die deutschen besser wären. Sie würden besser zu diesem Land passen. So wie das patriotische Gemälde in der Farbe des Panzerkampfwagens vier.

»Woran erinnerst du dich noch?«, fragte ich ohne große Hoffnung.

»An nichts«, erwiderte er.

Jetzt fuhr ich zu ihm, wie immer auf Umwegen, die Ankunft hinauszögernd. In der Illusion, ich sei auf Spurensuche. An den kürzesten Tagen des Jahres. Schon vor vier wurde es dunkel. Um mir die Zeit bis zum Schlafen zu verkürzen, besuchte ich die Läden der Topaz-Kette in der Umgebung. Lustlos machten die Leute Weihnachtseinkäufe. Zwischen den Regalen irrten Männer mit Wagen und langen Einkaufslisten umher. Alle in den vorschriftsmäßigen Masken. Ich fuhr in die Kreisstadt. Schwarz, wie leergefegt. In den Vororten passierte ich einige Patrouillen, aber niemand hielt mich auf. In Dorohucza ging ich um den Marktplatz herum. Das Eckhaus, in dem er gewohnt hat, als er zur Schule ging, war das dunkelste von allen. Als wäre es gar nicht da, als hätte die Nacht es verschlungen. Am Morgen fuhr ich nach Jastrzębowo. Ich musste Geld aus dem Automaten ziehen, um den Grabstein der Großeltern zu bezahlen, den ich mit meinem Cousin zusammen erneuert hatte. Der alte war zerborsten und zusammengefallen gewesen. Gleich gegenüber gab es zwei Gräber von verfemten Soldaten. Ebenfalls ganz neu. Ezechiasz (ein seltener Name in dieser Gegend) war im Mai 1945 vom UB getötet worden. Er war damals fünfundzwanzig. Boruta »starb einen tragischen Tod« im Juli 1946. Mit dreiundzwanzig. Wie Brüder lagen sie nebeneinander. Waren es vielleicht sie, die das Gemälde auf der anderen Seite des Flusses darstellte? Waren sie vielleicht nachts nach Hause in die Kolonie gekommen, um Speck zu essen und auf Stroh zu schlafen? Ich zündete für Großmutter und Großvater drei gelbe Grablichter an. Eigentlich wollte ich grüne, nach der liturgischen Bedeutung der Farben, aber grüne gab es nirgends. Der Friedhof lag nicht weit entfernt von der kleinen

Erhebung, wo Siwy und der Junge die Deutschen gezählt haben.

Jastrzębowo stand im Stau. Dunkel glänzten die Autodächer im Regen. Auf den Straßen, auf den Parkplätzen vor den Geschäften, überall. Ich konnte meinen Bankomaten nicht finden und musste an einigen anderen ziehen. Erleichtert fuhr ich wieder aus der Stadt hinaus, die den Anschein einer trägen Evakuierung erweckte. Erleichtert verließ ich das vorweihnachtliche Fegefeuer und fuhr nach Osten. Nach Hruszowa und dann die alte, nicht reparierte Straße neben dem Friedhof entlang. Vater hat einmal erzählt, dass auf ihr damals nach dem Krieg eine Po-2, eine Nebelkrähe, gelandet ist, und dass es eine Jagd auf Partisanen gegeben hat. Vielleicht auf Boruta und Ezechiasz? Oder vielleicht auf Siwy, wenn er überlebt hat? Vater hat sich nicht getäuscht. In einem historischen Buch habe ich die Information gefunden, dass bei Hruszowa tatsächlich eine Razzia stattgefunden hat und eine Nebelkrähe daran beteiligt war. Meine drei gelben Kerzen brannten in Wind und Regen. Geradezu unanständig hell und grell in dieser dunklen Landschaft. Großmutter haben wir im Sommer begraben, im August. Zwei Tage vor Mariä Himmelfahrt. Großvater fünf Jahre später im November. Ich weiß noch, dass damals Frost herrschte und Schnee lag, und den Sarg trugen schwarz angezogene Männer auf den Schultern. Bestimmt auch mein Vater. Der Sand der ausgegrabenen Gräber war gelb, und es ging wohl leicht, sie auszuheben. Obwohl man im November den Frostboden durchbrechen musste. Aber sicher war die Schicht nicht besonders dick, es waren ja die ersten Fröste.

Ich fuhr durchs Dorf. Keine Menschenseele zu sehen. Die Holzkirche, die früher eine unierte Kirche war, huschte vorbei. Sie stand auf der hohen Böschung über dem Fluss. Ein Papst aus Plastik, das Metall imitierte, leistete ihr Gesellschaft. Hinter den letzten Häusern sank das Gelände etwas ab, und ein matschiger Weg führte zum Strom. Ich habe ihn nie gefragt, wo genau sie im Winter zum Ufer gingen, um die Schlittschuhe anzuschnallen. Ich fuhr Richtung Krystopol, zur Brücke. Als wollte ich das Reich der Toten verlassen und es vom anderen Ufer aus betrachten. Gleich nach der Brücke bog ich links ab. Das Dorf lag in der Tiefebene und war von Sümpfen umgeben. Am Straßenrand ging ein alter Mann. In einer durchsichtigen Plastiktüte trug er einen Laib Brot. Ich fuhr in einen matschigen Hain, dann auf die Wiesen. In der Ferne hoben zwei Rehe den Kopf und ästen dann weiter das gelbliche Gras. Auf dieser Strecke hat Lubko nachts Siwy und Miętus nach Dorohucza geführt. Ich denke, hier hat sich seither nichts verändert. Die Leute blicken immer noch zum Fluss und fragen sich, ob er im Frühjahr oder nach dem Sommerregen über die Ufer treten und bis zum Dorfrand gelangen wird.

26

Sie waren nass bis zur Hüfte und ausgekühlt, und die Sonne war noch nicht aufgegangen. Der Himmel im Osten begann gerade erst, sich golden zu färben. Sie traten in das dunkelgrüne Zwielicht des Gartens. Das Gras niedergetreten, stellenweise herausgerissen bis auf die nackte Erde. Ein paar Baumstämme schimmerten weißlich unter der abgerissenen Rinde. Es war vollkommen still. Sie hörten, wie Tautropfen fielen. In der Luft hing der Gestank von Maschinen. Lappen lagen herum, mit Schmiere getränkt, gesättigt von fettigem Abgasgeruch. Kaputte Kisten, schwarzes Papier, leere Konservendosen, zerbrochenes Glas, aus einem aufgerissenen Reifen ragten Drähte, daneben ein paar zertretene Brotscheiben, ein von Feuer ausgebrannter Kreis, ein paar trockene Zweige und wieder Papiere und Lappen. »Bin gespannt, ob die Fliegen herkommen, wenn die Sonne aufgeht«, dachte Lubko und begann intuitiv nach dem Geruch von Aas zu wittern. Doch da war nur Technik, Verbranntes und die Leere nach dem Abmarsch. Nichts Lebendiges. Er kickte nach einem Haufen aus irgendwelchem Zeug. Es raschelte und war gleich wieder still. Da blitzte etwas silbern. Er bückte sich und hob ein Messer mit einem Metallgriff auf, auf dem ein Geier mit Hakenkreuz eingeprägt war.

»Der Vollständigkeit halber müssten noch ein Löffel und eine Gabel da sein«, sagte Siwy leise. »Ein Chaos, als wären sie abgehauen.«

»Zum Aufräumen sind wir da«, sagte Lubko.

Siwy schaute zu ihm hinüber, aber er sah nur noch seinen Rücken – er war schon weiter in den Garten gegangen, zum Haus, und hinter der Ecke verschwunden. »Wenn sie kommen, machen sie Ordnung. Wenn sie gehen, hinterlassen sie Chaos«, dachte Siwy, warf noch einen Blick auf den Kriegsmüll und folgte dann Lubko.

Im Haus sah es genauso aus. Überall lag etwas herum. Teils Armeesachen, teils zivile. Nacheinander erkannte er die Geräte und Gefäße wieder. Trat auf zerbrochenes Steingut. Stellte einen umgekippten Stuhl wieder hin. Ging zum Fenster und schaute in den Hof. Diesen Ausblick hatte er lange nicht gehabt. Auf dem Anwesen lag noch tiefer Schatten. Die nackte Erde war von Autospuren zerfurcht. Am Brunnen, wo sie die Feldküche gehabt hatten, stand der Baumstumpf, da lagen Reste von gehacktem Holz und ein verbogener Eimer. Er drehte sich um und ging ins Nebenzimmer. Auf zwei Betten lagen nackte Strohsäcke. Er öffnete den dunkelbraunen Schrank. Ein fremder Geruch schlug ihm entgegen. So hatten die Offiziere gerochen, an denen er manchmal vorbeigegangen war. Die meisten Fächer waren leer. Er fasste ein Stück zusammengelegtes Bettzeug an. Es war kalt, rau und sauber. Er trat an das Fenster, das zum Obstgarten ging. Die Sonne war schon aufgegangen, goldenes Licht schimmerte auf den Kronen. Der Fußboden war ausgetreten und knarrte. Er bückte sich und hob eine Fotografie auf, die unters Bett gefallen war: Eine blonde Frau hielt ein Kind auf dem Arm und lächelte ins Objektiv. Auf der Rückseite stand etwas auf Deutsch. Er buchstabierte es, aber es ergab für ihn keinen Sinn. Er warf das Foto auf den Strohsack und ging in die Küche zurück, um wieder in den Hof zu schauen. Durch die hohen Pappeln fielen einzelne Sonnenstrahlen auf den niedergetretenen Boden. Er sah, wie sie in dem roten Rock aus der Scheune kam, unter den Birnbaum ging, sich neben die Feuerstelle kniete, sich nach vorn beugte und in die Glut blies, die vom Vortag noch übrig war, denn als sie ein bisschen Reisig drauflegte, erschien ein graues Rauchbändchen. Sie kniete mit dem Rücken zu ihm, angespannt, auf der anderen Seite des Hofs, doch auch so spürte er die Erregung.

»Ist das dein Haus?«, fragte Siwy und blieb an der Tür stehen.

»Nein. Ich wohne nur hier. Ihres.« Er machte eine Kopfbewegung zum Fenster.

Er drehte sich um und ging zu der weißen Kredenz. Siwy setzte sich auf einen Stuhl am Fenster und legte die Hände auf den Tisch. Es war vollkommen still.

»Sie haben wohl die Fliegen vergiftet, bevor sie gegangen sind«, grinste Lubko.

»Wenn die Deutschen nicht gewesen wären, hätte ich dich damals umgebracht«, sagte der Zugführer. Er sagte es leise, mit Blick in den Hof. »Die Deutschen haben dir das Leben gerettet.«

»Blödsinn. Die Kugeln sind dir ausgegangen«, erwiderte Lubko und begann, in der Kredenz zu kramen. Es roch nach Kaffee, und das war neu hier.

»Ich hatte ein zweites Magazin. Ich hätte dich umgebracht.«

»Jetzt kannst du's. Die Deutschen sind weg.«

»Nein«, sagte Siwy und grinste schief. »Du bist zu gut. Sie, die Jungs, weißt du, sind nicht schlecht, sie töten ein Schwein, einen Menschen, wenn's sein muss, aber sie sind wie Kinder. Ich brauche jemand wie dich, Lubko. Jemand, der weiß, was los ist, was zu tun ist. Auf der einen wie auf der anderen Seite. Du hast mich hinübergebracht, und du hast mich zurückgebracht.«

»Keine Ahnung wieso«, brummte Lubko.

In der Kredenz klirrte es. Er griff tiefer hinein und holte eine bauchige Flasche mit farbigem Etikett heraus. Doch Siwy hatte ihn gehört.

»Weil es nötig war.«

»Und jetzt stört es dich nicht mehr, dass ich Juden transportiere?« Er ging mit der Flasche ans Fenster, um den Aufkleber zu lesen. Aber es war wie mit dem Foto: Die schönen Buchstaben sagten ihm nichts. »Und Schmuggler. Und alle anderen, Hauptsache, sie zahlen.«

»Würdest du einen Deutschen transportieren?«

»Ein Deutscher würde mich grad fragen!«, schnaubte er belustigt. Er stellte die Flasche auf den Tisch. »Was ist das, Zugführer?«

»Cognac«, erwiderte Siwy. »Französischer. Hast du schon mal Cognac getrunken?«

»Nein.«

»Dann hol Gläser oder so was.«

Lubko kramte in der Kredenz und stellte zwei schartige Becher aus Steingut auf den Tisch. Siwy zog den Korken heraus, schnupperte und schenkte ein. Vorsichtig hob Lubko den Becher an die Nase und schnupperte ebenfalls. Er schüttelte den Kopf, aber dann probierte er.

»Und?«, fragte Siwy.

»Das bin ich nicht gewohnt.« Lubko verzog das Gesicht und stellte den Becher ab. »Kannst du selber trinken.«

Die Sonne war über die Pappeln gestiegen. Ein paar Hühner kamen auf den Hof und scharrten in der Erde. In der Feuerstelle brannte es. Die Frau ging zum Brunnen und betätigte das Wellrad. Sie hörten ein gedämpftes Klappern, dann das Knirschen, als sie den Eimer hochzog. Sie goss Wasser in den Kessel und stellte ihn aufs Feuer. Sie hockte sich hin und legte Holz nach. Alles war ruhig, reglos, still. Der Zugführer schenkte sich den Becher halb voll und trank ihn in einem Zug aus. Lubko ging wieder zur Kredenz und kramte herum. Er fand ein kaum angebrochenes Päckchen Juno und legte es auf den Tisch. Sofort griff Siwy danach und nahm sich eine. Das Feuerzeug wollte keine Funken schlagen.

»Wieder nass geworden, verdammt.«

Lubko ging zum Herd und nahm eine Schachtel Streichhölzer.

»Sie haben Cognac hiergelassen, Zigaretten, Streichhölzer«, sagte er und setzte sich an den Tisch. »Die Leute werden noch bereuen, dass sie weg sind. Jetzt wird die Gendarmerie herrschen und die Blaue Polizei. Arschlöcher, die einen wie die anderen.«

»Wir werden herrschen.« Siwy sah Lubko an.

»Was faselst du für einen Scheiß, Zugführer?«

»Schwörst du den Eid?«

Lubko legte die Hände auf den Tisch und schaute aus dem Fenster. Die Frau ging durch das dunkle Tor des Kuhstalls. In der Hand den Eimer. Durch die Sonnenflecken flog eine Elster, setzte sich auf das Wellrad und kreischte. Der Hahn verließ das Huhn und ging auf die Elster zu, die kreischte noch lauter und flog auf das Scheunendach. Der Hahn hüpfte auf den Brunnen und krähte.

»Ich hab noch nie jemand was geschworen«, sagte er schließlich.

Jetzt sahen sie, wie die Frau aus dem Kuhstall kam, zum Birnbaum ging und Milch in einen zweiten Eimer seihte. Der weiße Strahl schimmerte hell in dem Schattenfleck. Sie deckte den Eimer mit einem Tuch ab, nahm den Kessel mit dem heißen Wasser und ging Richtung Scheune.

»Dann machst du's halt das erste Mal. Irgendwann muss man einen Eid schwören. Ich versammle die Abteilung, mache dich zum Stellvertreter …«

»Im Moment liegt einer tot im Fluss, und der Rest ist weiß der Geier wo. Gegen wen willst du kämpfen, Siwy?«

Der Zugführer schenkte sich den Rest der Flasche ein und trank sein Glas in einem Zug aus. Er steckte sich die nächste Juno an, warf das Streichholz auf den Boden und begann, vom Fenster zur Tür zu gehen. Hin und zurück. Der Fußboden dröhnte und knarrte. Jedes Mal machte er vorschriftsmäßig kehrt. Ähnlich wie im Pfarrhaus, nur nicht im Kreis. Vom Fenster zur Tür. Er rauchte und schnippte, ohne zu schauen, wohin.

»Gegen alle«, sagte er schließlich, ohne den Marsch zu unterbrechen. »Gegen alle. Hier musste man immer gegen alle kämpfen. Gegen die Deutschen, gegen die Russen, gegen die Kommunisten. Hast du auch Kommunisten transportiert?«

»Verschiedene Leute aus der Stadt. Auf die andere Seite. Vielleicht waren die Kommunisten, wer würde schon freiwillig zu den Russen gehen?«

»Die Juden.«

»Nein. Juden erkenne ich.«

»Das ist gut. Gegen alle, Lubko, denn das ist hier unser Schicksal. Deinem Schicksal entkommst du nicht, und irgendwann musst du irgendwas schwören. Entweder wir kämpfen, oder alles ist im Arsch. Wir versammeln die Abteilung, und wenn der Befehl kommt, werden wir kämpfen. Die einen wie die anderen und auch die Dritten werden schließlich ausbluten. Schon gehen sie sich gegenseitig an die Gurgel. Bis zu den Knien im Blut werden wir kämpfen, Lubko! Der Befehl wird kommen …«

»Welcher Befehl, Siwy?«

»Scheiß auf den Befehl! Ich werde dir befehlen und du dem Rest. Wirst du schwören?«

Er blieb am Fenster stehen, und der Sonnenschein erhellte seine linke Gesichtshälfte. Die rechte war fast schwarz, kaum sichtbar. Die Kippe brannte ihm an den Fingern. Er warf sie auf den Boden und zertrat sie. Er stank nach Dreck, Schweiß und viehischer Kraft. Der würde tatsächlich kämpfen, bis zu den Knien im Blut, dachte Lubko. Bis zur Hüfte. So wie er vor Morgengrauen durch die Strömung gewatet war. In der Hand die Vis und ein Ersatzmagazin nach oben haltend. Bis zur Brust im Fluss war er durchs Wasser gegangen, hatte es beiseitegeschoben wie Luft, und es war klar, dass keine Strömung ihn mitreißen konnte. Er hatte ihn vorher nicht einmal gefragt, ob er schwimmen könne. Und Siwy hatte wohl vergessen, dass er Zigaretten und ein Feuerzeug in der Tasche hatte.

»Zugführer, selbst wenn ich dir schwöre, was soll das bringen? Ich transportiere Leute und habe nie jemand umgebracht. Einen Scheiß wirst du haben von meinem Eid«, sagte Lubko und stand auf. »Jetzt muss ich gehen, die Kuh raustreiben. Da sind Strohsäcke.« Er nickte Richtung Nebenzimmer. »Schlaf dich aus.«

»Du hättest gestern kommen sollen«, sagte sie, ohne ihn anzusehen.

Er stand einen Schritt entfernt und sog intuitiv die Luft ein, aber er konnte den Geruch des Rauchs nicht von dem ihres Körpers unterscheiden.

»Ich hab das Boot verloren.«

»Wie das?«

»Von unserem Ufer aus haben sie geschossen. Einen haben sie getötet.«

»Wen?«

»Einen Partisanen«, sagte er und zuckte die Schultern.

Er ging um die Feuerstelle herum und setzte sich auf den Baumstumpf gegenüber. Sie hatte das Haar mit dem roten Band zusammengebunden, aber ein paar Strähnen waren herausgerutscht und verdeckten ihr Gesicht.

»Es sind zwei in der Scheune. Einer verletzt«, sagte sie.

»Wie das?«

»Ein Schwein hat ihn gebissen, und es eitert. Er hat Fieber. Sie sind heute früh von Romaniuk gekommen.«

»Wo hat es ihn gebissen?«

»Hier.« Sie klopfte sich an die Schulter, direkt am Hals.

»Da?«

»Ja, da. Es hat ein Stück Fleisch herausgerissen. Es stinkt so, dass die Fliegen kommen. Ich hab die Wunde gewaschen, Kräuter draufgelegt, schauen wir mal.«

»Haben sie Waffen?«

»Ich glaub nicht. Der mit der Wunde konnte kaum stehen, und der Zweite, der ihn gebracht hat, ist fast noch ein Kind. Und wie war das mit dem Boot?«

»Weiß nicht. Sie haben angefangen zu schießen, dass die Splitter flogen, und jetzt ist es im Arsch. Wir sind am anderen Ufer entlanggegangen bis nach Pełchowo. Ins Pfarrhaus. Der Pfarrer hat uns reingelassen, uns zu essen gegeben, und dann hat er sich besoffen und den Teufel ausgetrieben.«

»Aus dir?« Sie sah ihn an und lächelte.

»Aus sich selbst.«

»Wie?«

»Ganz normal. Er hat gesagt, er soll herauskommen.«

»Und dann?«

»Wir haben ihn zum Bett getragen, und die Haushälterin hat uns zu der Stelle begleitet, wo man rüberkonnte. Das Wasser bis zur Brust, die Strömung ruhig. Russen haben wir nicht gesehen. Sie hat den Weg gekannt. Und so sind wir gekommen.«

»Mit wem?«

»Siwy heißt er. Bestimmt schläft er jetzt.« Er machte eine Kopfbewegung zum Haus hin.

»Aber du hast kein Boot mehr.«

Sie stellte den verrußten Kessel aufs Feuer und legte zwei Scheite nach. Die schwarze Katze erschien und machte es sich in einem Sonnenfleck neben den Brunnen bequem. Der Himmel war blau und wolkenlos. Das Anwesen war von goldenem Licht und schwarzen Schatten erfüllt. In der Ferne war ein tiefes, dumpfes Grollen zu hören.

»Da fahren sie«, sagte er.

»Ich hab Kaffee. Echten. Willst du?«

»Woher?«

»Von ihnen, woher sonst? Sie haben ihn hiergelassen. Zucker, Konserven.«

Das Scheunentor quietschte, und der Junge kam heraus. Lauernd, vorsichtig sah er sich nach beiden Seiten um und näherte sich langsam der Feuerstelle. Unentschlossen stand er da, in einem schmutzigen Hemd, die Arme gesenkt. Die graue Hose war am Knie zerrissen. Er sah Lubko an und nickte ihm schließlich zu.

»Er ist eingeschlafen«, sagte er zu der Frau. »Ganz heiß ist er, aber eingeschlafen.« Er hockte sich hin und streckte die Hände zum Feuer aus. »Ich bin schon lange nicht mehr am Feuer gesessen. Bei uns hat man ständig Feuer gemacht. Abends auf den Wiesen am Waldrand, am Teich. Im Herbst haben wir Kartoffeln gebraten. Im Frühjahr – sobald es warm wurde. Beim Weiden. Ständig. Einer hat in einer Blechbüchse Glut aus dem Haus mitgebracht, und schon hatten wir Feuer. Nur im Winter nicht. Im Winter wirst du nicht warm am Feuer. Auf der einen Seite ist es warm, auf der anderen kalt. Wenn wir jetzt in den Wäldern sitzen, wäre es auch gut, aber der Herr Zugführer erlaubt es nicht. Schade. Du guckst ins Feuer und siehst alles Mögliche. Erscheinungen, Figuren, goldene Engel, rote Teufel, schreckliche Glotzaugen, Zungen … Du guckst, wie sich das alles zeigt und so schnell wieder verschwindet, dass du gar keine Angst kriegen kannst. Am besten nachts, weil dann nichts anderes zu sehen ist. Es ist dunkel, und nur das Feuer brennt. Ringsum schwarz, und da die Flammen und die glühende Kohle. Es knistert und schießt, Funken sprühen. Scheinbar brennt es nur an einer Stelle, aber es ändert sich ununterbrochen. Man kann nicht aufhören zu gucken. Ich hab das mal probiert, aber es hat nicht geklappt. Du drehst den Kopf weg, und gleich guckst du wieder hin. Der Rauch brennt in den Augen, aber du guckst trotzdem.«

Das alles sagte er tatsächlich, ohne den Blick vom Feuer zu lassen, obwohl heller Morgen war.

»Du siehst Teufel?«, fragte Lubko.

»Engel auch, aber mehr Teufel.«

»Weil es davon mehr gibt«, sagte die Frau und legte noch ein Scheit nach.

Kurz darauf begann der Deckel auf dem Kessel zu hüpfen. Sie stellte einen dritten Becher auf die Erde, schüttete aus einer Blechdose Kaffee hinein und übergoss ihn mit heißem Wasser. In einer zweiten Dose war Zucker.

»Und siehst du auch woandershin?«, fragte Lubko wieder.

»Woandershin nicht.«

»Das kommt noch«, sagte die Frau und lachte leise.

Die schwarzen Schatten auf dem Hof wurden allmählich kleiner. Der Schatten des Brunnens, der Schatten des Birnbaums, der Schatten der Scheune und die Schatten der Pappeln. Lubko holte das Päckchen Juno aus der Tasche und bot die Zigaretten an. Der Junge steckte sich eine an, nahm einen Schluck aus dem Becher und sagte: »Gut.«

»Deutscher«, brummte Lubko. »Solchen Kaffee hast du noch nicht getrunken.«

»Aus Gerste?«

»Aus Afrika. Wirkt auf den Blutdruck und das Herz. Da will man gar nicht mehr schlafen.«

»Sehr gut«, sagte der Junge noch einmal und schlürfte mit Genuss. Die Zigarette hielt er zwischen dem Zeigefinger und dem Daumen und führte sie langsam zum Mund. »Die Zigarette ist auch gut.«

»Auch eine deutsche.«

»Die haben gute Sachen«, sagte er und schlürfte wieder.

Im Süden hörten sie das leise Brummen eines Flugzeugs. Langsam kam es näher, wurde stärker, und schließlich kauerten sich alle drei am Feuer zusammen und zogen die Köpfe ein. Der Flieger glänzte in der Sonne, fern und klein, und es war schwer zu glauben, dass er es war, der dieses mächtige Dröhnen unter dem Himmel hervorrief. Schließlich beschrieb er einen Bogen und flog am Fluss entlang nach Osten, um sich im Blau zu verlieren, aber sie hörten ihn noch lange, nachdem er aus dem Blickfeld verschwunden war. Erst als es wieder still war, hoben sie die Köpfe. Die Frau richtete sich zuerst auf und schaute ihm wortlos nach.

»Euren Miętus haben sie getötet«, sagte Lubko.

»Wie das?« Der Junge riss den Kopf herum und sah ihn mit offenem Mund an.

»Ganz normal. Sie haben vom Ufer aus geschossen, und er war tot.«

»Wer war das?« Die Kippe verbrannte ihm die Finger.

»Ich weiß nicht. Frag Siwy.«

Sie bewegte sich im Schlaf und keuchte. Sie lagen im stickigen Dunkel. Er hatte sanft den Arm um sie gelegt, schmiegte sich aber nicht an sie, denn es war so heiß, dass der Schweiß ihm über den ganzen Körper lief. Die Höhle müsse stinken, dachte er, und Mensch oder Tier würden durch den Geruch hierherfinden. Aber er erinnerte sich, dass er im Hof keinen Hund bellen gehört hatte. Er war ruhig. In der klebrigen Hitze war schwer zu sagen, ob sie noch vom Fieber schwitzte. Jedenfalls war der Schüttelfrost vorbei. »Also wird sie vielleicht gesund«, dachte er. »Nach diesem Kräutertee, den die Frau ihr gegeben hat. Teufelsbiss ist für alles gut«, erinnerte er sich. »Für dies und das.« Langsam leckte er seine Lippen ab. Sie waren ausgetrocknet. Er suchte den Geschmack von vorher. Seine Haut unter den Haaren schien noch immer gespannt und ein wenig wund zu sein. Er versuchte, sich von den vagen, finsteren Bildern zu befreien, aber sie kamen einfach, und er konnte nicht entscheiden, ob sie sich gegen seinen Willen einstellten oder weil er sich danach sehnte und sie stets von neuem imaginierte, immer heftiger und ungezügelter. Schließlich konnte er die Erinnerung nicht mehr von der Phantasie unterscheiden und gab auf. Immer wieder kehrte er zu dem Augenblick zurück, als er auf den schläfrigen, trägen Körper gekrochen war, sie ihn aber sanft zurückgehalten und geflüstert hatte, er solle über ihrer Brust knien. Er hatte gespürt, wie sie ihn mit ihrer heißen Hand umfasste und diese langsam zu bewegen begann. Er lächelte in die Dunkelheit. »Ein jüdischer Bastard ist sogar für eine Hexe zu viel.« Danach hatte sie ihn fest an sich gezogen.

»Ist es Tag oder Nacht?«, fragte sie leise.

Er kam zu sich und befand sich augenblicklich wieder in der stickigen Höhle.

»Es ist Tag, Morgen«, sagte er.

»Ich hab lang geschlafen, oder?«

»Ja, sehr lang. Wie fühlst du dich?«

»Ich habe Durst.«

Er tastete im Dunkeln nach der Blechkanne, sagte, sie solle sich aufsetzen, und gab ihr die Kanne in die Hände.

»Das ist Wasser. Sicher warm, aber anderes gibt's nicht.«

Er hörte, wie sie gierig trank, schluckte und dann Luft holte. Sie gab ihm die fast leere Kanne zurück. Er spürte ihre Bewegungen. Sie streckte die Hand aus, berührte ihn, dann tastete sie die Dunkelheit ab.

»Max, wo sind wir eigentlich?«

»In einer Scheune, Doris.«

»Wieder. Aber es ist eng. Überall Wände.«

»Wir sind in einem Loch. Ins Heu gegraben. Eine Art Höhle.«

»Ja. Es riecht. Jetzt weiß ich wieder, wie wir hier hergekommen sind. Jetzt erinnere ich mich. Alles ist gut, aber einen Moment lang wusste ich's nicht. Ich erinnere mich, dass ich Suppe gegessen hab. Du hast mit mir gesprochen, und schließlich bin ich wohl eingeschlafen und erst jetzt wieder aufgewacht. So lange hab ich noch nie geschlafen. Und geträumt hab ich. Ganz deutlich.«

»Was hast du denn geträumt?«

»Ich glaube das, was du erzählt hast. Als hätte ich dir im Traum zugehört, weißt du. Als hättest du erzählt, und ich hätte das sofort gesehen. Ich hab von deiner Stimme geträumt, und sie hat sich in Bilder verwandelt. Das war seltsam und schön. Und von dir hab ich auch geträumt.«

»Was hast du von mir geträumt?«

»Weißt du …«, sagte sie leise. »Das war das Schönste. Lange habe ich geträumt. Es hörte auf und begann dann wieder von vorn. Ich habe sicher geseufzt im Schlaf. Hast du das gehört?«

»Eher nicht. Ich habe auch geschlafen nach all den Nächten.«

»Drück mich an dich. Bitte.«

Er legte den Arm um sie und spürte, wie sie sich an ihn schmiegte. Er roch ihren Schweiß, den schmutzigen Körper und die Kleider, vollgesogen mit dem Geruch von Angst und Müdigkeit. Er umarmte sie fester und dachte, in der Dunkelheit würde sie nicht bemerken, wenn er den Kopf abwendet. »Wir werden alle so stinken. Alle, ohne Ausnahme. Und noch mehr als jetzt, aber wir werden diesen Gestank gegenseitig nicht riechen«, dachte er.

»Wir setzen heute Nacht über, nicht wahr, Max? Und dann, wie du erzählt hast, durch all die schönen Flüsse und Landschaften bis dorthin. Ja?«

»Ja, Doris, wir werden es versuchen«, antwortete er ins Dunkel.

»Mit Wagen, mit Schlitten, und ich werde eine silberne Halskette tragen und klimpernde silberne Armreifen. Das hab ich geträumt, weil du es gesagt hast.«

»Du wirst goldene tragen, Doris.«

»Im Traum und in Wirklichkeit.« Sie rückte ein Stück weg, und er spürte, dass sie mit den Armen die Knie umfasste. »Heute Nacht?«

»Wir versuchen es.«

»Welcher Tag ist heute? Ich hab zu zählen aufgehört, als wir geflohen sind.«

»Ich glaube, Samstag, Doris. Wahrscheinlich.«

»Den Kalender gibt es also noch«, dachte er fast erheitert. »Jemand teilt die Zeit in Tage und Wochen, nicht nur in Tag und Nacht.« Er streckte die Hand aus und berührte leicht ihren Nacken. Sie zog die Schultern hoch, als wollte sie sich in diese Berührung schmiegen, sich darin schützen.

»Max«, flüsterte sie. »Ich muss dringend pinkeln.«

»Wir dürfen nicht raus. Sie hat gesagt, nur wenn sie uns Bescheid gibt. Als du geschlafen hast, gegen Morgen, war jemand in der Scheune. Ich hab's gehört.«

»Deutsche?«

»Nein. Die Deutschen sind gestern abgezogen. Irgendwer. Ich weiß nicht. Du darfst nicht raus.«

»Aber ich muss dringend.«

»Dann mach hier. Ich seh das doch nicht.«

»Aber wie, Max?«

»So wie im Wald.«

Er hörte das Rascheln des Heus, als sie ein Stück wegrückte, dann das Rascheln von Stoff und die Stille, während sie den Atem anhielt. Danach kamen das leise Geräusch und ein warmer Geruch, den er nicht kannte.

Am Rand des Obstgartens wuchsen Sträucher wilder Himbeeren, ein paar junge Birken und Pappeln. Von diesem Platz aus konnte er das Haus und ein Stück des Hofes sehen. Deshalb hatte er ihn gewählt.

»Du biegst bei der Windmühle ab«, hatte Romaniuk ihm gesagt.

Er war gekommen, als die anderen schon weg waren, und hatte an die Fenster geklopft. Schließlich war eines aufgegangen. Er hatte gesagt, er müsse sie finden, sonst würde der Zugführer ihm wegen Fahnenflucht eine Kugel in den Kopf jagen. Etwas anderes war ihm nicht eingefallen.

»Das dritte Haus. Das letzte. Weit von der Straße weg. Zwischen den Pappeln und dem Obstgarten.«

Irgendwo drinnen im Haus, im Dunkeln, hatte er Romaniuks Frau gehört:

»Warum sagst du ihm das? Lass das.«

Doch Romaniuk hatte sie zur Ruhe ermahnt, und ihm hatte er noch einmal genau den Weg erklärt, denn der junge Mann kannte das Dorf ja kaum. Stach hatte genickt und die Abkürzung genommen, an den taunassen Rainen entlang zur Dorfstraße. Die Hunde hatten ihn angebellt, aber zum Glück konnten sie nur ein Stück herauskommen, weil sie an Ketten lagen. Er war sehr schnell gegangen, fast gelaufen. Die Windmühle war riesig, hoch und dunkel, und Stach hatte ihre Anwesenheit eher gespürt, als dass er sie gesehen hätte. Jetzt blickte er zu dem Anwesen hinüber und überlegte, was er tun sollte. Sein Adamsapfel tat noch immer weh, noch immer spürte er den Druck von Wydras Fingern. Im Morgengrauen hatte er gesehen, wie Siwy und Lubko durch den zugemüllten Garten gingen und im Haus verschwanden. Für eine Stunde war er eingedöst und nass vom Tau wieder aufgewacht. Er nahm den Geruch von brennendem Kiefernholz wahr, doch aus dem Schornstein stieg kein Rauch auf. Vorsichtig, tief gebückt, dicht an der Erde und von Sträuchern gedeckt, machte er ein gutes Dutzend Schritte. Unter einem ausladenden Birnbaum zwischen Scheune und Kuhstall brannte ein Feuer. Der Junge trank etwas aus einem Becher. Die anderen beiden kannte er nicht. Wydra war nicht da.

Siwy kam aus dem Haus, blieb auf der Treppe stehen und streckte sich. Eine schwarze Katze strich um seine Stiefel. Er bückte sich und streichelte ihren von der Sonne erwärmten Rücken. Als er sich dem Feuer näherte, sprang der Junge auf und wollte Meldung machen, doch der Zugführer winkte nur ab und setzte sich auf einen freien Baumstumpf. »Rühr dich«, brummte er, ohne ihn anzusehen.

»Herr Zugführer, ich möchte melden, dass Wydra krank ist.«

Erst jetzt sah Siwy ihn an.

»Was ist mit ihm?«

»Von dem Schwein, Herr Zugführer.«

»Wie – von dem Schwein?«

»Er bekommt Wundbrand, glaube ich«, sagte die Frau. »Ich hab ihm einen Umschlag gemacht, aber die Wunde war schon älter. Er soll da Würmer gehabt haben. Es stinkt.«

Sie stand auf und nickte ihm zu, er solle ihr in die Scheune folgen.

Wydra lag auf dem Rücken auf einem Sack, zugedeckt mit einer Pferdedecke. Die Frau hatte die Tür offen gelassen, ein wenig Licht fiel herein. Seine Augen waren geschlossen. Das Gesicht glänzte vor Dreck und Schweiß, die Haare waren verklebt. Um den Kopf herum lagen Kräuter.

»Die Fliegen kommen. Ich hab Minze hingelegt.«

»Es riecht tatsächlich«, stimmte Siwy zu.

Sie trat an Wydra heran und hob die Decke. Ein grauer Verband war um den Hals gewickelt und ging unter der Achsel durch. An der Stelle der Wunde war ein dunkler Fleck zu sehen.

»Man kann es schlecht verbinden«, sagte sie. »Ich hab Birkenteer und Johanniskraut genommen. Aber die Wunde ist tief und vereitert. Man müsste schneiden und sie reinigen. Eine Spritze geben.«

Siwy steckte die Hände in die Taschen und begann zwischen der Tür und dem Krankenlager hin und her zu gehen. Das Geräusch der Schritte war kaum zu hören, es beruhigte ihn nicht. Er klopfte seine Taschen ab, ging hinaus, kam mit einer brennenden deutschen Zigarette zurück und stellte sich ans Kopfende.

»Wydra«, sagte er leise, dann noch einmal lauter.

»Er hört nicht«, sagte sie. »Manchmal redet er mit sich selbst.«

Er beugte sich hinunter und berührte vorsichtig die Stirn des Burschen, dann wischte er die Hand an der Hose ab.

»Was redet er?«

»Etwas über seine Mutter und dass er irgendein Arschloch umbringen will. Aber er hört nicht, wenn man mit ihm spricht.«

»Wird er überleben?«

»Ich weiß nicht«, erwiderte sie. Sie schob Siwy weg, nahm ein graues Stück Stoff, das auf dem Bett lag, und wischte Wydra die Stirn und das Gesicht ab. »Wundbrand ist Wundbrand. Es ist nah am Herz und nah am Kopf. Ich weiß nicht. Der Doktor wüsste es.«

»Und wo ist der?«

»In Hruszowa. Aber man sagt, er hält es mit den Deutschen.«

»Scheiße«, sagte Siwy.

Sie hörten ein Brummen hoch über sich. Das Strohdach dämpfte den Ton, aber der Schall breitete sich in die Umgebung aus und erfüllte sie mit einer harten, metallischen Vibration. Das Geräusch drang in die Häuser ein, in die Pferde- und Kuhställe, es ließ sich in die Brunnen hinab, und man konnte nicht vor ihm fliehen. Es stand in der Luft und erfüllte die Erde, die wie vom Fieber geschüttelt bebte.

»Der fliegt seit dem Morgen«, sagte sie.

»Sie gehen auf die Russen los«, erwiderte er.

»Ja.«

»Und woher weißt du das?«

»Ich weiß es halt.« Sie zuckte die Achseln. »Komm, du kriegst Kaffee.«

»Du hast immer weniger Soldaten«, sagte Lubko, als sie wieder allein waren.

Die Frau hatte gesagt, sie gehe sich das Haus ansehen, weil sie noch nicht drin gewesen sei. Die beiden hatten ihr nachgeschaut. Sie trug einen Eimer mit warmem Wasser, einen Besen und einen Lappen. Sie betrachteten ihre wiegenden Hüften und nackten Füße, dann wandten sie beide den Blick ab, als wäre in diesem Schauen etwas Peinliches. Den Jungen hatte der Zugführer zur Wache geschickt. »So, dass man dich nicht sieht«, hatte er noch gebrummt.

»Dieses scheiß Schwein«, sagte Siwy. »Es hat gekämpft wie der Teufel. Ich musste ihm in den Kopf schießen, sonst wäre es mitsamt der Tür abgehauen. Sie konnten es weder festhalten noch mit dem Beil treffen. Tja, und es hat Wydra erwischt. Wie ein Tiger ist es gesprungen, verdammt … Das hättest du sehen müssen.«

»Du hast auf ein Schwein geschossen?«, fragte Lubko und sah Siwy von unten an. »War's dir nicht schade um die Kugel? Es ist Krieg, Zugführer …«

»Leck mich am Arsch, Lubko«, sagte er und blickte in das erloschene Feuer. »Sag lieber, was wir mit ihm machen sollen. Der Arzt in Hruszowa ist angeblich Volksdeutscher. Tagsüber kann man ihn sowieso nicht transportieren, er hat nicht mal einen Ausweis.«

»Wenn du dem Volksdeutschen den Lauf an die Schläfe hältst, macht er, was du ihm befiehlst. Aber tagsüber geht's wirklich nicht. Gendarmen, Blaue Polizei, sechs Kilometer, zwei Dörfer auf dem Weg. Nachts könnte es vielleicht gehen. An den Feldern, den Rainen entlang, nur nicht auf der Straße. Sie werden noch fahren und fahren. Ganz Deutschland fährt zum Fluss.«

»Und sie kann es nicht machen?«

»Was hat sie dir denn gesagt?«

»Dass es zu spät ist, weil er Wundbrand hat.«

»Na, siehst du.«

»Ja, ich seh's, verdammt, ich seh's. Den einen bringt weiß der Geier wer um, den andern ein Schwein.«

»Krieg«, sagte Lubko und reichte Siwy das Päckchen.

Das Feuerzeug war schon trocken, ein wenig rußte es, aber eine gelbliche Flamme brannte.

»Und was mit dem dritten Hurensohn ist, weiß ich gar nicht. Wie heißt er? Stach. Stach sollten wir zu ihm sagen. Was soll denn das überhaupt für ein Pseudonym sein, verdammt?«

»Und da am Fluss, wer hat da geschossen?«, fragte Lubko. »Wer hat diesen Miętus umgebracht? Die Deutschen waren es ja nicht. Die Deutschen haben nicht auf die russische Seite geschossen.«

Siwy beugte sich über das erkaltende Feuer, schlang die Arme um sich, als wäre ihm kalt, und wiegte sich vor und zurück.

»Ich weiß nicht, Lubko. Ich weiß nicht, aber ich werde es erfahren, verdammt. Und ich sag dir, dann werde ich bis zu den Knien im Blut stehen. Ganz egal, ob Iwan, Deutscher oder Pole. Im Blut waten werde ich, bis zu den Knien. Miętus war ein ziemliches Arschloch, aber ein guter Junge und ordentlicher Soldat. Bevor er in die Abteilung gekommen ist, hat er einen Menschen umgebracht. Deshalb ist er gekommen. Ich habe ihn nur gefragt, ob es auf anständige Art passiert ist. ›Ja, Herr Zugführer. Er hatte ein Messer, und ich hatte eins.‹ Auf einer Veranstaltung, einer Hochzeit, es ging um ein Mädchen, egal. Ich werde herausfinden, wer es war, und ich sag dir, ich werde im Blut waten, denn er war ein guter Junge, wenn auch ein Arschloch. Iwan, Deutscher, Pole. Bis zu den Knien. Kommst du mit?«

»Zugführer, ich hab's dir doch gesagt, ich transportiere Leute. Mit Krieg kenne ich mich nicht aus. Der Krieg wird zu Ende gehen, der Fluss wird immer da sein.«

»Im Moment hast du nicht mal ein Boot.«

Er ging um das Gehöft herum, im Schatten des Obstgartens verborgen. Alles war still und unbewegt. Himmel, Erde, die abgelegenen Häuser. Die Sonne kam direkt von oben, und die Landschaft wurde vom vielen Schauen fast schwarz. Keinerlei Geräusch, nur das Summen von Insekten. »Als wären alle geflohen oder versteckten sich«, dachte er. Er kam zur Scheune. Die Holzwand strahlte Hitze aus. Zwischen Brennnesseln lagen grau gewordene Flaschen und zerborstene gusseiserne Töpfe mit Resten weißer Emaille. Der hohe, reglose Mittag kann genauso erschreckend sein wie die dunkle Nacht, kam ihm in den Sinn. Er ging weiter, ganz vorsichtig, damit nichts raschelte oder knackte. Vorbei an dem Soldatenmüll, der ihm Furcht einflößte. Er schlich an den Bäumen entlang, aus Angst vor dem großen, übermenschlichen Blick.

Stach erwachte, als der Junge ein paar Schritte entfernt war. An einen Baum gelehnt saß er da. Unter der Hose standen die weißen Schienbeine hervor. Er brummte. Seine Augen waren gerötet und leer.

»Ich hab gesehen, wie ihr am Feuer gesessen habt«, sagte Stach. »Hat er nach mir gefragt?«

»Ja.«

»Und was hast du gesagt?«

»Dass du die Scheißerei gekriegt und ins Gebüsch gemusst und dich dann verirrt hast.«

»Hat er's geglaubt?«

»Ich weiß nicht.«

»Gut. Meinetwegen auch die Scheißerei.« Stach stand auf und streckte sich. »Und der andere?«

»Liegt in der Scheune. Er schläft oder ist bewusstlos. Schwer zu sagen.«

»Auch gut«, sagte Stach und grinste schief.

»Sie hat ihn mit was eingerieben, ihm Kräutertee gegeben, aber sie sagt, es sieht nicht gut aus.«

Stach trat vom Schatten in die Sonne. Die Hände auf die Hüften gestützt schaute er geradeaus. Um die fettigen Haare schwirrten Fliegen. Er versuchte, sie zu verscheuchen, aber sie kamen gleich wieder.

»Ich könnte nicht auf dem Land leben«, sagte er. »Draußen ist es still, und in den Häusern stinkt es.«

»Es ist nicht immer so still«, sagte der Junge lebhaft. »Ein Wagen fährt vorbei, Kühe brüllen, Hunde bellen, die Mädchen singen bei der Arbeit, die Hähne krähen. Nur heute ist es irgendwie …«

»Die Hähne krähen, sagst du … Schön.«

»Und wie ist es in der Stadt?«, fragte er schüchtern.

»Anders. Warst du nie in der Stadt?«

»Bin nur manchmal nach Włodawa gefahren.«

»Und?«

»Hat mir nicht gefallen.«

»Wieso? Hat es nicht gestunken, oder war es nicht still genug?«

»Warum sagst du das?«

Stach drehte sich zu ihm, sah ihm in die Augen und trat einen Schritt näher.

»Warum? Weil ich menschliches Vieh hasse. Weißt du, warum die Deutschen hierhergekommen sind? Weißt du das? Weil sie wussten, dass sie es können. Dass niemand sie aufhält, weil hier alles schwach ist, alles im Arsch. Weil es draußen still ist und in den Häusern stinkt. Weil die Leute wie Schweine sind, nicht nur innen drin, sondern auch äußerlich.«

»Red nicht so, Stach.« Der Junge hob die Arme, als wollte er ihn wegstoßen, aber die Hände blieben hilflos in der Luft hängen.

»Ich soll nicht so reden? Doch, das werde ich. Du bist noch ein Grünschnabel, und vielleicht wirst du was begreifen. Vielleicht geht was in deinen dummen Bauernschädel rein. Wenn nicht, dann endest du im Gestank in deinem Scheißdorf oder wie das Kaff heißt.«

Der Junge sprang nach vorn, aber er war ungeschickt wie ein langbeiniges Fohlen, und er hatte noch nie jemanden geschlagen. Stach streckte die Hand aus, packte ihn am Gesicht und stieß ihn einfach weg. Der Junge stolperte und fiel mit dem Rücken in die wilden Himbeeren. Er versuchte aufzustehen, aber die alten, verholzten Triebe stachen in seine Hände und ließen sie bluten.

»Ach, Kind«, seufzte Stach. Er ging hin, reichte ihm die Hand und half ihm auf. »Komm. Ich muss mich melden, sonst kommt ihm noch in den Sinn, mich zu hängen, und du wirst es machen müssen.«

Sie war in der Küche beschäftigt. Im Herd brannte Feuer. Es war schon aufgeräumt. Sie hatte den Fußboden geputzt, die Fenster im ganzen Haus geöffnet, und der Durchzug trocknete die nassen Dielen. Der Tisch war leer und sauber. Sie wischte das Geschirr mit einem Tuch ab und stellte es in die Kredenz. Das schmutzige Wasser in der Schüssel schüttete sie zum Fenster hinaus. Leise klatschten ihre nackten Füße über den feuchten Boden. Auf dem Herd blubberte ein Topf, es roch nach Essen. Die schwarze Katze sprang auf den Fenstersims. Die Frau rührte in dem Topf und probierte. Mit dem Schöpflöffel holte sie ein Stückchen verkochte Haut vom Speck heraus, schnitt ein bisschen ab, wartete, bis es abgekühlt war, und gab es der Katze. Wieder rührte sie um, probierte und schüttelte den Kopf. Aus einem Salzfässchen nahm sie eine Prise Salz. In der Küche war es trotz der offenen Fenster heiß. Ihre Stirn war feucht, und sie spürte, wie der Schweiß ihr zwischen den Brüsten herunterlief. Die Fliegen waren wieder da und kreisten in einem eintönigen Schwarm. Um auszuruhen, blieb sie kurz am Fenster stehen. Sie hob die Arme und spürte den kühlen Hauch auf dem Rücken und unter den Achseln. Sie nahm ihre Brüste in die Hände und hob sie leicht an. In der Ferne sah sie die vier Männer um das erloschene Feuer sitzen, ins Gespräch vertieft. Sie drehte sich wieder um und deckte den Tisch. Dann rief sie die Männer.

»Endlich wie Menschen«, sagte Lubko und nahm sich noch zwei Schöpflöffel.

Er biss in das Schwarzbrot und wartete, bis die Suppe es im Mund auflöste. Siwy war fertig und schob den Teller weg.

»Nimm dir noch. Ich hab viel gekocht.«

Er schüttelte den Kopf und klopfte sich auf den Bauch.

»Das war gut«, sagte er. »Fett.«

»Ich hab Speck reingetan.«

Der Junge aß ebenfalls noch. Er nahm einen dritten Nachschlag und stopfte ordentlich Brot nach. Tief über den Teller gebeugt schlürfte er laut. Stach saß aufrecht, aß zurückhaltend und schweigsam.

»Wenn du fertig bist, ab zur Wache«, brummte Siwy.

»Ja, Herr Zugführer«, erwiderte er leise.

Sie kramte in der Kredenz, holte eine angebrochene Halbliterflasche heraus, dazu vier kantige Gläschen, und stellte alles vor die Männer hin. In eine Schüssel leerte sie Reste von der Graupensuppe. Und sie nahm ein großes Stück Brot. Lubko holte das Päckchen Juno heraus und legte die Zigaretten in ein metallenes Etui. Ein paar ließ er drin und schubste das Päckchen über den Tisch.

»Bisschen Vorrat ist geblieben. Sie hatten es eilig.«

»Ich geh nachschauen, vielleicht ist er aufgewacht«, sagte sie.

Nur der Junge sah sie an. Die anderen waren schon mit Rauchen und Einschenken beschäftigt.

Doch Wydra lag in Strömen von Schweiß auf dem Rücken und träumte von einem blutigen Engel, der von seinem Holzaltar herabgestiegen war und durch sein Dorf schritt; und seine Feuerflügel entzündeten die Häuser, die Scheunen und Ställe. Alles entzündete sich. Die Bäume, der hochstehende Weizen, die Kühe auf den Weiden brannten wie Papier, und auch die Weiden selbst wurden schwarz von dem Feuer, das der Engel durchs Land trug. Dann überquerte er mit ihm den in einen reißenden Feuerstrom verwandelten Fluss, um das andere Ufer zu entzünden, so dass von Dorohucza nur Asche blieb. Und als Wydra schließlich von Regen träumte, war dieser ebenfalls rot.

Sie ging hinein und verschloss hinter sich die Tür mit dem Haken. Sie trat ans Bett und flüsterte etwas, doch Wydra spannte nur den Körper an und öffnete nicht die Augen. Sie stellte die Suppe ab, tauchte den Lappen in den Krug, wischte ihm das Gesicht ab und befeuchtete die Lippen. Gierig leckte er sie ab. Sie drückte den Lappen in der Hand zusammen und ließ ein paar Tropfen heraus. Dann hob sie seinen Kopf und versuchte behutsam, ihm zu trinken zu geben. Er trank einen Schluck, doch beim nächsten verschluckte er sich. Sie verließ ihn, ging ein Stück weiter und schob die Worfelmaschine beiseite.

»Ich bin's«, sagte sie und nahm ein paar alte Garben heraus. »Ich habe was zu essen.«

Aus dem Dunkeln kam der Kopf von Max. Sogar im Halbdunkel der Scheune kniff er die Augen zusammen, und es dauerte einen Moment, bis er sich an das Licht gewöhnt hatte.

»Wir müssen raus«, sagte er leise.

»Aber schnell und nur ins Gebüsch neben der Scheune.«

Sie ging voraus und schob das Brett in der Wand nach oben. Um hinauszugelangen, musste sie auf allen vieren gehen. Sie sah sich um, es war heiß und ruhig. Geschickt schlüpfte sie zurück, als hätte sie das schon oft gemacht. Wieder mussten sie robben wie damals, als sie gekommen waren. Sie ließ das Brett wieder herunter und ging zu Wydra. Noch einmal wischte sie ihm das Gesicht ab und befeuchtete seinen trockenen Mund. Sie drückte die Hand zusammen, und Tropfen für Tropfen fiel auf die bläulich-schwarzen Lippen. Unwillkürlich leckte er sie ab.

»Siehst du, Bub, so ist das, wenn man nicht bei der Mama zu Hause bleibt.«

Sie legte den Lappen weg und schob die nassen Haare aus

der Stirn. Da hörte sie ein leises Geräusch. Max hatte das Brett hochgeschoben, und die beiden krochen in die Scheune zurück. Doris warf ihr einen kurzen Blick zu, dann huschte sie, gebückt wie ein Tier, in die Höhle.

»Gib ihr das«, sagte die Frau zu Max und reichte ihm die Schüssel. Er kam gleich wieder zurück und blieb neben dem Bett stehen.

»Was hat er?«, fragte er.

»Wundbrand … Wenn der Arzt keine Spritze gibt, sieht's schlecht aus.«

»Wer ist das?«

»Ein Partisan«, sagte sie. »Er wollte gegen die Deutschen kämpfen, und ein Schwein hat ihn gebissen.«

»Ich würde gern rauchen. Hab große Lust auf eine Zigarette.«

Sie ließ Wydra zurück, setzte sich dorthin, wo sie am Tag zuvor gesessen hatte, und winkte ihn mit einer Kopfbewegung her. Er hockte sich neben sie. Sie griff in ihren Ausschnitt, holte Zigaretten und ein Feuerzeug aus Metall heraus. Das aufgehende Deckelchen klickte leise, ein gelbliches Flämmchen blitzte. Sie machte einen Zug und gab ihm die Zigarette.

»Die haben sie hiergelassen. Vieles haben sie hiergelassen. Wenn's nach mir ginge, könnten sie jeden Tag abziehen«, sagte sie und lachte leise.

Er betrachtete sie und sah die im Halbdunkel glänzenden dunklen Augen. Den Umriss des Gesichts und die weißen Zähne, die unter der Oberlippe glänzten. Ihm wurde klar, dass er sie eigentlich nur damals auf der Lichtung gesehen hatte. Er erinnerte sich an das zarte Netzchen von Falten um die Augen, das er gesehen hatte, als sie gegen die Sonne zu ihm aufgeschaut hatte. »Wie alt kann sie sein«, fragte er sich jetzt wieder. Er hielt die angezündete Zigarette zwischen den Fingern und überlegte, ob er ihren Speichel schmecken würde, wenn er sie in den Mund nähme. Das wollte er unbedingt, obwohl er wusste, dass ihre Lippen trocken und warm waren.

»Rauch, sonst geht sie aus«, sagte sie.

»Ja, mach ich.« Folgsam hob er die Zigarette zum Mund und machte einen kräftigen Zug. »Ich glaube, ich hab vergessen, dass ich rauchen wollte.«

»Du Philosoph«, murmelte sie fast zärtlich, und wieder bemerkte er im Halbdunkel ihre weiß glänzenden Zähne.

»Sag …«, begann er.

»Mein Bekannter, der die Leute transportiert, hat sein Boot verloren. Und das ganze Ufer ist voll von Deutschen.«

»Und jetzt?«

»Ich weiß nicht, Junge.« Sie streckte die Hand aus, als wollte sie ihn berühren, zog sie aber gleich zurück.

»Max, komm. Max, bitte«, hörten sie die ferne, gedämpfte Stimme, aus der Höhle in der Scheune, in der man nur liegen oder sitzen konnte und wo das Heu inzwischen den Geruch der Angst und der schmutzigen Körper angenommen hatte. »Max, bitte …«

»Geh«, sagte sie. »Du musst gehen.« Mit ihrer warmen Hand berührte sie seinen Arm.

27

»Wenn es ganz dunkel ist, gehst du zu Romaniuk und sagst ihm, er soll mit dem Wagen kommen«, sagte Siwy zu Lubko.

Sie saßen zu zweit am Tisch. Im Fenster wurde es blau. Die Lampe hatten sie noch nicht an. Die Fliegen waren ruhig geworden.

»Und wenn er nicht will?«, fragte Lubko.

»Der will. Eine Russenseele, aber er will Pole sein. Wenn die Russen kämen, würde er sich's anders überlegen, aber jetzt will er.«

»Fährst du mit ihnen?«

»Ja. Ich werde den Volksdeutschen einschüchtern.«

»Volksdeutscher oder auch nicht, sagen sie.«

»Wie Romaniuk«, sagte Siwy, und beide grinsten in die dichter werdende Dunkelheit.

»Er kennt den Weg. Ihr fahrt am Dorf vorbei. Über einen alten Pfad. Da fährt kaum einer, schon gar nicht nachts. Dann durch den Wald. Am schlimmsten ist es in Hruszowa.«

»Ich komm zurecht.«

»Würdest du nicht«, brummte Lubko leise, eigentlich zu sich selbst.

Sie streifte die mit Kuhmist beschmierten Holzschuhe ab und ging durch die dunkle Diele. Als sie den Raum betrat, schimmerte der Milchkreis im Eimer wie ein vom Himmel gefallener Mond.

»Macht Licht.«

Lubko stellte sich auf einen Schemel, nahm den Schirm und das Glas ab und sagte Siwy, er solle halten. Er zündete die Lampe an, schirmte das gelbe Flämmchen mit dem Glas ab, und das Feuer wurde fast weiß.

gesicht und lächelte ihn an. Unter dem weißen Kleid war die Wölbung der Brüste zu sehen. Aber das wunderte den Jungen nicht, denn er hatte nie gedacht, dass Engel kein Geschlecht hätten. Die in der Kirche und auf den Bildern waren mit langem, blondem Haar dargestellt, also stellte er sie sich schon immer als Frauen vor. Nicht einmal Michael mit dem Schwert, dem männlichen Namen und den muskulösen Waden war imstande, diese Überzeugung ins Wanken zu bringen. Die Kartoffelhälften schimmerten in der dunkelblauen Dämmerung wie Juwelen. So kam es ihm vor, wenn er sie zu Füßen des Mädchens auf den flachen Stein legte.

»Man muss bisschen warten, dann kann man sie essen. Salz gibt es nicht, aber sie sind auch so gut. Am besten ist die Schale.«

Tief über den Wiesen hingen Nebelstreifen. Und es war vollkommen still, nur irgendwo über dem Teich schrie ein Wildvogel. Als er alle Kartoffeln herausgeholt hatte, legte er Holz nach. Teils damit es wärmer wurde, aber auch, um ihr Gesicht besser zu sehen, das allmählich in der Dunkelheit verschwamm. Er stand auf, zog seine Jacke aus handgesponnenem Garn aus und bedeckte ihre Schultern. Da bemerkte er einen unbekannten Geruch. So mochte die Haut einer Frau riechen, über die warmes Wasser fließt, aber er konnte keinen Ausdruck für diesen Geruch finden, ihn weder beschreiben noch mit etwas vergleichen. Er erschrak über seinen eigenen Mut und kehrte an seinen Platz am Feuer zurück, das jetzt hell brannte; die goldenen Funken flogen direkt in den Himmel.

»Möchtest du, dass ich dir meinen Namen sage?«, fragte er. »Sie sagen Junge zu mir, aber in Wirklichkeit heiße ich anders.«

Sie lächelte und nickte.

»Ich heiße Janek. Und du?«

»Dora«, erwiderte sie. »Aber alle sagen Doris zu mir.«

»Sehr schöner Name«, sagte er und betrachtete sie durch die Flammen hindurch. »Den kenne ich gar nicht.«

Sie führte die Kartoffelhälfte zum Mund und begann behutsam zu essen. Zuerst die weiche Mitte, dann noch vorsichtiger die schwarze Schale. Er sah ihre Zähne und einen Krümel von Verbranntem auf den Lippen. Mit diesem Krümel lächelte sie ihn an. Er schämte sich und wusste nicht, wie er ihr das sagen sollte.

»Sehr gut«, nickte sie.

»Das beste Essen der Welt«, freute er sich. »Direkt vom Feuer. Man muss nur aufpassen, dass sie nicht verbrennen. Sie brauchen Glut, nicht Feuer.«

Und dann träumte er, dass er sie an den Teich begleitet.

»Gleich kommt der Mond und spiegelt sich.«

Sie gingen nebeneinander. Ihre Füße waren nass vom Tau, aber sie beklagte sich nicht. Tatsächlich stieg der Mond über den dunklen Kamm des Waldes und glänzte auf der reglosen Wasserfläche. Da sah er, dass das Licht durch ihre Gestalt hindurchschien. Als wäre sie von einem goldenen Schein erfüllt. Und sie selbst glich einem Schatten, erinnerte an Nebel oder Rauch.

»Das ist Sobibór, oder?«, fragte sie.

Er sagte, ja, das sei das Dorf, in dem er geboren sei und wohne. Er wollte ihr von den Menschen, Häusern und Tieren erzählen, doch da war sie verschwunden.

Stach umkreiste das Gehöft und den Obstgarten und versuchte, keinen Lärm zu machen. Langsam und vorsichtig setzte er die Schritte, blieb von Zeit zu Zeit stehen und lauschte in die Nacht.

»Wie die Katzen werdet ihr gehen, verdammt«, sagte Siwy manchmal, wenn er sie durch die Dunkelheit führte.

Er glaubte ihm, und es ging dabei nicht um die Worte, sondern um die Kraft. »Denn die fehlt mir«, dachte er bisweilen.

Er sah zu, wie der Körper des Zugführers durch den Raum preschte wie ein Geschoss aus Fleisch und Blut. Wenn er hinter ihm ging, hörte er, wie sich Siwys Muskeln anspannten, wie sie weich aneinander rieben und unter dem angeschmutzten Hemd ein leises Geräusch erzeugten. Er hatte bis auf die letzte Patrone auf diesen beschissenen Mann mit dem Boot geschossen, obwohl da die Deutschen waren mit ihren Maschinenpistolen und -gewehren, mit den Walther-Pistolen. Wäre er mit leerem Magazin auf ihn getroffen, hätte er ihn mit bloßen Händen zerrissen. So dachte Stach, während er durch das Anwesen schlich und hier und da stehen blieb, um in die Nacht zu lauschen, die schwarz und stumm war, denn nicht einmal die Hunde bellten in der Ferne. Er stellte sich vor, wie Siwy durchs Dorf ging und die Hunde sofort still würden, sich duckten und ihm um die Stiefel strichen. Für einen Moment betrat er den Hof und blieb am Brunnen stehen. Lautlos ließ er den Eimer hinunter und achtete darauf, dass es nicht schepperte. Er zog ihn wieder hoch, tauchte den Mund ein und trank wie ein Tier. Das Wasser hatte einen harten, metallischen Beigeschmack. Er schaute in die Tiefe des dunklen Brunnens, dann in Richtung des dunklen Hauses. Er schnupperte die Luft. Rauch war nicht zu spüren, also musste der Herd längst aus sein, und sicher schliefen sie alle. Siwy würde nie einen der Jungs zurücklassen und auch keinen verschonen. Und nie würde er sich lebend erwischen lassen. Stach konnte seine Gedanken nicht losreißen von dem untersetzten Körper, der im Nebenzimmer auf dem Rücken lag, die Hand dicht an der Vis. Er holte die Uhr, die Siwy ihm geschenkt hatte, aus der Tasche. Sie war massiv, hatte ein abgerissenes Band und phosphoreszierende Zeiger. Durch den Obstgarten ging er an dessen Rand und begann seine Runde, wobei er immer wieder stehen blieb und lauschte. »Wer kommt denn in dieses Kaff am Arsch der Welt? Kein Mensch. Alle gehen vorbei und lassen diese Wilden hier zurück, damit sie sich paaren und vermehren können. Sie machen Fotos von ihnen und fahren weiter. Und die hier werden immer weitere Würfe scheißen. Nie genug, denn die Hälfte verreckt sowieso gleich.« Er dachte an die Frau, die ihnen zu essen gegeben hatte. Sie hatte ihn kein einziges Mal angesehen am Tisch. Und er konnte seinen verstohlenen Blick nicht von ihrem Hintern lassen. Er stellte sich ihn vor, mit dem dunklen Riss, der nach unten, zwischen die Beine führte. Er stellte sich vor, wie sie sich hinhocken und er ihren Hintern anschauen würde, der ihm aus irgendeinem Grund wie der eines Tieres, nicht eines Menschen vorkam. Er spürte eine unerbittliche, schmerzliche Erregung. Und jetzt überkam ihn die Vorstellung, sie gäbe sich Siwy hin. Sie kniete sich hin, das Gesicht dicht am Boden, und er bestieg sie. Sie machen es mit voller Kraft, die Körper stoßen mit dumpfem Klatschen gegeneinander, und schnell sind beide nass und glänzen vor Schweiß. Er konnte nicht aufhören, daran zu denken.

Alle, die in dieser Nacht nicht schliefen, horchten in ihr Land hinein. Mit offenen Augen lagen sie da oder gingen im Dunkeln umher, oder sie saßen ohne Licht am Tisch, die Ellbogen aufgestützt, und sahen den schwarzen Himmel, der sich über der Ebene erstreckte. Über dem Fluss, über den sumpfigen Seen. Über den Hütten, in denen die Öfen erkalteten. Über den Ställen, in denen mit hängenden Köpfen die Pferde im Stehen schliefen oder die Kühe im Mist lagen. Über dem Nichts, das seit Jahrhunderten bevölkert, aber immer noch leer und zerbrechlich war. Ein Lufthauch genügte, und alles verschwand. Ein Funken genügte, und alles stand in Flammen. Seit Jahrhunderten. Zurück blieb die leergefegte oder ausgebrannte Ebene, von der kalten Ader des Flusses durchschnitten. »Hört der Himmel irgendwo auf?«, dachte Lubko, der im dunklen Hof von Romaniuk stand, der irgendwo hingegangen war, aber gleich zurückkommen sollte. Das hatte seine Frau gesagt. Lubko rauchte eine in der Hand verborgene Zigarette. »Eher nicht, denn was wäre das für ein Himmel?« Siwy lag so da, wie Stach es sich vorstellte. Auf dem Rücken, die Vis gleich neben der Hand, die Augen offen. Er erinnerte sich an den September jenes Jahres, als sie sich immer wieder in Gräben versteckten und hilflos zuschauten, wie sich von den Bäuchen der Junkers-Maschinen schwarze Bomben lösten und pfeifend durch das Blau flogen. Später kehrten sie zur Straße zurück und gingen weiter und weiter nach Osten, und in ihren Stiefeln schwappte Blut. Nur die Frau war ruhig und schlief traumlos, bedeckt mit einem Laken, unter dem sich ihr Körper abzeichnete.

Stach ging leise in die Scheune, nahm die Laterne von dem Baumstumpf, drehte die Flamme größer und richtete sie auf Wydra. Sein Gesicht glänzte vor Schweiß. Reglos lag er da, die Arme dicht am Körper. Stach hielt die Lampe höher, um ihn genauer zu betrachten. Seine Brust bewegte sich kaum. Die schmutzigen nackten Füße standen unter der Decke hervor. Die Wunde stank, trotz des scharfen Geruchs nach Teer. Stach verließ ihn und ging den Jungen wecken.

»Nimm die Uhr«, sagte er, als der Junge bereit war. »Kennst du dich damit aus?«

Wortlos nahm der Junge die Uhr und ging zum Ausgang. Stach fand das mit einem weißen Geschirrtuch bedeckte Essen. Brot, weißer Käse und Milch in einem Krug. Er setzte sich und begann langsam zu essen, starrte in das erhitzte Halbdunkel der Scheune. In ein Stück Papier war ein bisschen Salz eingewickelt. Der Käse war schon ziemlich säuerlich, aber mit Salz schmeckte er angenehm scharf. »Milch von der Kuh, Fleisch vom Schwein. Mehr brauchen sie nicht. So wird es immer sein.« Er trank einen Schluck Milch, wobei er instinktiv nach der Ausdünstung des ungewaschenen Euters suchte, aber die Milch roch normal. Als er fertig war, stand er auf und ging zu dem Kranken.

»Du, Wydra, hörst du mich?« Er beugte sich hinunter und fragte noch einmal, aber der Atem des Bewusstlosen veränderte sich nicht.

Und es ist schwer zu sagen, ob der Feuerengel ihn noch immer über die brennende Erde führte, oder ob seine ganze Welt allmählich in Finsternis versank. Vielleicht gingen Wydra und der Engel inzwischen durch Asche aus verbranntem Gras und Getreide, durch verkohlte Gehöfte? Vielleicht kamen sie an schwarzen Skeletten von Tieren vorbei, denen Feuer das Fleisch abgeschält hatte, und wateten durch rauchenden Schlamm, durch dampfende Sümpfe in Richtung des dunkelroten Horizonts, der nach und nach erlosch? Schwer zu sagen.

Stach begann, von einem Tor zum anderen zu marschieren. Fünfzehn Schritte hin und fünfzehn zurück. Gleichmäßig und langsam maß er sie ab, die Hände in den Taschen. Jedes Mal blieb er einen Moment bei dem Kranken stehen, betrachtete dessen Gesicht und setzte dann den Marsch fort. In Gedanken addierte er die Schritte. Dreißig, fünfundvierzig, sechzig. Vor jeder Kehrtwendung blieb er stehen und horchte. Als wäre er immer noch auf Wache, dort im Garten. Als er bei dreihundert angekommen war, blieb er länger bei Wydra stehen. Er konnte ihn kaum sehen, weil er die Lampe ein Stück weiter abgestellt hatte. Langsam, vorsichtig deckte er ihn auf. Die Pferdedecke war steif vor Dreck. So jedenfalls kam es ihm vor. Wydra regte sich nicht und gab keinen Laut von sich. Stach raffte den Stoff zu mehreren Schichten zusammen. Mit der rechten Hand griff er an Wydras magere Kehle, mit der linken drückte er die Decke mit voller Kraft in dessen Gesicht. Er spürte, wie der erhitzte Körper sich anspannte und dann hart wurde. Wydra hob die Hände zum Hals, zum Gesicht, aber die Berührung war schwach wie die eines Kindes, und seine Arme fielen gleich wieder zu Boden. Stach hörte, wie die nackten Fersen gegen den Strohsack schlugen.

»Pscht, Wydra, pscht, nicht aufwachen. Es gibt keinen Grund aufzuwachen«, flüsterte er und drückte auf das raue Material.

Da trat eine noch größere Stille ein. Stach faltete die Decke wieder auseinander und breitete sie über Wydra, so dass sie dalag wie vorher. Die Arme legte er dicht an den Körper. Ebenfalls in die vorherige Position. Und wieder marschierte er durch das Zwielicht der Scheune. Aber die Schritte zählte er nicht mehr. Er bewegte die Finger, als wollte er sich überzeugen, dass sie ihm gehörten und dass sie fähig waren, das zu tun. Weiterhin horchte er bei jeder Kehrtwendung. Und beim soundsovielten Mal hörte er ein leises Geräusch, das er nicht hätte hören sollen.

Er stand im Dunkeln und versuchte zu erraten, in welcher Richtung Włodawa lag. Noch immer konnte er sich nicht merken, wo Osten, Norden, Süden war. Bei sich zu Hause, im Dorf, wusste er es sogar nachts. Norden war hinter der Scheune, Osten hinter dem Pferdestall. Über ihm ging morgens die Sonne auf. Aber hier musste man auf das Morgengrauen warten und schauen, aus welcher Richtung es kam. Vor der Dunkelheit hatte er keine Angst, denn er kannte alle Geräusche des Dorfes und auch die Stille. Weder die Laute noch ihr Fehlen beeinträchtigten seine Gedanken. Er ging vom Obstgarten in den Hof. Er wusste, dass er das nicht tun sollte – der Zugführer hatte klar gesagt, sie sollten Ausschau halten und horchen, ob sich auch niemand näherte, und vom Hof aus konnte man schlecht etwas bemerken, weil er auf allen Seiten von Gebäuden und Bäumen umgeben war; doch er wollte an der angelehnten Tür des Kuhstalls stehen und horchen, wie die Kuh wiederkäute und schnaufte, wie in ihren heißen Eingeweiden die Nahrung bewegt wurde und zirkulierte. Es hatte ihm immer zu denken gegeben, dass die Kühe das alles im Schlaf machten. Manchmal, wenn er sie weidete und allein war, wartete er, bis sie sich hinlegten, legte sich zwischen sie und horchte, wie sie atmeten, stöhnten, und wie mächtig und dumpf es in ihren Eingeweiden dröhnte. Jetzt horchte er durch den schwarzen Spalt der angelehnten Tür. Und er sog den heißen Gestank von Mist ein. Die Kuh musste aufgestanden sein, denn er hörte, wie ein Strahl Urin auf die Streu prasselte. Dann kehrte er zu seinem Rundgang zurück. Durch den Obstgarten an den Rand der Wiese. Kühle Feuchtigkeit lag in der Luft. Der Himmel schien etwas heller zu werden. Er sah auf Siwys Uhr und dachte – noch nicht, es ist noch zu früh. Da ertönte aus der Ferne die knatternde Stimme des Ziegenmelkers. Ein hoher, vibrierender Ton wie von einer Maschine. Doch gleich verstummte er wieder, als hätte die Dunkelheit ihn verschluckt oder als wäre der Vogel in der absoluten Stille über sein eigenes Geräusch erschrocken. Der Junge ging durch den Tau und horchte auf irgendeinen Laut, doch die Nacht war wie unbewegtes Wasser in der Tiefe. Er betrat die Straße, die zum Dorf führte. Der Sand gab noch die Wärme des Tages ab. Er blieb stehen und schloss die Augen, um sich besser an den Traum zu erinnern. Wenn er nicht aufgewacht wäre, dachte er, hätte er ihr all die Dinge gezeigt, nach denen sein Herz sich sehnte. Doch gleich machte er sich bewusst, dass er ja Soldat war. »Wenn ich abgelöst werde und wieder einschlafe, vielleicht kommt dann der Traum zurück und geht weiter, und ich werde wissen, was zu tun ist?« Wieder schaute er auf die Uhr. Es blieb eine knappe halbe Stunde.

Als er sich der Scheune näherte, sah er senkrechte Lichtfäden in den Ritzen zwischen den Brettern. »Der Zugführer hat gesagt, wir sollen nicht zu hell machen«, dachte er. Er schob das Tor auf und nahm sich vor, das gleich Stach zu sagen, doch kaum war er eingetreten, spürte er, dass alles anders war als zwei Stunden zuvor. Die an einem Balken hängende Lampe brannte hell, fast mit voller Flamme, und warf einen

Halbkreis aus Licht auf die Tenne. Links vom Eingang, weit drinnen, lag jemand auf dem Bauch, die Arme überkreuzt. Stach kniete neben der Banse, über eine kaum zu sehende Gestalt gebeugt. Er zerrte an ihr herum und mühte sich ab, doch als er die Anwesenheit des Jungen spürte, erstarrte er und drehte sich um. Die Luft roch nach Staub, Petroleum und Übelkeit erregendem, süßlichem Schmutz.

»Ich bin gekommen, um dich abzulösen ...«, sagte der Junge zögerlich.

Er trat näher heran, sah zerrissenen Stoff und einen hellen Körper, den Stach berührte. Kopf und Arme waren im Stroh vergraben und lagen im Halbdunkel.

»Was ...«

»Ich hab bisschen fest zugeschlagen, aber das wird gleich wieder. Schau, da haben sie gesessen«, sagte Stach und wies mit dem Kopf auf ein dunkles Loch. Daneben lag eine umgekippte Worfelmaschine. »Da. Aber sie waren nicht still. Es hat gestunken wie im Schweinestall. Als wären sie nie rausgegangen.«

Der Junge ging ein paar Schritte auf den liegenden Mann zu, der sich bewegte, als wollte er in die Ecke kriechen, wo es ganz dunkel war, aber seine Bewegungen waren schwach, hilflos, und er kam kein bisschen weiter. Nur das trockene Rascheln von Stroh auf der Tenne war zu hören.

»Der hat ordentlich was abgekriegt«, sagte Stach.

»Hast du ihn umgebracht?«, fragte der Junge leise.

»Er hat mit dem Stock gekriegt, weil er sich widersetzt hat«, antwortete er und grinste den Jungen blöd an. Seine Haare klebten vor Schweiß an der Stirn. »Ich hab dir ja gesagt, die Menschen sind wie Schweine. Er ist zuerst rausgekrochen. Er wollte nicht, aber er ist rausgekommen.« Wieder verzog er das Gesicht zu einer Art Grinsen. »Und dann hab ich reingeleuchtet. Sie musste ich rausziehen, und da ist er auf mich los. Aber er ist schwach.«

Er verstummte, rutschte etwas zurück und deckte dadurch den von der Hüfte abwärts nackten Körper der Frau auf. Mit demselben blöden Gesichtsausdruck strich er über die weißen Pobacken.

»Hast du so was schon mal gesehen?« Er riss die nackten Beine weit auseinander und kniete sich dazwischen. Strich über die Schenkel, drückte den Hintern auseinander und sah den Jungen an. Sein Mund war offen, er begann zu keuchen. »Hast du das schon gesehen?« Unwillkürlich fasste er sich in den Schritt. »Sie bewegt sich nicht.« Er griff nach den Hüften und versuchte, den Körper anzuheben. »Macht nichts. Wenn's anfängt, hältst du sie fest. Und dann bist du dran.«

»Stach …« Der Junge wandte die Augen ab, doch sein Blick kehrte immer wieder zu der Szene zurück, glitt darüber und dann wieder weg.

»Hast du schon mal gefickt?«

»Tu das nicht. Der Zugführer …«

»Denkst du, der Zugführer fickt nicht?« Stach presste das mit gedämpfter Stimme heraus und bewegte sich unruhig, nervös, als wüsste er nicht, wohin mit der finsteren Kraft, die seinen Körper erfüllte. »Es ist Krieg«, sagte er. »Morgen bist du tot und dann? Nichts. Du wirst nicht mal wissen, wie das ist.«

Der Mann in der Ecke stöhnte auf und zog die Beine an, als wollte er aufstehen. Der Junge sah in seine Richtung, doch bevor er etwas tun konnte, sprang Stach auf, griff nach einer Stange, so dick wie ein Männerarm, rannte hin und schlug dem Mann in den Nacken. Das Geräusch war kurz und dumpf, und der Körper fiel flach auf den Boden. Er ging zurück und kniete sich wieder über das Opfer. Hart und mechanisch fasste er den Körper an, als wäre er einfach Fleisch, noch warm nach der Schlachtung. Mit dem Knie brach er die Schenkel auseinander, griff sich wieder in den Schritt und begann zu reiben.

»Willst du's nicht sehen?«

»Nein. Lass das. Das darf man nicht mal im Krieg«, sagte der Junge mit erstickter Stimme, voller Angst und Scham.

»Du willst nicht? Dann dreh dich um. Ich ruf dich dann.«

Gehorsam trat er aus dem Lichtkreis hinaus. Er machte drei Schritte und traf auf die Wand der nächsten Banse. Weil er nicht spüren wollte, wie sein Körper zitterte, lehnte er sich an einen Holzpfosten. Er hörte nur ein Rascheln und das Stöhnen von Stach, der die ohnmächtige Frau auf den Rücken gedreht hatte, jetzt die restlichen Kleider von ihr riss und Bauch und Brust entblößte. Der Körper schimmerte milchig im Halbdunkel. Stach zog sein Hemd über den Kopf. Er glänzte vor Schweiß. Er knöpfte die Hose auf und riss die Schenkel auseinander so weit es ging. Da begann sie zu schreien. Ein Schrei ohne Worte, ganz hoch, furchtbar, als zerrisse jemand lebendiges Fleisch, als nähme ihr Atem kein Ende. Doch der Junge erkannte die Stimme, und als er schon ganz nah war, sah er das zerzauste Haar und die Augen, die ihn unter diesem Haar hervor anstarrten. Er packte Stach an den Schultern und wollte ihn von ihr wegreißen, aber seine Hände rutschten ab.

»Verpiss dich, du Scheißkerl!« brüllte Stach.

Da packte ihn der Junge an den Haaren und am Hals und begann wieder zu ziehen. Stach sprang auf, verhedderte sich in den Hosenbeinen. Er drückte den stehenden Schwanz in die Hose und ging auf den Jungen zu. Mit der rechten Faust schlug er ihn ins Gesicht, dann mit der linken, und erst da versuchte der Junge, sich zu schützen, doch Stach schob seine erhobenen Arme auseinander und traf ihn jedes Mal. Gebückt wich der Junge zurück, bis er mit dem Rücken an die Strohwand stieß. Stach schlug noch zweimal zu, der Junge ging in die Knie. Da bekam er einen Tritt ins Gesicht und fiel auf die Seite.

Wieder begann sie zu schreien. Wie vorher. Er versuchte,

347

ihr den Mund zuzuhalten, aber sie biss ihn. Da schlug er sie einmal, zweimal, dreimal, bis sie still war. Er knöpfte die Hose wieder auf und versuchte, die zusammengepressten Schenkel auseinanderzureißen. Er warf sich auf ihren Körper, als wollte er ihn auf irgendeine Art und Weise erfahren. Zerrend, beißend, würgend. Hilflos angesichts des Schreis und der zusammengepressten Beine.

»Ich bring dich um, Nutte«, flüsterte er erregt.

Er versuchte, ihren Körper auf dem Boden auszubreiten, auszustrecken, plattzumachen. Er packte sie an den Händen, streckte diese weit zur Seite, wiederholte ständig, er werde sie töten, und als er ihr das ins Ohr flüsterte, hätte ein teuflisches Auge in diesem Bild eine Liebesszene sehen können. Aber er wurde nicht mit ihr fertig, weil ihm der Junge wieder in den Rücken fiel. Schwer, kraftlos, geblendet vom Blut, geschwächt. Stach schüttelte ihn ab, zog die Hose wieder hoch und kickte ihn zur Seite, mit ein paar Tritten ins Gesicht. Dann ging er zurück und stellte sich wieder über die Frau, doch er schielte auch nach dem Jungen. Der krabbelte auf allen vieren, mit hängendem Kopf sah er aus wie ein mit Blut beschmierter Hund.

»Du wolltest nicht ficken, dann schau jetzt zu«, sagte Stach.

Er wand sich aus seiner Hose und stellte sich völlig nackt über den zusammengekrümmten Körper. Er griff nach ihren blonden Haaren, wickelte sie sich um die Hand und zwang die Frau zum Knien, indem er den Kopf nach oben zerrte. Und dann riss er eine Sichel aus einem Holzpfosten. Die Klinge glänzte und blitzte in dem Petroleumlicht golden auf. Er zerrte den Kopf höher und legte die Sichel Doris an die Kehle.

»Eine Bewegung, du Bauerntölpel …«, drohte er und entblößte die Zähne in einem Grinsen. »Und du, dreckige Jüdin, ein Pieps …«

Er drückte ihren Nacken auf die Erde. Die Klinge umrahmte den Hals, als wäre sie dafür gemacht. Er kniete sich von hinten hin und hob das Gesicht.

Es war nicht zu hören, wie er hereinkam. Der Junge sah ihn erst, als er in den Lichtkreis trat. Das Hemd am Hals aufgeknöpft, in Knickerbockern und Schaftstiefeln. Er blieb stehen, die Beine leicht gespreizt, und es war zu sehen, wie seine Nasenflügel bebten.

»Was gibt das hier, verdammt?«, fragte er mit ruhiger Stimme, die so manchen dazu bringen könnte, vor Angst in die Hose zu scheißen.

Stach erstarrte und ließ die Hand mit der Sichel langsam sinken. In der Stille, die eintrat, war das Rascheln von Stroh zu hören. Doris begriff, dass die Situation sich verändert hatte, und kroch vorsichtig weg von dem reglos dastehenden Stach. Ebenso der Junge. Immer noch auf allen vieren bewegte er sich auf Siwy zu.

»Wer sollte abgelöst werden?«

»Er«, erwiderte der Junge leise.

»Ich, Herr Zugführer«, bestätigte Stach und richtete sich auf.

»Geh raus, du Hurensohn.«

»Ich zieh mich an.«

»Musst du nicht.«

Stach blickte um sich, als sähe er diesen Raum zum ersten Mal. Diesen dunklen Raum, der durch die Schatten niedrig wirkte, mit Gestalten in seltsamen Posen. Er nickte. Und hob sogar leicht den Kopf. Gleich darauf, so schnell, dass es wohl niemand bemerkte, nahm er die Lampe vom Nagel und vollführte eine Bewegung, als wollte er mit ihr ausholen, gegen alle ringsum.

»Ich fackle den ganzen Saustall ab! In einer Sekunde fängt das Feuer! Da bleibt nichts übrig!«

Er hielt die Lampe in die Höhe und wartete, angespannt,

nackt, dass der Raum sich auftun und ihm erlauben würde, zum Ausgang zu gehen. Doch Siwy rührte sich nicht. Er betrachtete scheinbar ihn, Stach, doch zugleich alles andere. Das heißt das, was kommen würde. Der Junge, halb tot, kroch auf Stachs Beine zu. Der wandte den Blick kurz ab, um ihn anzusehen, und senkte die Lampe. Da zog Siwy die Pistole hinten aus dem Gürtel und machte zwei Schritte. Sie blickten sich einen Moment lang an, und er schoss ihm direkt zwischen die Augen.

Es begann zu grauen, als sie zu dritt dastanden und zuschauten, wie Lubko und Romaniuk die Leichen auf das Fuhrwerk luden. Das Pferd war ein Rappe. Als er den Tod roch, wieherte er heiser. Der Junge ging hin, nahm ihn am Halfter und legte die andere Hand auf die Nüstern. Sofort beruhigte sich das Tier. Lubko ging in die Scheune, holte einen Armvoll Heu und bedeckte die Leichen. Daneben legte er eine Schaufel und einen Spaten. Sie wollten gerade aufbrechen, jeder auf einer Seite des Fuhrwerks, als vom Fluss her ein dumpfer, wiederholter Kanonendonner ertönte. Romaniuk band das Zaumzeug ans Wellrad des Brunnens, und sie traten aus dem Schatten des Gehöfts heraus, um sich das rote Leuchten anzusehen, das den Himmel über dem Fluss erhellte. So standen sie eine Weile, ohne ein Wort zu sagen. Sie spürten, wie die Erde unter ihren Füßen bebte und die Luft immer heißer wurde. Und es war wie in Wydras prophetischem Traum. Doch das wussten sie nicht, und auch Wydra wusste es nicht mehr. Schließlich sagte Siwy, sie sollten jetzt fahren. Also gingen sie zurück zu dem Gespann. Marysia trug ein Nachthemd und hatte ein Tuch über die Schultern geworfen. Sie wandte den Blick vom Feuer ab und stellte sich vor Siwy.

»Und du geh auch und komm nicht wieder. Nimm deine Armee und zieh in den Krieg.« Siwy wollte etwas sagen, denn der Junge stand ja neben ihm, aber die Frau trat noch näher an ihn heran, so nahe, dass sie seinen Atem spüren konnte, und flüsterte: »Verpiss dich. Ich hab keine Angst vor dir.«

Und so geschah es. Lubko und Romaniuk führten das Fuhrwerk durch den Obstgarten in Richtung der alten Straße und der kleinen, mit Kiefern bewachsenen Erhebung. Der Zugführer und der Junge machten sich in die entgegengesetzte Richtung auf. Die Frau wartete, bis sie weg waren, und öffnete einen Spalt das Scheunentor. In den senkrechten Ritzen zwischen den Brettern flackerte Licht auf.

Zwei junge Burschen standen auf der Erhebung am Waldrand. Sie waren gekommen, um zu sehen und zu hören, wie der Krieg begann. Den Blick auf den leuchtenden Horizont geheftet, in das unablässige, immer stärker werdende Dröhnen vertieft, zitterten sie vor Angst und Erregung. Sie spürten, wie ein Schauer durch die Erde lief und das Donnern nahender Flugzeuge über den Himmel rollte. Doch was sie sahen, war Romaniuks Fuhrwerk mit den beiden Männern an der Seite. Sowohl das Pferd als auch die Männer kamen nur mühsam vorwärts, sanken immer wieder in den Sand. Die Burschen zogen sich ein Stück zurück und gingen in die Hocke. Als das Fuhrwerk an ihnen vorbeifuhr, bemerkten sie zwei Paar nackte Füße, die unter dem Stroh hervorstanden.

»Sie fahren Leichen weg«, sagte der Ältere.

»Wohin?«, fragte der Jüngere.

»Verbuddeln. So, dass es keiner sieht.«

28

Er schaut nicht mehr aus dem Fenster in seinem Zimmer. Das Zimmer, in dem früher ich gewohnt habe. Von dem aus ich das Gestrüpp und ein Stück weiter den Kiefernwald auf der sandigen Düne sehen konnte. Und ein Haus mit einem schwarzen Dach, zwischen Bäumen versteckt. Im Morgengrauen kamen Rehe. Im Winter stellte ich ihnen auf einen Stock gespießte Zuckerrüben hin. Vater züchtete damals Kaninchen, deshalb hatten wir immer Rüben im Haus. Die Rehe kamen und fraßen. Später sah ich mir die Spuren der Zähne auf dem harten Fleisch an. Drei oder vier waren es. Dann verschwanden sie wieder zwischen den nackten Stängeln und gingen in den Wald. Im Schnee hinterließen sie kleine, tiefe Spuren. Verschlafen stand ich auf, um in die Schule zu gehen, und sah ihnen durchs Fenster zu. Es gab nichts, was sie verscheucht hätte. Kaum jemand in der Gegend hatte ein Auto, und es gab keine Straßen, nur Trampelpfade, die durch die Wäldchen mit Birken, Akazien und Eichen führten.

Jetzt sind überall neue Häuser entstanden. Zäune haben die alten Triften in rechteckige Grundstücke aufgeteilt. Vom Morgen an sind Autos zu hören. Er sähe wohl ein fremdes Land, wenn er aus dem Fenster schauen würde. Doch sein Gedächtnis lebt beim Anblick bekannter Dinge nicht mehr auf, also ist schwer zu sagen, was er sehen würde.

Manchmal setzen wir uns auf der anderen Seite des Hauses auf die Veranda und betrachten zusammen den Garten. So wie damals, als ich ihn nach dem Krieg gefragt habe. Ich stelle mir vor, dass er grundlegende Dinge sieht: Himmel, Bäume, Grün, die Sträucher im Garten, einen herumtollenden Hund. Eine Ringeltaube, die Wasser aus dem Blechfass trinkt. Er sieht den Regen und im Winter das Weiß des Schnees. Die ursprünglichen Farben und Formen der Welt. Wetter, Pflanzen, Tiere. All das, was später die Bilder der Menschen ausmacht. Das menschliche Leben. Ich hoffe, dass er dabei weder Angst noch Einsamkeit empfindet. Aber allzu lange will er nicht sitzen. Er will in sein Zimmer zurück, das früher meines war. Er legt sich hin, auf die Seite, und schließt die Augen. Er möchte lieber in die Dunkelheit blicken. Viele Stunden lang, unterbrochen durch die Mahlzeiten, das Einnehmen der Medikamente, diese wenigen Ereignisse, die ihm geblieben sind.

In der Nacht, wenn es still ist, wenn alle schlafen, wenn die Gegend schläft und das ganze Land zu schlafen beginnt, höre ich, wie er aufsteht, die Treppe hinuntergeht, die Küche betritt, dann wieder hinaufgeht, als versuchte er, sein früheres Leben zu finden. Als besichtigte er das Haus, das er vor langer Zeit selbst gebaut hat. Das Licht macht er nie an, davon hat er sich nie überzeugen lassen. Er benutzt eine Taschenlampe. Man muss daran denken, dass immer frische Batterien drin sind. Mit dem Lichtkreis streift er über Wände, Ecken, Geräte. Als irrte er in der Höhle herum, die sein Leben gewesen ist. Die Treppe nach unten, ausgelegt mit einem dunklen Läufer, der Flur mit der Garderobe für die Kleider. Links die Tür nach draußen, die nachts immer verschlossen ist, rechts die Toilette, ein Stück weiter die Küche mit dem Tisch, der Speisekammer und dem nachtschwarzen Fenster. Die Küche meiner Kindheit und der Tisch, inzwischen ein anderer, unter dem ich Straßenbahn und vieles andere gespielt habe. Ich horche auf all das, während ich in dem Zimmer liege, in dem meine Mutter gestorben ist. Nach langer Stille tritt er den Rückweg nach oben an. Schneidet sich einen Weg in die Finsternis. Seit Jahren benutzt er keine anderen Dinge mehr als diese Taschenlampe. Schaltet im Zimmer weder Radio noch Fernseher ein. Die Taschenlampe liegt immer auf dem Nachttischchen. Ich höre seine langsamen Schritte. In den Flur, dann nach links und auf die Treppe. Da werden sie noch langsamer und schwerer. Und der Lichtkreis. Damit er den Weg findet.

Anmerkung der Übersetzerin

Die Ortsnamen des Romans sind teils real, teils fiktiv, wie oft in Stasiuks Prosa der Fall. Der Name der mehrfach erwähnten Kleinstadt Dorohucza führt allerdings in die Irre: Ein Ort dieses Namens existiert, er liegt aber nicht in der Gegend, in der das Buch spielt. Einen Hinweis auf die wirkliche Stadt liefert die Biografie des Schauspielers Daniel Olbrychski, jedenfalls für die polnischen Leser. Deshalb sei hier – für alle, die gern über Landkarten sitzen – verraten, dass es sich um Drohiczyn handelt.

»Das ist gleich ganz anders«, sagte sie. Sie seihte die Milch in einen zweiten Eimer. »Wollt ihr frische? Ich mach sonst gestandene.«

Beide wollten, und der Zugführer bat noch um Brot, denn es gebe nichts Besseres als Milch mit Brot. Lubko nickte.

»Ich mach dir im Nebenzimmer das Bett«, sagte sie zu Siwy, doch der antwortete, er werde wahrscheinlich nicht schlafen, weil sie Wydra zum Arzt in Hruszowa bringen wollten.

»Sieht schlecht aus mit ihm, ja. Aber ich mach dir trotzdem das Bett.«

Der Junge schlief auf einem Heuhaufen, den er in der Banse zusammengescharrt hatte. Er hatte sich eine Decke über den Rücken gezogen, obwohl es unter dem Strohdach heiß und schwül war. Er deckte sich aus Gewohnheit und zur Sicherheit zu, erinnerte er sich doch an die Kindheit, als das Federbett ihn in dunklen Nächten vor dem Rest der Welt beschützt hatte. Damals hörte er das Atmen der Geschwister, spürte ihre Berührung, aber es war die schwere, stickige Decke, die den ruhigen Schlaf brachte. Also ragten jetzt nur die Arme und Beine unter dem grauen Stoff hervor. Auf einem Baumstumpf daneben brannte die Wagenlampe. Darin flackerte ein kaum sichtbares Flämmchen. Der Lichtkreis war ganz schwach und glich eher einem hellen Schatten. Er schlief barfuß, auf der Seite, statt einem Kissen den Arm unter dem Kopf. Bisweilen kam aus seinem Mund ein leises Seufzen, aber vielleicht war es nur ein tieferer Atemzug. Er träumte von einem hellen Engel mit goldenem Haar, der ihm gegenübersaß, getrennt durch die Glut eines erlöschenden Lagerfeuers. Der Junge holte schwarze Kartoffeln aus der Asche, ließ sie abkühlen, indem er sie von einer Hand in die andere warf, und als sie nicht mehr so heiß waren, brach er sie entzwei und legte sie auf einen flachen Stein. Das Fleisch war weiß und dampfte. Der Engel hatte ein Mädchen-